Ullstein

ÜBER DAS BUCH:

Die junge, schöne Fiora hat ihre wohlbehütete Existenz im Florenz der Medici (*Fiora – Eine Liebe in Florenz*, UB 22911) aufgeben müssen, nachdem ihr Ziehvater, der wohlhabende Kaufmann Francesco Beltrami, einer mörderischen Intrige zum Opfer gefallen ist. Es zieht sie in ihre Heimat Burgund, wo Karl der Kühne herrscht. Hier will sie endlich den gewaltsamen Tod der Eltern rächen, die aufgrund ihrer inzestuösen Liebe hingerichtet wurden. Einer der Schuldigen ist Karl der Kühne selbst, und dem ist Fioras geliebter Ehemann Philippe de Selongey treu ergeben . . .

DIE AUTORIN:

Juliette Benzoni, in Paris geboren, studierte am Collège d'Hulst, dann am Institut Catholique Philosophie, Jura und Literatur. Später arbeitete sie als Journalistin. Seit Beginn ihrer Schriftstellerlaufbahn 1950 verzeichnete sie zahllose Erfolge in Frankreich wie im Ausland, die auf der Verbindung von glaubhaft geschildertem historischem Hintergrund und der Entwicklung plastischer Menschenschicksale beruhen. 1973 erhielt sie den Prix Alexandre Dumas. Juliette Benzoni ist mit dem Grafen Benzoni di Conza verheiratet.

Juliette Benzoni

Fiora

Eine Liebe in Burgund

Roman

Ullstein

ein Ullstein Buch
Nr. 23165
im Verlag Ullstein GmbH,
Frankfurt/M – Berlin
Titel der Originalausgabe:
Fiora et le Téméraire
Aus dem Französischen
von Sylvia Madsack

Ungekürzte Ausgabe

Umschlagentwurf:
Hansbernd Lindemann
Illustration:
Elaine Duillo/Agentur
Thomas Schlück

Taschenbuchausgabe mit
freundlicher Genehmigung
der F. A. Herbig Verlags-
buchhandlung GmbH, München

Printed in Germany 1993
Druck und Verarbeitung:
Ebner Ulm
ISBN 3 548 23165 9

Oktober 1993
Gedruckt auf alterungsbeständigem
Papier mit chlorfrei
gebleichtem Zellstoff

Von derselben Autorin
in der Reihe
der Ullstein Bücher:

Marianne – Ein Stern für Napoleon (22087)
Marianne – Das Schloß in der Toskana (22128)
Marianne – Gesandte des Kaisers (22167)
Marianne und der Mann der vier Meere (22210)
Von zwei Rosen die eine (22260)
Marianne – Flammender Lorbeer (22300)
Marjolaine – Weg der Versuchung (22335)
Marianne und der Sieg der Liebe (22377)
Cathérine und der Weg zum Glück (22465)
Cathérine im Sturm (22510)
Kavaliere der Nacht (22606)
Die Frauen waren ihr Schicksal (22712)
Die Liebe war ihr Schicksal (22781)
Die Krone war ihr Schicksal (22851)
Fiora – Eine Liebe in Florenz (22911)
Der Nebelfalke (23007)
Ein Halsband für den Teufel (23051)

Die Deutsche Bibliothek –
CIP-Einheitsaufnahme

Benzoni, Juliette:
Fiora – eine Liebe in Burgund: Roman /
Juliette Benzoni. [Aus dem Franz. von
Sylvia Madsack]. – Ungekürzte Ausg. –
Frankfurt/M; Berlin: Ullstein, 1993
(Ullstein-Buch; Nr. 23165)
ISBN 3-548-23165-9
NE: GT

Inhalt

ERSTER TEIL

Die Familie de Brévailles

Kapitel 1
Ein verlassenes Grab ...

Fiora betrachtete die Richtstätte.
Mit harten, trockenen Augen, die Hände fest ineinander verschränkt, so daß die Knöchel weiß hervortraten, nahm sie jedes Detail des alten, aus Steinen und Holz gefertigten Bauwerks in sich auf.
Ohne das lächerliche schwarze Tuch, mit dem es bei wichtigen Exekutionen verhüllt wurde, zeigte das aus Brettern und Balken gezimmerte Gerüst deutlich die Spuren, die die menschliche Grausamkeit dort hinterlassen hatte und die durch nichts mehr zu entfernen waren.
Unter der Plattform konnte die junge Frau sogar die Kästen sehen, in denen der Henker seine Werkzeuge aufbewahrte, und den großen Kessel, in welchem man Falschmünzer zu sieden pflegte. Oben auf der Plattform befand sich der Galgen. Dort standen auch das Rad und, zu Füßen eines hohen Kreuzes, der Richtblock aus schwärzlichem, gekerbtem Holz, als Zeichen einer besonders »barmherzigen« Hinrichtungsart. Was diese vom Profoß der Stadt Dijon installierte Richtstätte darstellte, war ein perfektes Abbild der Hölle. Und doch waren an einem Wintermorgen Jean und Marie de Brévailles dort enthauptet worden, Fioras noch so junge Eltern. Fünf Tage nach ihrer Geburt hatte man sie wegen Inzests und Ehebruchs hingerichtet ...
Im nächsten Dezember würde der dramatische Ausgang dieser zum Untergang verdammten Liebe bereits achtzehn Jahre währen. Genauso alt war Fiora jetzt ...
Ekel, Entsetzen und hilfloser Zorn erfüllten ihr Herz angesichts der Foltermaschinerie, die ihre Eltern vernichtet

hatte, diese ihr unbekannten Eltern ... Nur Fioras eigener Anblick im Spiegel vermochte ihr eine Ahnung von ihnen zu vermitteln.

Am liebsten hätte sie den Ort der reinigenden Wirkung des Feuers unterzogen. Dennoch übte der alte Richtplatz eine seltsam morbide Anziehung auf sie aus, eine Art Faszination, der sie sich nicht entziehen konnte.

Im Geiste sah sie das schreckliche Schauspiel vor sich. Sie vermeinte die Totenglocke zu hören und das Gemurmel der Menge. Der azurblaue Himmel dieses schönen Tages verwandelte sich in einen schneeverhangenen, der ebenso grau war wie das Gewand von Marie und das Wams von Jean, grau auch wie beider Augen, während sich der einzige kalte Sonnenstrahl dieses verfluchten Tages im blonden Haar der Verurteilten widerspiegelte ...

In einer Ecke des Platzes hielt sich jedoch auch ein junger Mann aus Florenz auf, der sich unsterblich in die schöne junge Frau verliebt hatte und dessen Herz von dieser Liebe niemals mehr genesen sollte.

Jener Francesco Beltrami hatte fortan sein Leben der geweiht, die dabei war, das ihre zu verlieren, ohne ihn je gekannt zu haben, sowie dem Kind, das sie soeben zur Welt gebracht hatte. Er rettete das zurückgelassene kleine Mädchen vor einem Mordanschlag, nahm es bei sich auf, adoptierte es als sein eigenes und gewährte ihm eine Erziehung, als sei es auf den Stufen eines Thrones geboren und nicht auf denen eines Schafotts ...

Doch der Oberste der Dienerschaft, die dem Mädchen zur Verfügung stand, ein gewisser Marino Betti, brach im Frühling des Jahres 1475 seinen auf dem Altar geleisteten Schwur, der ihn zum Stillschweigen verpflichtete. Er tötete seinen Herrn, der ihm vertraut hatte, und entriß so Fiora dem süßen Paradies ihrer Jugend. Geächtet, verfolgt und ihres Vermögens beraubt, mußte sie aus der Stadt entfliehen, in der sie ihre Kindheit verbracht hatte.

Marino Betti hatte inzwischen für seinen Verrat die gerechte Strafe ereilt. Auf Befehl Lorenzo de Medicis war ihm der Garaus gemacht worden. Seine Komplizin, jene Hieronyma Pazzi, deren Werkzeug er gewesen war, befand sich jedoch nach wie vor auf freiem Fuß. Niemand wußte, wohin sie entflohen war ...

Fiora, die mittlerweile gezwungen war, im Exil zu leben, hatte das Entkommen dieser Frau nicht verhindern können, aber sie gab die Hoffnung nicht auf, sie eines Tages aufzuspüren und für ihre Verbrechen bezahlen zu lassen.

In Burgund, wo sie soeben eingetroffen war, gab es unterdessen eine andere wichtige Aufgabe für sie zu erfüllen: Sie wollte an jenen drei Menschen Rache nehmen, die ihre Eltern aufs Schafott geschickt hatten. Da war zunächst einmal Maries Ehemann Regnault du Hamel. Aufgrund der schlechten Behandlung, die er seiner Frau damals zuteil werden ließ, trieb er sie erst dazu, mit ihrem Bruder, den sie zu sehr liebte, zu entfliehen. Von da an hatte er die beiden mit unerbittlichem Haß verfolgt. Dann war da Pierre de Brévailles, der Vater, der seine Tochter des Geldes wegen zu einer Heirat zwang, vor der sie nur Angst und Schrecken empfand. Als das Drama offensichtlich war, tat er nichts, um seine beiden Kinder zu retten. Schließlich ging es noch um Herzog Karl von Burgund. Zur Zeit, da dieser noch nichts anderes gewesen war als Graf von Charolais, hatte Jean de Brévailles bei ihm die Stellung des Stallmeisters innegehabt. Sowohl aus verletzter Eitelkeit als auch deshalb, weil Jean de Brévailles den Dienst bei ihm ohne Erlaubnis verlassen hatte, ließ Karl nicht jene Milde walten, die einem Herrscher wohl ansteht, besonders, wenn es sich um einen Waffenbruder handelt ...

Diese drei Männer waren von Fiora zum Tode verurteilt worden. Was Karl den Kühnen betraf, so teilte sie ihren Plan mit ihrem alten Freund Demetrios Lascaris, dem byzantinischen Arzt und Magier, der seinerseits den Tod seines jünge-

ren Bruders Theodosus rächen wollte. Dieser war von den Türken umgebracht worden, weil er den Versprechungen seines Herrschers bedingungslos geglaubt hatte ...
Und nun war die Zeit gekommen, um sich ans Werk zu machen. Die junge Frau riß sich jäh aus ihren bitteren Gedanken, drehte sich auf dem Absatz um und wandte sich dem schweigenden Trio in ihrer Nähe zu. Es bestand aus Demetrios, dessen Diener Esteban und einer Dame namens Leonarde Mercet. Francesco Beltrami hatte das alte Fräulein damals aus Dijon mitgenommen, damit diese dem verlassenen Baby als Ersatzmutter diente. Sie war es daher, an die Fiora jetzt das Wort richtete: »Wo befindet sich das Haus des Henkers?«
»Warum fragt Ihr?«
»Habt Ihr mir nicht gesagt, daß mein Vater, bevor er die Stadt verließ, diesem Manne Gold gegeben hatte? Er sollte dafür meiner Mutter und ... ihrem Bruder ein ordentliches Begräbnis zukommen lassen.«
»Dieser Bruder war Euer richtiger Vater«, erwiderte Leonarde mit sanftem Vorwurf.
»Ich werde ihn niemals als solchen betrachten. Er hat mir lediglich den Lebenshauch eingegeben. Mein wahrer Vater wird für alle Zeiten derjenige sein, der jetzt unter den Steinen der Kirche von Or San Michele in Florenz ruht. Nichtsdestotrotz möchte ich jetzt dieses Grab sehen.«
»Das könnte sich als schwierig erweisen, wenn nicht sogar als unmöglich. Der Henker jener Zeit, Arny Signart, war damals schon ein betagter Mann. Er ist vielleicht nicht mehr am Leben, und auf jeden Fall übt er sein Amt längst nicht mehr aus ...«
»Nun, dann wird uns sein Nachfolger erzählen können, was aus ihm geworden ist. Gehen wir ihn besuchen!«
Ohne eine Antwort abzuwarten, steuerte sie auf die Pferde zu, die Esteban am Eisenring eines Hauses angebunden hatte, doch Demetrios dämpfte ihren Elan: »Laß mich dort-

hin gehen! Dieser Ort ist nichts für dich. Der Mann, der dieses Metier ausübt, lebt abseits der übrigen Gemeinschaft. Er ist eine Art Aussätziger, dem man aus dem Weg geht ...«
»Und wenn er sich zum Markt begibt, denn er muß schließlich auch von etwas leben«, fügte Leonarde hinzu, »muß er stumm mit einem Stab auf die Dinge zeigen, die er haben will.«
»Und sein Geld? Nimmt man auch kein Geld von ihm?« fragte Fiora sarkastisch.
»Er ist verpflichtet, stets Handschuhe zu tragen. Doch viele ziehen es vor, ihm die Ware so zu überlassen statt Geldstücke entgegenzunehmen, die mit Blut erworben wurden. Herzog Jean von Burgund, genannt der Furchtlose, verursachte in Paris einst einen Skandal, als er während der Unruhen von 1413 dem Henker der Stadt, Capeluche, die Hand schüttelte.«
»Mit all dem habe ich nichts zu tun«, schnitt Fiora ihnen das Wort ab. »Danke für deine Unterstützung, Demetrios, aber dieser Besuch ist Teil der Aufgabe, der ich mich unterziehen will, und ich muß sie erfüllen, so wie ich noch viele andere unangenehme Aufgaben zu erfüllen haben werde. Wo wohnt also dieser Mann?«
»Ganz wie Ihr wollt!« seufzte Leonarde, die wußte, daß es zwecklos war, zu insistieren. »Folgt mir! Es ist nicht weit. Wir können die Pferde hierlassen ...«
Während Esteban die Pferde hütete, führte Leonarde die beiden anderen bis zum hinteren Teil des Platzes, wo ein kleiner Fluß plätscherte, der Suzon. Ganz in der Nähe befand sich die Mühle von Carmes, und dahinter, bei der Stadtmauer, stand ein solide gebautes Haus, völlig isoliert von den übrigen Gebäuden.
Die rote Tür war frisch gestrichen und mit einem Gitterfenster versehen, durch das die Bewohner etwaige Besucher in Augenschein nehmen konnten, bevor sie öffneten.

Auf kräftiges Klopfen hin erschien ein bärtiges Gesicht hinter den Gitterstäben.
»Was wollt Ihr?« fragte eine rauhe Stimme.
»Seid Ihr der Henker der Stadt?« fragte Fiora. »Ich will mit Euch reden.«
»Wer seid Ihr?«
»Eine Fremde auf der Durchreise, und mein Name würde Euch nichts sagen. Aber ich bezahle Euch, wenn Ihr meine Fragen beantwortet.«
»Für gewöhnlich bezahlt man mich dafür, daß ich keine Fragen stelle«, kam es zurück.
Das Gitterfenster wurde geschlossen, doch die Tür öffnete sich. Ein ganz in Leder gekleideter, äußerst kräftig wirkender Mann zeigte sich. Er mochte an die vierzig Jahre alt sein, obwohl von seinem Gesicht durch den wild wuchernden Bart nicht viel zu erkennen war. Man sah nur eine kurze Nase und ein Paar dunkler Augen, die unter den dichten, vorn zusammengewachsenen Brauen fast verschwanden. Er hielt ein Buch in der Hand.
Der Henker führte seine Besucher nicht weiter als bis in den Flur, kreuzte die Arme vor der Brust und sagte: »Wie lauten Eure Fragen?«
»Ich möchte von Euch etwas über Euren Vorgänger wissen, über ...«
»Arny Signart«, kam Leonarde ihr zu Hilfe.
»Maître Signart war nicht mein Vorgänger. Meine Vorgänger waren Jean Larmite und Etienne Poisson. Ich selbst heiße Jehan du Poix. Signart hat schon vor zehn Jahren aufgehört, nach fünfunddreißig Jahren Dienst an der Gerechtigkeit!«
»Ist er tot?«
»Nicht daß ich wüßte, aber er ist schon sehr alt ...«
»Vermögt Ihr mir zu sagen, wo ich ihn finden kann?« erkundigte sich Fiora und führte die Hand zu ihrer am Gürtel befestigten Geldtasche.
Der Mann hatte die Geste genau verfolgt.

»Er hatte einiges gespart, das es ihm ermöglichte, sich außerhalb der Stadtmauern ein kleines Anwesen zu kaufen, in der Nähe des Klosters von Larrey. Wie man hört, lebt er in gutem Einvernehmen mit den Mönchen und wird ihnen den Besitz einmal vererben ... Wenn Ihr ihn also sehen wollt, könnt Ihr ihn dort finden ... sofern er nicht doch schon das Zeitliche gesegnet hat.«

»Was Gott verhüten möge! Danke, daß Ihr auf meine Fragen geantwortet habt ...«

Sie nahm drei Geldstücke, und er streckte die Hand danach aus, ohne die junge Frau aus den Augen zu lassen, die in feines graues Tuch gekleidet war und deren Gesicht sich hinter einem dünnen Schleier verbarg. Doch sie schien schön zu sein, und ihrem Auftreten nach handelte es sich um eine noble Dame.

Entgegen seiner Annahme legte sie die Münzen nicht auf einem Möbelstück ab, sondern gab sie ihm in die offene Hand. »Scheut Ihr Euch nicht, die Hand eines Henkers zu berühren?«

»Weshalb sollte ich? Ihr tut auf Befehl und am hellichten Tage, was andere insgeheim und im Schutze der Dunkelheit tun. Viele unter uns sind Henker, ohne daß man es weiß ... Adieu, Jehan du Poix. Gott schütze Euch!«

Er ging voraus, um die Tür zu öffnen, und diesmal verneigte er sich vor der jungen Frau, als diese die Schwelle überschritt: »Falls Gott auch das Gebet eines Unwürdigen erhört, so seid Ihr es, die er beschützen möge, edle Dame!«

Die drei Reisenden kehrten zu ihren Pferden zurück. Während Fiora aufsaß, fragte sie Leonarde: »Ich nehme an, Ihr wißt, wo sich dieses Kloster befindet?«

»Etwa eine halbe Meile von hier. Wollt Ihr sofort dorthin?«

»Natürlich. Es ist noch früh genug am Tag. Seid Ihr deswegen in Sorge?«

»Nein, mein Lämmchen, und ich bin ohnehin die einzige, die Euch den Weg zeigen kann. Dennoch müssen wir uns beeilen, um zurück zu sein, bevor die Stadttore geschlossen werden.«

Sie verließen die Stadt und überquerten den Fluß Ouche, der von Weiden und Ulmen gesäumt war. In einiger Entfernung waren die einzelnen Gebäude und der Turm eines alten Klosters zu erkennen, das von Weinbergen umgeben lag.

»Wer vermag zu glauben, daß dieses Land sich im Kriegszustand befindet?« meinte Demetrios seufzend. »Alles hier atmet Frieden und Wohlstand ...«

In der Tat belagerte Herzog Karl von Burgund seit Monaten die Festungsstadt Neuss in der Nähe von Köln, ohne daß ein Ende in Sicht war. Er verfolgte damit seinen Traum, das alte lothringische Königreich wiedererstehen zu lassen, indem er seinem flämischen Besitz, seinem Herzogtum in Burgund und der Franche-Comté weiteres Land hinzuzufügen versuchte ... Dies alles geschah ungeachtet der Tatsache, daß er im selben Sommer dieses Jahres 1475 dem englischen König Edward IV. seine Unterstützung gegen Frankreich zugesagt hatte. Er haßte den französischen König Ludwig, den elften dieses Namens, und der vor drei Jahren mit diesem geschlossene Waffenstillstand war soeben beendet, ohne daß man auf eine Verlängerung hoffen konnte. Karl der Kühne trug seinen Beinamen zu Recht ...

»Der Krieg ist weit«, meinte Leonarde, »und der Herzog kann aus seinen Provinzen nur das herausholen, was diese an Männern und an Geld herzugeben imstande sind ... und dieses Land hier braucht viele tatkräftige Arme ...«

»Aber nach allem, was man hört, geht dem Herzog allmählich das Gold aus«, meinte der Grieche mit düsterer Freude, »obwohl er doch einst der reichste Herrscher der christlichen Welt war ... Wenn er nun versucht, sich weiteres Gold zu borgen ...«

Er schwieg unvermittelt, als ihm klar wurde, was er soeben gesagt hatte. Von den Geldsorgen des Herzogs zu sprechen, konnte in dem Moment, wo Fiora diese schwierige Pilgerfahrt unternahm, in der jungen Frau nur schmerzliche Erinnerungen wecken. Damit brachte er ihr nur quälende Gedanken an ihre im letzten Winter geschlossene Ehe mit dem Grafen Philippe de Selongey zurück.

Innerhalb von nur drei Tagen war es zu der seltsamen Heirat zwischen der Erbin des reichen Kaufmanns Beltrami und dem Grafen gekommen, der von Karl dem Kühnen als Botschafter an den Hof von Lorenzo de Medici gesandt worden war, um über die Gewährung eines Darlehens zu verhandeln. Lorenzo hatte sich aus Loyalität gegenüber dem französischen König, mit dem er verbündet war, dem Ansinnen verschlossen. So war Fioras geradezu königliche Mitgift in die Tresore des Herzogs gewandert, während sich ihr Status als Frischvermählte auf die Hochzeitsnacht beschränkt hatte. Noch im Morgengrauen war Philippe aufgebrochen, um sich töten zu lassen, da er glaubte, seinen guten Namen durch diese Verbindung besudelt zu haben. Schließlich war Fiora die Frucht einer inzestuösen Beziehung ...

Fiora hatte ihn geliebt und damals viele Tränen um ihn vergossen, doch in diesem Moment konnte man nur schwer erraten, welcher Art ihre Gefühle gegenüber ihrem geflüchteten Gatten sein mochten. Liebte sie ihn nach wie vor, oder gehörte auch er inzwischen zu den Menschen, an denen sie sich rächen wollte? Immerhin war Selongey genau zu dem Zeitpunkt heimlich in Florenz wieder aufgetaucht, als das Vermögen der Beltramis aufgelöst wurde, doch gleich darauf hatte er sich wieder davongemacht, ohne sich zu erkundigen, was aus seiner jungen Frau geworden war. Hatte er sie damals wiedersehen wollen, oder war es ihm nur darum gegangen, seinem Gebieter zusätzliches Einkommen zu verschaffen? Demetrios wurde bewußt, daß auf seine letzten Worte nur Schweigen gefolgt war. Er warf Fiora, die mit unerschütterlicher Miene neben ihm herritt, einen raschen Seitenblick zu und begann statt dessen, die Schönheiten der Umgebung zu rühmen.

Fiora hörte ihm jedoch kaum zu. Die gewaltsamen Dramen, die sie im vergangenen Frühjahr erlebt hatte, traten in ihren Gedanken zurück und machten dem Gedanken an ihre Eltern Platz, die so jung und so leichtsinnig gewesen waren. Lag dies am besonderen Zauber, den das Land Burgund vom ersten Moment an auf sie ausgeübt hatte? Wie dem auch sein mochte – Jean und Marie de Brévailles erschienen ihr in dem Maße immer näher und vertrauter, wie sie sich zunehmend mit deren Geschichte beschäftigte.
Bei den Ausläufern des Klosters von Larrey befand sich ein kleines Anwesen, dessen niedrige Mauern an die des Konvents grenzten. Es bestand aus einem Weinberg, einem viereckig angelegten Gemüsegarten mit ein paar Obstbäumen und einem Häuschen mit einem überdachten Vorplatz. Ein Mann in einem Leinenkittel, dessen langes weißes Haar aus seiner Mütze hervorschaute, arbeitete in gebückter Haltung an den Weinreben. Er war schon alt, doch als er sich aufrichtete und sich mit beiden Händen die offenbar schmerzenden Seiten hielt, sah man, daß er groß und noch kräftig war.
»Das ist er«, erklärte Leonarde. »Soll ich mit ihm sprechen?«
»Nein, danke«, erwiderte Fiora. »Ich gehe selbst zu ihm. Bitte wartet einen Moment.«
Sie schwang sich vom Pferd, steuerte auf den Eingang zu und ging dem Alten entgegen, der sich die Augen mit der Hand beschattete, um sie im Sonnenlicht besser betrachten zu können.
»Verzeiht, daß ich hier einfach so unaufgefordert hereinkomme«, begann sie. »Ihr seid Maître Signart, nicht wahr?«
Der ehemalige Henker, der an Besuche dieser Art nicht gewöhnt war, vollführte zur Begrüßung eine ungeschickte Bewegung und antwortete: »Wenn Ihr meinen Namen kennt, dann wißt Ihr auch, was ich einst war?«
»Ja, das weiß ich. Deshalb wollte ich Euch sprechen ...«
»Ich denke an jene Jahre nicht gern zurück ... aber ich stehe

zu Euren Diensten, werte Dame! Wollt Ihr nicht vor dem Haus Platz nehmen?«

»Können wir nicht ein wenig spazierengehen? Ihr habt einen so schönen Weinberg ...«

Unter dem weißen Bart, der dem einsamen Alten das Aussehen eines Patriarchen verlieh, erschien ein schüchternes Lächeln: »Und er liefert sehr guten Wein ... Also gehen wir ein Stück, wenn Ihr es wünscht ...«

Sie machten ein paar Schritte zwischen den regelmäßigen Reben, die der alte Mann im Vorbeigehen mit einer zärtlichen Geste streichelte.

»Im kommenden Dezember wird es achtzehn Jahre zurückliegen, daß ein Fremder, ein reicher florentinischer Kaufmann, Euch eine Summe Gold gegeben hat, damit Ihr für ihn eine Aufgabe übernahmt, die ihm sehr am Herzen lag. Genau darüber möchte ich mit Euch sprechen ...«

Maître Signart blieb stehen, und Fiora, die vor ihm hergegangen war, wandte sich um. Sie sah, daß sein Gesicht kreidebleich geworden war.

»Wer seid Ihr?« erwiderte er mit plötzlich rauher Stimme, »daß Ihr jenen furchtbaren Tag wieder heraufbeschwört, wo ich den Allmächtigen doch immer wieder anflehe, mich der Erinnerung daran zu berauben?«

Langsam hob Fiora den weißen Schleier von ihrem Antlitz.

»Seht mich genau an! Ich bin die Tochter der beiden, jene, die der florentinische Kaufmann adoptiert hatte ...«

Der Alte bekreuzigte sich, als habe er einen Geist erblickt, und bedeckte dann mit zitternden Händen sein Gesicht.

»Was ... was wollt Ihr?« stammelte der ehemalige Henker. »Wollt Ihr an einem alten Mann noch Rache nehmen?«

»Sehe ich meinen Eltern denn so ähnlich?«

»In einem Maße, daß es all meine Alpträume wieder weckt! Ihr könnt Euch nicht vorstellen, wie oft ich die beiden wieder vor mir gesehen habe! Sie waren so jung und so schön ... sie lächelten sich zu ... und ich, ich mußte sie zerstören!«

»Vielleicht war dies der beste Dienst, den Ihr den beiden erweisen konntet, denn immerhin sind sie gemeinsam aus dieser Welt gegangen. Ich hasse jene, die sie aufs Schafott geschickt haben, aber wenn man sie voneinander getrennt und eingesperrt hätte, wären sie bestimmt unendlich unglücklich gewesen. Für Liebende ist der gemeinsame Tod vielleicht sogar eine Gnade, selbst wenn es auf diese Weise geschehen ist ...«
Der alte Mann hatte die Hände vom Gesicht sinken lassen und betrachtete diese schöne junge Frau, die seine Gegenwart vergessen zu haben schien und jetzt wie zu sich selbst sprach. Er lauschte ihr voller Erstaunen, doch nicht ohne eine gewisse Erleichterung ...«
»Glaubt Ihr wirklich an das, was Ihr da sagt?«
Ohne den geringsten Hintergedanken lächelte sie ihn an. Dieser alte Mann, der ein Verbrechen beklagte, das in Wahrheit nicht er begangen hatte und das ihn noch immer verfolgte, rührte sie. Dieser Unglückliche war nichts als ein Werkzeug gewesen, und doch wurde er die Erinnerung an die beiden Menschen nicht los, die er hatte enthaupten müssen. Ob wohl jene, die diese doppelte Hinrichtung befohlen hatten, ebenfalls von nächtlichen Alpträumen verfolgt wurden?
Fiora bezweifelte dies sehr. Regnault du Hamel war ein Mann ohne Herz, und mit Pierre de Brévailles verhielt es sich bestimmt nicht anders. Was den Herzog von Burgund betraf, so konnte die Erinnerung an einen früheren Waffenbruder in Anbetracht seiner ehrgeizigen politischen Pläne nicht sehr auf ihm lasten.
»Ich bin von jedem meiner Worte überzeugt«, gab Fiora zurück, »und ich bin nicht zurückgekehrt, um Euch zu quälen, sondern allein deshalb, weil ich Euch fragen wollte, wo sich jenes Grab befindet, das mein Vater den beiden zugedacht hatte. Ich möchte dort ein Gebet verrichten ...«
Während sie diese Worte sprach, erinnerte sie sich an das,

was sich bei Jehan du Poix zugetragen hatte. Sie griff nach ihrer Geldtasche, doch der Alte gebot ihr Einhalt: »Bitte gebt mir nichts! Euer Vater hat mich für die Aufgabe, die er mir anvertraute, königlich entlohnt! Ihm verdanke ich den Besitz dieses Anwesens, das mich dem Himmel ein wenig näher bringt, nachdem ich früher in einem Sumpf gelebt habe. Das Grab, das Ihr sucht, befindet sich nicht weit von hier ...«

»Ihr könnt mich also dorthin führen?«

»Nein, denn es ist besser, wenn man uns nicht zusammen sieht. Ihr könnt es mühelos finden: Wenn Ihr von hier aus nach links reitet, seht Ihr in der Nähe des Wäldchens oben am Hügel eine Quelle. Sie gehört zum Konvent wie auch die Ländereien ringsum und ist nach der heiligen Anne benannt. Die Erde dort ist geweiht. Gleich neben dieser Quelle habe ich die beiden bestattet, und auf dem Grab habe ich einen Weißdornstrauch gepflanzt, der stets früher und länger blüht als die übrigen. Die Menschen hier in der Gegend betrachten dies als eine Art Wunder, und im Frühling kommen die Mädchen und sammeln, was vom Strauch herabfällt. Es soll ihnen Glück bringen ...«

»Wann habt Ihr das getan?«

»Drei Tage nach der Hinrichtung. Es war damals Neumond und sehr dunkel, doch ich sehe auch in der Dunkelheit gut. Außerdem hatte ich jemanden, der mir behilflich war.«

»Und wer war das? Einer von Euren damaligen Knechten?«

»O nein! Ich hatte zu niemandem Vertrauen. Der alte Kaplan der Brévailles ging mir zur Hand. Er wollte nicht auf den Besitz der Familie zurückkehren, bevor er nicht gemeinsam mit mir das ausgeführt hatte, was er als heilige Pflicht betrachtete. Der Arme! Doch er stand mir tapfer zur Seite, und er hat zumindest die Erde segnen können ... Ihr müßt das verstehen, Madame: Es ist für mich eine große Erleichterung, zu wissen, daß diese unglückseligen Kinder dort ihre letzte Ruhe gefunden haben, in geweihtem Boden und ganz in meiner Nähe. Auch wenn die Nächte für mich nach wie vor schwer sind ... Ich selbst fand meinen Seelenfrieden erst wieder, nachdem ich meinen Beruf aufgegeben hatte und hierhergekommen war, um niemals zurückzukehren. Deshalb hatte ich vorhin so große Angst, als ich Euch erkannte ...«

»Ihr seht jetzt, daß Ihr nicht den geringsten Grund dazu habt. Ich bin sicher, daß die beiden Euch schon seit langem vergeben haben, spätestens seit dem Moment, da Ihr den tödlichen Schlag ausgeführt hattet. Lebt wohl, Maître Signart! Wir werden einander bestimmt niemals wiedersehen. Dennoch sollt Ihr wissen, daß ich Euch von ganzem Herzen dankbar bin ...«

Fiora ließ ihn ins Haus zurückgehen und begab sich zu ihren Gefährten.

»Ändert es etwas an Euren Racheplänen, nachdem Ihr wißt, daß die beiden in Frieden und in geweihter Erde ruhen?« erkundigte sich Demetrios.

»Dies mildert keineswegs die Schuld der Verantwortlichen. Ich werde den Weg bis ans Ende gehen ...«

»Abgesehen von Herzog Karl sind die anderen vielleicht schon nicht mehr am Leben ...«

»Das gilt es zunächst herauszufinden. Nur der Zorn Gottes vermag sie vor dem meinen zu bewahren. Aber dort oben sehe ich jetzt schon die Quelle ...«

Die Quelle und ihre Umgebung erwiesen sich als äußerst idyllisch. Am Ausgang eines hübschen Pinienwäldchens plätscherte ein Wasserstrahl in ein aus groben Steinen gefertigtes Becken, und in unmittelbarer Nähe streckte ein kräftiger Weißdornstrauch seine Zweige aus.

Was der alte Signart jedoch nicht hatte vorhersehen können, war die unerwartete Anwesenheit eines Menschen: Irgend jemand verrichtete vor dem Strauch ein Gebet.

Es handelte sich um einen ärmlich gekleideten jungen Mann, der so inbrünstig in sein Gebet vertieft war, daß er die

Pferde nicht herannahen hörte. Fiora warf Demetrios einen fragenden Blick zu. Dieser zuckte die Schultern: »Da man Euch erklärt hat, daß diesem Strauch wundertätige Kräfte zugeschrieben werden, wäre das eine Erklärung. Lassen wir den jungen Mann also sein Gebet beenden.«

Es dauerte nicht lange. Der Bauer – denn offenbar handelte es sich um einen solchen – schien zu merken, daß er beobachtet wurde. Er bekreuzigte sich, warf sich nieder, küßte den Boden, richtete sich wieder auf, brach einen kleinen Zweig ab, den er unter seinem Kittel verbarg, wandte sich schließlich um und schleuderte den Ankömmlingen wütend entgegen: »Was habt Ihr hier zu suchen? Falls Ihr hier Eure Pferde tränken wollt, so wißt, daß diese Quelle heilig ist.«

»Unsere Pferde sind nicht durstig«, erwiderte Fiora, »und wir sind aus demselben Grunde gekommen wir Ihr: Wir wollen beten. Habt Ihr dagegen etwas einzuwenden?«

Der junge Mann antwortete nicht. Statt dessen ging er langsam auf die Gruppe zu, die jetzt vom Pferd stieg. Der Bursche mochte an die fünfundzwanzig Jahre alt sein. Er war ziemlich groß, und trotz seiner bäuerlichen Kleidung wirkte seine Haut erstaunlich zart. Sein Gesicht mit den etwas derben Zügen erschien Fiora dennoch seltsam vertraut. Der Bauer hatte seinerseits Fiora unentwegt mit dem Blick fixiert, ohne die übrigen weiter zu beobachten. Er ging geradewegs auf sie zu und murmelte: »Marie ... Marie! Du kannst es doch gar nicht sein ... und dennoch ...«

»Nein«, entgegnete Fiora, »ich bin nicht Marie. Ich bin ihre Tochter. Und Ihr, wer seid Ihr? Ihr müßt sie folglich gekannt haben?«

»Ich bin ihr jüngerer Bruder Christophe. Ich war zehn Jahre alt, als ... und ich liebte sie so sehr, alle beide! Ihr könnt es nicht wissen, aber sie waren das einzige Licht meines Lebens, und nun sind es fast schon achtzehn Jahre, daß dieses Licht erloschen ist. Seitdem war ich immer nur unglücklich ...« Ein Schluchzer schnürte ihm die Kehle zu. Dann

wandte er sich um und eilte erneut zu dem Weißdornstrauch, um dort niederzuknien, als sei dies sein einziger Zufluchtsort.
»Sieh nur«, murmelte Demetrios, »er ist Priester.«
Tatsächlich war inmitten der wirren braunen Haare eine Tonsur zu erkennen.
»Der Arme wird keine andere Wahl gehabt haben«, meinte Leonarde mit anteilnehmendem Blick, während Fiora sich zu dem jungen Mann gesellte und ebenfalls ein Gebet sprach. Dann half sie ihm aufstehen und reichte ihm ihr Taschentuch, damit er sich die Tränen abtrocknen konnte.
»Ich hatte geglaubt, keine Verwandten mehr zu haben«, sagte sie sanft, »und nun finde ich plötzlich einen so jungen Onkel von mir! Vielleicht kann ich Euren Kummer ein wenig lindern. Ich heiße Fiora und komme aus Florenz ... Und Ihr gehört jetzt der Kirche an, wie es scheint?«
Er vollführte eine heftige Geste der Verneinung und erklärte: »Ich gehöre ihr nicht länger an ... Gestern bin ich aus dem Kloster von Citeaux geflohen, wo ich seit siebzehn Jahren eingesperrt war ... ich weiß nicht, wohin ich gehen soll, aber ich weiß, daß ich weit, weit fort will, so weit wie nur möglich! Dennoch mußte ich zuvor noch hierherkommen, um zu beten. Ich wollte ihr Grab zumindest einmal gesehen haben ...«
»Wer hat Euch gesagt, wo es sich befindet?«
»Unser alter Hauskaplan, Pater Antoine Charruet, der die beiden bis zum Ende begleitet hat. Dafür wurde er hinterher von meinem Vater wie ein unehrlicher Diener davongejagt. Der Pater flüchtete sich daraufhin in unser Kloster, wo er auch gestorben ist ... Mein Vater ist ein Ungeheuer. Er hat überhaupt kein Herz ... Drei Tage nach der Hinrichtung wurde ich nach Citeaux gebracht, während meine jüngere Schwester Marguerite in das Kloster von Tart kam ... letzten Winter ist sie dort gestorben.«
»Und Eure Mutter? Lebt sie noch?«

»Ja, leider, muß ich sagen, denn ihr Leben ist die Hölle. Sie lebt in unserem Schloß, wo sie zusammen mit diesem alten Dämon wie eine Gefangene dahinvegetiert. Er hat nichts als Beleidigungen für sie übrig, für sie und ihre Kinder, und dabei ist sie ein Mensch voller Güte und Sanftmut. Wenn ich sie doch nur dort herausholen könnte!«

»Warum wollen wir das nicht gemeinsam versuchen?« erwiderte Fiora, die vom Schmerz des jungen Mannes tief berührt war.

»Was meint Ihr damit? Und warum seid Ihr überhaupt hierher zurückgekommen? Wart Ihr bei jenem florentinischen Kaufmann nicht glücklich? Pater Charruet hat immer wieder seine Großmut gerühmt!«

»O doch, ich war glücklich bei ihm ... aber mein Vater ist tot, und ich bin gekommen, um alte Schulden zu begleichen. Wenn Ihr nicht wißt, wohin Ihr gehen sollt, dann kommt mit uns! Ich werde mich um Euch kümmern.«

»Ihr seid sehr gütig, aber ich möchte in den Krieg ziehen. Ich sehe darin die einzige Möglichkeit, dieses Leben, das für mich nur Schrecken übrig hat, ehrenvoll zu beenden.«

Demetrios kam näher und legte seine große Hand auf die Schulter des jungen Mannes. »Findet Ihr nicht, daß es in Eurer Familie schon genug Tote gibt? Warum versucht Ihr nicht, Euch ein neues Leben aufzubauen, ein Leben, das Euren Vorstellungen entspricht und das eines Edelmannes würdig ist?«

»Eines Edelmannes? Ich habe inzwischen weder Namen noch Vornamen mehr. In Citeaux war ich Bruder Anthime, nichts anderes. Mein Vater wünscht, daß von unserer Familie keinerlei Spur mehr bleibt.«

»Nun gut, dann nehmt eben einen anderen Namen an! Zum Beispiel den Namen von einem Eurer Vorfahren! Wie auch immer, der Krieg kann zumindest bis morgen noch warten. Und abgesehen davon glaube ich, daß Ihr Eurer ... Nichte noch vieles zu erzählen habt! Kommt mit uns! Es ist schon spät, und die Tore der Stadt werden bald schließen.«

An der Art, wie die Augen des jungen Mannes – jene grauen Augen, die den ihren so ähnlich waren – zu leuchten begannen, erkannte Fiora, daß er nichts lieber tun würde, als ihren Vorschlag anzunehmen. Sie drängte daher sanft: »Kommt mit, ich bitte Euch! Ihr könnt Euch nicht vorstellen, wie sehr ich mich freue, daß das Schicksal uns zusammengebracht hat!«

»Ich bin ebenfalls glücklich, und es ist das erste Mal seit so langer Zeit! Ich wußte schon nicht mehr, was Glück eigentlich ist!«

Und ohne sich länger bitten zu lassen, schwang er sich hinter Esteban aufs Pferd. Fiora kehrte jedoch nochmals zum Grab zurück. Sie kniete davor nieder und murmelte: »Ich bin zurückgekommen, um an jenen Rache zu üben, die Euren Tod verschuldet haben. Sobald meine Aufgabe erfüllt ist, werde ich wiederkehren, doch unterdessen werde ich dafür sorgen, daß die übrigen Opfer; nämlich Eure Mutter und Eurer Bruder, zumindest ihren Seelenfrieden wiederfinden. Ich bin Euer Kind, und ich liebe Euch beide ...«

Sie legte sich ganz auf den Boden, küßte die Erde unter dem grünen Gras und erhob sich. Wie zuvor Christophe nahm auch sie einen kleinen Zweig von dem Strauch mit.

»Wir können aufbrechen«, meinte sie dann lächelnd zu ihren Begleitern.

Schweigend ritten sie der Stadt entgegen.

Diesmal war es an Leonarde, sich Erinnerungen hinzugeben ...

Als sie das Tor passierte, das die Stadt in nordwestlicher Richtung begrenzte, klopfte das Herz des alten Mädchens ein wenig schneller als gewöhnlich, obwohl sie sich nichts anmerken ließ. Über zehn Jahre ihres Lebens hatte sie in der Herberge »Zum goldenen Kreuz« verbracht, deren schön gestaltetes Aushängeschild von weitem bereits zu erkennen

war. Seit achtzehn Jahren war sie nicht mehr dort gewesen ... Kurz nach dem Tod ihrer Mutter war sie hierhergekommen, nachdem ihre Cousine Bertille, die die Herberge führte, ihr angeboten hatte, ihr bei den täglichen Arbeiten zur Hand zu gehen.
Leonarde hatte sich von Anfang an dort sehr wohl gefühlt, denn das große und gepflegte Gasthaus war in der ganzen Gegend für seine komfortablen Zimmer und die gute Küche berühmt. Man traf dort viele reiche und berühmte Leute, und einmal war sogar Herzog Philippe zusammen mit seinem Gefolge dort zum Abendessen eingekehrt. Natürlich hatte Maître Huguet, der Besitzer und Ehemann von Bertille, an jenem Abend niemanden sonst bewirtet, um sich ausschließlich um das Wohl seines Herrschers zu kümmern. Ja, Leonarde hatte bei den beiden ein sehr schönes Leben gehabt. Dennoch hatte es genügt, daß man ihr eines Abends plötzlich einen mageren Säugling in den Arm legte, ein kleines, allein gelassenes Mädchen, und schon hatte sie in sich etwas aufsteigen gefühlt, womit sie überhaupt nicht mehr gerechnet hatte: Mutterinstinkte, das Bedürfnis, sich ganz in den Dienst dieses kleinen Wesens zu stellen und ihm ihr Leben zu weihen, ohne jemals dafür etwas zurückzuverlangen. Bereits am nächsten Morgen hatte sie freiwillig all dem den Rücken gekehrt, was bis dahin ihr Leben ausgemacht hatte. Sie war in ein Abenteuer aufgebrochen, zusammen mit einem ihr unbekannten Mann, von dem sie damals lediglich zu spüren glaubte, daß er ebenso großzügig und selbstlos war wie sie. Als die kleine Fiora – die am Vorabend im Zimmer des Kaufmanns getauft worden war – in Leonardes Armen ruhte, war diese unendlich glücklich gewesen ...
Während Leonarde an diesem Punkt ihrer Erinnerungen anlangte, dachte sie, daß sie damals die richtige Wahl getroffen hatte, trotz des furchtbaren Dramas, das ihrem Aufenthalt in Florenz ein so jähes Ende bereitet hatte. Wenn sie nochmals vor die Entscheidung gestellt wäre, würde sie es ohne

das geringste Zögern genauso machen, denn sie hatte in jenem Palazzo am Ufer des Arno siebzehn wirklich glückliche Jahre verbracht. Von diesem Glück war ihr nur das verblieben, was sie bereits empfunden hatte, als sie Dijon einst verließ: ihre zärtliche Liebe zu Fiora und die Pflicht, über sie zu wachen.

Dies war inzwischen natürlich nicht mehr so leicht. Fiora war zur Frau geworden, eine Frau, die Leid erfahren hatte und von Rachegelüsten beherrscht wurde. In Demetrios hatte Fiora einen ihr sehr ähnlichen Verbündeten gefunden. Sie würde nicht eher zur Ruhe kommen, bis sie ihren Plan ausgeführt hatte.

Leonarde betrachtete es daher jetzt als ihre wichtigste Aufgabe, darauf zu achten, daß ihre geliebte Ziehtochter auf diesem gefährlichen Weg nicht noch mehr verwundet wurde, als sie ohnehin schon war.

Die Reiter machten vor der Herberge halt, und Leonarde dachte bei sich, daß sich zumindest dem äußeren Anschein nach nichts verändert hatte. Alles erstrahlte nach wie vor in untadeliger Sauberkeit. Als dann Maître Huguet, der Besitzer, zu ihrer Begrüßung herbeigeeilt kam, stellte sie allerdings fest, daß dessen Bauch erheblich an Umfang zugenommen hatte und sein Haar von grauen Strähnen durchzogen war ...

Beeindruckt von Fioras und Demetrios' noblem Aussehen, die an der Spitze der Gruppe geritten waren, tat der würdevolle Wirt der Herberge alles, um die Reisenden gebührend zu empfangen. Sein Haus wie auch er selbst, so versicherte er ihnen, stehe ihnen ganz zu Diensten.

»Man wird sehen, ob Euer Haus noch immer so gut ist wie einst, lieber Cousin«, erklärte Leonarde, die näher gekommen war. »Wir sind jedenfalls müde vom Reisen und vollkommen ausgehungert!«

Donatien Huguet riß verblüfft die Augen auf und mußte seine Brillengläser zu Hilfe nehmen, um sich zu vergewis-

sern, daß er nicht geträumt hatte: »Bei allen guten Geistern! Leonarde! Seid Ihr es wirklich?«
»Ich bin es tatsächlich, in Fleisch und Blut! Und ich freue mich, Euch in so guter Verfassung zu sehen ... wie eine leibhaftige Verkörperung von Wohlstand, um nicht zu sagen Überfluß!«
»Ich kann mich nicht beklagen, wahrlich nicht! Das Geschäft geht gut, und wir haben unseren Ruf halten können.«
Die beiden umarmten einander mit all der Inbrunst, die man an den Tag legt, wenn man sich lange Zeit nicht mehr gesehen hat. Schließlich machte Leonarde dem ein Ende und fragte ihren Cousin: »Und wo ist Bertille? Ich möchte sie so gern in den Arm nehmen.«
Die gütigen Züge von Huguet verdüsterten sich, und in seinem Auge sah man gleich darauf eine Träne schimmern: »Meine arme Frau ist vor jetzt vier Jahren von uns gegangen, und ich weiß mich noch immer nicht zu trösten. Meine jüngere Schwester Magdeleine hilft mir jetzt, aber obwohl sie viel guten Willen hat, ist sie doch kein Vergleich zu meiner Bertille ...«
Sie umarmten sich erneut, und auch Leonarde stiegen die Tränen in die Augen, denn sie gehörte zu jenen, deren Gefühlen auch die Zeit nichts anhaben kann. Sie hatte Bertille sehr gern gehabt, und ihr Tod ging ihr aufrichtig nahe. Doch diesmal war es der Wirt, der dieser Zeremonie ein Ende machte: »Wir sprechen hier von Familienangelegenheiten und geben uns unserer Rührung hin, und damit langweilen wir sicher diese ehrenwerten Herrschaften in Eurer Begleitung ...«
»Hier ist noch jemand, den Ihr kennt«, sagte Leonarde und nahm Fiora am Arm. »Erinnert Ihr Euch noch an Herrn Beltrami, lieber Cousin?«
»Wie könnte ich ihn je vergessen? Ein so liebenswürdiger, großzügiger Herr! Er mochte mein Hähnchen in Rotwein so gern ... Aber wir haben ihn schon sehr lange nicht mehr gesehen ...«

»Leider wird es dazu auch nicht mehr kommen, denn auch er hat diese Welt verlassen, doch dies ist Donna Fiora, seine Tochter, deren Gouvernante ich nach wie vor bin ...«
Angesichts dieser schönen jungen Frau, die ihn mit ihren großen grauen Augen anlächelte, schlug Maître Huguet aufgeregt die Hände zusammen, aber irgend etwas an seinem Gebaren wirkte dabei seltsam.
»Das kleine Mädchen, das hier getauft wurde? Heiliger Jesus, wie schön sie ist! Wenn meine Bertille das noch erlebt hätte!«
»Und dieser Herr hier«, fügte Leonarde hinzu, »ist Demetrios Lascaris, Leibarzt von Lorenzo de Medici, den dieser zum französischen König entsandt hat. Das da ist sein Diener, und dann ist noch ... ein Freund von uns dabei. Doch nun benötigen wir erst einmal eine gute Unterkunft und ein stärkendes Mahl!«
Eskortiert vom Wirt, der sich inzwischen wieder gefaßt hatte, betrat die kleine Gruppe die Herberge, wo Magdeleine sie herzlich begrüßte. Dann führte sie Leonarde und Fiora nach oben, zum schönsten Zimmer des Hauses. Trotz der vielen Jahre, die seitdem vergangen waren, erkannte Leonarde das Zimmer sofort wieder. Dorthin hatte Francesco Beltrami einst das Kind gebracht, das er vor dem wütenden Haß Regnault du Hamels gerettet hatte, dort war die kleine Fiora getauft worden.
Sie erzählte es ihr, und Fiora blickte sich mit großen, gerührten Augen im Zimmer um. Leonarde beschloß, sie einen Moment an diesem Ort allein zu lassen, um nach unten in die Küche zu gehen, wo sie mit Sicherheit Maître Huguet antreffen würde. Ein seltsamer Unterton hatte in seiner Stimme gelegen, als er festgestellt hatte, daß Francesco Beltrami schon seit langem nicht mehr ins »Goldene Kreuz« gekommen sei, und es hatte sich fast wie Erleichterung angehört. Ebensogut hätte er hinzufügen können: »Gott sei Dank!«

Das alte Mädchen wollte unbedingt herausfinden, was dahintersteckte.
Sie überraschte ihren Cousin, wie er dabei war, jene kostbaren Gewürze abzuwiegen, die er für die Zubereitung einer Kalbspastete benötigte. Sie wartete, bis er mit diesem wichtigen Vorgang fertig war und zog ihn dann in das kleine Nebenzimmer, wo er seine Buchhaltung zu erledigen pflegte: »Befreit mich von einem Zweifel, lieber Cousin!« begann sie. »Als Ihr mir vorhin sagtet, daß Ihr Herrn Beltrami schon lange nicht mehr gesehen habt, schient Ihr mir darüber nicht allzu traurig, oder irre ich mich?«
»Wie könnt Ihr das nur denken, Leonarde? Ein so guter Gast ...«
»... ein Gast, der Euch bei seinem letzten Aufenthalt mit einer beträchtlichen Summe für die kleinen Gefälligkeiten entschädigte, um die er Euch gebeten hatte ... Wäre dies nicht Anlaß für ein gewisses Bedauern?«
Maître Huguets Wangen röteten sich heftig, und er warf einen raschen Blick in die Küche, um sicherzugehen, daß niemand lauschte: »Er hat mir in der Tat viel Geld dafür gegeben, aber ich habe deswegen auch viel Ärger gehabt. Wollt Ihr eigentlich lange hierbleiben?«
»Also wirklich«, gab Leonarde gekränkt zurück, »Ihr habt eine merkwürdige Auffassung von Gastfreundschaft, ganz zu schweigen von Eurem Geschäftssinn! Wir können lange im voraus bezahlen!«
»Das bezweifle ich nicht, aber Ihr werdet mich gleich besser verstehen, wenn ich Euch sage, daß es mir dabei vor allem um Euch geht und um diese schöne junge Frau.«
»So erzählt mir zunächst, was sich nach unserer Abreise damals zugetragen hat!«
Der Wirt senkte die Stimme, und Leonarde beugte sich näher zu ihm.
»Eine echte Katastrophe war das! Man hatte uns ja nicht gesagt, daß es sich bei dem ›Findelkind‹ um das Kind dieser

beiden Unglückseligen handelte! Und ebensowenig wußten wir, daß Herr Beltrami den Herrn du Hamel gefesselt und geknebelt im ehemaligen Hospiz zurückgelassen hatte, wo dieser beinahe erfroren wäre!«
»Schade, daß er nicht tatsächlich dabei gestorben ist! Was den Rest betrifft, so verstehe ich nicht, was Ihr damit zu tun hattet. Herr Francesco war ein Mann, der genau wußte, was er tat, und der vor allem diskret und verschwiegen war. So ist du Hamel also entkommen? Wer hat ihn freigelassen?«
»Ein Bauer hat ihn zufällig dort entdeckt und sofort Hilfe geholt. Ihr wart ja längst über alle Berge ...«
»Ja, zum Glück! Und wie ging es dann weiter?«
»Sobald Herr du Hamel sich einigermaßen erholt hatte, spuckte er Gift und Galle. Trotz meines heftigen Protestes wurde mein Haus bis in sämtliche Winkel durchsucht, um den Mann aufzuspüren, der ›gewagt hatte, sich der Rechtsprechung unseres Herrschers zu widersetzen‹, aber man hat ihn natürlich nicht gefunden.«
»Wie sollte man auch ...«, meinte Leonarde mit angedeutetem Lächeln.
»Ich habe damals nur das Nötigste von dem erzählt, was ich wußte: Der florentinische Kaufmann habe Dijon am Vorabend verlassen, wahrscheinlich, um sich nach Paris zu begeben, wo Geschäfte auf ihn warteten. Von dem Kind haben weder meine Frau noch ich ein Sterbenswort verraten ...«
»Und was war mit Euren Angestellten? Wurden die Leute nicht ebenfalls befragt?«
In leicht gekränktem Ton erwiderte Huguet: »Gewiß, doch Ihr müßtet eigentlich wissen, liebe Cousine, daß ich nicht jeden für mich arbeiten lasse. Ich bin bei der Auswahl meiner Leute sehr anspruchsvoll, und wer erst einmal diesem Hause angehört, tut alles, um bleiben zu können. Folglich hätte man damals meinen können, daß das Personal blind, taub und stumm sei ... Sie haben einhellig geschworen, Herr

Beltrami sei nach Paris abgereist, wo er das Kind, das er gefunden hatte, in die Obhut eines Klosters geben wolle ...«

»Hat man uns nicht verfolgt?«

»Ja, aber die Männer sind in die falsche Richtung geritten ...«

»Nun, dann ist doch alles glimpflich verlaufen, nicht wahr? Warum also wollt Ihr uns so schnell wieder loswerden? Schließlich liegt die Geschichte sehr lange zurück.«

»Für gewisse Leute wie etwa für Herrn du Hamel ist sie noch immer aktuell, und sobald er erfährt, daß eine junge Frau mit Namen Beltrami in unserer Herberge abgestiegen ist ...«

»Wie soll er das erfahren? Er wohnt in Autun, und das ist ziemlich weit weg von hier ...«

»Früher wohnte er in Autun, doch gegenwärtig ist er Berater des Herzogs und ›Statthalter‹ des Kanzlers hier in Dijon. Er ist eine sehr wichtige Persönlichkeit!«

»Donnerwetter! Auf die Weise wollte man ihn wohl dafür trösten, daß er so gehörnt worden ist! Aber das darf doch nicht wahr sein! Und wenn ich richtig verstanden habe, wohnt er jetzt hier?«

»Ja, ganz in der Nähe. Er hat ein Haus in der Rue du Lacet gekauft. Dort lebt er seit zehn Jahren, und er verläßt seinen Wohnsitz nur, um sich in seine Amtsstube zu begeben ...«

»Warum sollen wir uns dann Sorgen machen?«

»Weil er mit dem Beamten gut bekannt ist, der für die Herbergen und die Reisenden zuständig ist. Ihr wißt doch selbst, daß all unsere Gäste in einem Buch registriert werden, und ich kann schließlich nicht den Namen Beltrami dort hineinschreiben!«

»Das mußt Ihr auch nicht tun!« gab Leonarde energisch zurück. »Und da Euch auch der meinige in Schwierigkeiten bringen könnte, schreibt Ihr besser den des Doktor Lascaris hinein ... Genau, so machen wir es: Ihr habt heute Abend Herrn Demetrios Lascaris empfangen, den griechischen

Leibarzt von Lorenzo de Medici, sowie dessen Nichte, deren Gouvernante, seinen Diener und ... seinen Sekretär! Nun, was haltet Ihr davon?«
»Bei dem Sekretär handelt es sich wohl um den jungen Mann, der eher wie ein Bauer aussieht?«
»Ihr könnt sicher sein, daß er von morgen an ganz wie ein Sekretär aussehen wird«, erwiderte Leonarde leichthin.
»Wer ist er? Ich finde ihn irgendwie seltsam ...«
»Macht Euch darüber keine weiteren Gedanken! Wenn Ihr wüßtet, wer er ist, würdet Ihr womöglich ohnmächtig in einen Eurer Kochtöpfe fallen, und das würde die Suppe verderben. Und jetzt scheint man Euch in der Küche zu brauchen, den Geräuschen nach zu urteilen, die ich von dort vernehme ...«
»Ich komme, ich komme«, rief Maître Huguet, und dann zu Leonarde gewandt: »Was habt Ihr inzwischen beschlossen?«
»Ich werde es Euch morgen sagen. Ihr habt mir einige sehr interessante Dinge erzählt, über die ich zunächst mit Donna Fiora und den anderen sprechen muß. Oh, ehe ich es vergesse: Bitte serviert uns das Essen in unserem Zimmer. Wir werden dort alle gemeinsam speisen. Ihr müßt keine neugierigen Blicke fürchten, und wir fühlen uns dann ebenfalls sicherer.«
Maître Huguet stimmte erleichtert zu, konnte jedoch nicht umhin, noch zu bemerken, daß ein griechischer Arzt nicht sehr seriös wirke.
Etwas verärgert entgegnete Leonarde: »Der König von Frankreich scheint aber ganz anders darüber zu denken! Was habt Ihr gegen ihn? Im übrigen gebührt ihm eigentlich die Anrede ›Durchlaucht‹, denn ich vergaß, Euch darüber aufzuklären, daß er von fürstlichem Geblüt ist, der Abkömmling eines byzantinischen Herrschers!«
Nachdem sie diesen Pfeil abgeschossen hatte, der ihrem Cousin erst einmal die Sprache verschlug, ging sie nach oben zu Fiora. Für den Moment berichtete sie ihr jedoch nicht

alles, was sie soeben erfahren hatte, da sie sich noch eine Zeit des Nachdenkens gönnen wollte.
Regnault du Hamel rangierte auf der Liste jener, die Fiora vom Erdboden tilgen wollte, an allererster Stelle, das wußte Leonarde nur zu gut. Wie würde die junge Frau reagieren, wenn sie erfuhr, daß ihr Todfeind ganz in ihrer Nähe wohnte, während sie ihn bis dahin in Autun vermutet hatte? Die Versuchung war groß, nichts davon zu erwähnen, denn das alte Fräulein war in tiefer Sorge um ihr »Lämmchen«, das sich auf einen gefährlichen Weg begeben wollte. Andererseits: Wenn sie Fiora nach Autun reisen ließ, wo diese erfahren würde, daß du Hamel sich in Dijon befand, würde es das Unausweichliche nur hinauszögern. Sie kannte die junge Frau zu gut, um sich irgendwelche Illusionen zu machen. Ganz gleich, wie die Folgen wären, würde Fiora ihre Aufgabe bis ins letzte erfüllen wollen.
Leonarde beschränkte sich daher momentan darauf, ihr mitzuteilen, daß man ihnen das Abendessen auf dem Zimmer servieren werde, und eilte davon, um die übrigen zu verständigen.
Die gemeinsam eingenommene Mahlzeit war köstlich, denn Maître Huguet hatte sich damit große Mühe gegeben, und die Stimmung in der Gruppe war fast fröhlich zu nennen. Fiora war glücklich, die Pilgerfahrt ans Grab ihrer Eltern zu einem guten Ende gebracht zu haben. Außerdem freute sie sich über die Begegnung mit ihrem jungen Onkel, für den sie Zuneigung und Anteilnahme empfand. Sie betrachtete dieses Zusammentreffen als ein Zeichen des Schicksals.
Christophe de Brévailles seinerseits, der ihr gegenübersaß, fühlte sich wie im Paradies. Ausgerechnet in dem Moment, wo er vor der Entscheidung stand, welchen neuen Weg er jetzt einschlagen sollte, hatte der Himmel ihm dieses schöne junge Mädchen geschickt. Und sie sah den beiden, an deren Grab er geweint hatte, wie aus dem Gesicht geschnitten ähnlich! In ihren Adern floß dasselbe Blut. Dank ihrer begann

sein bis dahin so elendes Dasein eine neue Wendung zu nehmen. Nicht ohne eine gewisse Erheiterung stellte er bei sich fest, daß er erstmals in seinem Leben den Tisch mit einem Arzt aus Byzanz und einem Spanier aus Kastilien teilte, ganz zu schweigen von dieser entzückenden Nichte! Sie besaß wirklich die schönsten Augen der Welt, und Fiora war ein wunderhübscher Name für sie! Und dieses vorzügliche Mahl! So etwas Gutes hatte er noch nie gegessen!
Demetrios, der neben ihm saß, war ein echter Philosoph und verstand sich daher aufs Genießen. Die gesellige Runde war ganz nach seinem Geschmack. Er war froh und zufrieden, daß Fioras tragische Mission mit einem Erfolg begonnen hatte. Für ihn war dies ein gutes Vorzeichen im Hinblick auf das, was noch vor ihnen lag. Ihr endgültig angesteuertes Ziel mochte im Moment wahnwitzig erscheinen: Immerhin ging es darum, Karl den Kühnen zu vernichten, jenen Mann, der vielleicht der mächtigste von ganz Europa war. Allem Anschein nach hielt er sich nur noch inmitten seiner Armee auf, seitdem er sich in den Kopf gesetzt hatte, König zu werden. Doch Demetrios glaubte fest an Wunder, und noch mehr glaubte er an seine unerschütterliche Willenskraft ...
Inmitten dieser Runde war Esteban dennoch der einzige, der das Leben wirklich schön fand. Er liebte weite Horizonte und hatte die Reise, die von Florenz aus quer durch die Provence und dann durch die Täler der Rhône und der Saône führte, sehr genossen. Gegenwärtig war er dabei, die wunderbaren Weine von Burgund zu entdecken ... Mit halbgeschlossenen Augen und entrückter Miene sah er derzeit kaum noch etwas anderes vor sich als seinen Weinbecher, der mit köstlichem Chambertin gefüllt war ...
Leonarde hatte sich fast überhaupt nicht am Gespräch beteiligt, denn zum Glück übernahm Demetrios die Aufgabe, die anderen zu unterhalten. Schließlich war er ein Mann, der viel gesehen und erlebt hatte.
Sie wartete, bis alle Gerichte von der Tafel abgetragen waren

und eine letzte Flasche Wein serviert wurde. Sie war sich bewußt, was dieses Zusammensein vor allem im Hinblick auf den jungen Brévailles bedeutete. Fiora lächeln zu sehen, war für deren Gouvernante sehr wichtig ...
Als sich jedoch die Türe endgültig hinter dem letzten Diener geschlossen hatte, erhob sie sich, ging zum Kamin, in dem ein wärmendes Feuer brannte, rieb sich einen Moment lang die Hände davor und wandte sich dann zu ihren Gefährten um. Esteban war gerade im Begriff, die Vorzüge der Herberge »Zum goldenen Kreuz« in den höchsten Tönen zu loben, aber Leonarde schnitt ihm das Wort ab: »Dies ist zweifellos wahr, doch ich fürchte, daß wir hier nicht lange bleiben können. Ich habe Euch einiges zu sagen ...«
Alle wirkten danach wie erstarrt: Fiora, die sich aufs Bett gesetzt hatte, Demetrios auf der Bank neben dem Kamin, Christophe auf einem kleinen Schemel. Nur Esteban leerte sein Glas ein letztes Mal, obwohl auch er jetzt nicht mehr lächelte. Ihnen allen war klar, daß dieser schöne Moment bereits der Vergangenheit angehörte ...

Kapitel 2

Das Haus am Fluß

Fioras Entschluß stand augenblicklich fest: Da Regnault du Hamel in Dijon wohnte, würde sie so lange dort bleiben, wie es erforderlich war, um jenen Mann zu vernichten, der ihre Mutter gequält und ein Neugeborenes zu töten versucht hatte.

Doch Maître Huguets Befürchtungen waren nur zu berechtigt, und in einem anderen Gasthaus würden sie dasselbe Risiko eingehen.

»Es wird das beste sein«, schlug Demetrios vor, »wenn wir in der Nähe des Hauses, für das wir uns interessieren, selbst etwas mieten, sofern dies möglich ist. Um einen solchen Plan auszuführen, braucht man vor allem Zeit, man muß die Gewohnheiten seines Gegners genau studieren, ihm nachspionieren und sich vor allem in Geduld üben.«

Er sprach von Geduld! Sie war in der Tat die bevorzugte Waffe des griechischen Arztes, und er wurde nicht müde, Fiora in der Kunst dieser seltenen Tugend zu unterweisen. Sie erwies sich als sehr gelehrige Schülerin ... was bei Esteban nicht der Fall war.

»Wir werden uns hier doch nicht etwa auf Dauer niederlassen?« protestierte er. »Müssen wir nicht nach Paris weiterreisen?«

»Alles zu seiner Zeit. Und wir haben noch viel Zeit, bis wir uns beim König einfinden müssen, der sich im Moment ohnehin nicht in Paris aufhält. Ist es möglich, daß wir hier für ein paar Wochen eine geeignete Unterkunft finden, Frau Leonarde?«

»Man kann sicher etwas finden. Es fragt sich nur, ob es auch die richtige Lage hat.«
Gleich am nächsten Morgen unterbreitete sie dieses Problem der jüngeren Schwester von Maître Huguet, Magdeleine, die sie schon aus deren Jungmädchentagen kannte. Magdeleine war eine schlichte Seele und lauschte andächtig, als Leonarde ihr erzählte, wie beeindruckt ihre »Herrschaften« von den Schönheiten der Stadt und der Umgebung seien. Man suche daher einen komfortablen Wohnsitz, der möglichst zentral gelegen sein solle. Magdeleine zeigte sich von der Aussicht, Leonarde eine Zeitlang in ihrer Nähe zu wissen, hoch erfreut. Sie wandte jedoch nicht ohne eine gewisse Berechnung dagegen ein, die Herberge ihres Bruders biete doch für einen solchen Aufenthalt alle nur gewünschten Annehmlichkeiten.
»Ja, vorausgesetzt, daß man bei guter Gesundheit ist«, erwiderte Leonarde. »Donna Fiora fühlt sich heute gar nicht wohl. Die lange Reise hat ihr sehr zugesetzt, und sie braucht erst einmal Ruhe und Erholung. Außerdem geht es auch um Herrn Lascaris, der als Gelehrter tätig ist und die Zurückgezogenheit liebt ...«
Magdeleine besaß zwar ein schlichtes Gemüt, doch sie konnte durchaus logisch denken und bemerkte daher: »Aber ich dachte, er sei auf dem Weg zum französischen König?«
»Der König befindet sich derzeit bei seiner Armee und erwartet uns erst im Herbst, im Schloß von Plessis-lès-Tours an der Loire ...«
Solchermaßen aufgeklärt gab Magdeleine sich zufrieden und konnte Leonarde sogleich eine hilfreiche Auskunft geben: »Erinnert Ihr Euch noch an Frau Symonne Sauvegrain, die jetzige Witwe des ehemaligen Kanzlers Jehan Morel?«
»Ihr meint jene, die einst die Amme von Herzog Karl gewesen ist und zum Dank dafür von ihm geadelt wurde?«

»Ja, und später hat sie auch der jungen Prinzessin Marie, der einzigen Tochter unseres Herzogs, als Amme gedient, und das drei Jahre lang. Unser Herrscher fühlt sich ihr daher zu großem Dank verpflichtet.«
»Wenn ich mich recht entsinne, so hatte der verstorbene Jehan Morel ein sehr schönes und großes Palais in der Rue des Forges bauen lassen, nicht wahr?«
»Ja, aber es war Frau Symonne auf die Dauer zu groß. Seitdem ihre Tochter Ysabeau verheiratet ist, lebt sie dort allein mit ihrem Sohn Pierre, und ich nehme an, daß sie einen Teil des Gebäudes gern vermieten würde. Soll ich mit ihrem Verwalter sprechen?«
»Laßt uns doch zusammen hingehen! Ich muß mich nur geschwind ankleiden und Donna Fiora fragen, ob sie einverstanden ist.«
Natürlich hatte Fiora nicht das geringste gegen das Haus einzuwenden, das sich fast genau dem gegenüber befand, in dem ihr Todfeind lebte und das somit unerwartet günstig gelegen war. Jehan Morel hatte seine Frau sehr geliebt und daher für sie ein Haus bauen lassen, das zu den schönsten der ganzen Stadt gehörte. Es war U-förmig konstruiert, und vom Rückgebäude aus blickte man auf den Fluß Suzon. Dieser Teil der Anlage hatte einen separaten Zugang und war vom Rest unabhängig. Im Innern gab es einen großen Saal, eine Küche und vier kleine Zimmer. Das Ganze war nicht gerade riesig, jedoch komfortabel und schön möbliert, und vor allem konnte man von den Fenstern aus den Eingang des gegenüberliegenden Hauses beobachten ...
Die beiden Häuser waren nur durch den Suzon voneinander getrennt, der an dieser Stelle unter der Rue du Lacet hindurchfloß. Der Eingang befand sich in der Rue des Forges, entzog sich aber dem Blick, da man zuerst einen langen Gang und einen Innenhof passieren mußte, bis man die Pforte erreichte.
Leonarde sah in diesem Haus ein Geschenk des Himmels.

Sie beeilte sich, mit dem Verwalter der Morels, Jacquemin Hurtault, handelseinig zu werden, und bezahlte die Miete für drei Monate im voraus. Außerdem wurde ihr eine Dienerin für die Haushaltung zur Verfügung gestellt.

Unterdessen plauderte Fiora in ihrem Zimmer mit Christophe, der sie zu sprechen gewünscht hatte. Dank Esteban, der ihm frühmorgens in der Stadt ein paar passende Kleidungsstücke besorgt hatte, sah der junge Mann jetzt sehr ordentlich aus. Esteban, für den ein Mann ohne Waffe kein richtiger Mann war, hatte ihn auch noch mit einem Dolch ausgestattet. Der ehemalige Mönch meinte lächelnd: »Ich habe nie gelernt, mich einer Waffe zu bedienen. In einem Kloster braucht man so etwas nicht ...«

»Um ein Schwert zu führen, muß man lange üben, aber im Moment der Gefahr bedient man sich eines Dolches fast instinktiv«, klärte der Spanier ihn auf. »Sagtet Ihr nicht außerdem, daß Ihr Soldat werden wollt? In der Armee werdet Ihr das schon lernen ...«

Christophe nutzte die Gelegenheit, Fiora für all ihre Wohltaten zu danken und sich von ihr zu verabschieden. Er wolle ihr nicht länger zur Last fallen, sagte er.

»Ihr wollt uns schon verlassen?« fragte sie ihn. »Ich versichere Euch, daß Ihr mir keineswegs zur Last gefallen seid und daß ich sehr glücklich war, ein Mitglied meiner Familie bei mir zu haben. Ich verstehe jedoch, daß Ihr es eilig habt, zu neuen Horizonten aufzubrechen. Was habt Ihr jetzt vor? Gestern schient Ihr es noch nicht so recht zu wissen.«

»Ich zögere jetzt nicht länger. Ich habe heute nacht sehr viel nachgedacht, und ich glaube, daß ich der Armee von Herzog Karl beitreten werde.«

Fiora zuckte zusammen: »Wollt Ihr etwa einem Herrn dienen, den Eure Mutter einst vergebens um Gnade angefleht hat?«

»Ich weiß, aber Euer griechischer Freund hat gestern etwas zu mir gesagt, das mich nachdenklich gemacht hat. Wäh-

rend ich den Tod suchen wollte, hat er mir geraten, mich lieber dem Leben zuzuwenden und zu versuchen, mir einen neuen Namen zu verschaffen. Nun, ich bin ein Burgunder, und mein neuer Name soll mit dem Land, aus dem ich stamme, verbunden sein. Nach dem Essen bin ich gestern abend noch mit Esteban in die Wirtsstube hinuntergegangen und habe mir angehört, was dort alles so erzählt wurde. Ich erfuhr, daß die Belagerung der Stadt Neuss durch päpstliches Dekret beendet werden soll. Der Herzog will anscheinend seine Armee nach Lothringen zurückführen, um den jungen Herzog René zu strafen, der das gemeinsame Bündnis gebrochen hat. Es heißt auch, daß der französische König seine Truppen teils nach Artois ziehen läßt und teils in die Franche-Comté. Man wird also viele Männer brauchen, um das Land zu verteidigen, und ich will einer von ihnen sei. Und Ihr, Ihr reist ebenfalls gen Frankreich, nicht wahr?«
Christophe wußte tatsächlich nicht, daß Fiora beschlossen hatte, in Dijon zu bleiben. Als der junge Mann am Abend zuvor mit Esteban auf einen letzten Becher Wein hinuntergegangen war, hatte sie Demetrios und Leonarde mitgeteilt, was sie zu tun gedachte. Obwohl sie sich zu Christophe sehr hingezogen fühlte, kannte sie ihn noch nicht genug, um ihn in ihre Pläne einzuweihen. Da sie jetzt aber eine gewisse Besorgnis zu entdecken glaubte, meinte sie lächelnd zu ihm:
»Ich möchte die Stadt, die mein Vater so liebte, etwas besser kennenlernen. Daher werde ich vielleicht noch ein paar Tage bleiben.«
»Aber das ist Wahnsinn! Habt Ihr nicht gehört, was Frau Leonarde gestern erzählt hat? Dieser elende Regnault du Hamel lebt jetzt hier, und er ist noch derselbe Schurke wie früher. Wenn Ihr ihm zufällig begegnet? Ihr seht meiner geliebten Marie dermaßen ähnlich!«
»Und dennoch unterscheide ich mich in gewisser Hinsicht von meiner Mutter. Sie war unendlich sanftmütig, zart und

verletzlich, und all das bin ich nicht ... oder besser gesagt, bin ich nicht mehr! Falls der Herr du Hamel mich bedrohen sollte, so könnt Ihr gewiß sein, daß ich nicht ohne Schutz bin. Ich gebe schon gut auf mich acht. Ihr könnt ganz beruhigt reisen! Eines Tages werden wir uns vielleicht wiedersehen ...«

Leonardes Erscheinen ließ sie innehalten. Das alte Fräulein strahlte geradezu vor Zufriedenheit, und da sie Christophes Gegenwart nicht bemerkt hatte, rief sie Fiora schon von der Türschwelle aus entgegen: »Ich habe gefunden, was wir suchen! Ein Haus genau gegenüber von dem, um das es uns geht ...«

Als sie sah, daß die junge Frau nicht allein war, hielt sie verwirrt inne. Ein peinliches Schweigen breitete sich aus. Christophe de Brévailles war bleich geworden. Mit gerunzelten Brauen fragte er dann: »Und um Dijon besser besichtigen zu können, benötigt Ihr ein Haus, das sich gleich neben dem von du Hamel befindet?«

Fiora erhob sich und ging auf ihn zu.

»Ja, aber bitte macht Euch deswegen keine Sorgen.«

»Da verlangt Ihr zuviel von mir. Was habt Ihr vor?«

»Ich könnte Euch antworten, daß dies meine Sache ist, aber nach allem, was geschehen ist, habt Ihr vielleicht das Recht, es zu erfahren. Wie ich Euch gestern sagte, bin ich hierhergekommen, um eine alte Rechnung zu begleichen. Ja, es geht um Regnault du Hamel ...«

»Wollt Ihr ... ihn töten?«

»Ihr habt es erraten.«

»Aber das ist Wahnsinn!«

»Keineswegs. Und was auch immer Ihr einzuwenden habt – Ihr werdet mich nicht davon abbringen.«

Entsetzt starrte er sie an. Wie sie so stolz und aufrecht vor ihm stand, begriff er, daß es ihm tatsächlich nicht gelingen würde. Verzweifelt wandte er sich zu Leonarde und suchte ihren Blick, in der Hoffnung, sie werde ihm beistehen. Sie schüttelte jedoch nur den Kopf.

»Ihr könnt Euch doch denken, wie sehr ich es schon versucht habe ...«
»In diesem Fall bleibe ich hier«, beschloß Christophe. »Ich werde Euch helfen und erst abreisen, wenn die Tat vollbracht ist, und ich werde sie eigenhändig ausführen!«
Wortlos nahm Fiora die Hände des jungen Mannes und betrachtete sie einen Moment lang aufmerksam.
»Habt Ihr die höheren Weihen empfangen?« fragte sie ihn dann sanft.
»Ja ... aber ich wollte es nicht.«
»Dennoch ist es geschehen. Diese Hände sind geweiht. Ihr dürft sie nicht mit Blut besudeln.«
»Was täte ich anderes, wenn ich in den Krieg zöge?«
»Das könnt Ihr nicht vergleichen. Es hat schon immer Mönche gegeben, die auch als Soldaten gekämpft haben.«
»Aber ich will kein Mönch mehr sein, weder als Soldat noch sonstwie. Ich will ein freier Mann sein, der selbst über sein Schicksal bestimmt.«
»Das ist Euch unbenommen, mein Freund, doch zumindest könnt Ihr Euch nicht an einer Tat beteiligen, die kaltblütig geplant wird. Ich weigere mich, Euch dort mit hineinzuziehen. Ihr habt so viele Jahre gelitten! Jetzt sollt Ihr leben ...«
»Ich flehe Euch an, laßt mich bleiben! Ich werde Euch beschützen!«
»Das könnt Ihr getrost uns überlassen«, ertönte hinter ihnen die tiefe Stimme von Demetrios. »Donna Fiora hat recht: Ihr müßt Eurem Schicksal folgen, so wie wir dem unseren folgen. Reist ab und blickt nicht zurück!«
»Glaubt Ihr denn, daß mir das jetzt noch möglich ist?«
»Ja, ich bin dessen sicher. Es ist sogar notwendig, denn eines Tages werdet Ihr Euch zu einer bestimmten Stunde an einem bestimmten Ort einfinden, wo Ihr die Gelegenheit haben werdet, Euch für die empfangenen Wohltaten erkenntlich zu erweisen.«
»Woher wißt Ihr das?«

»Manchmal hebt sich momentelang vor mir der Schleier, der sonst unsere Zukunft verhüllt ...«

»Ihr müßt ihm glauben!« rief Fiora. »Er irrt sich niemals. Also brecht ruhig auf ... und betet für uns!«

Wortlos nahm Leonarde den Mantel, den Christophe auf einen Schemel plaziert hatte, und legte ihn dem jungen Mann um die Schultern. Er ließ es geschehen, wandte jedoch nicht den Blick von Fiora.

Demetrios drückte ihm ein paar Goldstücke in die Hand und schob ihn in Fioras Richtung: »Umarmt sie und sagt ihr Lebwohl! Es ist Zeit. Esteban wartet im Hof mit einem gesattelten Pferd. Reitet gen Lothringen. Es heißt, daß sich die burgundischen Truppen in Thionville neu formieren ...«

Fiora ging auf den jungen Mann zu, der sie unvermittelt in die Arme nahm. Sie schob ihn sanft wieder fort, küßte ihn jedoch mit geschwisterlicher Zärtlichkeit auf beide Wangen: »Gott schütze Euch, mein lieber junger Onkel!«

Er küßte sie auf die Stirn, wandte sich brüsk ab und lief im Eilschritt die Treppe hinunter, gefolgt von Demetrios.

Die beiden Frauen traten auf den Balkon, um seinen Aufbruch mitzuverfolgen. Sie sahen, daß er sich mit einer Selbstverständlichkeit in den Sattel schwang, als habe er nie etwas anderes getan. Er drückte Demetrios und Esteban die Hand und lüpfte mit einer eleganten Bewegung seinen Hut in Richtung der beiden Damen. Dann straffte er die Zügel seines Pferdes und ritt davon.

»Ihr habt gut daran getan, ihn fortzuschicken«, meinte Leonarde.

»Warum? Hattet Ihr kein Vertrauen zu ihm?«

»Aber ja ... nur war der arme Junge auf dem besten Wege, sich in Euch zu verlieben, mein Lämmchen ... und Eure familiären Angelegenheiten sind schon kompliziert genug. Doch nun solltet Ihr Euch bereit machen, in Euer neues Domizil umzuziehen. Ich hoffe, es wird Euch gefallen.«

»Das spielt keine Rolle, solange die Fenster direkt zur Straße hinausgehen. Der Rest ist mir gleichgültig.«

»Zum Glück ist es trotzdem sehr schön. Da sieht man wieder einmal, wie egoistisch die Jugend ist! Denkt auch ein wenig an mich, Fiora! Schließlich bin ich an großen Komfort gewöhnt ...«

Leonarde hatte das Haus im Namen des Arztes Demetrios Lascaris gemietet, der zusammen mit seiner »Nichte« Fiora, seinem »Sekretär« und der Gouvernante der jungen Frau reiste. Folglich betrat eine tief verschleierte Fiora als »Prinzessin Lascaris« am Arm von Esteban ihre neue Bleibe, bemüht, den Eindruck einer Kranken zu erwecken. Gleich darauf führte man sie in das Zimmer, das man für sie reserviert hatte. Sowohl dieser als auch noch ein weiterer Raum befanden sich im rückwärtigen Teil des Gebäudes. Der Verwalter Hurtault öffnete ihr höflich die Tür, und Fioras Blick fiel auf einen riesigen Blumenstrauß.

»Meine Herrin heißt Euer Gnaden herzlich willkommen«, sagte er. »Sie hofft, daß sie das Vergnügen haben wird, Euch persönlich zu begrüßen, sobald Euer Gnaden sich besser fühlen ...«

Fiora bedankte sich mit schwacher Stimme, und Demetrios fügte hinzu, er werde sich seinerseits sehr freuen, seiner liebenswürdigen Gastgeberin bald seine Aufwartung machen zu dürfen ...

»Ich werde dies auf jeden Fall tun«, vertraute er Leonarde an, nachdem sich die Tür hinter ihnen geschlossen hatte. »Diese Dame wird uns sicher einige interessante Dinge erzählen können ...«

»Ich übernehme es, die Dienerschaft auszuhorchen«, meinte Leonarde. »Gerade in der Küche wird besonders viel geklatscht ...«

Fiora hörte nicht zu. Sie sah aus dem Fenster. Das Haus von Regnault du Hamel befand sich tatsächlich fast genau gegenüber, und es sah ganz so aus, wie die junge Frau es sich vorgestellt hatte: düster und abweisend.

Dieses Anwesen lag ähnlich vereinzelt wie das des Henkers. Nach drei Seiten wurde es jeweils von der Rue de la Tonnerie, der Rue du Lacet und dem Suzon eingerahmt, während an der vierten Seite ein kleiner, ungepflegter Garten die Nachbarhäuser auf Distanz hielt.

Im aus Steinen gemauerten Erdgeschoß bot eine eisenbewehrte Holztür den einzigen Zugang. Darüber lagen zwei mit Erkern versehene Geschosse, und das Ganze befand sich unter einem großen Dach mit Spitzgiebel. Die Fensterläden waren überall geschlossen.

Fiora konnte von ihrem Beobachtungsposten aus die dem Garten zugewandte Fassade zwar nicht sehen, doch schon so wirkte das Haus wie ein Gefängnis oder eher noch wie eine Gruft, denn nirgendwo gab es ein Anzeichen von Leben.

Demetrios hatte das andere Zimmer gewählt, das an der Ecke lag und von wo aus man den Eingang am besten überwachen konnte.

»Man müßte wissen, was mit der Gartenseite ist«, sagte er zu Fiora. »Ich schicke Esteban heute nacht einmal auf Erkundigungstour.«

»Das ist noch zu früh«, fand Fiora. »Unsere Ankunft hat in der Nachbarschaft sicher einiges Aufsehen erregt. Wir sollten anfangs kein Risiko eingehen.«

Mit amüsiertem Lächeln pflichtete der Grieche ihr bei: »Bravo! Meine Lektionen tragen Früchte, wie ich sehe. Ich habe gehofft, daß du so reagieren würdest, und du hast recht. Du giltst hier als leidende junge Frau, ich bin ein alter Wissenschaftler, der fast ausschließlich in seine Bücher vertieft ist, und genau diesen harmlosen Eindruck müssen wir bei den Menschen in unserer Umgebung noch vertiefen. Abgesehen davon besteht jedoch kein Grund, Esteban daran zu hindern, das eine oder andere Wirtshaus aufzusuchen. Er versteht es meisterlich, sich rasch neue Freunde zu schaffen und deren Zungen zu lockern. Und Frau Leonarde könnte

vielleicht etwas aus der Dienerin herausholen, die man uns zur Verfügung gestellt hat ...«
Die Dienerin hieß Chrétiennotte Yvon. Sie war um die Dreißig, hatte ein rundes Gesicht mit lebhaften Augen und scheute weder Arbeit noch ausgiebiges Schwatzen. Dank ihres sonnigen Naturells sang sie von morgens bis abends. Dennoch hielt Leonarde sich zurück und bezeugte nicht allzu große Sympathie für ihre neue Dienerin, da man damit rechnen mußte, daß Frau Morel-Sauvegrain ihrerseits versuchte, über Chrétiennotte etwas über ihre Mieter zu erfahren.
»Sprecht sowenig wie nur möglich mit ihr«, empfahl sie Fiora. »Überlaßt alles mir. Ich weiß schon, wie ich es anfangen muß.«
Abgesehen von einer Stickerei, die Leonarde ihr in die Hand gedrückt hatte, und einem von Demetrios entliehenen Buch bestand Fioras einzige Zerstreuung darin, das Haus gegenüber zu beobachten. Sie saß stundenlang vor dem Fenster und verfolgte hartnäckig, was sich dort drüben tat, und das war in Wirklichkeit nicht der Rede wert: Zweimal sah sie einen von den beiden Dienern mit einem Korb in der Hand das Haus verlassen und wieder betreten. Esteban zufolge bildeten diese beiden das ganze Personal. Den Hausherrn selbst hatte Fiora jedoch noch nicht ein einziges Mal zu Gesicht bekommen, denn er hielt sich für ein paar Tage auf einem seiner Besitztümer in der Nähe auf.
Am Morgen des dritten Tages hielt Fiora dieses Warten nicht länger aus und vermochte dem Verlangen nicht mehr zu widerstehen, Chrétiennotte ein wenig auszufragen: »Wem gehört eigentlich dieses Haus dort gegenüber, wo immer alle Fensterläden geschlossen sind?«
Die Dienerin riß entsetzt die Augen auf, bekreuzigte sich auf der Stelle zweimal, und als Fiora sich angesichts dieses Gebarens erstaunt zeigte, meinte sie seufzend: »Wertes

Fräulein, Ihr solltet besser in ein anderes Zimmer wechseln, statt länger diese Baracke vor Augen zu haben ...«

»Ihr sprecht von einer Baracke? Aber es scheint doch ein sehr schönes Haus zu sein, so solide, wie es gebaut ist ...«

»Ja, das schon, aber die Bewohner ... Was mich betrifft, so gehe ich sehr ungern dort vorbei, wenn es dunkel ist.«

»Wollt Ihr damit sagen, daß es ... dort spukt?«

»Das nicht gerade, aber der Herr des Hauses ist ein böser Mensch. Er ist zwar reich und bekleidet ein wichtiges Amt, und trotzdem ist er geizig wie ein Jude. Außerdem verabscheut er Frauen. Oft ruft er unsereinem sogar Schimpfworte nach. Er hat auch keine Dienerin, sondern zwei Männer, die ihm den Haushalt besorgen. Das sind zwei ganz üble Burschen! Sie knurren wie wütende Hunde, und es würde mich nicht wundern, wenn sie sogar beißen.«

»Ist der Hausherr nicht verheiratet?«

»Der? Verheiratet? Keine Frau will von Herrn du Hamel etwas wissen, obwohl er so wohlhabend ist. Allerdings hatte er einst eine Gemahlin, aber das ist lange her. Man sagt, die junge Frau sei schön wie ein Engel gewesen, doch er hat sie so schlecht behandelt, daß sie sich nach Hause zurückgeflüchtet hat, um wieder bei ihrem Bruder zu sein. Unglücklicherweise liebte sie diesen Bruder mehr als gut war, und so nahm das Ganze ein schlimmes Ende. Der Ehemann hat sie zurückgeholt und dem Henker ausgeliefert ... also könnt Ihr Euch vorstellen, daß sich keine Frau mehr mit dem einlassen will! ... Seht nur, da kommt gerade einer seiner Diener aus dem Haus, um einzukaufen!«

Tatsächlich war ein grobschlächtiger, sehr korpulenter Mann in grauschwarzer Livree, der in einer Hand einen Einkaufskorb hielt, dabei, das Haus zu verlassen. Er schloß die Türe sorgfältig hinter sich ab und steckte dann den Schlüssel in die Tasche.

»Der da ist der ältere von beiden und heißt Claude. Sein Bruder Mathieu ist etwas jünger. Sie gehen niemals zusammen aus. Wenn einer von ihnen das Haus verläßt, kann man sicher sein, daß der andere zu Hause bleibt. Der Herr will es so ...«

»Der Diener scheint wohlgenährt zu sein, und Ihr sagtet doch, der Herr sei so geizig ...«

»Der Herr weiß schon, was er tut ... er muß die beiden schließlich bei Laune halten ... Es heißt, daß die beiden Brüder ihm vollkommen ergeben sind. Sie sind übrigens nicht sehr gesprächig ... aber das ist auch kein Wunder! Ich möchte nicht wissen, was sich in diesem so gut bewachten Haus alles abspielt!«

»Was meint Ihr damit?«

Chrétiennotte zögerte einen Moment und betrachtete Fiora forschend, als wisse sie nicht, wie weit sie diese ins Vertrauen ziehen solle. Schließlich sagte sie: »Gut, das erzähle ich Euch noch, und danach mache ich mich wieder an die Arbeit. Sonst wird Frau Leonarde mit mir schimpfen. Also: Eines Abends, als mein seliger Janet noch lebte – es war etwa vor zwei Jahren – kam er ganz verstört nach Hause. Beim Durchqueren der Rue du Lacet hatte er plötzlich jemanden fürchterlich weinen und stöhnen gehört. Offenbar handelte es sich um eine Frau ... Da mein Janet ein mutiger Bursche war, klopfte er an die Tür dieses Hauses, um zu fragen, ob man Hilfe brauche, aber es antwortete ihm niemand ...«

»Vielleicht hielt sich zum damaligen Zeitpunkt eine Frau dort auf?«

»Das hätten wir gewußt! Außerdem war mein armer Janet nicht der einzige, der solche Geräusche gehört hatte ... Wißt Ihr, hier in der Gegend glauben wir, daß der Geist der bedauernswerten kleinen Frau zurückgekehrt ist, um den Herrn heimzusuchen ...«

»Wenn ich recht verstehe«, meinte Fiora, »müßte sich dieser ... du Hamel gar nicht so viel Mühe geben, sein Haus bewachen zu lassen, wo doch niemand auch nur die geringste Lust verspürt, da hineinzugehen ...«

»Genauso ist es!« pflichtete Chrétiennotte ihr voller Genugtuung bei. »Nicht einmal für viel Geld würde ich da reingehen!«
Nachdem die Witwe Janet ihre unumstößliche Meinung zu dem Thema geäußert hatte, nahm sie ihren Besen wieder zur Hand und verschwand laut singend im Flur.
Die Geschichte, die sie Fiora erzählt hatte, stimmte diese sehr nachdenklich. Es paßte ausgezeichnet in ihre Pläne, daß das Haus einen so schlechten Ruf hatte und die Leute es für verflucht hielten. Ihr kam dadurch sogar eine Idee, auf welche Weise sie Regnault du Hamel angreifen würde. Bei ihrer Ankunft in Lyon hatte Esteban ihr vorgeschlagen: »Wenn Ihr wollt, daß dieser Mann stirbt, werde ich ihm einfach eines Abends vor dem Haus auflauern und ihn mit meinen eigenen Händen erwürgen ...«
Davon hatte Fiora jedoch nichts wissen wollen, denn das war viel zu einfach, und vor allem würde es viel zu schnell gehen. Sie wollte nicht, daß der Mörder ihrer Mutter durch einen jähen Angriff zu Tode kam, ohne womöglich zu wissen, wer dahintersteckte. Fiora betrachtete sich als Instrument der rächenden Gerechtigkeit, und es ging ihr sehr darum, die Todesangst ihres Feindes genießen zu können ... Als Tochter ihrer Heimatstadt Florenz, wo auch die Grausamkeit sehr subtile Formen hatte, würde sie alles daransetzen, um aus ihrem Racheakt ein vollkommenes Kunstwerk zu machen ...
Sie überlegte lange an diesem Abend, während sie den immer blasser werdenden Himmel über der Stadt betrachtete. Im Gegensatz zu Florenz, wo auch abends noch ein geschäftiges Treiben in den Straßen und Gassen herrschte, schien die Stadt Dijon um diese Zeit schon schlafen zu gehen. Nachdem draußen alles ruhig geworden war, begab sich Fiora in den Saal, wo Leonarde gerade dabei war, die Reste des Abendessens abzuräumen. Fiora selbst hatte an diesem Abend nicht daran teilnehmen wollen. Demetrios

und Esteban saßen am Fenster und nutzten das letzte bißchen Tageslicht, um eine Partie Schach zu bestreiten.
Alle hoben bei Fioras Eintreten überrascht den Blick. Sie trug wieder die Männerkleidung, in der sie Florenz verlassen hatte, und hielt einen großen Hut in der Hand, unter dem sie ihr Haar zu verbergen pflegte.
»Du liebe Güte!« rief Leonarde entsetzt. »Wo wollt Ihr um diese Zeit noch hingehen, mein Lämmchen?«
»Nicht sehr weit. Sobald es ganz dunkel ist, will ich mir das Haus von du Hamel von nahem ansehen. Esteban soll mich begleiten ...«
»Natürlich«, erwiderte der Spanier, der sich inzwischen erhoben hatte. »Aber was wollt Ihr dort? Der Herr des Hauses ist noch nicht zurückgekehrt ...«
»Eben deshalb gehe ich hin. Wenn er zurück ist, wird es nicht mehr möglich sein.«
»Was hast du vor?« erkundigte sich Demetrios.
»Ich sage es dir später. Im Moment möchte ich mir den Garten anschauen und möglichst auch hineingehen.«
Stirnrunzelnd erklärte Demetrios: »Aber das ist heller Wahnsinn! Wozu soll uns das nützen?«
Wortlos nahm Fiora eine Handvoll Kirschen aus einer Schale und begann sie zu essen, während sie zusah, wie der Himmel draußen immer dunkler wurde.
»Unter diesen Umständen gehe ich mit!« sagte Demetrios seufzend.
»Es wäre mir lieber, du bleibst hier bei Leonarde. Ich werde nicht lange brauchen, und zwei Personen fallen weniger auf als drei ...«
Der Grieche insistierte nicht weiter. Er wußte, daß es sinnlos war, mit der jungen Frau zu diskutieren, wenn sie in einem gewissen Ton sprach. Um ihn zu beschwichtigen, sagte sie jetzt sanft: »Sei unbesorgt, sobald ich zurück bin, werde ich dir alles erklären ...«
Als es endlich vollkommen dunkel war, verließen Fiora und

Esteban geräuschlos das Palais. Auf Anraten von Esteban verharrten sie einen Moment lang im Schatten eines Nachbarhauses, dessen wuchtiger Mauervorsprung ihnen Schutz vor neugierigen Blicken bot.
»Es ist besser, wir warten hier noch etwas«, hatte er gemeint. »Die Diener gehen abends oft aus, sobald es auf den Straßen ruhig ist.«
»Wohin gehen sie?«
»In ein Bordell in der Rue du Griffon. Wahrscheinlich tun sie das nur, solange ihr Gebieter nicht da ist. Oh, seht, da ist schon einer von ihnen!«
Tatsächlich erschien jetzt derselbe Mann, den Fiora bereits am Nachmittag gesehen hatte, in der Tür, verriegelte sie und steckte den Schlüssel in die Tasche, woraufhin er sich gemächlich entfernte.
Leise und behende wie Katzen bewegten sich Fiora und Esteban auf der kleinen Brücke über dem Fluß. Vor der Pforte angekommen, untersuchte Fiora gründlich das Schloß, mußte aber feststellen, daß dieses nur gewaltsam zu öffnen sein würde. Da es sich um den einzigen Zugang zum Erdgeschoß handelte, war das Haus folglich von dieser Seite aus nicht zu betreten.
»Gehen wir in den Garten!« flüsterte Fiora ihrem Begleiter zu. Der Garten erstreckte sich vor dem rückwärtigen Teil des Gebäudes, zwischen dem Suzon und der dortigen Straße. Auf der verbleibenden Seite wurde das Anwesen durch eine stabile Mauer geschützt.
»Wenn ich recht verstanden habe, wollt Ihr wirklich dort hinein«, wisperte Esteban. »Laßt mich als erster gehen ...«
Für den durchtrainierten Spanier war es ein Kinderspiel, die Mauer zu erklimmen. Er blieb rittlings darauf sitzen und beugte sich dann vor, um Fiora hinaufzuhelfen. Als sie neben ihm gelandet war, inspizierten die beiden den Ort.
»Welch ein Jammer, einen Garten so zu vernachlässigen«, murmelte Esteban. In der Tat konnten sie von ihrem Beob-

achtungsposten aus nichts anderes erkennen als wild wuchernde Büsche und Sträucher und Unkraut, soweit das Auge reichte.

Das Haus selbst hatte auf dieser Seite ein Türmchen, doch auch hier gab es – ähnlich wie auf der Fassadenseite, die der Straße zugewandt war – nur wenige Fenster.

»Ihr bleibt hier!« befahl Fiora. »Ich bin gleich wieder da.«

Und bevor ihr Begleiter sie hätte zurückhalten können, war sie die Mauer hinabgeglitten. Als sie unten im Garten stand, hörte sie Esteban raunen: »Ich bitte Euch, gebt acht! Ihr habt nicht einmal eine Waffe dabei!«

»Ich habe ein Messer, und das dürfte genügen, falls nötig«, entgegnete sie leise. Ohne weiter abzuwarten, schlich sie sich dann durch das Gebüsch auf das Haus zu. Nachdem sie sich durch das dichte Gestrüpp hindurchgearbeitet hatte, langte sie vor einer Holztüre an, die in den Turm führte und die ebenso uneinnehmbar war wie die Eingangspforte an der Vorderseite. Der einzige Zugang war ein halbgeöffnetes Fenster im ersten Geschoß, doch ohne eine Leiter kam man nicht hinein.

Enttäuscht wollte Fiora den Rückzug antreten, als sie ein Geräusch vernahm. Sie blieb stehen und lauschte. Es klang wie ein Schluchzen, das von unterhalb des Erdgeschosses zu kommen schien.

Vorsichtig schob Fiora das Gestrüpp beiseite und entdeckte ein vergittertes Kellerfenster. In diesem Keller weinte jemand ... Sie kniete sich davor und spähte hinein, doch in der Dunkelheit konnte sie nichts erkennen.

»Wer weint hier?« murmelte sie, erschüttert von dem jammervollen Schluchzen, das da zu ihr drang. »Kann ich Euch helfen?«

Das Schluchzen hörte für einen Moment auf, und bevor Fiora ihre Frage wiederholen konnte, hörte sie eine schwere Kette rasseln und gleich darauf eine rauhe Stimme schimpfen: »Jetzt reicht's mir aber! Du hast genug geflennt! Ich

will in Ruhe meinen Wein trinken, und von dir will ich nichts mehr hören, verstanden?«
Dann herrschte Schweigen, gefolgt von einem leisen Wimmern. Das eingesperrte Wesen versuchte offenbar, sein Schluchzen zu unterdrücken. Der Mann, bei dem es sich zweifellos um den anderen Diener handelte, rührte sich nicht. Und plötzlich ertönte wieder die Stimme des Mannes: »Du kannst wohl nicht schlafen, was? Na ja, kein Wunder bei der schweren Kette. Hier! Trink einen Schluck ... und wenn du brav bist, bekommst du noch mehr ...«
Erneutes Kettengerassel und gierige Trinkgeräusche. Der Mann brach in Gelächter aus: »Siehst du, jetzt geht es schon besser, wie? Komm schon, laß mich ran! Warum sollen wir uns nicht ein bißchen amüsieren, jetzt, wo der Alte nicht da ist!«
Die Laute, die kurz darauf an Fioras Ohr drangen, waren unschwer zu identifizieren. Entsetzt schlich sie davon, so leise wie nur möglich. Esteban, der nach wie vor auf der Mauer kauerte, half ihr hoch.
»Nun? Habt Ihr etwas entdeckt?«
Rasch hielt sie ihm die Hand vor den Mund.
»Ja, aber das kann ich Euch hier nicht sagen. Laßt uns schnell hier verschwinden!« flüsterte sie.
Wenige Minuten später waren sie in ihr Palais zurückgekehrt, wo Fiora den anderen erzählte, was sie erlebt hatte. Mit der ihr zueigenen Heftigkeit – wie immer, wenn sie stark von etwas berührt war – brach es aus ihr heraus: »In diesem Keller wird eine Frau gefangengehalten. Sie ist offenbar angekettet und dient diesen elenden Schurken als Spielzeug! Wir müssen etwas unternehmen!«
»Ich bin ganz deiner Meinung«, erwiderte Demetrios, »aber was? Sollen wir vielleicht gewaltsam in das Haus eindringen? Du hast selbst gesagt, daß dies unmöglich ist. Oder sollen wir den Herrn du Hamel etwa anzeigen? Bedenke, daß wir Fremde sind. Man würde uns nicht glauben, und selbst

wenn eine Untersuchung stattfände, hätte er diese Unglückliche bis dahin längst aus dem Haus geschafft. Auf jeden Fall scheint die Ärmste dort schon lange eingesperrt zu sein, sofern die Geschichte von Chrétiennotte wahr ist.«
»Eben deshalb muß etwas geschehen. Ich muß um jeden Preis in das Haus gelangen. Wie sonst können wir du Hamel angreifen?«
»Sobald er zurückgekehrt ist, werden wir ...«
»Wir müssen schon vorher etwas tun, damit wir gewappnet sind. Außerdem habe ich eine Idee ... Sie ist zweifellos riskant, aber sie ist unsere einzige echte Chance.«
»Und was ist das für eine Idee?«
»Ich werde es dir nachher erklären. Zunächst benötige ich drei Gegenstände ...«
»Und das wäre?«
»Ein Kleid aus grauem Samt, eine Perücke aus langem blonden Haar ... und den Schlüssel zu du Hamels Haus. Es muß doch möglich sein, einem der Diener den Schlüssel zu entwenden, wenn er nachts in das Bordell geht ...«
»Das läßt sich wohl machen«, überlegte Esteban. »Ich wüßte schon, wie man an den Schlüssel herankommt, aber sobald wir ihn haben, müssen wir handeln.«
»Eine Stunde wird reichen«, meinte Fiora, »allerdings sollten wir uns darauf einstellen, hinterher sofort die Stadt zu verlassen ...«
Am anderen Tag erschien, wie angekündigt, Frau Morel-Sauvegrain bei ihrer neuen Mieterin, um deren Bekanntschaft zu machen und sich nach deren Gesundheit zu erkundigen.
Fiora empfing sie nicht ohne eine gewisse Neugier, denn diese Dame war mit jenem Mann sehr vertraut, gegen den sie und Demetrios den entscheidenden Schlag zu verüben gedachten.
Die ehemalige Amme des Herzogs war eine hochgewachsene Frau von über sechzig Jahren, die jedoch sehr jugend-

lich wirkte und deren silbergraues Haar ihre frühere Blondheit noch erahnen ließ. Obwohl ihr Gatte bereits siebenunddreißig Jahre tot war, trug sie seitdem unverändert Trauerkleidung. Allerdings war ihre Witwentracht von großer Eleganz und ihr Kopfschmuck mit reichen Spitzen verziert.
Die beiden Frauen empfanden sofort Sympathie füreinander. Fiora dankte ihrer Gastgeberin für die freundliche Aufnahme, während Frau Symonne beklagte, daß ein noch so junges Menschenkind zu Ruhe und Schonung gezwungen sei ...
»Wärt Ihr auf dem Land nicht besser aufgehoben?« fragte sie. »Ich besitze in der Umgebung ein paar schöne Landsitze, und ich würde Euch gern einen davon zur Verfügung stellen.«
»Ihr seid zu gütig«, antwortete Fiora, »aber um ganz ehrlich zu sein, muß ich Euch gestehen, daß ... mich das Landleben langweilt. Die lebhafte Atmosphäre einer Stadt – noch dazu einer so schönen Stadt wie dieser – gefällt mir sehr viel besser ...«
»Ja, zweifellos ist unsere Stadt sehr schön«, meinte Frau Symonne seufzend, »doch sehr viel Leben gibt es hier schon seit langem nicht mehr. Unsere Herrscher besuchen die Stadt kaum noch, wißt Ihr! Herzog Karl ist im letzten Februar zum erstenmal nach zwölf Jahren wieder hier gewesen, und noch dazu aus einem traurigen Anlaß.«
»Ein trauriger Anlaß? Ist jemand von seiner Familie gestorben?«
»Nein, das nicht. Er kam, um die sterblichen Überreste seiner Eltern, Herzog Philippe und Herzogin Isabelle, die bis dahin in Brügge und in Gosnay bestattet waren, in die Kartause von Champmol überführen zu lassen. Dort ist jetzt die letzte Ruhestätte der Herzöge von Burgund ... Ich weiß noch, daß es ein sehr kalter Februartag war und daß es geschneit hatte, aber ich war trotzdem sehr glücklich, meine geliebte Herzogin künftig hier in meiner Nähe zu haben ...«

Wohl mehr für sich selbst als für ihre stille Zuhörerin ließ Frau Symonne erneut das Bild des prächtigen Trauerzuges erstehen, der an jenem Tag in der Stadt Dijon erschienen war und dem der gesamte Adel der Nachbarländer die Ehre gegeben hatte. In Anwesenheit der Erzbischöfe von Köln, Besançon und Autun hatte der Herzog die beiden Särge in Empfang genommen. Außer den Botschaftern der Bretagne, von Venedig, Aragon und Rom waren auch alle Ritter vom Goldenen Vlies zugegen gewesen ...
An dieser Stelle stutzte Fiora plötzlich. In sanftem Ton unterbrach sie ihre Erzählerin: »Im vergangenen Winter ist einer jener Ritter als Botschafter an den Hof von Lorenzo de Medici entsandt worden. Er hieß ... Graf von Selongey. Kennt Ihr ihn zufällig?«
Frau Symonne erwiderte mit amüsiertem Lachen: »Wer kennt ihn nicht, den Grafen Philippe? Herzog Karl, dem er ganz und gar ergeben ist, hat große Zuneigung für ihn, und nicht nur er!«
»Was wollt Ihr damit sagen?«
»Seine Kampfgenossen schätzen ihn wegen seiner außerordentlichen Tapferkeit und die Damen wegen seines Charmes. Die florentinische Weiblichkeit hat ihm sicher schöne Augen gemacht, nicht wahr?«
»Dazu werden die Frauen bei uns kaum Gelegenheit gehabt haben, denn er ist nur wenige Tage geblieben«, erwiderte Fiora, die sich sehr darüber ärgerte, daß ihre Stimme bei diesen Worten gezittert hatte. »Demnach hat er viele Liebschaften?«
»So wird gemunkelt, doch ich würde es nicht mit Bestimmtheit behaupten. Ich lebe zu weit entfernt vom burgundischen Hof, der uns hier in Dijon schmäht und auf den Rang einer Provinzstadt zurückgeworfen hat, obwohl wir doch in Wahrheit die Hauptstadt sind. Wir wissen hier also nicht viel über das, was dort geschieht, doch eines weiß ich genau: Wo Herzog Karl sich aufhält, da findet man auch den Grafen.

Da unser Herzog ständig Kriege führt, bleibt nicht viel Zeit für die Liebe. Aber sagt, meine Liebe, welchen Eindruck hattet Ihr denn von diesem Herrn?«

»Er schien recht ... verführerisch, obwohl ich ihm kaum begegnet bin. Aber lassen wir jetzt dieses Thema. Erzählt mir lieber etwas über den Herzog, sofern Ihr dazu aufgelegt seid. Was ist er für ein Mann?«

Fiora war auf einen enthusiastischen Redeschwall gefaßt, der jedoch ausblieb. Frau Symonne schwieg einen Moment, betrachtete sinnend die Ringe an ihrer Hand und meinte dann: »Wie soll ich Euch jemanden beschreiben, der so viele Gesichter hat? Ich empfinde für ihn große Zärtlichkeit, da ich ihn einst genährt habe, und ich liebe ihn wirklich sehr, doch ich muß gestehen, daß er mir in letzter Zeit ein wenig Angst macht ... Zu seinem maßlosen Stolz gesellt sich jetzt ein seltsamer Hang zur Schwermut. Vermutlich liegt das an seinem portugiesischen Blut ...«

»Portugiesisch?«

»Ja, seine Mutter stammte aus Portugal. Sie war die Schwester von König Heinrich, genannt ›der Seefahrer‹, der die Weltmeere erobern wollte. Herzog Karl ist nur glücklich, wenn er in den Kampf ziehen kann, und dennoch fürchtet er sich vor dem Tod. Die Vorstellung, womöglich nur noch kurze Zeit zum Leben zu haben, ist ihm unerträglich. Andererseits scheut er keinerlei Gefahr, ja, er sucht sie geradezu. Als junger Mann liebte er es, ganz allein auf einem Segelboot gegen den Sturm anzukämpfen. Wie der Krieg ist auch der Sturm sein wahres Element. Er findet dort etwas von seinem eigenen Wesen wieder, denn er kann fürchterlich in Wut geraten. Ich fürchte allerdings, sein Traum, das ehemalige burgundische Königreich wieder zu errichten, wird ihn nicht sehr weit führen. Er will mit aller Macht sein Herzogtum mit Holland und den Niederlanden vereinen, doch er täte besser daran, das zu verteidigen, was er bereits besitzt. Der König von Frankreich ist kein geringer Gegner ...«

»Wie ist seine äußere Erscheinung?«
»Eine solche Frage kann nur eine Frau stellen!« fand Frau Symonne lachend. »Nun, er ist ein gutaussehender Mann, nicht so groß gewachsen wie sein Vater, doch von wohlgeformter Statur ... und sehr robust, was ihn Müdigkeit und Entbehrungen leichter ertragen läßt. Sein Gesicht ist großflächig und braungebrannt, mit einem kräftigen Kinn und dunklen, durchdringenden Augen. Das Haar ist schwarz und dicht. Er lächelt selten, im Gegensatz zu früher, was schade ist, denn sein Lächeln verlieh ihm sehr viel Charme ...«
»Sein Vater liebte die Frauen sehr, heißt es. Ähnelt er ihm in der Hinsicht?«
»Nein, keineswegs, denn er ist viel mehr nach seiner Mutter geraten. Herzog Philippe hatte unzählige Geliebte, worunter seine Gemahlin derart litt, daß ihr Sohn derartige Ausschweifungen von klein auf verabscheute. Karl hat seine verstorbene Gemahlin, Isabelle von Bourbon, aufrichtig geliebt. Sie ist die Mutter von Prinzessin Marie. Ich glaube, daß er seiner jetzigen Gemahlin, Marguerite von York, sehr verbunden ist, doch sein Herz hängt nur an der Verstorbenen, und er läßt sich niemals von seinen Sinnen hinreißen. Er geht Frauen aus dem Weg und zieht die Gesellschaft seiner Kriegskameraden vor. Obwohl sein Hof der prächtigste von ganz Europa ist, macht er sich nicht das geringste aus Bällen und Banketten, während sein Vater es so sehr geliebt hat, Feste zu feiern ...«
»Braucht er denn nicht auch gelegentlich Zerstreuung?«
»Das schon, aber auf seine Weise. Er liest gern, und vor allem liebt er die Musik. Er kann stundenlang den Sängern in seiner Kapelle lauschen. Die Sänger folgen ihm überallhin, und manchmal singt er sogar gemeinsam mit ihnen ... Ein seltsamer Herrscher ist das, den ich Euch da beschrieben habe, nicht wahr?«
»Ein Herrscher zeichnet sich wohl dadurch aus, daß er an-

ders ist als gewöhnliche Menschen. Wird er eigentlich vom Volk geliebt?«

»Ich bin nicht sicher. Man fürchtet ihn, und ich weiß noch, wie er eines Tages zu den Flamen gesagt hat: ›Ich will lieber von Euch gehaßt werden als verachtet ...‹ Für alles, was volkstümlich oder bürgerlich ist, hat er nur Geringschätzung übrig. Außerdem kann er von unerbittlicher Grausamkeit sein. Die Bevölkerung von Dinant und Lüttich weiß ein Lied davon zu singen! Wie er diese Städte verwüstet hat!«

Die Kirchturmglocke schlug, und Frau Symonne erhob sich.

»Ihr wollt schon gehen?« rief Fiora aus.

»Ja, es ist spät, und ich habe noch etwas zu tun. Sagt, wollt Ihr wirklich hier bleiben, wo Ihr nichts anderes betrachten könnt als den Suzon und dieses Haus mit den ewig geschlossenen Fensterläden?«

»Gewiß, es wirkt ein wenig traurig ...«

»Man kann es schon finster nennen. Und dabei war es früher so reizvoll und heiter!«

»Der jetzige Besitzer ist anscheinend verreist?«

»Ob er da ist oder nicht, ändert wenig. Falls mein Geplauder Euch nicht langweilt, werde ich Euch bei meinem nächsten Besuch ein wenig darüber erzählen. Der Hausherr ist wirklich ein ziemlich häßlicher Vogel ...«

Während sie sprach, war Frau Symonne ans Fenster getreten, um gewohnheitsmäßig einen Blick hinaus zu werfen, und plötzlich rief sie lebhaft: »Ihr könnt Euch gleich selbst ein Bild von ihm machen, meine Liebe ... er ist gerade gekommen.«

Fiora sprang mit einer Leichtigkeit von ihrer Liegestatt hoch, die Frau Symonne sicher sehr erstaunt hätte, doch glücklicherweise kehrte sie ihr in dem Moment den Rücken zu.

Tatsächlich stieg jetzt ein Mann mühsam aus einer Sänfte und wurde von einem der Diener an der Tür in Empfang ge-

nommen. Fiora studierte die Erscheinung des Neuankömmlings mit einem Haß, dessen Heftigkeit sie selbst überraschte. Du Hamel war ein magerer alter Mann, der vom Gewicht seines schweren, pelzbesetzten Umhangs fast erdrückt zu werden schien. Stumpfes graues Haar hing von seiner Samtkappe herab. Das lange Gesicht war von gelblich-weißer Farbe, die Nase spitz und der Bart nur spärlich. Die Augen konnte man allerdings nicht erkennen, denn sie verschwanden fast ganz unter den buschigen Brauen.
»Mein Gott, ist der häßlich!« entfuhr es Fiora in aufrichtigem Entsetzen.
»Seine Seele ist keineswegs schöner, das dürft Ihr mir glauben!«
»Und ... er lebt ganz allein in dem Haus?«
»Nur mit zwei Dienern, die auch eher wie Spitzbuben wirken.«
»Gibt es dort keine Frau? Angeblich hat man von dort schon seltsame Geräusche gehört ... Stöhnen und Klagelaute ...«
Frau Symonne brach in Gelächter aus: »Das habt Ihr natürlich von Chrétiennotte! Sie ist felsenfest davon überzeugt, daß es in du Hamels Haus spukt. Aber Ihr wißt ja, wie diese Mädchen vom Lande sind ... sie glauben jeden Unfug ...«
»Sie ist tatsächlich sicher, daß dort ein Geist umhergeht ... der Geist von ...«
»Ihr meint jene Unglückliche, die einst mit diesem Scheusal verheiratet war?« erwiderte Frau Symonne, die jetzt nicht mehr lachte. »Nun, vielleicht ist doch etwas an der Geschichte, denn die Ärmste hätte allen Grund dazu ... Doch nun genug des Plauderns! Der Kirchenvorsteher erwartet mich, um mit mir über die bevorstehende Prozession zu sprechen. Ich wünsche Euch noch einen guten Abend!«
Sie verschwand mit raschelnden Gewändern und ließ einen angenehmen Irisduft zurück. Die Rue du Lacet lag wieder ruhig und verlassen da. Du Hamel, die Sänfte und der Diener waren verschwunden.

Fiora begab sich erneut zu ihrer Liegestatt und dachte lange nach, das Kinn in die Hand gestützt. Die Zeit, um zu handeln, war nicht mehr fern ...

Kapitel 3

Marguerite

Es hatte soeben Mitternacht geschlagen, und Fioras Herz klopfte so heftig in ihrer Brust, daß es ihr vorkam, als müsse sie ersticken.

Den ganzen Tag über war es heiß gewesen, und auch der Abend hatte keine Abkühlung gebracht. Es war nach wie vor drückend, doch von weitem hörte man ein Gewitter herannahen. Fiora hoffte, daß der Sturm nicht zu bald losbrechen würde, denn diese Art von vage bedrohlicher Stimmung paßte sehr gut zu dem, was sie vorhatte. Regnault du Hamels Stunde war gekommen ...

Fiora betrachtete sich im Spiegel und erkannte sich kaum wieder: Ihr Gesicht war mittels einer Paste totenbleich geschminkt, und dazu trug sie eine blonde Perücke, die Demetrios für sie bei einem Friseur erstanden hatte.

Leonarde hatte außerdem mit zitternden Händen auf dem Kopf ihres »Lämmchens« einen blutbefleckten Streifen Spitzenstoff befestigt, den sie einst zusammen mit einigen anderen Gegenständen aus dem Palazzo Beltrami gerettet hatte. Das graue Samtkleid war bei dieser Hitze sehr schwer, doch Fiora schwitzte nicht einmal darin. Diese Art menschlicher Regung schien ihr verwehrt, als wäre der Geist von Marie de Brévailles tatsächlich in sie zurückgekehrt, um durch sie Rache zu üben. Sie fühlte sich fast wie ein Gespenst ...

Fiora hörte Leonarde hinter sich aufstöhnen. Das alte Mädchen war durch ihren Anblick zutiefst erschrocken, und mehr noch fürchtete sie sich vor dem, was demnächst geschehen würde. Vergebens hatte sie mit aller Kraft versucht, die junge Frau von ihrem Vorhaben abzubringen.

»Dieser Mann ist noch immer voller Haß, mein Lämmchen«, hatte sie sie beschworen. »Was, wenn er Euch tötet oder verletzt?«

»Man vergreift sich nicht an einem Gespenst, und man kann es schon gar nicht töten! Außerdem bin ich nicht allein. Demetrios wird gemeinsam mit mir ins Haus gehen und sich um den Diener kümmern ...«

»Liegt Euch dieser Racheakt dermaßen am Herzen? Der Mann ist schon alt, er wird sicher nicht mehr lange leben ...«

»Zu lange jedenfalls für dieses arme Wesen, das er gefangenhält. Ich werde ein Leben auslöschen und dafür ein anderes retten ...«

Demetrios klopfte an die Tür und trat gleich darauf ein. Wie angewurzelt blieb er auf der Schwelle stehen und betrachtete die junge Frau, die sich jetzt zu ihm umwandte.

»Wie findest du mich?«

»Sehr eindrucksvoll ... selbst ich muß das sagen! Vergiß den weißen Schleier nicht und laß mich das Kunstwerk noch vervollständigen!«

Er näherte sich Fiora, schlang ihr einen dünnen roten Schal um den Hals und ließ sich von Leonarde den Schleier reichen, den er Fiora um den Kopf drapierte. Diese sah jetzt tatsächlich wie eine verschwommene, geisterhafte Erscheinung aus.

»Ich brauche aber eine gewisse Bewegungsfreiheit«, meinte sie und deutete auf den Dolch, der so geschickt an ihrem Gewand befestigt war, daß er unter dessen Falten verborgen blieb ... Dann ertönte dreimal hintereinander der Schrei eines nächtlichen Vogels, der durch das offene Fenster zu ihnen drang.

»Das ist Esteban«, sagte Demetrios. »Er erwartet uns. Laß uns gehen, sofern du noch immer dazu entschlossen bist.«

»Mehr denn je!« erwiderte Fiora.

Sie hüllte sich in einen leichten Umhang aus schwarzer Seide, der sie in der Dunkelheit unsichtbar machen sollte, und folgte Demetrios. Geräuschlos verließen sie das Palais, und gleich darauf standen sie vor Esteban.
»Hast du den Schlüssel?« wollte der Grieche wissen.
»Andernfalls hätte ich nicht gepfiffen, aber beeilt Euch bei Eurem Vorhaben. Der dicke Claude hat gesoffen wie ein Loch und schläft jetzt in den Armen eines Mädchens in der Rue du Griffon, aber er könnte wieder aufwachen ...«
»Es würde nichts machen, wenn er seinen Schlüssel nicht findet«, meinte Fiora. »Das Haus wird offen sein ...«
»Ich möchte ihm den Schlüssel trotzdem zurückbringen«, entgegnete Esteban. »Wenn die Gendarmen morgen die Leiche entdecken, ist es besser, es hat nach außen hin alles seine Ordnung ...«
Esteban versetzte der Tür zwei leichte Schläge, die sich ohne das geringste Knarren öffnete. Drinnen blieben die drei Freunde einen Moment lang reglos stehen, um sich an die dort herrschende Dunkelheit zu gewöhnen. Aufgrund der verschlossenen Fensterläden war dies kein leichtes Unterfangen.
In einer Ecke befand sich jedoch offenbar ein Kamin, in dem noch etwas Glut brannte. Esteban entzündete darin die mitgebrachte Kerze, und gleich darauf stellten sie fest, daß sie in einer Küche standen, an deren Ende der Aufgang einer Wendeltreppe erkennbar war sowie die Pforte, die in den Garten führte. Niemand war zu sehen.
Fiora warf ihren Umhang ab und strich den weißen Schleier ein wenig zurück, um die rechte Hand frei bewegen zu können. Mit Esteban an der Spitze steuerten sie auf die Treppe zu und stiegen so leise wie möglich hinauf. Oben angekommen standen sie in einem großen Saal, der vollkommen leer war.
»Offenbar sind sie ganz oben«, flüsterte Esteban.
Er erklomm die zweite Etage und entdeckte dort den ande-

ren Diener namens Mathieu, der vor einer Tür, auf einer einfachen Decke ausgestreckt, in tiefen Schlaf gesunken war. Es war nicht schwer zu erraten, wer sich hinter dieser Tür befand ...

»Bleib hier!« flüsterte Demetrios Fiora ins Ohr. »Wir müssen den Burschen erst loswerden ...«

Geschmeidig und geräuschlos wie eine Katze schlich Esteban zu dem Schlafenden, der sich jetzt bewegte und seine Position veränderte. Zufrieden seufzend schlief Mathieu sofort wieder tief ein. Mit einem einzigen blitzschnellen Fausthieb schlug Esteban ihn bewußtlos. Gemeinsam mit Demetrios zog er dann die Decke, die dem Mann als Liegestatt diente, beiseite, so daß der Weg für Fiora frei war. An der Stelle, wo die Decke gelegen hatte, sah man jetzt einen schwachen Lichtschein hindurchschimmern.

Während Esteban den Diener fesselte und knebelte, gesellte sich Demetrios zu Fiora und öffnete ganz leise die Tür. Endlich hatte Fiora ihren Gegner vor sich. Regnault du Hamel saß im Bett und las. Eine Kerze auf dem Nachttisch spendete etwas Licht. Sein Kopf wurde von einer Nachtmütze bedeckt, und sein Oberkörper war ganz in graue Wolle gehüllt. Sein Anblick war derart häßlich, daß Fiora sich am liebsten auf ihn gestürzt hätte, um ihn sofort zu töten, doch sie beherrschte sich. Sie wollte auf diesem gelblichen Gesicht den Ausdruck nackter Angst sehen ...

Ganz langsam schlich sie näher heran, in der Hoffnung, daß sie nicht durch knarrende Fußbodenbohlen verraten wurde. Glücklicherweise wurden ihre Tritte durch einen Teppich gedämpft. Du Hamel hatte sie noch nicht bemerkt und las weiter in seinem Buch.

Sie stieß einen schwachen Klagelaut aus, dann einen zweiten ... Der alte Mann hob die Augen und erblickte, nur wenige Schritte von seinem Bett entfernt, einen weißen Schatten. Das Buch entglitt seinen Händen und fiel zu Boden, während der Schatten näherkam ...

Jetzt konnte du Hamel ein Gesicht erkennen sowie blondes Haar und einen Hals, der die blutige Spur des Henkers zu tragen schien ...
Panische Angst verzerrte seine Züge. Er versuchte, im Bett zurückzuweichen, den Mund zum Schrei geöffnet, doch wie in manchen Alpträumen drang kein Laut aus seinen violettfarbenen Lippen. Er streckte die Arme von sich weg, um die Erscheinung abzuwehren, und es gelang ihm zu flüstern: »Nein ... nein!«
»Du wirst sterben«, wisperte die leise Stimme des »Gespenstes«, »du wirst von meiner Hand sterben ...«
Fiora langte bereits nach ihrem Dolch, als du Hamel sich plötzlich mit beiden Händen an die Kehle griff. Er schnappte verzweifelt nach Luft, und ein Röcheln entrang sich seinem Mund, während die Augen aus ihren Höhlen zu treten schienen. Sein magerer Körper wurde von einem heftigen Krampf geschüttelt, fiel dann zur Seite und rührte sich nicht mehr. Sein Gesicht hatte eine bläuliche Färbung angenommen, als ob er von einer unsichtbaren Hand erwürgt worden wäre.
Fassungslos blieb Fiora einen Moment lang reglos stehen. Dann hob sie ihren Schleier, beugte sich über den Körper und rief: »Demetrios, komm und sieh dir das an!«
Der griechische Arzt eilte herbei, ergriff die schlaff auf dem Laken liegende Hand und legte sein Ohr auf die Herzgegend.
»Er ist tot, Fiora«, sagte er seufzend, »vor Angst gestorben ...«
»Ist so etwas denn möglich?«
»Du hast den Beweis vor dir! Aber er wird ohnehin ein schwaches Herz gehabt haben. Jetzt komm schnell und rühr vor allem nichts an. Der Himmel hat es dir erspart, Blut zu vergießen. Man muß den Leichnam so finden, wie er jetzt daliegt ... Esteban wird den Diener losbinden und dem anderen unbemerkt den Schlüssel zurückbringen.«

Er nahm sie beim Arm, um sie mit sich zu ziehen, doch sie erwiderte: »Du hast etwas vergessen, Demetrios. Dieser Mann ist endlich tot, und ich empfinde große Genugtuung darüber. Dennoch müssen wir jetzt jene Frau befreien, die ich weinen gehört habe. Ich reise nicht ohne sie ab.«

Sie raffte ihr Kleid zusammen, das sie beim Gehen behinderte, nahm Demetrios die Kerze ab und eilte die Treppe hinunter. Sie öffnete die Gartentür, schloß sie jedoch gleich wieder, da es draußen schon sehr stürmisch geworden war. Es donnerte jetzt in unmittelbarer Nähe.

Während sie weiter im Haus nach einer Tür suchte, die in den Keller hinabführte, stießen Demetrios und Esteban zu ihr.

»Es handelt sich um eine Falltür«, erklärte der Spanier, »und Ihr steht mit den Füßen genau darauf.«

Tatsächlich befand sich in dem staubigen Steinboden eine hölzerne Klappe, die der kräftige Esteban mit einem einzigen Ruck zu öffnen verstand. Eine steinerne Treppe führte nach unten, von wo ihnen ein stechender Geruch entgegenschlug.

Fiora hatte den Fuß bereits auf die erste Stufe gesetzt, doch Demetrios hielt sie zurück.

»Laß mich als erster gehen. Ich leuchte dir den Weg.«

Er begann hinabzusteigen und reichte Fiora die Hand.

»Gib acht!« warnte er sie. »Die Stufen sind glitschig. Hier unten ist es sehr feucht.«

Unten angekommen stellten sie fest, daß sie sich in einem Kellergewölbe mit zwei Türen befanden.

»Diese hier müssen wir öffnen«, erklärte Fiora und deutete auf die dem Garten zugewandte Tür, »aber wir haben keinen Schlüssel dafür ...«

»Den brauchen wir auch nicht«, antwortete Esteban und versetzte den wurmstichigen Holzplanken einen kräftigen Fußtritt, worauf die Tür sofort nachgab. Ein jammervolles Stöhnen ertönte daraufhin wie ein Echo. Die Gefangene fürchtete anscheinend erneute Mißhandlungen.

Fiora war jedoch bereits durch die Tür gestürzt. Was sie dann erblickte, entriß ihr einen Schrei des Entsetzens: Im hinteren Teil von einer Art Verschlag, in dem man nicht einmal aufrecht stehen konnte, kauerte eine junge Frau in einem zerlumpten Kleid auf einem Lager aus Stroh. Mit den Händen war sie an einen dicken Eisenring in der Mauer gekettet. Fiora konnte ihr Gesicht nicht sehen, das von einer Flut langer blonder Haare verdeckt war, und diese Haarmähne starrte ebenso vor Dreck wie die Lumpen der Unglücklichen.

Als sie hörte, wie jemand ihren Verschlag betrat, drehte sie sich mühsam um und offenbarte ein kleines, mageres Gesicht, das Schrammen und Spuren von Schlägen aufwies.

Mit Tränen in den Augen kniete Fiora sich neben sie, ohne sich darum zu kümmern, daß ihr Kleid schmutzig wurde.

»Habt keine Angst«, sagte sie sanft, »wir sind gekommen, um Euch zu befreien. Euer Peiniger ist tot ... Sagt uns nur, wer Ihr seid.«

Die junge Frau öffnete die Lippen, doch es kamen nur ein paar unartikulierte Laute heraus, sosehr sie sich auch zu sprechen bemühte.

»Mein Gott!« seufzte Fiora. »Ob sie stumm ist?«

»Vielleicht«, meinte Demetrios, »aber überlaß das jetzt mir.« Und zu der Gefangenen gewandt: »Ihr dürft Euch nicht anstrengen zu sprechen! Wir werden Euch von hier fortbringen und Euch pflegen ... Wir sind Freunde.«

Esteban lief unterdessen hinauf, um nach dem Schlüssel für die Eisenfesseln zu suchen, und kam alsbald mit dem gesuchten Gegenstand in der Hand zurück. Er hatte ihn im Zimmer des Toten gefunden. Sogleich wurde die junge Frau von ihren Fesseln befreit, und Fiora legte ihr mit fürsorglicher Geste ihren weißen Schleier um. Esteban hob sie hoch und trug sie nach oben, gefolgt von Fiora und Demetrios.

Als sie wieder in der Küche angelangt waren, schloß Demetrios die Klappe der Falltür, und dieses Geräusch mischte

sich im selben Moment mit einem gewaltigen Donnerschlag. Der Grieche öffnete vorsichtig die Haustüre und spähte hinaus. Die Straße war menschenleer.
Demetrios wandte sich zu Esteban, der seine Bürde kaum zu spüren schien: »Du kannst sie mir geben, denn du solltest dich zuvor vergewissern, daß der Diener nach wie vor bewußtlos ist!«
»Deswegen müssen wir uns keine Gedanken machen, denn er ist gefesselt und geknebelt und hat nicht das geringste gesehen.«
»Gut, wie du willst. Was den anderen betrifft, so ist es jetzt wohl nicht mehr nötig, ihm den Hausschlüssel heimlich wieder zuzustecken. Gib ihn mir, damit ich ihn in den Fluß werfen kann.«
Als sie wieder vor ihrem Palais anlangten, waren sie bis auf die Haut durchnäßt, obwohl es nur drei Schritte gewesen waren. Der Himmel hatte seine Schleusen geöffnet, und nun stürzten derartige Wassermassen herab, daß die Straßen sich in Flüsse verwandelten und der sonst so friedliche Suzon einem reißenden Strom glich ...
Donner und Blitz folgten einander ohne Unterbrechung, und im Aufruhr der Elemente konnte die kleine Gruppe unbemerkt wieder das Palais betreten.
Fiora hatte zunächst darauf bestanden, daß man die Unbekannte in ihr eigenes Bett legte. Demetrios erklärte jedoch in energischem Ton, er werde das seine mit Esteban teilen, so daß die junge Frau in Estebans Zimmer gebracht wurde, wo sich Leonarde sofort um sie bemühte.
Sie schickte Esteban in die Küche, damit er heißes Wasser besorgte, und befreite die Unglückliche dann gemeinsam mit Fiora von ihren übelriechenden Lumpen. Der Körper, dessen sie gleich darauf ansichtig wurden, war mager und mit Narben bedeckt. Er wirkte jedoch fraulicher und reifer, als Fiora vermutet hatte.
»Sie muß Anfang Zwanzig sein«, meinte Leonarde und

fügte mit einem Blick auf den leicht geschwollenen Leib hinzu: »Ich frage mich, ob sie nicht schwanger ist.«

»Nach dem, was ich neulich gesehen habe, wäre das nicht erstaunlich«, stimmte Fiora ihr zu. Demetrios, der in seinem Zimmer einige Arzneien und Geräte geholt hatte, trat in diesem Moment ein und wies Leonardes Diagnose sogleich von sich.

»Ich glaube nicht, daß sie schwanger ist, aber ich möchte zu gern wissen, wer sie ist und weshalb diese elenden Schurken sie dort eingesperrt hatten.«

Die Unbekannte sagte noch immer kein Wort. Sie hielt die Augen geschlossen und ließ alles mit sich geschehen. Unter Demetrios' Händen, der sie jetzt untersuchte, war sie schlaff wie eine Stoffpuppe.

»Sie ist offenbar oft geschlagen worden, denn einige dieser Spuren sind älteren Datums, und sie ist auch unterernährt, doch sonst scheint sie einigermaßen robust zu sein ...«

»Aber warum ist sie stumm?« fragte Fiora. »Ob man ihr die Zunge abgeschnitten hat?«

Demetrios vergewisserte sich sofort, daß dem nicht so war, und erklärte dann, daß durch schreckliche Erlebnisse und fortgesetzte Mißhandlung jemand die Sprache verlieren könne, manche nur für eine gewisse Zeit, manche auf Dauer.

»Sobald sie in besserer Verfassung ist, werden wir ein kleines Experiment versuchen«, fügte er hinzu. »Jetzt ist es noch zu früh ...«

Fiora und Leonarde wuschen die junge Frau so gut sie konnten und zogen ihr dann eines von Fioras Nachthemden an. Sie salbten und verbanden ihre Handgelenke, die durch die eisernen Fesseln wundgescheuert worden waren. Schließlich kam das Gesicht an die Reihe. Der Schmutz und die Spuren von getrocknetem Blut konnten entfernt werden, nicht aber die blauen Flecken.

»Was für schönes Haar sie hat!« meinte Fiora seufzend und

deutete auf die blonde Mähne. »Wie schade, daß es so schmutzig ist. Wir müssen es ebenfalls waschen!«
»Das werden wir auch tun, sobald sie sich etwas besser fühlt. Oh, seht nur, mein Lämmchen, sie öffnet die Augen!«
Alle drei beugten sich über das Bett, und tatsächlich hatte die Unbekannte soeben die Lider geöffnet. Die Iris ihrer Augen war graublau, mit einem schwachen Grünstich.
Die junge Frau betrachtete die drei Gesichter über ihr und zwang sich zu lächeln, was ihr jedoch nicht recht gelingen wollte.
»Ihr seid hier in Sicherheit«, sagte Fiora sanft. »Niemand wird Euch mehr weh tun ... denn von jetzt an steht Ihr unter unserem Schutz ...«
»Zunächst werden wir Euch etwas zu essen bringen«, erklärte Leonarde, »und ein wenig Milch.«
»Bei diesem Unwetter ist Eure Milch bestimmt sauer geworden«, meinte Demetrios. »Ihr bereitet besser einen Lindenblütentee und gebt einen Löffel Honig hinein. Und fügt auch etwas von diesem Pulver hinzu«, sagte er, während er ihr eine kleine Schachtel aus bemaltem Holz reichte.
Nachdem Leonarde in der Küche verschwunden war, betrachtete Demetrios erneut das schmale, weiße Gesichtchen, das da in den Kissen ruhte. Plötzlich ergriff er den Leuchter, der auf dem Nachttisch stand, und hielt ihn über das Bett, um besser sehen zu können.
»Weißt du eigentlich, daß diese Unglückliche dir ähnelt?« fragte er Fiora leise.
»Mir?«
»Ja ... zwar nicht sehr, aber immerhin ... Sie ähnelt im Grunde mehr jenem jungen Mann, der jetzt in den Krieg gezogen ist.«
»Du meinst Christophe? Ob sie vielleicht mit ihm verwandt ist?«
Leonarde kehrte mit dem Tee zurück, und Fiora erzählte ihr

von Demetrios' Vermutung, wobei sie hinzufügte, sie habe keine Ahnung, wer die junge Frau sein könne.

Leonarde hatte jedoch durchaus eine Vermutung ...

Nachdem sie das Gesicht der jungen Frau eingehend studiert hatte, erinnerte sie Fiora an das, was Francesco Beltrami dieser eines Tages anvertraut hatte.

»Wißt Ihr es denn nicht mehr? Er sagte damals, daß Eure Mutter Regnault du Hamel ebenfalls eine Tochter geboren hatte. Ich könnte schwören, daß sie es ist. In dem Fall müßte sie tatsächlich um die zwanzig sein, wie ich vermutet habe ...«

»Seine Tochter? Er soll seine eigene Tochter derart mißhandelt haben, und das seit Jahren? Außerdem ist es unmöglich, denn sie ist doch schon vor langer Zeit gestorben.«

»Nein«, ertönte die Stimme von Demetrios, »das ist keineswegs unmöglich. Ich bin jetzt ganz sicher, daß diese Frau deine Schwester ist, Fiora!«

»Meine ... Schwester?«

Nur langsam ergriff diese Vorstellung von Fioras sonst so wachem Geist Besitz. Sie hatte sich über das, was ihr Vater damals erzählt hatte, keine weiteren Gedanken gemacht, und ihr war vor allem niemals klargeworden, daß es sich bei dem einzigen Kind aus Marie de Brévailles' Ehe um ihre Schwester handelte.

Da sie auch niemals für möglich gehalten hätte, daß ein Vater – und selbst ein Regnault du Hamel – derart mit seiner eigenen Tochter umgehen könne, hatte sie zu dem Thema keine Fragen gestellt.

Ihrer Meinung nach war dieses Kind nach dem Verschwinden seiner Mutter der Obhut eines Klosters anvertraut worden. Sofern die Großmutter es nicht zu sich genommen hatte, was ganz natürlich gewesen wäre.

Nun sah sie, daß der abscheuliche Mann seinen ganzen Haß auf das Mädchen übertragen hatte, das Marie ihm geboren hatte. Es war sein Sündenbock gewesen, dem er ein langes

Martyrium auferlegt hatte, und dies mitanzusehen, mußte ihm ein grausames Vergnügen bereitet haben.
Zitternd vor Wut dachte Fiora, daß du Hamel viel zu schnell gestorben war. Er hätte es verdient, sein Leben langsam und qualvoll auszuhauchen!
Sie kehrte zum Bett zurück, wo Leonarde damit beschäftigt war, der jungen Frau etwas Tee einzuflößen. Was sie für diese plötzlich in ihr Dasein getretene Schwester, deren Namen sie nicht einmal wußte, empfand, war ein Gefühl unendlichen Mitleids. Sacht ergriff sie die kleine, magere Hand und hielt sie in der ihren fest.
Mit einem raschen Seitenblick auf Fiora meinte Leonarde: »Ihr findet jetzt wohl, daß dieses Scheusal noch nicht genug bezahlt hat, nicht wahr? Nun, hier auf Erden sicher nicht, doch die Hölle ist auch kein sehr angenehmer Ort, und ich möchte wetten, daß der Herr du Hamel längst dort schmort! Außerdem bin ich dem Himmel sehr dankbar, weil er Euch erspart hat, Eure Hände mit diesem Blut zu beschmutzen!«
Spontan schlug Fiora die Arme um den Hals ihrer alten Gouvernante: »Ihr findet immer die richtigen Worte für mich, Leonarde! Ich kann Euch gar nicht oft genug sagen, wie lieb ich Euch habe!«
»Das zu hören, ist eine große Freude für mich. Und da meine Worte Euch offenbar etwas bedeuten, sage ich Euch jetzt, daß es furchtbar spät ist und daß Ihr vor Müdigkeit gleich umfallen werdet. Geht schlafen! Morgen ist ein neuer Tag, und dann können wir ein wenig Ordnung in unsere Gedanken bringen. Was mich betrifft, so habe ich das bitter nötig!«
Am anderen Morgen war das ganze Viertel in Aufruhr. Eine neugierige Nachbarin hatte die Tür des du Hamelschen Hauses weit offenstehend vorgefunden und sich nach vergeblichem Rufen schließlich hineingewagt.
Kurz darauf war sie laut schreiend wieder hinausgelaufen,

worauf sich schon bald eine Menschenmenge vor dem Haus versammelt hatte, allen voran Chrétiennotte. Diese schwang jetzt große Reden und erzählte jedem, der es hören wollte, vom nächtlichen Abenteuer ihres dahingeschiedenen Janet. Dabei versäumte sie es nicht, die Geschichte mit selbsterfundenen Details auszuschmücken.

»Es fehlt nicht mehr viel, und sie wird uns ebenfalls in die Geschichte mit hineinziehen«, grummelte Demetrios, der gesehen hatte, wie die geschwätzige Dienerin schon dreimal zu ihren Fenstern hinaufgedeutet hatte.

Sofort schickte er Esteban nach unten, damit dieser Chrétiennotte an ihre häuslichen Pflichten erinnerte. Sie ging bereitwillig mit, kümmerte sich jedoch überhaupt nicht um den Haushalt. Statt dessen lehnte sie mit halbem Oberkörper aus dem Fenster von Fioras Zimmer, um das Geschehen auf der Straße weiterverfolgen zu können. Vor allem wollte sie das Eintreffen der Beamten nicht versäumen.

Leonarde zuckte die Achseln, nahm ihren Einkaufskorb und begab sich zum Markt. Zuvor schloß sie Estebans Zimmer, in dem die Unglückliche ruhte, gründlich ab.

Leonarde war von Natur ein großmütiger Mensch, doch es gefiel ihr nicht, daß Fiora in letzter Zeit wiederholt mit einer Vergangenheit konfrontiert wurde, die sie besser aus ihrem Gedächtnis verbannt hätte.

Christophe de Brévailles war zum Glück inzwischen seines Weges gegangen, und der gütige Gott hatte es Fiora erspart, Blut zu vergießen, worüber Leonarde große Erleichterung empfand. Du Hamel war tot, denn er war ein Opfer seines eigenen Gewissens geworden. Soweit hatten die Dinge eine gute Wendung genommen. Nun standen sie aber vor dem Problem, dieses Mädchen, das stumm und vielleicht sogar schwachsinnig war, zu verstecken, was nicht leicht sein würde.

Bei ihrer Rückkehr vom Markt wirkte Leonarde noch mehr beunruhigt als zuvor. Überall sprach man nur vom Tod du

Hamels und seines Dieners Mathieu, den man vor der Zimmertür seines Herrn erschlagen aufgefunden hatte.
Der zweite Diener, Claude, war spurlos verschwunden, und es erhoben sich bereits nicht wenige Stimmen, die ihn des Doppelmordes beschuldigten, obwohl der Leichnam du Hamels keinerlei Gewaltanwendung erkennen ließ. Andererseits waren sämtliche Truhen und Schränke im Haus durchsucht und geleert worden ... Es war nicht schwer, sich vorzustellen, was später in der Nacht noch geschehen war. Claude hatte befürchtet, des Mordes an seinem Herrn verdächtigt zu werden, und es daher vorgezogen, die Flucht zu ergreifen, nicht ohne sich zuvor sämtliche Wertsachen anzueignen. Dann hatte er seinen eigenen Bruder getötet, um nicht mit ihm teilen zu müssen.
Von der Gefangenen wurde natürlich nicht gesprochen, da niemand sonst von ihrer Existenz gewußt hatte. Dennoch stellte sie ein Risiko dar. Angenommen, man erfuhr, daß eine unbekannte junge Frau bei diesem seltsamen griechischen Arzt untergebracht worden war ...!
Geschwätzigkeit war ohnehin die große Spezialität von Chrétiennotte. Gewiß, an diesem Tag hatte Esteban ihr unter einem Vorwand verwehrt, sein Zimmer zu betreten, aber wie lange würde man sie damit hinhalten können?
Kaum war Leonarde also heimgekehrt, brachte sie ihren Korb in die Küche, wandte all ihre Autorität auf, um Chrétiennotte von ihrem Beobachtungsposten zu vertreiben, und wies sie an, das Gemüse zu putzen. Anschließend ging sie zu Demetrios, um ihm von ihren Befürchtungen zu erzählen. Sie fand ihn in seinem Zimmer, wo er mit einer Schreibarbeit beschäftigt war.
Seiner Gewohnheit entsprechend hörte er ihr zunächst schweigend zu. Nachdem sie geendet hatte, stand er auf und wanderte langsam im Zimmer hin und her.
»Was sollen wir tun?« fragte Leonarde. »Gott ist mein Zeuge, daß mir dieses arme Geschöpf wirklich leid tut, aber

wir werden sie nicht ewig verstecken können, und wir können auch nicht mehr lange hierbleiben. Also was nun?«

»Ehrlich gesagt, weiß ich selbst noch nicht, wie wir uns verhalten sollen. Die beste Lösung wäre sicher, diese Unglückliche einem Kloster anzuvertrauen, sobald sie wieder bei Kräften ist. Die Klöster verlangen jedoch eine große Summe Geld für die Aufnahme, und eine derartige Ausgabe können wir uns nicht erlauben. Was wir von Lorenzo de Medici an Gold erhalten haben, wäre rasch aufgebraucht, und wir müssen etwas davon für unsere Reise zu König Ludwig bewahren. Andererseits müßte dieses Mädchen doch die Erbin der jämmerlichen Gestalt sein, die heute nacht dahingegangen ist, falls es sich wirklich um seine Tochter handelt, nicht wahr?«

»Und wie sollen wir in ihrem Namen sein Erbe fordern, ohne uns selbst in Gefahr zu bringen?«

»Es müßte möglich sein, doch zuvor sollten wir uns vergewissern, daß sie die ist, für die wir sie halten.«

»Nur wie? Sie ist doch stumm.«

»Das ist nicht gewiß, denn sie stößt manchmal Laute hervor. Ich habe einst in Ägypten eine Frau gesehen, die als Folge eines schrecklichen Erlebnisses die Sprache verloren hatte. Ein Imam, bei dem ich in die Schule ging, konnte sie ihr wiedergeben. Bei dieser Unglücklichen verhält es sich wahrscheinlich genauso. Bedenkt, was sie erlitten hat! Sobald sie kräftig genug ist, werde ich sie einem Experiment unterziehen, doch wie dem auch sein mag, Frau Leonarde: Ihr dürft mir glauben, daß ich alles tun werde, damit wir so schnell wie möglich von hier verschwinden können. Es ist auch nicht gut für Fiora, wenn sie immer wieder an die unselige Vergangenheit erinnert wird ...«

»Und dennoch ermutigt Ihr sie, ihre Rachepläne weiterzuverfolgen?«

»Es wäre für sie viel schlimmer, die Schuldigen weiterhin ungestraft zu wissen. Außerdem habe ich keinen Einfluß darauf, denn Fioras Wille ist unerschütterlich. Sie erinnert mich darin an die Heldinnen des alten Griechenland wie Antigone oder Medäa, die ebenfalls ihrem Schicksal folgen mußten, ganz gleich, wie hoch der Preis dafür war ...«

»Es steht Euch frei, sie so zu sehen, doch was mich betrifft, so würde ich lieber wieder das sanfte, heitere Mädchen in ihr entdecken, das sie einst war ...«

»Selbst wenn dieses Drama nicht passiert wäre, würde das Mädchen, von dem Ihr sprecht, nicht mehr existieren. Irgendwann kommt immer der Moment, wo das Mädchen zur Frau wird. Fiora ist inzwischen zur Frau geworden, und aus all dem Unglück und dem Leid ist sie um so stärker hervorgegangen. Solche Frauen sind zu allem fähig – im Guten wie im Bösen!«

»So versucht zumindest zu verhindern, daß sie sich zu sehr dem letzteren verschreibt!«

Nach diesen Worten begab sich Leonarde in die Küche, um zu sehen, ob Chrétiennotte sich mittlerweile dazu entschlossen hatte, ihre Arbeit wieder aufzunehmen.

Demetrios war nicht der einzige, dem es ein Anliegen war, die Identität der unglücklichen jungen Frau festzustellen. Fiora, die sie hingebungsvoll pflegte, wollte wenigstens den Namen ihres Schützlings herausfinden.

Zwei Tage nach deren Ankunft hatte die Genesung der Unbekannten so gute Fortschritte gemacht, daß Fiora ihr ein Stück Papier in die Hand drückte sowie eine Feder, die sie vorsorglich in Tinte getaucht hatte.

»Da Ihr uns Euren Namen nicht sagen könnt, schreibt ihn bitte auf«, schlug sie in sanftem Ton vor.

Die junge Frau war unvermittelt errötet. Sie gab ihr Papier und Feder zurück, wobei sie hilflos den Kopf schüttelte. Gerührt schlang Fiora den Arm um ihre zerbrechlichen Schultern.

»Ihr könnt nicht schreiben? Das ist nicht schwer, und Ihr werdet es rasch lernen. Doch vielleicht gelingt es uns, zumindest Euren Vornamen zu erfahren. Ich zähle jetzt einige Namen auf, und wenn ich den richtigen getroffen habe, gebt Ihr mir ein Zeichen ...«

Die Unbekannte signalisierte ihre Zustimmung durch ein Lächeln. Das Spiel schien ihr sogar zu gefallen, doch Fiora entdeckte rasch, daß sie ohne fremde Hilfe nicht weiterkam, denn sie kannte fast nur florentinische Vornamen. Sie hielt es daher für besser, Leonarde zu holen, die mit den in Burgund gebräuchlichen Vornamen vertraut war.

»Das dürfte nicht allzu schwierig sein«, meinte diese. »In den hiesigen Adelsfamilien nennt man die Mädchen oft nach den Herzoginnen. Als dieses Mädchen geboren wurde, hieß die damalige Herzogin Isabelle. Heißt Ihr vielleicht Isabelle?«

Nein, so hieß sie nicht. Fiora versuchte es daraufhin mit dem Namen Marie, doch der war es ebenfalls nicht.

»Jetzt machen wir bei den Prinzessinnen weiter«, schlug Leonarde vor. »Das ist ganz einfach: Die Mutter, die Großmutter und die Gemahlin von Herzog Karl hörten alle auf den Namen Marguerite ...«

Leonarde hatte ins Schwarze getroffen. Die junge Frau im Bett schlug die Hände gegeneinander, während ihr Gesicht von einem Lächeln erstrahlte.

»Marguerite ...«, wiederholte Fiora. »Das ist eine sehr schöne Blume, ganz weiß und in der Mitte goldgelb. Er paßt gut zu Euch, denn Ihr seid ebenfalls ganz weiß, und Euer Haar hat die Farbe von Gold ...«

Demetrios beglückwünschte Fiora zu ihrem Erfolg und fügte hinzu, man könne jetzt vielleicht wagen, noch weiter zu gehen. Als es Abend wurde, versammelten sich alle in Marguerites Zimmer. Trotz der Hitze ordnete Demetrios an, daß sämtliche Fenster und Läden fest verschlossen wurden. Der Raum wurde nur durch einen Kandelaber erhellt, der in einiger Entfernung vom Bett auf einer Truhe stand, sowie durch eine einzelne Kerze auf dem Nachttisch.

Der Grieche nahm Fiora bei der Hand und führte sie zum Bett, damit Marguerite sich behütet und sicher fühlte. Dann beugte er sich über die junge Frau: »Bitte beantwortet mir zunächst eine Frage. Seid Ihr schon immer stumm gewesen?«
Marguerite schüttelte den Kopf.
»Dann gab es also eine Zeit in Eurem Leben, wo Ihr sprechen konntet?«
Sie nickte.
»Habt Ihr die Sprache als Folge eines Unfalls verloren?«
Sie schüttelte den Kopf.
»Geschah es nach einem schrecklichen Erlebnis?«
Sie nickte.
»Gut. Dann ist es mir vielleicht möglich, Euch wieder zum Sprechen zu bringen. Ihr müßt mir jedoch vertrauen und tun, was ich Euch sage. Ich versichere Euch, daß ich nur Euer Wohl im Auge habe und daß Ihr überhaupt nichts von mir zu befürchten habt. Ich werde Euch nicht weh tun, und ich werde Euch nicht einmal berühren ...«
»Ihr müßt tun, was er sagt, Marguerite«, murmelte Fiora, während sie ihre Hand hielt. »Er wird versuchen zu entdekken, was Euch so großen Schmerz zugefügt hat ...«
An Marguerites entspanntem Gesichtsausdruck erkannte Fiora, daß diese ihre Worte verstanden hatte und ihr vertraute. Demetrios löschte jetzt sämtliche Kerzen im Raum bis auf jene, die am Kopfende des Bettes stand. Er nahm sie in die Hand und hielt sie in einiger Entfernung vor Marguerites Gesicht.
»Ihr müßt in die Flamme schauen«, befahl der Arzt mit sanfter Bestimmtheit. Marguerite gehorchte und sah ganz ruhig in den goldenen Schein der Kerze. Sie ließ Fioras Hand los, kreuzte die Hände vor der Brust und wartete ohne jede Furcht das weitere Geschehen ab.
»Sehr gut«, lobte Demetrios und befahl ihr dann: »Seht weiter in die Flamme und laßt sie nicht aus den Augen ... nicht aus den Augen ... aus den Augen ...«

Die tiefe, leicht singende Stimme des Griechen vermittelte den drei Zuschauern ein Gefühl wohliger Ruhe, während Marguerites Augenlider zu flattern begannen, als ob nur noch ein letzter Rest von Willensanstrengung sie daran hinderte, sie zu schließen ...
»Ihr seid müde, sehr müde ... Eure Lider sind schwer ... Kämpft nicht gegen den Schlaf an ... Laßt Euch gehen und schlaft ein, schlaft ein! All Eure Glieder sind entspannt, Euer Körper ist unendlich müde und möchte sich ausruhen ... schlaft ein, schlaft ein!«
Endlich waren Marguerites Augen ganz geschlossen. Die Hände waren neben den Körper gesunken, und sie atmete gleichmäßig. Einen Moment lang herrschte im Raum tiefe Stille. Jeder hielt den Atem an, bis erneut Demetrios' Stimme ertönte. »Ich weiß, daß Ihr jetzt schlaft, Marguerite. Könnt Ihr mich hören?«
Langsam bewegte sie mit zustimmender Bewegung den Kopf.
»Gut. Euer Geist ist jetzt von der Bürde Eures Körpers befreit, und alle schlechten Einflüsse sind von Euch gewichen. Wir werden jetzt gemeinsam Euren Lebensweg bis zu Eurer Kindheit zurückverfolgen. Ihr seid zehn Jahre alt ... Könnt Ihr sprechen?«
Sofort traten dicke Tränen aus den Lidern der Schlafenden. Sie machte ein Zeichen der Zustimmung, schien jedoch im selben Moment ihren Kopf vor unsichtbaren Schlägen schützen zu wollen.
»Ihr wart ein unglückliches kleines Mädchen, und dennoch konntet Ihr sprechen. Was geschah in der Folge? Betrachtet Euer Leben und kehrt zu dem Punkt zurück, an dem Ihr Eure Stimme verloren habt. Laßt die Jahre an Euch vorbeiziehen ...«
Plötzlich ging ein heftiges Zittern durch Marguerites Körper. Sie warf die Laken zurück, während sie mit beiden Armen etwas abzuwehren schien, das sie fürchterlich äng-

stigte. Mit aller Kraft versuchte sie die Beine zusammenzuhalten, und doch wurden diese immer weiter auseinandergezogen ... Sie weinte und jammerte, und all das war von unglaublicher Deutlichkeit.
»Dios!« flüsterte Esteban. »Sie ist vergewaltigt worden ..«
Dann war der Aufruhr unvermittelt vorbei, und Marguerite sank wie leblos in die Kissen zurück. Demetrios gewährte ihr einen Moment der Erholung, um sie anschließend zu fragen: »Habt Ihr bei jenem schrecklichen Erlebnis die Sprache verloren?«
Langsam schüttelte sie den Kopf.
»Also erst später. Erinnert Euch an das, was anschließend geschah. Ihr müßt den Moment erneut durchleben ... Bereitet es Euch so große Pein?«
Tatsächlich wandte sich Marguerite in Krämpfen auf dem Bett hin und her. Dabei hielt sie die Hände über ihren Leib, als habe sie einen ganz dicken Bauch, und stöhnte laut.
»Man könnte meinen«, sagte Fiora mit tonloser Stimme, »daß sie im Begriff ist, niederzukommen ...«
Sie sank auf die Knie und begann zu beten.
»Kann man ihr nicht ersparen, das alles noch einmal zu durchleben?« murmelte sie dann.
Doch Demetrios ergriff jetzt sanft die Hände der jungen Frau und erklärte: »Das Kind ist geboren ... Ihr seid entbunden.«
Sofort beruhigte sich Marguerite. Ein Lächeln erschien auf ihren Zügen. Man sah, wie sie die Arme nach einem imaginären Baby ausstreckte, um es an ihre Brust zu halten und sanft zu wiegen. Dieses stille Glück, das sich auf dem abgezehrten Gesichtchen spiegelte, hatte etwas Ergreifendes ... bis unvermittelt das Drama seinen Lauf nahm. Entsetzt sahen die Umstehenden, wie Marguerite mit aller Kraft die Arme vor die Brust preßte, als müsse sie sich eines furchtbaren Angriffs erwehren. Sie kämpfte so gut sie konnte dagegen an, doch zweifellos hatte sie keinerlei Chance. Und un-

vermittelt schrie sie mit ganz rauher, heiserer Stimme: »Mein Sohn! Gebt mir meinen Sohn zurück! Ihr dürft ihn mir nicht nehmen! Er ist doch mein Kind ... Habt Mitleid!«
Sie öffnete die Lippen zu einem Schrei, doch Demetrios hatte bereits die Hände auf den Kopf der Unglücklichen gelegt und befahl ihr: »Ihr braucht nicht zu schreien, Marguerite! Es ist alles vorüber ... Denkt jetzt nicht mehr an jenen Moment zurück, in dem Ihr so schrecklich gelitten habt ... Ihr könnt nach wie vor sprechen ... Nicht wahr, Ihr könnt doch sprechen, oder?«
Noch immer keuchend und über und über mit Schweiß bedeckt, erinnerte die junge Frau an eine Ertrinkende, die mit Mühe das rettende Ufer erreicht hatte. Fiora wollte sie schon in ihre Arme nehmen, doch Demetrios hielt sie zurück.
»Antwortet mir, Marguerite! Könnt Ihr sprechen? Sagt: Ich kann sprechen ...«
»Ich kann sprechen ...«
Die Stimme war schwach, aber vollkommen klar.
»So ist es gut«, sagte Demetrios. »Ruht Euch jetzt aus! Ihr habt ein sehr anstrengendes Erlebnis hinter Euch, doch das Übel ist besiegt. Gleich werde ich Euch aufwecken. Ihr werdet Euch nicht mehr an das Martyrium erinnern, das Ihr erlitten habt, und Ihr werdet mit Eurer normalen Stimme zu denen sprechen können, die um Euch sind und Euch lieben. Habt Ihr mich verstanden?«
»Ja ... ich habe verstanden.«
»Dann werde ich Euch jetzt zurückholen. Wenn ich Euren Namen ausspreche, werdet Ihr erwachen. Achtung! Marguerite, öffnet die Augen!«
Tatsächlich öffnete sie gleich darauf die Augen und betrachtete die Umstehenden mit einem etwas verwirrten Blick. Mit zitternden Händen entzündete Esteban die Kerzen des Kandelabers, während Fiora zu Marguerite eilte und sie um-

armte: »Ihr seid geheilt, liebste Freundin. Ihr habt Eure Stimme wiedergefunden.«
»Meine Stimme? Ja, es ist wahr ... Oh! Was ist denn passiert? Mir scheint, ich hatte einen gräßlichen Alptraum ...«
»Es war auch nur ein Traum, doch die bösen Kräfte, die Euch am Sprechen hinderten, sind bezwungen. Von nun an könnt Ihr wieder sprechen wie jeder andere!«
Esteban, der kurz das Zimmer verlassen hatte, kehrte mit einem Krug und mehreren Bechern zurück.
»Nach dem, was wir soeben erlebt haben, dachte ich, daß ein wenig Wein uns allen guttun wird. Ihr seid ebenso erschöpft wie Eure Patientin«, meinte er zu Demetrios gewandt.
In der Tat wirkte Demetrios, der sich auf eine Sitzbank neben dem Bett fallen ließ, unsagbar müde, und sein Gesicht war von wächserner Blässe. Daher nahm er bereitwillig den Becher Wein aus der Hand seines Dieners entgegen und trank ihn in langsamen Schlucken leer.
Während Leonarde damit beschäftigt war, Marguerites schweißdurchtränktes Nachthemd zu wechseln, gesellte sich Fiora zu ihrem alten Freund: »Du hast ein Wunder vollbracht, Demetrios. Woher nimmst du nur diese erstaunliche Kraft? Ich habe einst miterlebt, wie du diese Fähigkeit bei der Virago und bei der elenden Hieronyma angewendet hast, um sie unter deine Gewalt zu zwingen, doch jetzt hast du Marguerite die Stimme zurückgegeben ...«
»Sie hatte ihre Stimme als Folge eines entsetzlichen Schocks verloren. Daher mußte ich sie dazu bringen, diesen Moment nochmals zu durchleben ... ich gebe jedoch gern zu, daß ich sehr erschöpft bin ...«
»War es denn nicht gefährlich ... für sie?«
»Ja, das war es. Sie hätte daran sterben können.«
»Und trotzdem hast du es versucht?«
»Warum nicht?« gab er in rüdem Ton zurück. »Was hatte sie zu verlieren? Ihr Leben ist ohnehin zerstört. Es wird Jahre

dauern, bis sie sich von dem erholt haben wird, was sie durchgemacht hat! Sie kann jetzt wieder sprechen, und in ein paar Tagen ist sie auch wieder auf den Beinen, aber was hat sie für eine Zukunft? Wirst du dich um sie kümmern wollen?«

»Kannst du mir nicht bei der Beantwortung dieser Frage ein wenig helfen, wo du doch manchmal in die Zukunft zu sehen vermagst?«

»Nein ... nein, ich habe nichts gesehen. Es liegt wohl daran, daß ihr Schicksal mich nicht genügend interessiert. Vergiß nicht, welch wichtige Aufgabe noch vor uns liegt ...«

»Das vergesse ich keineswegs«, entgegnete Fiora. »Aber was Marguerite betrifft ... falls sie wirklich meine Schwester ist ...«

»Es gibt nichts, das uns sicheren Aufschluß darüber gibt ... abgesehen von einer vagen Ähnlichkeit«, erklärte Demetrios leicht gereizt.

»Vage sagst du! Dabei hast du diese Ähnlichkeit selbst entdeckt, und Leonarde ist sie ebenfalls aufgefallen! Wenn sie also tatsächlich eine weitere Tochter meiner Mutter ist – falls dir diese Formulierung besser gefällt –, so glaube ich inzwischen eine Idee zu haben, wie wir vorgehen sollten ...«

»Könnt Ihr Euch nicht etwas leiser unterhalten?« mahnte Leonarde, die dabei war, die Vorhänge um Marguerites Bett zu schließen. »Außerdem ist es jetzt Zeit, schlafen zu gehen, findet Ihr nicht?«

Demetrios erhob sich seufzend und begab sich zur Tür, gefolgt von Fiora. Als er sie zu ihrem Zimmer gebracht hatte, wandte er sich zu ihr um.

»Willst du mir nicht sagen, was du damit meinst?« fragte er sie.

»Ich denke, wir sollten dieses Haus bald verlassen«, antwortete sie. »Wir haben hier nichts mehr verloren.«

»Und wohin sollen wir dann gehen? Machen wir uns auf die Reise zum König?«

»Nein, bitte noch nicht! Ich habe nicht vergessen, was Christophe uns erzählt hat. Nicht weit von hier lebt eine Frau, die ebenfalls durch die Schuld ihres Gatten ein Martyrium erleiden muß. Regnault du Hamel hat seine Schuld bezahlt, doch nun ist Pierre de Brévailles an der Reihe ... Und vielleicht gelingt es mir zugleich, zwei Menschen, die es dringend brauchen, ein wenig Glück zu schenken ...«
Ohne weitere Erklärungen abgeben zu wollen, hauchte Fiora einen flüchtigen Kuß auf die bärtige Wange von Demetrios und verschwand in ihrem Zimmer, dessen Tür sich geräuschlos hinter ihr schloß.

An diesem Abend stand Fiora lange Zeit vor ihrem Fenster und blickte hinaus. Sie hatte alle Lichter gelöscht und betrachtete die Dächer der Stadt, in der sie nun schon einige Zeit lebte. Bald würde sie diesen Ort verlassen, ohne ihn vielleicht jemals besser kennenzulernen.
Es war eine warme Sommernacht, und an dem wolkenlosen Himmel funkelten die Sterne. Fast fühlte sie sich an ihre Heimatstadt erinnert ...
Während sie das Haus gegenüber, das jetzt stumm und verlassen dalag, keines Blickes mehr würdigte, folgten ihre Augen dem Verlauf des Suzon in nördlicher Richtung. Im Norden befand sich auch der Besitz von Philippe, das Schloß der Selongeys ...
Endlich gestattete sie sich, an ihn zu denken. Bis dahin hatte sie es meistens vermieden, da sie sich nicht von ihren Plänen ablenken lassen wollte. Nun war du Hamel tot, und sie konnte ihrem Verlangen nachgeben, zu Philippe zu gehen, um die Wahrheit zu erfahren. War er damals nach Florenz zurückgekehrt, weil er sie liebte und sie wiedersehen wollte? Oder hatte er lediglich im Sinn gehabt, eine weitere Finanzhilfe für seinen Gebieter aufzutreiben, damit dieser erneut Krieg führen konnte? Leonarde neigte mehr zu der ersten Möglichkeit, und Fiora selbst hätte dies ebenfalls nur zu

gern geglaubt. Dennoch mußte sie sich eingestehen, daß sie ihren Gatten nicht wirklich kannte und daß sie von seinen Gedanken und Gefühlen nichts wußte. War er tatsächlich ein Schürzenjäger?
So wie Frau Symonne ihn beschrieben hatte, machten die Frauen es ihm zudem nicht schwer ... Welchen Platz mochte sie selbst in seinem Herzen einnehmen, wenn er derart von der Weiblichkeit belagert wurde?
Dennoch war sie vor Gott und vor dem Gesetz seine Gemahlin, und der schwere goldene Ring mit dem Emblem der Selongeys hing nach wie vor an einer Kette zwischen ihren Brüsten.
Fiora zog an der zierlichen Goldkette und nahm den Ring in die Hand. Dann hauchte sie einen Kuß darauf, als ob sie Philippes Lippen küßte ...
Wo mochte er in diesem Moment sein? Irgendwo in Luxemburg, wo sich fast die gesamte Armee versammelt hatte, um von dort aus Lothringen zu besetzen? Oder in Brügge, wo Herzog Karl angeblich gerade dabei war, Soldaten und Geld aufzutreiben?
Wie dem auch immer sein mochte – in diesem Moment konnte er sich jedenfalls nicht in Selongey aufhalten, soviel stand fest. Dennoch wußte Fiora genau, daß keine Macht der Welt sie davon abhalten würde, sich dorthin zu begeben, sobald sie mit der Familie de Brévailles fertig war ...
Beim Gedanken daran fiel ihr natürlich auch Marguerite wieder ein, und sie fragte sich, was sie wirklich für diese Halbschwester empfand, die so plötzlich in ihr Leben getreten war.
Gewiß, sie empfand Mitleid und auch Zuneigung, und ihr schlimmes Geschick rührte sie unendlich an, doch um ehrlich zu sein, hörten ihre Gefühle dort auch schon auf. Im Gegensatz zu Christophe, mit dem sie sich spontan sehr verbunden gefühlt hatte, spielte die Blutsverwandtschaft mit Marguerite keine große Rolle für sie.

Sie war sich dessen in aller Ehrlichkeit bewußt und schämte sich ein wenig ihrer lauwarmen Haltung. Vielleicht lag es daran, daß sie sich bis jetzt mit der jungen Frau nicht richtig hatte verständigen können. Oder lag es an der etwas zu spitz geratenen Nase? Immerhin war dies das einzige, worin Marguerite dem Vater äußerlich ähnelte, einem Vater, der diesen Titel nicht verdiente.

Doch ob sie Marguerite nun liebte oder nicht, war im Grunde ohne Bedeutung. Auf keinen Fall würde sie ihr Leben mit ihr teilen, das wußte Fiora mit Gewißheit.

Mit der herannahenden Dämmerung wurde die Luft angenehm frisch. Fiora entkleidete sich und streckte sich auf dem Bett aus. Sie hatte ein wenig Kopfweh, was sicher daher kam, daß sie zu lange den Duft des im Nachbargarten blühenden Lindenbaumes eingeatmet hatte.

Erstmals entdeckte sie die Reize der burgundischen Landschaft, und sie stellte sich vor, wie schön es sein mußte, dort zu leben, vorausgesetzt, man war zu zweit ...

Einen Moment lang zog Fiora in Erwägung, sich im Schloß von Selongey einzuquartieren und in aller Ruhe Philippes Rückkehr abzuwarten. Wenn er sie dann erblickte, würde der Ausdruck auf seinen Gesichtszügen zweifellos all ihre Fragen auf einen Schlag beantworten. Aber wovon sollte sie bis dahin leben? Arm wie eine Bettlerin würde sie dort erscheinen, denn ihre Mittel neigten sich dem Ende zu. Das Gold, mit dem Lorenzo sie ausgestattet hatte, würde sehr bald gänzlich aufgebraucht sein.

So rasch wie möglich mußten sie sich nach Paris begeben und dem Kontor von Agnolo Nardi in der Rue des Lombards einen Besuch abstatten. Nardi war der Milchbruder von Francesco Beltrami gewesen, und wenn Lorenzo de Medici die Wahrheit gesagt hatte, so hielt Nardi eine größere Summe bereit, die auf Fioras Namen deponiert worden war.

Außerdem war Fiora durch einen Blutschwur mit Demetrios verbunden. Sie konnte ihn schon deshalb nicht bre-

chen, weil sie Herzog Karl fast ebenso glühend haßte wie der griechische Arzt selbst.
Nur der Tod des Herzogs konnte Philippe von dem Bann befreien, den sein Gebieter auf ihn ausübte, und ihn vielleicht zu Fiora zurückführen ... sofern Philippe sein Leben nicht bereits geopfert hatte, um dessen Ruhm noch zu mehren ... Doch sie verscheuchte diesen düsteren Gedanken sofort wieder. Sie hätte es gespürt, wenn ihm etwas zugestoßen wäre. Sie hätte gespürt, daß ein Teil ihrer selbst aufgehört hätte zu existieren ...
Sobald Marguerite wieder ganz gesund ist, brechen wir nach Brévailles auf, beschloß sie jetzt.
Und nachdem sie zu dieser Entscheidung gelangt war, fiel sie unvermittelt in tiefen Schlaf, während von ferne der erste Hahnenschrei ertönte.

Kapitel 4

Die Rache gebührt dem Herrn

»Verzichte, Fiora!« sagte Demetrios unvermittelt, nachdem er sein Pferd neben das von Fiora dirigiert hatte. Sie ritten an der Spitze der kleinen Gruppe, die jetzt auf den Besitz der Familie de Brévailles zusteuerte.

Leonarde und Marguerite folgten ihnen auf zwei sanften Maultieren, und der bis an die Zähne bewaffnete Esteban ritt an hinterster Stelle.

»Worauf soll ich verzichten? Darauf, daß ich Marguerite zu ihrer Großmutter bringe?«

»Du weißt genau, was ich damit sagen will. Du wärst auch ohne Marguerite hierhergekommen, um dich an deinem Großvater zu rächen ... Widersprich mir nicht! So ist es doch, habe ich recht?«

»Wenn er sich meiner Mutter gegenüber wie ein Vater verhalten hätte, wäre es niemals dazu gekommen. Er ist an all ihrem Unglück schuld. Nicht nur, daß er sie gegen ihren Willen mit diesem Schurken von du Hamel verheiratet hat – er hat später auch nicht das geringste unternommen, um sie zu retten. Und da soll ich ihm verzeihen?«

»Das nicht, aber mir wäre es lieber, wenn du dir diesen Racheakt erspartest! Laß mich gemeinsam mit Leonarde das Mädchen dorthin bringen, und kehr du mit Esteban in die Herberge zurück, wo wir übernachtet haben. Besser, du setzt erst gar keinen Fuß in dieses Haus«, und dabei deutete er auf die weithin sichtbaren Zinnen des Schlosses, dessen Türme noch im Nebel lagen.

Es war kein großes Schloß, doch es präsentierte sich in

wohlgepflegtem Zustand und wirkte durchaus furchterregend mit seinen drei Türmen und dem mächtigen Burgfried. Im Falle eines Angriffs würde es nicht leicht einzunehmen sein.

»Wovor hast du Angst?« fragte Fiora mit einem Anflug von Hochmut.

»Es ist wegen deines Gesichtes!«

»Das verberge ich unter dem Schleier.«

»Aber du wirst den Schleier irgendwann lüften müssen. Was für einen Empfang erwartest du, wo doch der Schloßherr alle dort unter seine Knute zu zwingen scheint? Denk an das, was Christophe uns erzählt hat! Dein Großvater ist ein harter, unerbittlicher Mann, der sich nicht nur geweigert hat, seine Kinder zu retten, sondern darüber hinaus dem Gatten dabei geholfen hat, die beiden aufs Schafott zu schikken. Wenn du diesen Ort betrittst, so fürchte ich, daß du nicht wieder herauskommst ...«

»Das werden wir ja sehen! Und wovor soll ich Angst haben, solange du bei mir bist? Oder hast du jene Fähigkeit verloren, die dir ermöglicht, die Menschen unter deinen Willen zu zwingen, zumindest in dem Moment, wo diese von einem starken Gefühl heimgesucht werden? Du brauchst deine Fähigkeiten doch nur anzuwenden! Wenn der Alte mein Gesicht erkennt, wird er sicher die Fassung verlieren ...«

»Bei einem Mann ist das schwieriger als bei einer Frau, und außerdem fürchte ich, daß dieser Brévailles durch nichts zu erschüttern ist.«

»Um so interessanter wird es sein, ihn diesem Experiment zu unterziehen! Davon abgesehen, wüßte ich nicht, weshalb man sich dort weigern sollte, eine ganz und gar legitime Enkeltochter aufzunehmen ... Schließlich ist Marguerite kein Kind der Sünde!« meinte sie mit leiser Bitterkeit. »Ich habe kein Recht, ihr diese Möglichkeit zu verwehren.«

»Vorausgesetzt, es geschieht wirklich zu ihrem Besten. Ich

bin mir jedenfalls nicht sicher, ob dieses Schloß für jemand, der so viel Schlimmes erlitten hat, der geeignete Aufenthaltsort ist.«

Nach und nach hatte Marguerite ihren Rettern zu erzählen vermocht, wie ihr Leben bis dahin verlaufen war. Bis zu ihrem vierten Lebensjahr war sie der Obhut einer freundlichen Amme anvertraut gewesen, doch dann hatte die gute Frau das Zeitliche gesegnet. Das Kind wurde von gleichgültigen Domestiken betreut und mehr oder weniger sich selbst überlassen, während sein Vater, den es selten zu Gesicht bekam, aus seiner Abneigung keinen Hehl machte.

Die einzige Abwechslung im Leben der Heranwachsenden bestand in regelmäßigen Kirchgängen in Begleitung einer bigotten Dienerin, die das Mädchen endlos lange auf dem kalten Kirchenboden knien ließ. Dennoch fand Marguerite schließlich, das Leben in einem Kloster könne nicht schlimmer sein als ihr tristes Dasein im Haus des Vaters, so daß sie diesen darum bat, Nonne werden zu dürfen.

Du Hamel lehnte dies entschieden ab. Er hatte nicht die geringste Lust, die damit verbundene Summe Geld für eine Tochter auszugeben, die ihm eine Küchenhilfe ersparte.

Als Marguerites Körper sich fraulich zu runden begann, wurde sie von einem Stallburschen vergewaltigt. Was dann folgte, trieb die Leiden des unglücklichen jungen Mädchens auf die Spitze: Nachdem du Hamel ihren Zustand entdeckt hatte, schlug er sie brutal zusammen und sperrte sie in einem Keller ein, wo sie schließlich niederkam. Der kleine Junge, den sie dort zur Welt brachte, wurde ihr sofort entrissen und vor ihren Augen erwürgt ...

Zu der Zeit war du Hamel nach Dijon berufen worden. Dort reduzierte er seine Dienerschaft auf die beiden Brüder Claude und Mathieu, die es verstanden hatten, sein Vertrauen zu gewinnen. Beim Umzug in das Haus in der Rue du Lacet wurde Marguerite in einer fest verschlossenen Sänfte dorthin gebracht. Nachts war sie in jenem Kellerloch ange-

kettet, während sie tagsüber in der Küche arbeiten mußte, wobei sie wenig zu essen bekam und oft mißhandelt wurde. Nur der dicke Claude empfand ein wenig Mitleid mit ihr. Wenn sein Herr nicht zu Hause war, brachte er dem Mädchen etwas zu essen und gab ihr einen Becher Wein zu trinken, doch er ließ sich seine Wohltaten auf die einzige Weise bezahlen, die der Unglücklichen zur Verfügung stand. Zumindest hatten diese erzwungenen Liebesdienste keine weiteren Folgen. Trotz dieser also keineswegs uneigennützigen Unterstützung ließen Marguerites Kräfte immer mehr nach, und vor allem verzweifelte sie vollends innerlich. Der Lebenswille hatte sie verlassen, und sie hoffte nur noch auf ein rasches Ende, als sie endlich von ihrer Pein erlöst wurde.
Es ging ihr inzwischen sehr viel besser. Ihre Kräfte kehrten zurück, und ihre Wangen hatten wieder Farbe angenommen. Dennoch erinnerte sie eher an ein künstlich belebtes Wesen als an eine lebendige junge Frau. Sie brachte ihren Rettern alle Anzeichen großer Dankbarkeit entgegen, aber sie schien an ihrer Zukunft überhaupt nicht interessiert zu sein. Sie war sanft und freundlich und die meiste Zeit sehr still, obwohl der Gebrauch der Sprache wieder ganz selbstverständlich für sie war. In ihrer Gegenwart kam es Fiora vor, als sei sie nur mit einem Schatten zusammen ...
»Ich fürchte, daß ihre Seele sie verlassen hat, als ihr Kind von ihr gegangen ist«, meinte Leonarde. »Doch vielleicht kehrt sie zurück, wenn man ihr sehr, sehr viel Liebe entgegenbringt. Was uns betrifft, so können wir ihr nur Freundschaft bieten.«
Als Fiora den Weg erreicht hatte, der den Fluß entlang in Richtung Schloß führte, hielt sie ihr Pferd an. Tatsächlich erschien das Schloß mit seinen düsteren Mauern nicht gerade sehr einladend. Würde Marguerite hier nicht erneut eine Art von Gefängnis vorfinden?
Fiora wandte sich um und betrachtete die junge Frau, die in einiger Entfernung folgte. Sie hatte ihr erklärt, daß sie beab-

sichtigte, sie zu ihrer Großmutter zu bringen. Wie würde diese Maries Tochter empfangen? Das eher feindlich wirkende Gemäuer flößte Fiora jedenfalls nicht viel Vertrauen ein.
In dem Moment kam ein Bauer des Wegs. Fiora sprach ihn an: »Ist das dort der Sitz der Brévailles'?«
Der Mann zog höflich die Mütze und erwiderte: »Und ob das Brévailles ist! Aber ... wollt Ihr wirklich dorthin?« fügte er mit einer Mischung aus Neugier und Beunruhigung hinzu. »Man läßt dort kaum jemand hinein, wißt Ihr!«
»Dennoch möchte ich Frau Madeleine einen Besuch abstatten. Ich nehme an, daß sie sich derzeit im Schloß aufhält?«
»Wo soll sie sonst hin? Sie geht niemals aus, und seitdem der Herr krank ist, bekommt man niemand mehr zu Gesicht außer dem Verwalter und einem Küchenmädchen, das so schweigsam ist wie ein Karpfen!«
»Er ist krank?« mischte sich Demetrios jetzt ein. »Das trifft sich gut, denn ich bin Arzt. Woran leidet er?«
Der Bauer kratzte sich den Schädel und schien angestrengt nachzudenken. Schließlich schüttelte er den Kopf und sagte: »Niemand hier weiß etwas darüber. Wenn man fragt, heißt es nur, daß es ihm noch nicht besser geht. Wie auch immer, ob Arzt oder nicht, es würde mich sehr wundern, wenn man Euch einläßt ...«
»Warum?« wollte Fiora wissen.
»Weil man keinen Menschen mehr einläßt: weder Mönche noch Bettler, noch verirrte Reisende ... Das ist ein böser Ort, wo man nicht einmal mehr christliche Nächstenliebe übt ... Allerdings ist auch schon viel Unglück über dieses Haus hereingebrochen ...«
Offensichtlich war der Mann lediglich geschwätzig und konnte ihnen nicht sehr viel mehr verraten, als das, was sie ohnehin schon wußten. Fiora dankte dem Bauern, indem sie ihm ein Geldstück gab, und als der Rest der Gruppe sich zu ihr gesellt hatte, lenkte sie ihr Pferd entschlossen auf das

Schloß zu. Demetrios holte sie sofort ein und wollte das Gespräch mit ihr fortsetzen, doch Marguerite ritt jetzt unmittelbar hinter ihnen, und sie wollten das Thema in ihrer Gegenwart nicht diskutieren.
Der morgendliche Nebel hob sich inzwischen über dem Fluß, dem Doubs, dessen grünliches Wasser sehr aufgerührt schien. Der Weg, der zum Schloß abzweigte, führte zunächst durch ein Wäldchen, hinter dem bereits ein paar einfache, strohgedeckte Häuser und eine Kirche zu erkennen waren. Ein schmaler, mit Unkraut überwucherter Pfad bildete den einzigen Zugang zu der kleinen Festung.
Kurz darauf standen sie vor der hochgezogenen Fallbrücke. Ein bis zum Rand mit Wasser gefüllter Burggraben trennte das Kastell vom Rest der Welt ... Schweigend und abweisend streckten sich die hohen Mauern des Schlosses von Brévailles in die Höhe, das selbst dem hellen Sonnenlicht dieses Tages zu trotzen schien.
Ohne abzusteigen, blies Esteban in das versilberte Horn, das an seinem Gürtel hing. Die kleine Gruppe wartete eine Weile, doch nichts geschah.
»Ist dies wirklich das Schloß meiner Großmutter?« fragte Marguerite, die sich neben Fiora hielt.
»Ja, soviel ich weiß, ist es das«, erwiderte diese. »Wie findet Ihr es?«
»Es wirkt ziemlich traurig. Unser Haus in Autun war viel schöner. Warum hat es meiner Mutter dort nicht gefallen?«
»Vielleicht, weil ihr Gatte es nicht verstanden hat, ihr Herz zu gewinnen. Man kann in einer Hütte glücklicher sein als in einem Palast, wenn man von Liebe erfüllt ist ...«
»Aber sie hatte doch mich ... Mich hätte sie lieben können, nicht wahr? Sie hat mich nicht geliebt, sonst hätte sie mich nicht verlassen.«
Es war das zweite Mal seit ihrer Rettung, daß Marguerite von Marie sprach. Beim ersten Mal hatte sie Leonarde auf sie angesprochen, zu der sie ein besonderes Vertrauen gefaßt zu

haben schien. Das alte Fräulein war jedoch nicht näher darauf eingegangen, denn sie hatte den Eindruck gewonnen, daß Marguerite ihre Mutter fast ebenso haßte wie Regnault du Hamel.
Dieser hatte dem Kind kein Detail erspart, um dessen Mutter in den schwärzesten Farben zu schildern. Folglich war Marie für ihre Tochter eine liederliche, pflichtvergessene Person, die ihr Heim im Stich gelassen hatte, um den niedersten Instinkten zu folgen, wofür sie bald darauf die gerechte Strafe ereilt hatte.
Ohne sich verraten zu wollen – denn Marguerite wußte noch immer nicht, in welcher Verwandtschaftsbeziehung sie zu Fiora stand –, hatte diese einmal versucht, Marguerites Urteil über ihre Mutter zu korrigieren. Die junge Frau hatte jedoch einfach die Augen geschlossen und erklärt, daß das Thema sie nicht interessiere ...
Vielleicht war das der eigentliche Grund, weshalb es Fiora nicht gelang, sich mit ihrer Halbschwester wirklich verbunden zu fühlen.
Sie gebot Esteban Einhalt, der im Begriff war, erneut das Horn ertönen zu lassen.
»Wäre es Euch lieber, wenn wir Euch in ein Kloster brächten?« fragte sie Marguerite.
Doch Marguerite schüttelte den Kopf, wobei ihre prachtvolle blonde Mähne, die jetzt sauber und kunstvoll frisiert war, in der Sonne glänzte.
»Nein ... Da meine Familie hier wohnt, sehe ich keinen Grund, weshalb ich anderswo leben sollte. Es ist ein schönes Schloß, und vielleicht wird man mich hier lieben ...«
Sie hatte die letzten Worte leise und fast tonlos ausgesprochen, und Fiora zog es das Herz zusammen. Sie machte Esteban ein Zeichen, es erneut zu versuchen, und beim zweiten Mal hatte er Erfolg. Der Kopf eines Mannes erschien auf einer der Zinnen, und eine rauhe Stimme rief: »Wer seid Ihr, und was wollt Ihr hier?«

»Laßt uns die Zugbrücke herunter, wir haben hier Wichtiges zu tun!« rief Esteban mit der Würde eines spanischen Granden, was allerdings nicht die erhoffte Wirkung zur Folge hatte.
»Geht des Weges, wir lassen niemanden ein!«
Jetzt ergriff Demetrios das Wort: »Ihr werdet uns einlassen müssen. Sagt der Herrin dieses Schlosses, daß ihr Schwiegersohn, der Herr du Hamel, tot ist und daß wir ihre Enkelin bringen, das Fräulein Marguerite!«
Der Mann schien einen Moment lang zu zögern und rief dann hinunter: »Ich werde ihr Bescheid geben!«
Worauf er verschwand.
Die Wartezeit schien kein Ende nehmen zu wollen. Fiora wollte Esteban schon bitten, erneut das Horn zu benutzen, als sich die Zugbrücke langsam und knarrend herabsenkte.
»Also gehen wir!« meinte Demetrios mit einem tiefen Seufzer, und Fiora sagte lächelnd: »Siehst du, wir haben es geschafft, man läßt uns hinein!«
»Hoffen wir nur, daß wir ebenso leicht wieder herauskommen. Dieses Kastell erinnert an ein Gefängnis ...«
Das Burginnere war jedoch sehr viel einladender. Als die Reisenden in den Hof ritten, fiel ihr Blick sofort auf das zweistöckige Herrenhaus, das sich auf der dem Fluß zugewandten Seite befand. Es war ein schönes Gebäude mit kunstvoll gemauerten Fenstereinrahmungen. Auf dem unteren Treppenabsatz erwartete sie ein alter Mann, der eine sehr würdevolle Haltung angenommen hatte und ganz in schwarzen Samt gekleidet war.
Die Neuankömmlinge stiegen von ihren Pferden und vertrauten diese der Obhut eines Stallknechtes an. Offenbar war ihr Erscheinen eine Art Sensation. Drei Dienerinnen, die sich in der Nähe der Küchenräume aufhielten, starrten sie mit verwirrten Mienen an, während sie sich die Hände an ihren Schürzen abwischten. Ein junger Bursche kam herbeigeeilt und musterte die Gruppe mit offenem Mund.

Fiora hatte den Schleier vor ihr Gesicht gezogen. Dennoch wandte sich der alte Diener jetzt an sie, indem er sie erwartungsvoll anblickte.
»Können wir die Herrin dieses Schlosses sehen?« fragte sie in sanftem Ton. »Wir bringen ihr Fräulein Marguerite, ihre Enkeltochter ...«
Der Alte vollführte eine höfliche Geste der Begrüßung, fragte dann aber: »Wollt Ihr mir nicht endlich erklären, wer Ihr seid?«
»Unsere Namen werden Euch nichts sagen«, antwortete Demetrios an ihrer Stelle. »Wir sind Fremde auf der Durchreise, und nur durch Zufall konnten wir Fräulein Marguerite unsere Hilfe anbieten. Diese junge Dame hier«, fügte er hinzu, indem er auf Fiora deutete, »ist Donna Fiora Beltrami, aus noblem Florentiner Geblüt, und diese dort ist Frau Leonarde Mercet, ihre Gouvernante. Ich selbst bin Fürst Demetrios Lascaris. Ich bin Arzt und komme aus Byzanz.«
Der alte Diener schien zufriedengestellt und bedeutete ihnen, ihm zu folgen. Sie stiegen eine schön gemauerte Treppe hinauf, die in einen großen Saal führte. Zwischen einem Kamin, in dem kein Feuer brannte, und einem schmalen Fenster saß eine Dame in einem hohen Lehnstuhl, eine Rosenkranzkette zwischen den Fingern.
Man konnte noch ahnen, daß sie einst sehr schön gewesen sein mußte, doch ihr Gesicht und ihr Haar unter der schwarzen Haube waren vollkommen weiß. Die Lidränder waren gerötet, als habe sie zu viel geweint, und das Blau ihrer Augen wirkte verblaßt. Dennoch strahlten ihre sonst so verhärmten Züge jetzt. Sie erhob sich, um die Besucher zu begrüßen. Fiora bemerkte, daß dic Dame fast so groß war wie sie selbst und daß sie heftig zitterte. Allem Anschein nach wurde sie von einer starken Gefühlsregung überwältigt.
Mit ebenfalls zitternder Stimme, deren Sanftheit Fiora überraschte, sagte sie dann: »Ich habe gehört, daß meine Enkelin

Marguerite sich unter Euch befinden soll ... Aber wie ist das möglich? Ich habe seit vielen Jahren kein Lebenszeichen mehr von ihr erhalten. Deshalb hielt ich sie inzwischen längst für tot ...«

»Zweifellos wollte ihr Vater, daß man sie für tot hielt«, erwiderte Demetrios mit seiner wohlklingenden, tiefen Stimme. »Doch Herr du Hamel hat inzwischen selbst das Zeitliche gesegnet. Vor drei Wochen ist er gestorben, und da wir seine unmittelbaren Nachbarn waren, konnten wir zum Glück Fräulein Marguerite in unsere Obhut nehmen, die er in seinem Haus wie eine Gefangene eingesperrt hatte. Sie hat auf der Welt niemanden als Euch, und so sahen wir es als unsere Pflicht an, sie zu Euch zu bringen.«

»Daran habt Ihr gut getan. Wie soll ich Euch nur danken? Marguerite ... willst du nicht zu mir kommen?«

Doch die junge Frau war bereits auf sie zugestürzt und kniete jetzt vor ihr nieder. Von ihrer früheren Teilnahmslosigkeit war nicht mehr das geringste zu spüren. Sie benetzte die zitternden Hände, die sich ihr entgegenstreckten, mit einer Flut von Tränen. Frau Madeleine zog sie zu sich empor, und einen Moment lang verharrten die beiden Frauen in inniger Umarmung. Fiora betrachtete das Bild mit leiser Bitterkeit. Plötzlich überkam sie das Verlangen, es Marguerite gleichzutun, denn sie war ebenso die Enkeltochter dieser Frau wie Marguerite. Es mußte schön sein, Madeleine de Brévailles zur Großmutter zu haben ...

Doch diese bezwang nun ihre Gemütsbewegung. Während sie weiterhin Marguerites Hand hielt, wandte sie sich mit charmantem Lächeln an ihre unerwarteten Gäste: »Ihr schenkt mir das Leben wieder, und ich empfange Euch nicht einmal gebührend! Bitte nehmt Platz und erzählt mir alles, was Ihr über dieses arme Kind wißt! Ich lasse gleich ein paar Erfrischungen kommen, denn es dauert noch einen Moment, bis das Essen serviert wird. Unterdessen werden Eure Zimmer hergerichtet ...«

Fiora protestierte jedoch sofort: »Bitte, macht Euch keine Mühe, edle Dame. Wir wollen unsere Reise heute noch fortsetzen und bald wieder aufbrechen, denn der Weg, der noch vor uns liegt, ist lang ...«
»Wenn Euer Weg so lang ist, wird Euch eine kleine Unterbrechung guttun. Es gibt so vieles, das Ihr mir erzählen müßt ...«
»Zweifellos ... aber wir haben gehört, daß der Herr dieses Schlosses leidend ist, und wir möchten nicht ...«
Fiora war mit der Absicht hergekommen, Pierre de Brévailles zu töten, doch aus ihr völlig unerklärlichen Gründen verspürte sie jetzt nur noch den einen Wunsch, sich so schnell wie möglich wieder zu entfernen. Ganz im Gegensatz zu ihrer ursprünglichen Vermutung schien die Frau, die sie vor sich hatte, nicht die geringste Hilfe oder Unterstützung zu benötigen. Dies wurde noch bestätigt, als Frau Madeleine gelassen entgegnete: »Mein Gemahl ist tatsächlich leidend, doch ich versichere Euch, daß Eure Gegenwart ihn keineswegs stören wird. Macht Euch also deswegen keine Sorgen und laßt uns ein wenig plaudern ...«
Während Demetrios es übernahm, ihrer Gastgeberin von Marguerites Rettung zu berichten – wobei er gewisse Stellen wohlweislich ausließ –, setzte sich Fiora mit dem Rücken zum Fenster, hörte jedoch nur mit halbem Ohr zu. Statt dessen ließ sie ihre Augen durch den Saal schweifen, der mit schwerem und wohlgepflegtem Mobiliar bestückt war. Zwei Dienerinnen waren jetzt damit beschäftigt, den Tisch zu decken. Sie breiteten ein blütenweißes Tuch darüber und schmückten die Tafel mit funkelnden Silbergegenständen.
Schließlich betrachtete Fiora wieder ihre Gastgeberin, die sich mit Marguerite auf einer mit Kissen bestückten Sitzbank niedergelassen hatte. Sie hielt unverändert die Hand ihrer Enkeltochter in der ihren und wandte keine Sekunde den Blick von ihr. Beide schienen einen Moment größten Glücks zu genießen. Sie lächelten sich an, kicherten sogar

von Zeit zu Zeit wie zwei junge Mädchen, obwohl der Bericht des Griechen alles andere als erbaulich war.
Fiora fand die Atmosphäre im Raum immer bedrückender, bis sie an einen Punkt gelangte, wo sie beinahe zu ersticken vermeinte und ihren Schleier lüftete.
Die Älteste der Dienerinnen ließ unvermittelt die Messer fallen, die sie in der Hand gehalten hatte, worauf diese mit lautem Scheppern auf dem Steinboden landeten.
Frau Madeleine warf ihr einen ärgerlichen Blick zu und meinte leise zu Fiora gewandt: »Diese Dienerinnen vom Lande sind manchmal sehr ungeschickt. Seid Ihr in Florenz diesbezüglich besser dran?«
»Diese Frage könnte Euch Frau Leonarde eher beantworten als ich, aber ich selbst hatte mich über unsere Dienerschaft nie zu beklagen ...«
»Ihr habt wirklich Glück!«
Dann wandte sie ihre Aufmerksamkeit erneut Demetrios zu, der plötzlich sehr beunruhigt schien, wie man an seinem Augenausdruck erkannte.
»Ihr hattet gerade erzählt, daß ...«
Der Anblick von Fioras Gesichtszügen rief im Gegensatz zu der alten Dienerin bei Frau Madeleine keinerlei Reaktion hervor. Während der nun folgenden Mahlzeit bestritt Demetrios den Großteil der Unterhaltung, indem er seinen beiden begeisterten Zuhörerinnen von seinen vielen Reisen erzählte. Marguerite schien die Anwesenheit von Fiora und Leonarde vollkommen vergessen zu haben und würdigte ihre beiden Begleiterinnen, die ihre Speisen kaum anrührten, keines Blickes mehr.
Der Gedanke, die Nacht in diesem Schloß zu verbringen, war Fiora unerträglich, und sie nahm es Demetrios fast ein wenig übel, daß er sich jetzt so ins Zeug legte. War das derselbe Mann, der sie vor gar nicht langer Zeit beschworen hatte, auf ihr Vorhaben zu verzichten?
Was war außerdem aus ihren großartigen Plänen geworden,

wo sie doch in diesem Moment am Tisch eines Vorfahren saß, den sie zutiefst verabscheute und dessen Brot sie dennoch nicht verschmähte?
In den Gedanken seiner Gemahlin schien er fast überhaupt keinen Raum einzunehmen, wobei sie jedesmal auswich, wenn Demetrios etwas über dessen Krankheit herauszufinden versuchte. Fiora fragte sich, wozu es gut sein mochte, den alten Brévailles brutal ins Jenseits zu befördern. Seine Frau regierte anscheinend uneingeschränkt über dieses Schloß, wo jeder sofort ihre Befehle ausführte ...
Das Mahl neigte sich dem Ende zu, als der alte Diener, der die Reisenden empfangen hatte, auf der Türschwelle erschien.
»Der Herr«, so erklärte er in feierlichem Tonfall, »wünscht die junge Dame persönlich kennenzulernen, die Fräulein Marguerite zurückgebracht hat ...«
Und da sich alle im selben Moment erhoben, fügte er hinzu: »Er möchte sie allein sprechen!«
»Zeigt mir den Weg!« erwiderte Fiora. »Ich folge Euch.«
Mit einem Gefühl der Erleichterung verließ sie die Tafel – wobei sie sogar vergaß, sich bei ihrer Gastgeberin zu entschuldigen – und steuerte auf die Treppe zu.
Zu ihrer Überraschung führte der Diener sie jedoch nicht in die nächsthöhere Etage, sondern nach unten. Sie überquerte den Innenhof und betrat den Burgfried. Trotz der draußen herrschenden Hitze legte sich eine feuchte Kälte um ihre Schultern, sobald sie die Schwelle überschritten hatte, doch sie achtete nicht weiter darauf. Eine Menge von Fragen stürmte auf sie ein ... An welcher Krankheit litt wohl der Herr von Brévailles, daß man ihn in diesem alten Gemäuer untergebracht hatte?
Sie stieg hinter ihrem Führer eine Treppe hinauf und gelangte in einen großen, runden Saal, der um so riesiger wirkte, als er überhaupt keine Möbel enthielt ... mit Ausnahme von einem Bett und zwei oder drei Schemeln.

Doch was sie nun erblickte, war nicht weniger beeindrukkend: In der Nähe eines kleinen Fensters, das kaum größer war als eine Schießscharte, saß ein Mann mit langem weißem Haar in einem hohen Lehnstuhl aus dunklem Holz. Er hatte eine Decke über den Knien und war vollkommen reglos. Dicht bei ihm stand ein ebenfalls sehr betagt wirkender Mann, der in einer Hand ein schwarzverschleiertes Wappenschild hielt und in der anderen ein blankgezogenes Schwert.

Der Diener hatte Fiora die Türe geöffnet, doch sie blieb wie angewurzelt auf der Schwelle stehen.

»Kommt näher!« forderte eine hohl klingende Stimme sie auf.

Fiora trat ein, während sich die Tür geräuschlos hinter ihr schloß. Ihr war, als erlebe sie einen Traum. War dies also der Großvater, den sie ins Verderben schicken wollte?

Er schien keineswegs leidend zu sein. Im Gegenteil: Obwohl kaum Licht in den Raum fiel, verrieten seine Gesichtszüge beste Gesundheit, soweit der dichte Bart und die langen Haare dies erkennen ließen.

Mechanisch suchte sie nach dem Dolch, den sie in den Falten ihres Gewandes verborgen hatte. Als sie nur noch wenige Schritte von den beiden Männern entfernt war, blieb sie stehen ...

»Noch näher!« befahl Brévailles. »Ich sehe Euch nicht richtig!«

Fiora trat an die Stelle, wo ein Sonnenstrahl durch die schmale Fensteröffnung fiel, und verharrte dort, während der Blick des reglosen Alten sie eingehend musterte.

»Justine hat recht«, murmelte er schließlich wie zu sich selbst. »Die Ähnlichkeit ist erstaunlich ...«

Dann wies er seinen Gefährten an: »Laß uns allein, Aubert!«

Die bewaffnete Statue, die sich dicht neben ihm hielt, protestierte: »Wollt Ihr wirklich, daß ich mich entferne, Herr? Bedenkt, daß ich Euer verlängerter Arm bin ...«

»Ich brauche dich jetzt nicht. Geh! Ich werde dich später rufen.«
»Seid Ihr sicher, daß Ihr keine Hilfe benötigt?«
»Ich habe noch nie Hilfe benötigt, und in diesem Moment weniger denn je«, erwiderte der Herr von Brévailles, ohne Fiora aus den Augen zu lassen. Er wartete, bis der Mann hinter der Tür verschwunden war, und sagte dann: »Ihr habt also diese Marguerite hierhergebracht, die wir bereits für tot gehalten haben? Wo habt Ihr sie gefunden?«
»Im Hause ihres Vaters in Dijon, wo der Unwürdige sie in einem Kellerloch angekettet hatte. Allerdings hätte nicht viel gefehlt, und sie wäre tatsächlich tot gewesen ...«
»Und was ist mit ihm? Wenn ich recht verstanden habe, so ist er inzwischen gestorben, oder irre ich? Und woran?«
»Er ist vor Angst gestorben! Er glaubte, ein Gespenst gesehen zu haben ...«
»Seltsam! Ich hielt ihn nie für derart empfindsam! Aber es kommt natürlich darauf an, um was für ein Gespenst es sich handelt. Möglicherweise sah es Euch ähnlich ...«
»Möglicherweise ...«
»Das dachte ich mir. Ihr kommt aus Florenz, sagte man mir. Wie ist Euer Name?«
»Fiora ... Fiora Beltrami. Ja, ich komme aus Florenz ...«
Es folgte ein Schweigen, und nur die Atemzüge der beiden Menschen in diesem Raum waren zu vernehmen. Vom ersten Moment an hatten sie gewußt, daß sie erbitterte Gegner waren. Der aggressive Ton ihrer Stimmen wurde durch keinerlei Höflichkeitsbemühen gemildert. Jedes der bis dahin geäußerten Worte hatte schneidend geklungen wie ein Messer. Zwischen dem alten Mann, der unverändert reglos in seinem Stuhl saß, und der schönen jungen Frau, die ihre instinktive Abneigung nur mühsam kontrollierte, hatte eine Art Duell begonnen.
Brévailles gab ein spöttisches Lachen von sich und fuhr in noch schneidenderem Tonfall fort: »Aus Florenz also? Dann

handelt es sich bei Euch um ›ihre‹ Tochter! Glaubt Ihr etwa, ich wüßte nicht, was nach der Hinrichtung geschah? Bevor ich diesen Dummkopf von Antoine Charruet fortjagte, zwang ich ihn, alles zu erzählen. Ich weiß, daß ein florentinischer Kaufmann die Frucht dieser verbrecherischen Verbindung zu sich genommen hat ... Nun, da staunt Ihr, wie? So ist es doch, nicht wahr? Habe ich richtig geraten?«

»Ja, ich bin die Tochter der beiden, und stellt Euch vor: Ich bin stolz darauf! Und Ihr seid schuld daran, daß alles so gekommen ist! Ohne Euch wäre das Drama, dem ich mein Leben verdanke, niemals passiert!«

»Ich bin schuld? Wie könnt Ihr es wagen ...?«

»Und ob ich es wage! Es wäre niemals bis zum Äußersten gekommen, wenn Ihr für Marie einen anderen Gatten gewählt hättet als diesen du Hamel. Schließlich hattet Ihr rechtzeitig bemerkt, daß die Bande zwischen Bruder und Schwester zu weit gingen. Wäre sie mit einem liebenswürdigen jungen Mann vermählt worden, so hätte sie ihren Bruder irgendwann vergessen. Statt dessen fiel Eure Wahl auf dieses Scheusal – und warum? Weil er reich war? Wußtet Ihr nicht, was für ein Ungeheuer er war? Er hätte seine Frau ein Leben lang gequält, so wie er auch seine Tochter gequält hat ...«

»Ich habe die erstbeste Partie genommen, die sich bot. Zu dem Zeitpunkt hörte man bereits gewisse Gerüchte über ...«

»Über Jean und Marie? Gelingt es Euch noch nicht einmal jetzt, ihre Namen auszusprechen? Ihr fürchtet wohl, daran zu ersticken ... Und was du Hamels Vermögen betrifft, so werdet Ihr dieses jetzt, wo Marguerite bei Euch ist, für sie beanspruchen können, denn sie hat ein Recht darauf! Dennoch glaube ich nicht, daß Ihr lange etwas davon haben werdet ...«

Er lachte höhnisch: »Seid Ihr Wahrsagerin von Beruf? Jedenfalls entbehrt Euer Verhalten der Logik. Ihr haßt mich doch, nicht wahr? Weshalb also habt Ihr Marguerite hierhergebracht, die jetzt Anspruch auf ein reiches Erbe hat?«

»Weil sie nach so vielen Jahren des Leidens und der Unterdrückung das Recht auf ein wenig Glück besitzt, und ich hoffe, daß sie es bei ihrer Großmutter finden wird. Was Euch betrifft ...«

»Was ist mit mir?« fragte er in hochmütigem Ton.

»Ihr werdet nicht dazu kommen, der Armen weiteres Unglück zuzufügen, denn ich bin gekommen, um Euch zu töten.«

»Mich töten? Und wie?«

»Hiermit.«

Und schon blitzte der Dolch in ihrer Hand. Mit einer raschen Bewegung glitt Fiora hinter den Lehnstuhl und führte die Klinge an Brévailles' Kehle.

»Es hat keinen Zweck, um Hilfe zu rufen! Ihr werdet keine Zeit dazu haben ...«

»Warum sollte ich um Hilfe rufen? Tötet mich, wenn Ihr wollt ... sofern Ihr tatsächlich imstande seid, einen nahen Verwandten umzubringen!«

»Ich habe keine Angst davor, denn in meinen Augen seid Ihr nichts anderes als ein Mann, den ich genauso verachte wie Regnault du Hamel. Falls Ihr noch ein Gebet sprechen wollt, so solltet Ihr Euch beeilen ...«

Trotz ihrer festen Entschlossenheit, die Tat auszuführen, brachte die Seelenstärke dieses Mannes sie aus der Fassung. Er hatte nicht den geringsten Versuch unternommen, sich der Attacke zu erwehren. Dabei wirkte er durchaus kräftig ...

»Ich habe meine Zeit nie mit Gebeten verschwendet. Und Ihr tut wahrscheinlich gut daran, mich umzubringen. Das unerwartete Erscheinen dieser Marguerite bereitet mir nämlich überhaupt keine Freude. Schließlich ist sie nichts anderes als die Tochter dieser Hure und ...«

Er kam nicht dazu, den Satz zu Ende zu sprechen. Die Tür

wurde aufgestoßen und Madeleine de Brévailles stürzte herein.

»Tötet ihn nicht, Fiora! Ihr würdet ihm einen Gefallen tun! Wenn Ihr wirklich Eure Mutter rächen wollt, so laßt ihn leben und betet sogar darum, daß er noch viele Jahre weiterleben muß!«

Fassungslos betrachtete Fiora die völlig verwandelte Frau vor ihr, aus deren Augen jetzt ein geradezu glühender Haß funkelte. Nichts erinnerte mehr an die zärtliche Großmutter, die vor kurzem mit Marguerite gescherzt und gelacht hatte.

Das aufgestaute Leiden unzähliger Jahre sowie unbändige Rachsucht entluden sich in diesem Moment, während sich der Mann ihr gegenüber stumm vor ihr duckte, obwohl sein Gesicht ohnmächtige Wut verriet.

»Töte mich!« schrie er. »Warum hast du nicht zugestoßen? Ich habe so viele Verbrechen begangen, und ich bin stolz darauf ... Töte mich, sage ich dir!«

Wie angewurzelt stand Fiora zwischen Frau Madeleine und deren Gatten und betrachtete sie der Reihe nach, ohne zu verstehen. Sie hatte Demetrios nicht eintreten gehört und bemerkte seine Gegenwart erst, als er mit ein paar Schritten bei dem Kranken war, zunächst dessen Arm hob, dann die Decke zurückschlug, um schließlich die Beine zu untersuchen.

»Was hat das zu bedeuten?« fragte Fiora.

Demetrios zuckte die Schultern.

»Dieser Mann ist gelähmt. Erstaunlich, daß er überhaupt noch sprechen kann. Wie ist das passiert?«

»Er hatte vor ungefähr einem Jahr einen Reitunfall«, erklärte Frau Madeleine im Ton äußerster Genugtuung. »Seitdem habe ich wieder zu leben begonnen. Vorbei sind die Jahre der Sklaverei! Wie lange hat er dieses Schloß grausam tyrannisiert und alle in Angst und Schrecken versetzt! Doch jetzt bin ich hier die Herrin, und da Gott mir mit Eurer

Hilfe meine Enkeltochter zurückgegeben hat, werden sich die Pforten unseres Besitzes wieder öffnen, und er wird wieder in seinem alten Glanz erstrahlen! Tage voller Glück und Freude liegen vor uns ...«

»Du mußt verrückt sein! Wir sind ein für allemal entehrt, oder glaubst du, daran habe sich etwas geändert, nur weil ein weiterer Abkömmling deines Blutes aufgetaucht ist? Und weißt du überhaupt, daß jene, die du daran gehindert hast, mich zu töten, ebenfalls deine Enkelin ist?«

»Ich weiß genau, wer sie ist. Ich habe den florentinischen Kaufmann nie vergessen, von dem mir der gute Charruet erzählt hatte ...«

»Und hast du keine Lust, diese hier ebenfalls bei dir zu behalten? Sie haßt mich aus tiefster Seele, und eines Tages wird es mir bestimmt gelingen, sie so weit zu treiben, daß sie mich erlöst!«

»Ich würde sie gern bei mir behalten«, entgegnete Madeleine mit plötzlicher Betrübnis. »Sie selbst ist es, die nicht bleiben will. Sie ist zu schön und zu lebendig für dieses triste Gemäuer, doch ich hoffe sehr, daß sie ihre Großmutter nicht ganz vergißt, in deren Herzen sie immer einen wichtigen Platz einnehmen wird!«

Sie breitete die Arme aus, und mit Tränen in den Augen warf sich Fiora an ihre Brust.

»Ich werde Euch bestimmt nicht vergessen! Wie sehr habe ich Marguerite vorhin beneidet ...«

»Was für eine rührende Familienszene!« höhnte Brévailles. »Wirklich ein hübsches Bild! Und mich vergißt man ganz? Werde ich nicht umarmt? Ich hatte noch nie etwas gegen die Liebkosungen einer schönen jungen Frau, und ich habe es schon oft bedauert, mein Glück nicht auch bei dieser Schlampe von Marie versucht zu haben, da es sie schließlich nicht einmal gestört hat, mit ihrem eigenen Bruder zu schlafen. Weshalb also nicht auch mit mir?«

Demetrios packte Fioras Hand. Von rasendem Zorn über-

wältigt, hatte sie sich mit gezücktem Dolch auf den Alten stürzen wollen. Der Grieche entriß ihr die Waffe und wandte sich dann dem Gelähmten zu, ohne die junge Frau loszulassen: »Es wird Euch nicht gelingen, mein Herr! Fiora wird sich damit abfinden müssen, daß die Rache dem Allmächtigen gehört, was Eure Person betrifft. Was Gott Euch auferlegt hat, ist schrecklich genug, doch Ihr verdient nichts anderes. Geheiligt sei sein Name, und sein Wille geschehe!«
Und zu Fiora sagte er: »Nun komm, es ist Zeit, daß wir abreisen.«
Einer nach dem anderen verließen sie den Saal, in dem der alte Aubert wieder seinen so sinnlos gewordenen Wachposten bezog. Was Fiora als letztes Bild in Erinnerung behalten sollte, war ein bärtiges Gesicht mit Augen voll ohnmächtigem Zorn, und aus diesen Augen rannen dicke Tränen ...
Am Nachmittag dieses heißen Julitages, der trotz der fortgeschrittenen Stunde keinerlei Abkühlung gebracht hatte, reisten sie weiter. Alles war still, bis unvermittelt ein Blitz den weißlichen Himmel durchzuckte.
»Wenn nur endlich ein Gewitter käme!« seufzte Leonarde und fächelte sich mit ihrem Taschentuch Luft zu. »Nichts wäre jetzt schöner als ein ordentlicher Regenguß!«
»Für Euch vielleicht, aber nicht für die Bauern hier! Das könnte ihre Heuernte in Gefahr bringen!« meinte Demetrios, während er Fiora aus den Augenwinkeln beobachtete. Seitdem sie von Madeleine de Brévailles Abschied genommen hatten, war von Fiora kein Wort mehr zu hören gewesen. Mit abwesendem Blick ritt sie vor sich hin. Als sie die Wegbiegung erreicht hatten, von wo aus man das Schloß noch sehen konnte, hielt sie ihr Pferd an und blieb reglos stehen.
Demetrios respektierte Fioras Träumerei eine Weile, doch da es schien, als wolle sie sich überhaupt nicht mehr von der Stelle rühren, ritt er schließlich näher auf sie zu und fragte: »Bereust du irgend etwas?«

»Ja ... vielleicht, aber nicht in dem Sinn, wie du es wahrscheinlich meinst. Ich bereue, daß ich überhaupt hergekommen bin ...«
»Aber wir mußten Marguerite doch dorthin bringen?«
»Ich hätte das besser dir überlassen und zum Beispiel in Beaune auf deine Rückkehr gewartet ...«
»Du wolltest um jeden Preis deine Rache fordern. Denk daran, wie sehr ich versucht habe, dich daran zu hindern!«
»Ich weiß, und ich gebe zu, daß du recht hattest, denn Gott hatte sich bereits des Problems angenommen. Wenig logisch allerdings, was der Herr da getan hat! Diesen hier hat Er geschlagen, während Er den abscheulichen du Hamel ungeschoren ließ ...«
»Willst du mit all dem sagen, daß du diesen Ort hier ungern verläßt? Immerhin ist das deine Familie, und es wäre ganz natürlich, wenn du den Wunsch hättest, bei ihr zu leben. In dem Fall kannst du ruhig mit Frau Leonarde dorthin zurückkehren, denn ich würde dich von deinem Schwur entbinden ... und trotzdem für immer dein Freund bleiben.«
»Du verstehst mich nicht, Demetrios! Es ist wahr, daß Madeleine de Brévailles mein Herz gewonnen hat und daß ihre großmütterliche Liebe unendlich wohltuend wäre, doch ich hätte niemals dort bleiben können! Außerdem glaube ich, daß Marguerite damit keineswegs einverstanden gewesen wäre«, fügte sie mit angedeutetem Lächeln hinzu.
In der Tat hatte Marguerites Gesicht unvermittelt einen kummervollen Ausdruck angenommen, als Frau Madeleine ihre andere Enkeltochter zuletzt zärtlich umarmt hatte. Sie selbst hatte sich ziemlich kühl von Fiora verabschiedet. Als diese junge Frau sie verließ, der sie schließlich ihr Leben verdankte, war sie sichtlich erleichtert gewesen. Vielleicht war Fiora ihr auch zu schön ...
»Sie ist trotz allem die Tochter von diesem du Hamel«, meinte Leonarde, die sich jetzt zu ihnen gesellt hatte. »Ihr habt gut daran getan, Frau Madeleine zu raten, über Eure

Verwandtschaft zu Marguerite Stillschweigen zu bewahren. Wenn sie wüßte, daß es sich bei Euch um ihre Schwester handelt, würde sie Euch bestimmt auf der Stelle hassen. Und was Euch betrifft, mein Lämmchen, so werden die Gefühle, die Euch jetzt bewegen, bald wieder vergehen. Ihr seid nicht dazu bestimmt, hier zu leben.«

»Das weiß ich, doch ich wollte noch einmal diesen Ort betrachten, den ich wohl niemals wiedersehen werde ... selbst wenn ich eines Tages nach Burgund zurückkehren sollte, um hier zu leben ... was immerhin möglich ist.«

Jetzt, da sie von der Pflicht befreit war, diesen Teil ihres Racheplans auszuführen, konnte sich Fiora endlich wieder mit einem anderen Bewohner Burgunds befassen, nämlich mit ihrem Gatten.

Erneut wurde ihr bewußt, daß sie sich hier in seiner Heimat befand, und bei dem Gedanken verspürte sie eine unbestimmte Wehmut. Nach wie vor vermochte sie keine Antwort auf die Frage zu geben, die sie seit ihrer Flucht aus Florenz am meisten beschäftigte: War Philippe trotz des Abkommens, das er einst mit Francesco Beltrami geschlossen hatte, heimlich in die Stadt der Medicis zurückgekehrt, weil er sie wiedersehen wollte?

Die Antwort darauf war ihr unendlich viel wichtiger als die eifersüchtigen Gefühle dieser Halbschwester, mit der sie weiter nichts verband.

Entschlossen gab sie ihrem Pferd die Zügel, um ihren Weg fortzusetzen. Von nun an würde sie sich nicht länger erlauben, in Gedanken in Brévailles zu verweilen. Sie wünschte sich lediglich, daß ihre Großmutter an der Seite von Regnault du Hamels Tochter endlich etwas wahres Glück finden würde ...

Das Wetter war wunderschön, sie war achtzehn Jahre jung, und sie war dem Mann, dessen Ring an einer Kette zwischen ihren Brüsten ruhte, in leidenschaftlicher Liebe zugetan. Nicht einmal das entfernte Bild des unbarmherzigen Karl von Burgund vermochte diesen Moment stillen Glücks zu zerstören, den sie sich jetzt gönnte. Warum sorgte nicht der Himmel dafür, daß den Herzog ebenso sein gerechtes Geschick ereilte, wie dies bei Pierre de Brévailles der Fall gewesen war?

Die Gerüchte, die ihr seit ihrem Eintreffen in Burgund zu Ohren gekommen waren, machten ihr einige Hoffnung, denn die Feinde, die Karl der Kühne sich inzwischen überall geschaffen hatte, waren bereits Legion: die Schweizer, die deutschen Fürsten, der Herzog von Lothringen und vor allen anderen der König von Frankreich ...

Über diesen hieß es, er sei der geschickteste Diplomat und wohl auch Karls mächtigster Gegner. Der Haß zwischen ihnen, so die allgemeine Ansicht, würde erst durch den Tod von einem der Beteiligten enden. Und zu jenem rätselhaften Herrscher – denn man hörte sehr unterschiedliche Meinungen über ihn – waren sie und Demetrios jetzt aufgebrochen ... nicht jedoch ohne einen kleinen Umweg, zu dem Fiora sich fest entschlossen hatte.

In Beaune machten sie in einem komfortablen Gasthaus Station, dessen gute Küche und sonstige Annehmlichkeiten Leib und Seele gleichermaßen wohltaten. Nachdem sie ein reichliches Mahl genossen hatten, erkundigte sich Demetrios beim Wirt, Maître Baudot, auf welchem Weg sie Paris am schnellsten erreichen würden. Dieser brave Mann war ein treuer Untertan seines Herzogs und wurde sofort mißtrauisch, wenn sich jemand in die Hauptstadt des verhaßten Königs Ludwig begeben wollte. Um seinen Argwohn zu zerstreuen, beeilte sich Demetrios, ihm zu versichern, sie wollten dort lediglich einen Verwandten aufsuchen, der in der Rue des Lombards einen Stoffhandel betreibe.

Solchermaßen besänftigt erklärte Baudot bereitwillig, der schnellste Weg führe zunächst über Dijon und Troyes und dann durch die Champagne. Da sie inzwischen jedoch bereits einen Teil des Morvan und des Auxois durchquert hatten, würden sie einen Umweg machen müssen.

»Wie man hört«, so führte Maître Baudot weiter aus, »haben sich die Truppen von König Ludwig nach der Beendigung des Waffenstillstandes auf unserem Boden zusammengerottet und sind bis nach Auxerre vorgedrungen. Dort verwüsten sie alles, was ihnen in die Hände fällt. Dieser saubere König weiß natürlich nur zu gut, daß Herzog Karl seine Truppen in Neuss zusammengezogen hatte ...«

»Ist die Stadt jetzt endlich gefallen?« erkundigte sich Fiora in aller Unschuld, die ihre Rolle der unwissenden Fremden perfekt zu spielen vermochte.

»Ja und nein. Sie steht inzwischen unter dem Legat von Seiner Heiligkeit, Papst Sixtus, und damit unter dem Schutz der Kirche. So gibt es weder Sieger noch Besiegte, aber unser Herzog hat trotzdem viele Soldaten verloren und nicht wenig Gold dafür opfern müssen. Es ist schändlich, wie der König von Frankreich aus dieser Lage Nutzen zu ziehen versucht!«

»Seid Ihr dessen sicher?« gab Demetrios mit betont unbefangener Miene zurück. »Durch flämische Kaufleute, die wir bei Lyon trafen, hörten wir, der Herzog habe seine Armee zurückgelassen und wolle sich in Calais mit seinem Verbündeten treffen, dem König von England. Gemeinsam mit diesem habe er vor, Frankreich zu erobern ...«

»Der König von England ist der Bruder der Frau Herzogin«, erklärte Baudot darauf in würdevollem Tonfall. »Eine Zusammenkunft zwischen ihm und unserem Herrscher muß keineswegs auf böse Absichten hinsichtlich Frankreichs schließen lassen ... Aber das üble Geschwätz der Leute geht ja sogar so weit, zu behaupten, daß es unsere eigene Schuld wäre, wenn König Ludwig in unser Land einfällt!«

Demetrios machte der Entrüstung des guten Mannes ein rasches Ende, indem er einen weiteren Krug Wein bestellte.

Anschließend wandte er sich zu seinen Gefährten: »Wir haben wohl keine andere Möglichkeit, als nach Dijon zurückzukehren, ohne jedoch die Stadt zu betreten. Wir müssen auf den Weg nach Troyes gelangen, der sich im Norden befindet ...«

»Kommen wir dann nicht an ... Selongey vorbei?« fragte Fiora wie beiläufig, die zu ihrem Ärger spürte, wie sie bei diesen Worten errötete. »Als wir uns in Dijon aufhielten, hörte ich, daß sich Selongey ebenfalls im Norden befindet ...«

»Gewiß«, erwiderte Leonarde, während sie ihr einen mitleidigen Blick zuwarf, »doch das würde trotzdem einen Umweg bedeuten. Wir müssen Richtung Troyes reiten. Selongey liegt auf dem Weg, der nach Langres führt, und von dort aus ...«

»Wäre es ein großer Umweg? Ich möchte auf jeden Fall dorthin!« gab die junge Frau zurück, deren Stimme plötzlich sehr energisch klang. »Ist es nicht nur zu natürlich, wenn ich zumindest das Schloß desjenigen einmal zu sehen wünsche, dessen Namen ich eigentlich trage?«

»Hoffst du, Herrn Philippe dort zu treffen?« fragte Demetrios sanft. »Du weißt doch, daß er Herzog Karl niemals verläßt, und dieser müßte sich derzeit in Flandern aufhalten, sofern er nicht bei seiner Armee in Luxemburg geblieben ist ...«

»Er hat sich immerhin bereits zweimal von ihm getrennt: das erste Mal, als wir geheiratet haben, und das zweite Mal, als er heimlich nach Florenz zurückgekehrt ist! Ich bitte dich, Demetrios, führe mich nach Selongey! Ich schwöre dir, daß dies meine letzte Bitte an dich sein wird ...«

Ihre großen grauen Augen hatten einen flehentlichen Ausdruck angenommen, und der griechische Arzt sah sogar eine Träne darin schimmern. Er legte seine Hand auf die seiner jungen Freundin und meinte in besänftigendem Ton zu Leonarde: »Wäre es wirklich ein so großer Umweg?«

»Ich weiß es nicht genau, aber es würde sich mindestens um zwölf Meilen handeln ... und die Wege dort verlaufen nicht immer gerade ... es wird nicht leicht zu finden sein.«
»Das wäre ein Tagesritt«, ließ sich Esteban vernehmen, »und wir haben Sommer. Ich sehe da keine Schwierigkeit ...«
»Wir könnten vom Weg abkommen. Ich bin zwar in der Gegend geboren, aber ich war dort nie zu Pferde unterwegs ...«
»Nun, wenn wir nicht mehr weiterwissen, können wir schließlich jemanden nach dem Weg fragen«, meinte Demetrios zuversichtlich. »Wir sollten es der Herrin von Selongey nicht abschlagen, wenn sie ihren Besitz zu besichtigen wünscht. Und falls du Wert darauf legst, werden wir dort sogar Station machen«, fügte er hinzu, während er Fiora die Hand küßte. »Wer weiß, was uns dort erwartet?«
Fiora gab keine Antwort, doch ihre Augen verrieten, von welcher Hoffnung sie insgeheim beseelt wurde. Nachdem momentan offenbar Waffenruhe herrschte, bestand durchaus die Möglichkeit, daß Philippe die Gelegenheit nutzte, um ein paar Tage auf seinem Besitz zu verweilen. Beim Gedanken, ihn vielleicht bald wiederzusehen, hatte Fioras Herz wild zu schlagen begonnen, und auch später konnte sie lange keinen Schlaf finden, während Leonarde bereits friedlich neben ihr schnarchte.
Am Ende des zweiten Tages hatten sie endlich ihr Ziel erreicht, und Fiora galoppierte mit klopfendem Herzen auf das Schloß ihres Gemahls zu. Beim Anblick des mit zehn Türmen versehenen Bauwerks, dessen gewaltiger Burgfried wie ein riesiger Finger in den Himmel ragte, wurde Fiora von heftiger Gemütsbewegung erfaßt. Dies war also »sein« Zuhause, dort war er geboren und aufgewachsen, um schließlich der zärtlichen Fürsorge seiner Mutter zu entgleiten und in die rauhe Welt der erwachsenen Männer hinauszuziehen ...
»Aber ich glaube nicht, daß wir ihn antreffen werden!« seufzte Leonarde. »Es ist keinerlei Fahne gehißt, und daran

erkennt man sofort, daß der Schloßherr nicht anwesend ist.«
Fiora zuckte die Schultern und versuchte ihre Enttäuschung zu verbergen.
»Dann können wir es eben nicht ändern. Zumindest sollten wir fragen, ob man uns für eine Nacht Gastfreundschaft gewährt.«
Die Aussicht, Philippe wiederzusehen, war nur noch äußerst gering, doch Fiora wollte die Hoffnung noch nicht ganz aufgeben.
»Hast du vor, dich als Herrin dieses Besitzes zu erkennen zu geben?« wollte Demetrios wissen.
»Nein. Wir sind nichts weiter als Reisende, die vom Weg abgekommen sind. Wenn ich jemals dort als Schloßherrin Einzug halte, so wird es am Arm meines Gatten sein ... falls es mir gelingt, ihn wiederzufinden ... Ich vergesse immer wieder, daß er von dem unseligen Wunsch beherrscht wird, sich töten zu lassen ...«
»Zweifellos war dies damals sein aufrichtiger Wunsch«, ertönte die Stimme von Leonarde, »doch was mich betrifft, so habe ich niemals geglaubt, daß ...«
»Ich ebenfalls nicht«, stimmte Demetrios zu. »Ich bin überzeugt, daß er noch lebt.«
Fiora schenkte beiden einen dankbaren Blick für ihre ermutigenden Worte und verstärkte ihren Galopp. Auf einmal hatte sie es noch eiliger, anzukommen.
Sie hatten das Dorf erreicht, und die Hängebrücke des Schlosses war bereits gut zu erkennen, als aus dem nahegelegenen Wäldchen eine Gruppe von sechs Reitern auftauchte. Es waren vier Männer und zwei Frauen, und allem Anschein nach kamen sie gerade von der Jagd.
Eine der Frauen ließ ein lautes Lachen ertönen, und Fiora betrachtete sie näher. Sie war um die Dreißig, sehr elegant gekleidet und ausnehmend hübsch.
Gleich darauf ritt die Gruppe, welche die Neuankömmlinge

nicht bemerkt hatte, mit größter Selbstverständlichkeit in den Schloßhof ein.
»Wer mögen diese Leute sein?« fragte Leonarde überrascht. »Hatte Herr Philippe Euch nicht gesagt, daß er keine Familie mehr habe?
»Vielleicht sind sie bei ihm zu Gast«, meinte Demetrios. »Selbst wenn der Schloßherr nicht zugegen ist, wäre das durchaus möglich ... Am besten überzeugen wir uns an Ort und Stelle.«
Doch Fiora gebot ihm stirnrunzelnd Einhalt. Sie rief eine Wäscherin herbei, die mit ihrem Korb gerade vom Fluß zurückkehrte, und fragte: »Verzeiht meine Neugier, doch ich dachte, dieses Schloß sei unbewohnt. Graf Philippe ist anscheinend nicht anwesend, oder irre ich mich?«
Mit strahlendem Lächeln erwiderte die Dienerin: »Ihr habt recht, er ist nicht da!«
»Wer ist dann diese Dame, die gerade hineingeritten ist?«
»Nun, das ist Frau Beatrice, die Schloßherrin ...«
»Beatrice ... de Selongey?«
»Aber ja!«
Die Antwort schlug Fiora wie eine Ohrfeige ins Gesicht. Alles Blut stieg ihr zu Kopf, und als sie spürte, daß sie kurz davor war, in lautes Schluchzen auszubrechen, zerrte sie heftig an den Zügeln, gab ihrem Pferd die Sporen und schoß wie eine Kanonenkugel im dreifachen Galopp davon. Wie eine Wahnsinnige ritt sie durch das Dorf, während sie von weitem die Stimme von Demetrios rufen hörte: »Bleib stehen, ich bitte dich!«
Stehenbleiben, wozu? Und selbst wenn sie gewollt hätte, wäre es ihr nicht mehr gelungen, das Pferd zum Halten zu bringen. Mit Schaum vor dem Maul bäumte es sich jetzt auf, doch Fiora sah und hörte nichts mehr, blind und taub vor Schmerz und vor Scham. Sie war in diesem Moment bereit zu sterben, und diese Möglichkeit war nicht mehr fern, denn das völlig in Panik geratene Tier raste direkt auf den

Wald zu, dessen dichtes Gestrüpp eine tödliche Gefahr darstellte.
Esteban hatte sofort Fioras Verfolgung aufgenommen, und er war ein vorzüglicher Reiter, während Demetrios und Leonarde natürlich nicht dasselbe Tempo halten konnten. Der Spanier galoppierte wie ein Wahnsinniger, um Fiora noch vor dem Wald zu erreichen, und schließlich gelang es ihm, sie einzuholen. Die junge Frau machte keinerlei Versuch, ihr Pferd wieder in die Gewalt zu bekommen. Passiv ließ sie alles mit sich geschehen ... Im letzten Moment beugte Esteban sich vor, packte Fioras willenlosen Körper, riß sie aus dem Sattel und zog sie vor sich aufs Pferd. Er schaffte es, das Tier zum Halten zu bringen, während Fiora bewußtlos zu Boden glitt. Ihr eigenes Pferd, von seiner Last befreit, landete in einem Gestrüpp, erhob sich jedoch gleich darauf wieder, ohne mehr als ein paar Schrammen davongetragen zu haben.
Es wurde allmählich dunkel, und sie hatten noch kein Dach über dem Kopf. Nachdem Leonarde sich von ihrem Schrekken ein wenig erholt hatte und Fiora aus ihrer Ohnmacht erwacht war, schlug das alte Fräulein vor, die Nacht im nahegelegenen Kloster von Til-Châtel zu verbringen.
»Wenn wir rechtzeitig dort ankommen können, wäre das sicher die beste Lösung«, stimmte Demetrios zu. »Davon abgesehen würde ich den Herrn von Selongey am liebsten mit meinen eigenen Händen erwürgen ...«
»Ich verstehe das einfach nicht«, murmelte Leonarde. »Wenn ich je einen verliebten Mann sah, dann ihn, als er damals das Brautgemach verließ ...«
»Die menschliche Seele wird immer etwas Rätselhaftes bleiben«, erwiderte Demetrios. »In jenem Moment hat er sie zweifellos geliebt, aber er fand es natürlich sehr viel bequemer, vorübergehend zu vergessen, daß er bereits verheiratet ist. Ich habe mich in seiner Person getäuscht ...«
Sobald Fiora wieder bei Bewußtsein war, dankte sie Esteban

für ihre Rettung und stieg dann ohne jeden weiteren Kommentar auf ihr Pferd, das sich inzwischen wieder ganz beruhigt hatte. Als sie dann aber später mit Leonarde in dem kleinen Raum allein war, den die Nonnen ihnen überlassen hatten, sagte sie zu ihr: »Ich habe diesem Mann vertraut, und ich habe ihn geliebt, während er sich über mich lustig machte und mir die schändlichste Komödie vorspielte. Dennoch wird der Tag kommen, an dem er bereuen wird, mir jemals begegnet zu sein ...«

Bei diesen Worten faßte sie in ihren Ausschnitt, nahm die Kette mit dem Ring ab und betrachtete ihn einen Moment lang.

»Dies war das Unterpfand seiner Treue!« erklärte sie bitter. Dann reichte sie Leonarde den Ring und fügte hinzu: »Morgen früh stiftet Ihr diesen Ring dem Kloster ... und bitte, sprecht mir niemals, niemals mehr von diesem Mann!«

ZWEITER TEIL

Paris in Gefahr

Kapitel 5

Eine große Messe in Notre-Dame ...

Kurz nach dem Läuten zur Abendvesper begaben sich die staubbedeckten und erschöpften Reisenden auf der langen Rue Saint-Jacques in Richtung Seine. Die Hitze dieses Augusttages war schwer zu ertragen gewesen, doch mit dem Herannahen des Abends kam etwas Wind auf.
Zunächst waren nur wenige Menschen auf den Straßen, doch als die kleine Gruppe die Île de la Cité erreichte und den Petit-Pont passierte, hatte sich die Szenerie gewaltig verändert. Männer und Frauen, junge Mädchen, Kaufleute und Bürger grüßten einander lebhaft, blieben teilweise stehen und tauschten ein paar Worte miteinander aus.
»Es ist ein wenig wie in Florenz«, kommentierte Fiora das lebhafte Treiben, »aber das Licht ist anders als bei uns ...«
»Heute dringt gar kein Lichtstrahl durch«, meinte auch Demetrios, »aber ich habe den Himmel dieser Stadt schon in den glühendsten Farben erlebt, schöner als in der Toskana! Und denk nur an die vielen Gärten und Parks, die es hier gibt!«
In der Tat zeigte sich Paris von seiner schönsten Seite, sobald man die Porte Saint-Jacques passierte. König Karl VII., der Paris nicht mochte, hatte für die Stadt kaum etwas getan, doch Ludwig XI. hatte durchaus begriffen, daß die Kapitale es wert war, erhalten und verschönert zu werden. Die Stadtmauer war verstärkt worden, der Doppelgraben darum neu aufgeschüttet, und mit Hilfe eines Bürgertums, das der König reich und mächtig gemacht hatte, waren auch zahlreiche Bauten wieder instand gesetzt worden. Obwohl Ludwig

die Hauptstadt als Mittelpunkt seines Reiches betrachtete, besuchte er sie selten. Da er das alte Hôtel Saint-Pol verabscheute, das seine Großeltern so sehr geliebt hatten, pflegte er im Palais des Tournelles zu logieren, aus dem die Herzöge von Orléans ein wahres Kunstwerk gemacht hatten.

In Paris waren fremde Reisende keine Seltenheit, so daß Fiora und ihre Begleiter dort kaum Neugier hervorriefen. Sie mußten auch nicht nach dem Weg fragen, denn Demetrios kannte sich recht gut aus. Auf der Île de la Cité ließ er Leonarde erst einmal in Ruhe die Kathedrale von Notre-Dame bewundern. Sie wollte hineingehen, um ein kurzes Gebet zu verrichten. Fiora schloß sich ihr nicht an und wartete auf dem kleinen Vorplatz. Mehr denn je revoltierte sie gegen einen Gott, der sich ihr von seiner furchtbarsten Seite gezeigt hatte. Nicht allein, daß er ihr alles genommen hatte, nein, er hatte auch noch zugelassen, daß sie ihr unschuldiges Herz einem derart niederträchtigen und perversen Mann schenkte! Dieser hatte das heilige Sakrament der Ehe mißbraucht, um ihren Körper besitzen zu können und um ihre Mitgift einem Herrn zu opfern, der sie für einen durch und durch ungerechten Zweck einsetzte ...

Nein, Fiora konnte und wollte nicht mehr beten, sehr zum Kummer von Leonarde.

Als ihre Gouvernante die Kathedrale wieder verließ, schwang Fiora sich in den Sattel und fragte: »Ist die Rue des Lombards noch weit von hier?«

»Nein. Wenn wir den anderen Arm der Seine überquert haben, sind wir fast schon da. Gefällt dir Paris?«

»Ich weiß nicht. Zweifellos ist es eine schöne Stadt, aber ich habe trotzdem das Gefühl, hier zu ersticken.«

»Die Reise hat dich angestrengt, und das Wetter besorgt den Rest.«

Als sie die Rue des Lombards erreichten, war Fiora von dem Anblick, der sich ihr bot, ein wenig getröstet. Die Häuser mit den schön gestalteten, farbigen Aushängeschildern ge-

hörten zum größten Teil Kaufleuten aus Genua, Mailand, Venedig und Florenz, die dort Bank- und Wechselgeschäfte betrieben. Wie wohlhabend sie dadurch geworden waren, konnte man deutlich am Aussehen ihrer Häuser erkennen.
Agnolo Nardi war nicht nur der Milchbruder von Francesco Beltrami gewesen, sondern auch sein Vertreter für diesen Teil Frankreichs. Das schöne, große Gebäude, in dem er logierte, beherbergte zugleich die Bank und die Stoffhandlung.
Nardi war für Fiora und auch für Leonarde keineswegs ein Unbekannter. Sie hatten ihn bereits vor sieben Jahren in Florenz kennengelernt anläßlich seines Besuches bei Beltrami. Die beiden Frauen hatten ihn als kleinen, rundlichen Mann in Erinnerung, der lebhaft und fröhlich war und gerne aß und trank. Insgesamt war er ein durch und durch liebenswürdiger Mensch, und Beltrami hatte seine Großzügigkeit ebenso gerühmt wie seine Aufrichtigkeit und sein Geschick in Geschäftsdingen.
Später hatten sie von seiner Heirat mit einer jungen Pariserin erfahren, deren Name, Agnelle Perrin, sie sehr erheiterte. Da das italienische Wort Agnolo dasselbe bedeutet wie Agnelle, nämlich Lamm, hatten so beide ihre natürliche Ergänzung gefunden und hoffentlich ebenfalls ihr Glück.
Als sie kurz darauf vom Pferd stiegen, kam er schon herbeigelaufen, und er entsprach ganz und gar dem Bild in ihrer Erinnerung. Mit strahlendem Lächeln, die Arme weit ausgebreitet, empfing er sie: »Donna Fiora und Donna Leonarda! Endlich seid Ihr da! Ihr könnt Euch nicht vorstellen, was ich mir für Sorgen um Euch gemacht habe! Ich fürchtete schon, es sei Euch etwas zugestoßen!«
Er umarmte beide mit der Herzlichkeit eines Bruders, der seine Schwestern wiedergefunden hatte.
»Hast du uns denn gleich erkannt?« wollte Fiora wissen, die instinktiv den toskanischen Dialekt wieder angenommen hatte.

»Ja, vor allem Donna Leonarda habe ich gleich erkannt. Du hingegen hast dich sehr verändert, Donna Fiora! Bei der heiligen Reparata, der Schutzpatronin unserer geliebten Heimatstadt, du bist mit Sicherheit die hübscheste aller Florentinerinnen!«

Und schon umarmte er sie erneut mit geradezu kindlicher Freude.

»Habt Ihr uns denn erwartet?« erkundigte sich Leonarde.

»Aber ja, und das schon seit langer Zeit! Herr Donati, der hier gegenwärtig die Geschäfte unseres armen Francesco führt, hat mir eine Nachricht zukommen lassen, zusammen mit einem Schreiben unseres Herrschers Lorenzo, was natürlich eine große Ehre für mich war ...«

Dann wandte er sich zu Demetrios und begrüßte ihn auf das höflichste: »Herr Lascaris, ich heiße Euch und Euren Diener in meinem bescheidenen Heim von Herzen willkommen!«

Jetzt eilte auch Agnelle herbei, die im Laufen ihre wallenden Röcke raffte. Sie und ihr Gatte waren in der Tat ein bemerkenswertes Paar: Während er dunkles Haar und dunkle Augen hatte, war sie hellblond, ebenso groß wie er und auch ebenso rundlich, und mit ihrem leicht gebräunten Teint hatte sie große Ähnlichkeit mit einem Honigtopf. Ihr hübsches Gesicht mit den leuchtend blauen Augen strahlte vor Gesundheit und Heiterkeit.

Sie umarmte Fiora ebenfalls wie eine jüngere Schwester und empfing Leonarde voller Respekt, womit sie das Herz des alten Fräuleins sofort eroberte ...

»Was fällt Agnolo nur ein, Euch so lange auf der Straße stehen zu lassen, statt Euch ins Haus zu geleiten! So tretet doch ein! Ihr braucht jetzt erst einmal ein gutes Mahl, viel Ruhe und Erholung, und morgen werden wir dann Euch zu Ehren ein Fest veranstalten!«

»Ein Fest?« fragte Fiora. »Aber warum?«

»Soll Eure Ankunft denn nicht gefeiert werden? Wir haben so lange auf Euch gewartet!«

»Wir mußten in Burgund noch verschiedene Dinge erledigen«, erklärte Fiora, »und das hat uns länger aufgehalten, als uns lieb war. Außerdem wußten wir nicht, daß Ihr uns erwartet habt.«

»Und mit welcher Ungeduld! Wir haben wirklich um Euch gezittert. Durch Herrn Donati und natürlich auch durch Herrn Lorenzo wußten wir, welch furchtbares Unglück Euch zugestoßen ist, und jetzt haben wir nur den einen Wunsch, Euch zu helfen ...«

Mit diesen Worten nahm Agnelle die beiden Frauen beim Arm und führte sie ins Haus, dessen Inneres ganz seiner Herrin entsprach: Alles wirkte frisch, elegant und äußerst gepflegt. Der Saal mit dem hohen Kamin, dessen Sims mit Heiligenfiguren geschmückt war, der große Wandbehang und die Anrichte, die sich von venezianischen Gläsern und edlem Silber geradezu bog, war tatsächlich eines Schlosses würdig. Große Kandelaber aus Bronze mit weißen Kerzen erleuchteten den Raum, in dem schön geschnitzte Sessel aus Eichenholz zum Verweilen einluden.

Als besonderen Luxus besaß das Haus ein kleines Badezimmer mit einem bequemen Zuber. Genüßlich ließ sich Fiora in das warme Wasser gleiten und schäumte sich mit bester florentinischer Seife ein, ein lange entbehrtes Vergnügen ... Sobald sie fertig war, schlüpfte sie in ein paar leichte Strümpfe, hüllte sich in ein Tuch und trat in den Garten hinaus, um durch die Hintertür in ihr Zimmer zurückzukehren. Gleich darauf fand sie sich einem jungen Mann gegenüber, der einen Topf mit blühendem Basilikum vor der Brust hielt. Fioras unerwarteter Anblick brachte ihn derart aus der Fassung, daß er den Topf fallen ließ. Er wirkte wie versteinert, schaffte es aber immerhin, hervorzustoßen: »Seid Ihr Wirklichkeit, oder träume ich?«

»Weshalb sollte ich es nicht sein?« fragte Fiora amüsiert.

»Ihr kommt mir vor wie eine Erscheinung! Ihr seid schön ... schön wie eine Heilige!«

»Ihr könnt versichert sein, daß ich nicht das geringste von einer Heiligen an mir habe, obwohl Ihr mir mit Euren Worten große Ehre antut, aber an Eurer Stelle würde ich jetzt erst einmal diese Scherben hier aufsammeln und das Basilikum in einen anderen Topf umpflanzen!«
Der junge Mann kehrte mit einem Schlag auf den Boden der Realität zurück. Wie konnte sich dieses Traumwesen nur mit so irdischen Dingen befassen!
»Meint Ihr?«
»Ganz sicher. Außerdem wäre ich Euch dankbar, wenn Ihr mich jetzt durchlassen würdet. Ich möchte in mein Zimmer gehen und mich anziehen.«
»Ich ... o ja, natürlich. Bitte verzeiht mein Benehmen. Aber gebt acht, daß Ihr Euch nicht an den Scherben verletzt ...«
Sie schenkte ihm ein Lächeln und wollte ins Haus gehen. Er rührte sich nicht von der Stelle und starrte sie unverwandt an. Kurz bevor sie im Inneren verschwand, murmelte er: »Ich heiße Florent ...«
Überrascht hielt sie inne: »Was für ein hübscher Name! Da muß ich sofort an meine Heimatstadt Florenz denken ...«
Doch statt daß diese Worte den jungen Mann erfreuten, verdüsterten sich seine Züge, in denen die riesigen braunen Augen den meisten Platz einzunehmen schienen.
»Dann seid Ihr also die Dame, die man erwartet hatte? Das wußte ich nicht ... Bitte verzeiht mir ...«
»Was soll ich Euch verzeihen?«
»Nun ... daß ich mich zu ... vertraulich gezeigt habe ... daß ich gewagt habe ...«
»Ihr habt nichts getan, was eine Frau hätte schockieren können! Ein aufrichtig gemeintes Kompliment hört jede Frau gern! Es war doch aufrichtig, nicht wahr?«
»O ja!«
»Nun, dann danke ich Euch. Und jetzt kümmert Euch bitte um Euer Basilikum!«
Fiora, die diese Begegnung sehr erheiternd fand, erfuhr spä-

ter, daß es sich bei dem jungen Mann um den Sohn des Geldwechslers Gaucher le Cauchois handelte, der bei Nardi das Bankgeschäft erlernen sollte. Da Florent jedoch wenig Neigung zu diesen Dingen zeigte und sich statt dessen als sehr geschickter Gärtner erwiesen hatte, fand man ihn sehr viel öfter in der Rue des Lombards. Dort half er im Garten und ging Agnelle auch sonst zur Hand.

»Er ist ein netter Bursche«, meinte Agnolo, »aber sehr verschlossen, und höchstens meine Frau weiß, was sich in seinem Kopf alles abspielt ...«

Auch Fiora wußte jetzt darüber einiges, doch dann vergaß sie Florent. Die Atmosphäre in Paris kam ihr seltsam vor. Auf dem Weg zu Nardis Besitz waren ihnen überall Soldaten begegnet, und als sie sich jetzt zum Abendessen umkleidete und das Angelusläuten ertönte, wurden gleich darauf sämtliche Türen des Hauses verschlossen, obwohl die Nacht noch fern war.

Demetrios war dies alles ebenso aufgefallen. Beim Souper befragte er seinen Gastgeber: »Von der Porte Saint-Jacques an, wo man uns lange verhört hat, bevor man uns passieren ließ, sind wir immer wieder bewaffneten Truppen begegnet, und Frau Leonarde hat in Notre-Dame viele Frauen beten gesehen. Außerdem sind die Pforten schon sehr zeitig geschlossen worden. Befindet sich Paris in Gefahr?«

Eine dunkle Wolke verdüsterte das sonst so heitere Gesicht von Agnolo. Er hielt einen Moment inne, den Braten für seine Gäste zu zerlegen, und betrachtete die Runde der Reihe nach.

Schließlich erwiderte er: »Ich bedaure natürlich, darüber sprechen zu müssen, und ich hätte lieber das morgige Fest abgewartet, das wir Euch zu Ehren geben wollen, aber vielleicht ist es besser, wenn Ihr über die Situation im Bilde seid ...«

»Es handelt sich offenbar um eine ... sagen wir, besorgniserregende Situation, nicht wahr?« meinte Demetrios sanft.

»Ja, besorgniserregend ist der richtige Ausdruck. Paris ist nicht unmittelbar bedroht, aber dies könnte in naher Zukunft der Fall sein. Wir stehen vor einer neuen Invasion seitens der Engländer. Und der berühmte Hundertjährige Krieg liegt erst zwanzig Jahre zurück!«

»Unterwegs hörten wir in der Tat, daß König Eduard den Ärmelkanal überquert habe. Wißt Ihr, wo er sich derzeit aufhält?«

»Nicht weiter als dreißig Meilen von hier entfernt: in Péronne!«

»So nah?« flüsterte Fiora.

»Ja, Madonna, so nah. Und er ist nicht allein. Karl der Kühne ist bei ihm.«

»Aber ich dachte, der Herzog befindet sich in Flandern?« sagte Demetrios.

»Er war zunächst tatsächlich in Brügge, wo er versucht hat, weiteres Geld und vor allem mehr Soldaten aufzutreiben. Gott sei Dank hat er damit nur teilweise Erfolg gehabt. Die Flamen sind es leid, diese endlosen Kriege zu bezahlen und ihr kostbares Blut dafür zu opfern. Dann ist der Herzog nach Calais gereist, um dort seinen Schwager zu treffen, König Eduard. Dieser war mehr als enttäuscht, als er den Herzog nur mit einer winzigen Eskorte von fünfzig Männern erscheinen sah, wo er doch auf eine ganze Armee gehofft hatte, mit deren Hilfe er Frankreich stürmen wollte! Karl der Kühne ist daraufhin zum Gegenangriff übergegangen und hat Eduard vorgehalten, er habe nichts begriffen. Der König hätte vielmehr gut daran getan, in der Normandie zu landen, um den Herzog der Bretagne zum Verbündeten zu gewinnen. Außerdem habe er, Karl, seine Armee in Luxemburg stehen und sei im Begriff, Lothringen zu besetzen. Dann hat er ihm einen neuen Vorschlag unterbreitet: Die Engländer sollten in die Champagne vorstoßen, während er selbst, aus Lothringen kommend, Eduard in Reims treffen wolle, wo man ihn zum König von Frankreich krönen werde!«

»Das ist doch Wahnsinn!«
»Nicht einmal, aber vor allem hat man die Rechnung ohne König Ludwig gemacht. Und dieser besitzt, abgesehen von einer stattlichen Armee, noch etwas anderes, worüber keiner seiner Gegner verfügt: einen genialen Verstand. Eben darauf hoffen wir hier in Paris. Damit wird es ihm eher gelingen, das Komplott zu besiegen, als durch Waffengewalt.«
»Wo befindet er sich zur Zeit?« fragte Fiora.
»In Compiègne, wo er sein Hauptquartier aufgeschlagen hat.«
»Und seine Armee ist stark?«
»Sie besteht aus ungefähr fünfzigtausend Mann, fast doppelt soviel wie die Engländer haben, aber der König vergießt das Blut seiner Soldaten nur, wenn es gar nicht zu vermeiden ist. Er zieht es vor, seinen Verstand einzusetzen, der tausend Schliche kennt. Statt in die Schlacht zu ziehen, versucht er, den Gegner zu überlisten ...«
»Das klingt, als wäre er feige«, meinte Fiora etwas verächtlich.
»Keineswegs, und Beweise für das Gegenteil hat er reichlich geliefert, das könnt Ihr mir glauben. Natürlich würde er mit Waffengewalt kämpfen, wenn das seine einzige Chance wäre, Paris zu verteidigen, aber er hofft, daß es nicht dazu kommt ...«
»Wenn seine Armee jedoch ohnehin die stärkere ist ...«
»Nicht gegen eine Allianz der Burgunder mit den Engländern ... zumal der bretonische Herzog König Ludwig sofort von hinten angreifen wird, sobald er ihn in einer schwachen Position sieht. Er ist schon immer ein Freund der Engländer gewesen ...«
Während Agnolo all dies erzählt hatte, war es ihm gleichzeitig gelungen, den Braten zu zerlegen, und nachdem alle der Reihe nach bedient worden waren, vernahm man eine Weile nur das gleichmäßige Geräusch kauender Kiefer.
Wie die übrigen in der Runde aß Fiora mit Genuß, doch

schon bald ließ ihr Appetit nach. Sie legte das Messer beiseite und fragte: »Ist es weit bis nach Compiègne?«
»Etwas mehr als zwanzig Meilen«, erklärte Agnolo.
»Aha ...«
Sie sagte nichts weiter, doch Demetrios begriff, daß sie in Gedanken etwas ausrechnete ...
Dreißig minus zwanzig ergab zehn, und zehn Meilen waren für ein gutes Pferd leicht zu bewältigen. Um Fiora vor einer weiteren Enttäuschung zu bewahren, wandte er sich an den Hausherrn: »Ihr sagtet, daß Karl nur fünfzig Männer bei sich hatte, als er in Calais eintraf, nicht wahr?«
»Ja, so ist es. Der größte Teil seiner Armee ist an der Grenze zu Lothringen und Luxemburg stehengeblieben, wo sie dem Befehl des Marschalls von Luxemburg und des Grafen von Campobasso untersteht. Letzterer ist ein neapolitanischer Kondottiere, der von der lothringischen Armee zu der des Herzogs übergewechselt ist und ihm seit zwei Jahren dient ...«
»Mit anderen Worten ist er ein Verräter, nicht wahr?« ließ sich Esteban jetzt mit einem Anflug von Verachtung vernehmen, was Fiora ein kleines Lächeln entlockte.
»In gewisser Weise könnte man es so sehen, doch es stimmt nicht ganz. Da Ihr aus der Toskana kommt, müßtet Ihr wissen, daß ein Kondottiere sich in erster Linie für das interessiert, was man ihm zahlt ... Er setzt sich nur gegen Gold in Bewegung!«
Die Tafel wurde jetzt aufgehoben, und Agnolo nahm Demetrios am Arm: »Ich nehme an, Ihr wollt so schnell wie möglich zum König stoßen?«
»Das ist richtig, obwohl er derzeit wohl sehr beschäftigt ist ...«
»Aber nicht zu beschäftigt, um einen so tüchtigen Arzt wie Euch zu empfangen! Ich kann Euch versichern, daß er Euch voller Ungeduld erwartet.«
»Er erwartet mich?«

»Aber ja. Auch dort ist Eure Ankunft angekündigt worden.«
»Also reisen wir gleich morgen weiter«, rief Fiora, der plötzlich das Blut in die Wangen gestiegen war.
»Eine junge Dame hat in einem Armeelager nichts verloren«, protestierte Agnelle. »Und ich würde mich so sehr freuen, Euch noch etwas hierzubehalten! Bleibt zumindest so lange, bis man weiß, wie sich die Lage entwickelt. Unser König wird zwar alles tun, um einen Krieg zu verhindern, aber im Moment wimmelt es überall von Soldaten.«
»Aber Demetrios und ich haben uns noch nie getrennt.«
»Es wäre nicht für lange. Compiègne ist schließlich nicht weit. Außerdem wäre der König vielleicht nicht einverstanden, wenn eine Frau mitkäme ...«
»Zwei Frauen!« berichtigte Leonarde. »Ich verlasse Donna Fiora niemals!«
»Agnelle hat recht«, kam deren Gemahl ihr jetzt zu Hilfe. »Die einzigen Frauen, die man im Heerlager findet, sind die Marketenderinnen, die jede Armee mit sich zieht. Ihr seid hier entschieden besser aufgehoben.«
Fiora war keineswegs überzeugt, doch wie sollte sie diesen braven Menschen erklären, daß sie und Demetrios gemeinsam einen Blutschwur geleistet hatten, mit vereinten Kräften den mächtigen Herzog des Okzidents zu vernichten?
In Compiègne würden sie ihrem Ziel sehr viel näher kommen, und was sie zuvor erfahren hatte, bestärkte die junge Frau nur noch in ihrem Entschluß. Karl den Kühnen zu töten hieß viel mehr, als nur einen Racheplan auszuführen: Es bedeutete, Paris zu retten, Frankreich zu retten! Der Gedanke, daß sie mit einem solchen Schlag zugleich Philippe treffen würde, streifte sie nur leicht, und sie schob ihn sofort wieder beiseite. Haß und Leidenschaft waren schlechte Ratgeber, das war ihr klar. Fiora glaubte in diesem Moment ganz naiv, daß sie Philippe inzwischen ebensosehr haßte, wie sie ihn zuvor geliebt hatte ...
Als sie am anderen Morgen nach einer wenig erholsamen

Nacht, in der sie kaum geschlafen hatte, erwachte, war Leonarde nicht da. Dann fiel Fiora jedoch ein, daß ihre Gouvernante sich vor dem Zubettgehen bei ihrer Gastgeberin nach der Frühmesse in der benachbarten Kirche erkundigt hatte.

Sie stand auf, machte rasch ein wenig Toilette und zögerte noch, was sie anziehen sollte, als sie von lautem Geschrei und Stimmengewirr auf der Straße aufgescheucht wurde. Sie eilte ans Fenster und sah zu ihrem Entsetzen, wie eine Gruppe von Männern eine jämmerlich wimmernde Leonarde ins Haus trug.

Fiora schlüpfte ins erstbeste Kleid und stürzte die Treppe hinunter. Im selben Moment war die kleine Gruppe ins Haus gelangt.

»Habt keine Angst!« rief Agnelle ihr zu, die Leonardes Kopf hielt. »Sie ist nicht in Gefahr, aber ich fürchte, sie hat sich das Bein gebrochen.«

»Wie konnte das passieren?«

»Auf ganz dumme Weise, wie meist in solchen Fällen: Beim Verlassen der Kirche ist sie auf einem Pflasterstein ausgeglitten und mit dem Bein gegen das Rad eines Karrens gestoßen. Sie hat sehr starke Schmerzen.«

Die arme Leonarde war tatsächlich weiß wie die Wand, und dicke Tränen kullerten aus ihren Augen. Als Demetrios herbeieilte, umklammerte sie seine Hand und schluchzte: »Ihr werdet mir doch nicht das Bein abschneiden, nicht wahr? Oder muß ich jetzt zum Krüppel werden?«

»Bitte beruhigt Euch! Davon kann keine Rede sein. Aber zunächst muß ich das Bein untersuchen.«

»Ihr wolltet doch abreisen?«

»Ich reise später, und damit basta! Der König kann auch noch etwas länger auf mich warten. Glaubt Ihr im Ernst, daß ich Euch in diesem Zustand hier zurücklasse?«

Sie brachten Leonarde in das Zimmer, das sie mit Fiora teilte, und legten sie auf ihr Bett. Demetrios wandte sich zu

Fiora: »Du mußt mir helfen. Zieh ihr zunächst den Schuh aus!«
Fuß und Bein bildeten einen anomalen Winkel und verursachten der Kranken offensichtlich starke Schmerzen. Ihr den Schuh auszuziehen war relativ leicht, doch um ihr den Strumpf zu entfernen, mußte dieser aufgeschnitten werden. Er war blutgetränkt, und man sah einen kleinen Knochensplitter hindurchschimmern.
»Der Fuß ist lediglich verrenkt«, diagnostizierte Demetrios, nachdem er die Verletzung untersucht hatte, »doch das Bein ist gebrochen, und das ist sehr schmerzhaft ...«
Während die Verletzte Fioras Hand umklammerte, flüsterte diese ihr beruhigende Worte ins Ohr. Die arme Leonarde zitterte am ganzen Körper vor Angst und natürlich auch vor Schmerz. Dankbar schluckte sie die zwei Löffel Opium, die Demetrios ihr einflößte. Als der Arzt jedoch gleich darauf mit einer kurzen, energischen Bewegung ihren Fuß wieder einrenkte, stieß sie einen spitzen Schrei aus und fiel in Ohnmacht.
»Das war das Beste, was ihr passieren konnte«, meinte der Grieche.
Rasch säuberte er die Wunde an ihrem Bein. Während zwei kräftige Dienerinnen Leonardes Schultern festhielten und der herbeigerufene Esteban sich mit seinem ganzen Gewicht auf Leonardes Körpermitte legte, zog Demetrios mit aller Kraft so lange an dem verletzten Bein, bis der Knochen wieder an der richtigen Stelle saß.
Anschließend fertigte er aus Holzleisten und Bandagen eine Art Gestell, das den gebrochenen Knochen fest zusammenhielt. Während dieser Operation hatte die Ärmste das Bewußtsein wiedererlangt, um gleich darauf erneut ohnmächtig zu werden, doch als alles vorbei war, fiel sie in einen tiefen Schlummer.
Kurz zuvor hatte sie noch eine weitere Dosis Opium erhalten.

»Ihr könnt jetzt nicht länger hier schlafen«, meinte Agnelle zu Fiora. »Ich werde Euch ein anderes Zimmer geben.«
»Gebt Ihr meines«, schlug Demetrios vor. »Ich schlafe bei meinem Diener. Für eine Nacht wird das gehen ...«
»Willst du trotz allem morgen abreisen?« fragte Fiora alarmiert.
»Wenn Frau Leonarde eine ruhige Nacht verbracht hat, gibt es keinerlei Grund mehr, weshalb ich noch bleiben sollte. Alles weitere muß man dann der Natur überlassen.«
»Und wie lange wird es dauern, bis sie wieder gesund ist?«
»Ungefähr sechs Wochen. Aber sei versichert, daß ich bis dahin längst zurückgekehrt sein werde«, fügte er hinzu, als er Fioras Gesichtsausdruck bemerkte. »Der König wird nichts dagegen haben, daß ich mich wieder entferne, sobald ich ihn geheilt habe.«
»Darauf würde ich mich nicht zu sehr verlassen«, meinte Agnolo, der soeben das Zimmer betreten hatte. »Wenn Ihr unserem Herrscher gefallt, wird er nicht mehr so leicht auf Euch verzichten wollen ...«
»Ich werde es ihm erklären. Doch mir scheint, Maître Agnolo, daß Ihr mit den Lebensgewohnheiten des Königs ebenso vertraut seid wie mit seiner Politik ...«
»... und Ihr seid überrascht, daß ein einfacher Kaufmann, noch dazu ein Ausländer, Euch Vorträge hält, die man eher von einem Angehörigen des Hofstaates erwarten würde, nicht wahr?«
»Nun, in Florenz würde es mich nicht verwundern, da sich dort jeder mehr oder weniger mit Politik beschäftigt, aber in einem Königreich wie diesem, das mit sehr straffer Hand regiert zu werden scheint ...«
»Und dem ist tatsächlich so, das dürft Ihr mir glauben. Aber laßt uns doch in den Garten hinausgehen. Dort haben wir mehr Ruhe ...«
Als sie an der Küche vorbeikamen, wies Agnolo eine der

Dienerinnen an, ihnen etwas kühlen Wein in die hübsche kleine Laube zu bringen. Im Garten trafen sie dann auf Florent, der hingebungsvoll damit beschäftigt war, die Rosensträucher zurechtzuschneiden.

»Eines Tages werde ich dich wohl auf mein Landgut in Suresnes schicken«, meinte Agnolo seufzend zu ihm. »Du verbringst im Garten sehr viel mehr Zeit als an deinem Schreibpult ...«

»Ihr habt recht, Herr, denn ich liebe den Umgang mit Pflanzen mehr als den mit Papieren ...«

»Und was wird dein Vater dazu sagen? Er hat dich schließlich nicht als Gärtner zu mir geschickt!«

»Ach, im Winter kann ich mich noch lange genug mit dem Schreibkram befassen. Und hier draußen bin ich viel glücklicher ...«

Mit einer Geste voller Zuneigung strich Agnolo durch das dichte Haar des jungen Mannes und erwiderte: »Das sehen wir später. Aber für den Moment kümmere dich bitte wieder um deine eigentlichen Pflichten. Dieser Herr hier und ich haben etwas zu besprechen.«

Florent gehorchte auf der Stelle, und die beiden Männer begannen zwischen den Sträuchern langsam auf und ab zu gehen.

»Im Gegensatz zu seinem verstorbenen Vater, König Karl VII., Gott hab ihn selig, umgibt sich König Ludwig gern mit Leuten wie mir, die dem Bürgertum angehören. So ist er mit der wirtschaftlichen Lage in seinem Land bestens vertraut, und er weiß auch genau, was sich in den Städten wirklich abspielt. Und ich bin nicht nur einer der ersten unter den ausländischen Kaufleuten, die hier in Paris ansässig sind – ich bin auch ein wenig in die Fußstapfen unseres armen Francesco getreten, dem der König freundschaftlich verbunden war. Er kannte ihn sehr gut, denn Beltrami hat mittels seiner Bank dem König den einen oder anderen Dienst erwiesen. Nicht in dem Ausmaß wie bei den Medicis natürlich, aber

unser Freund hatte diese Gefälligkeiten niemals zu bedauern ... was auch für meine Person gilt.«
Jeanneton, die jüngste der Dienerinnen, brachte den Wein, schenkte zwei Becher voll und verschwand wieder. Agnolo trank einen kräftigen Schluck, wischte sich den Mund mit der Serviette ab und fuhr fort: »Ich bin zwar niemals in den Rang eines offiziellen Ratgebers erhoben worden wie mein Kollege Jean de Paris, doch man hat mir immer wieder gewisse Missionen anvertraut. Darüber hinaus hatte ich die Ehre, Herrn Louis de Marazin und meinen Freund Jean de Paris zum Herzog von Lothringen begleiten zu dürfen. Zweck dieser Reise war es, das alte freundschaftliche Abkommen mit diesem zu erneuern, nachdem Herzog Karl ihn zum Bruch desselben gezwungen hatte.«
»Er hat ihn gezwungen, das Abkommen zu brechen? Wie das?«
»Herzog René ist noch jung – erst vierundzwanzig – und sehr unerfahren. Karl der Kühne nennt ihn immer nur verächtlich ›das Kind‹, aber René ist ein Fürst, der sich ebenso durch Liebenswürdigkeit auszeichnet wie durch Mut. Im übrigen war es ihm eigentlich keineswegs an der Wiege gesungen, einmal Lothringen zu regieren, doch durch den vorzeitigen Tod seines Vetters, Herzog Nicolas, sah er sich plötzlich dazu gezwungen. König Ludwig hat daraufhin sofort einen Freundschaftsvertrag mit ihm unterzeichnet, was Karl der Kühne natürlich nicht hinnehmen wollte.«
»Und mit welchen Mitteln hat er den jungen Herzog dazu gebracht, das Abkommen aufzukündigen?«
»Oh, da es sich bei René um einen ehrenvollen und aufrechten jungen Mann handelt, hatte Karl in dem Fall leichtes Spiel mit ihm. Renés Vater, Ferry de Vaudémont, und auch seine Mutter, Jolande von Anjou, waren dem Vater von Herzog Karl einst sehr zu Dank verpflichtet. So hat Karl den Jungen an die alten Verbindlichkeiten erinnert, und René hat sich davon überrumpeln lassen. Dann wurde ihm aber

schnell klar, was ein Bündnis mit Karl dem Kühnen in Wahrheit bedeutet. Vier seiner Städte mußte er ihm überlassen, nämlich Epinal, Darney, Preny und Neufchâteau, und dazu hat Karl sich das Recht ausbedungen, dort seine Garnisonen zu stationieren und die Statthalter selbst zu ernennen! Damit war Lothringen fest unter Karls Knute gezwungen, und jeder weiß, was das für Folgen hat! Die versklavten Städte haben natürlich Zeter und Mordio geschrien, ohne daß es etwas genützt hätte. Als Karls Truppen dann nach der erfolglosen Belagerung von Neuss gen Luxemburg und Thionville marschiert sind, hat Herzog René sich mit den Schweizer Kantonen verbündet. Diese hatten bekanntlich ebenfalls unter Karl zu leiden und sind gemeinsam mit den Elsässern in die Franche-Comté einmarschiert, nachdem die Elsässer sich gerade von ihrem Landvogt, Pierre de Hagenbach, befreit hatten. Der Landvogt war ja ein Verbündeter von Herzog Karl gewesen ... Herzog René II. ist unserem König Ludwig daraufhin wie eine reife Frucht in die Hand gefallen, und keiner versteht es besser als dieser Herrscher, jene Früchte zu ernten, die andere für ihn gesät haben ...«

»Ich verstehe. Und wie wird es jetzt weitergehen?«

»Das weiß ich nicht. Vermutlich erfahrt Ihr mehr darüber, sobald Ihr in Compiègne seid.«

»Ich hatte gehofft, daß Ihr mich dorthin führen werdet. Für einen Fremden wie mich wärt Ihr ein guter Begleiter ...«

»Dafür braucht Ihr mich nicht. Und damit Ihr den Weg auch findet, gebe ich Euch den jungen Florent mit. Er kennt die Gegend sehr gut und kann Euch sicher an Euer Ziel geleiten. Was mich betrifft, so werde ich morgen hier in Paris benötigt. Wir werden eine Art Kriegsrat halten und beratschlagen, was zu tun ist, sollte unsere Stadt belagert werden ...«

»Kriegsrat? Ist die Situation denn ernster, als Ihr ursprünglich angedeutet hattet?«

»Keineswegs, und ich habe Euch von dem, was ich weiß, nicht das geringste verheimlicht, aber ein altes lateinisches Sprichwort sagt: ›Si vis pacem, para bellum.‹ – Wenn du den Frieden erhalten willst, bereite den Krieg vor. – Und genau das werden wir tun.«

Agnolo Nardi und Demetrios blieben noch eine ganze Weile unter der schattigen Laube sitzen, um zu plaudern und ihren Wein zu genießen, während auch das übrige Leben in diesem Haus in der Rue des Lombards seinen gewohnten friedlichen Verlauf nahm.

Agnelle legte mit Hilfe von Fiora frisch gebügelte Wäschestücke zusammen, und Leonarde lag in tiefem Schlummer. Esteban hatte sich im Stall auf einem Haufen Stroh zusammengerollt, und in den Büros von Agnolo Nardi hörte man Schreibfedern fleißig über Papiere kratzen. Einzig Florent gab sich süßen Tagträumen hin. Er saß auf einer Treppenstufe und war ganz in den Anblick Fioras versunken, die unter munterem Geplauder ihrer Gastgeberin die gefalteten Wäschestücke reichte.

In ihrem schlichten, weißen Leinengewand und mit der wallenden dunklen Haarpracht glich sie mehr denn je einem zauberhaften Märchenwesen. Der junge Mann verschlang sie mit den Augen, ohne daß sie sich dessen bewußt wurde, bis Agnelle ihn dabei ertappte.

»Hast du nichts anderes zu tun, als dort herumzusitzen?« schimpfte sie. »Ich dachte, du arbeitest im Garten?«

Florent erhob sich widerwillig und grummelte: »Maître Agnolo sitzt mit dem großen, fremdländischen Herrn in der Laube und hat mich ins Haus geschickt.«

»Zweifellos in der Absicht, daß du dich wieder an die Arbeit machst! Wasch dir die Hände, kämm dein Haar und kehr an dein Schreibpult zurück, hörst du! Allmählich bereue ich schon, dir den Garten anvertraut zu haben!«

Florent verschwand in Richtung Küche, wobei er sich gewaltig den Hals verrenkte, um bis zuletzt noch einen Blick

auf jene zu erhaschen, die er in Gedanken seine »schöne Dame« nannte.
Kopfschüttelnd wandte Agnelle sich wieder ihrer Wäsche zu und meinte zu Fiora: »Dieser Bursche ist völlig verrückt nach Euch, meine Liebe! Wenn das so weitergeht, ist er bald zu nichts mehr zu gebrauchen!«
»Sobald ich nicht mehr hier bin, hat er mich vergessen! Unglücklicherweise wird mich die Verletzung meiner guten Leonarde noch eine Weile hier festhalten, so daß wir Euch länger zur Last fallen müssen als erwartet.«
»Mir zur Last fallen? Große Güte! Es macht mir so viel Freude, Euch hier zu haben, und ich bin geradezu entzückt, auf diese Weise länger in den Genuß Eurer Gesellschaft zu kommen. Ohne diesen bedauerlichen Unfall wärt Ihr wohl heute morgen abgereist, nicht wahr?«
»Ja. Herr Lascaris steht mir sehr nah, und wir pflegen uns nie zu trennen. Er hat gewissermaßen den Platz meines geliebten Vaters bei mir eingenommen, dessen Bild ewig in meinem Herzen weiterleben wird ...«
»Gewiß, aber würde es nicht eher einem Gatten anstehen, diese Leere in Eurem Herzen zu füllen? Ihr seid so jung und so schön! Irgendeinem Herrn wird es sicher eines Tages gelingen, Euch zu erobern!«
»Das glaube ich nicht, und ich wünsche es mir auch nicht. Die Liebe verursacht mehr Schmerzen als Freude. Fragt nur diesen jungen Florent ...«
»Ich habe nicht wenig Lust, ihn nach Suresnes zu schicken, damit er auf andere Ideen kommt. Ich werde heute abend mit meinem Gemahl darüber sprechen ...«
Doch das erwies sich als überflüssig, denn Leonardes Zustand machte so gute Fortschritte, daß Demetrios und Esteban schon am nächsten Morgen dem Hause Nardi Lebewohl sagen konnten, und Florent erhielt den Auftrag, die beiden zu begleiten.
Schweren Herzens trennte sich dieser von seiner Angebete-

ten, und als er auf seinem Maultier saß, warf er Fiora einen sehnsüchtigen Blick zu, doch diese nahm ihn überhaupt nicht wahr.
Sie war ganz mit ihren eigenen Gedanken und Gefühlen beschäftigt, denn der Abschied von Demetrios fiel ihr nicht leicht. Zweifellos lag dies einerseits daran, daß der Grieche sich nun ganz allein dem Herzog von Burgund nähern würde, dessen Geschick sie so stark mit dem ihren verknüpft sah. Zudem wurde ihr aber auch bewußt, welch enge Bindung zwischen ihr und diesem weisen, schweigsamen Mann entstanden war, der sich zu ihr gesellt hatte, als sie so sehr mitmenschlicher Hilfe bedurfte. Der Gedanke, daß er womöglich seinen Racheakt ohne sie ausführen könnte, machte ihr dabei am wenigsten etwas aus. Das Schicksal ging manchmal seltsame Wege, wie sie inzwischen wußte, und durchkreuzte in letzter Minute die Pläne der Menschen, auch wenn diese noch so gut konstruiert sein mochten ... So hoffte sie lediglich, daß Demetrios schnellstmöglich zurückkehren würde.
Leonarde zeigte sich ihrerseits untröstlich, den Anlaß für diese Trennung erzeugt zu haben, doch im stillen fand sie, daß dieser Ausdruck des göttlichen Willens durchaus zu etwas gut war. Sie hatte immer wieder darum gebetet, Er möge ihrem »Lämmchen« ersparen, diesen mörderischen Plan auszuführen. »Ihr hättet doch trotzdem mit ihm reisen können!« seufzte sie ein wenig scheinheilig ...
»Um Euch hier ganz allein zurückzulassen? Gewiß, Agnelle und ihr Gatte sind besonders liebenswürdige Menschen, aber letztlich sind sie doch Fremde. Hört also auf, Euch länger damit zu quälen, und denkt jetzt vielmehr an Eure Genesung!«
Um der Wahrheit die Ehre zu geben, fand Leonarde es besonders kränkend, daß ihr ausgerechnet beim Verlassen einer Kirche ein derartiges Unglück zugestoßen war ...
Was die bevorstehende Sonntagsmesse betraf, so hatte Agnelle beschlossen, daß man dieser in der Kathedrale von

Notre-Dame beiwohnen solle. Florent, der am Abend zuvor aus Compiègne zurückgekehrt war, wurde aufgetragen, die Maultiere zu satteln und die Damen in die Kirche zu begleiten, eine Anordnung, der er mit Begeisterung nachkam!

Am Sonntagmorgen, genau gesagt am 15. August, machten sie sich also auf den Weg dorthin. Der Himmel war wolkenlos und wurde nur von hochfliegenden Schwalben durchzogen, die an schwarze Pfeile erinnerten.

Überall in der Stadt war kräftiges Glockengeläut zu hören, das die Bewohner zur Messe rief. Die Menschen in den Straßen trugen ihren Sonntagsstaat, grüßten einander höflich oder blieben gelegentlich stehen, um ein paar Worte miteinander zu wechseln. Als Fiora die prachtvolle Kathedrale jetzt zum erstenmal von innen sah, bedauerte sie, daß sie sich am Tag ihrer Ankunft geweigert hatte, Leonarde dorthin zu begleiten.

Um den Hauptaltar herum hatte sich bereits eine große Menge von Menschen eingefunden, doch Agnelle und ihre Begleiterin konnten dennoch in einer der vorderen Reihen Platz nehmen.

Der gesamte Klerus, in rote, goldverzierte Gewänder gekleidet, war im Chor versammelt, wo sich ein Gast von Rang auf einem der hohen Lehnstühle niedergelassen hatte: Es war der liebenswürdige Kardinal von Bourbon, der Vetter des Königs. Er trug einen purpurfarbenen Talar, der mit den Insignien seiner Amtswürde bestickt war, und neben seiner glanzvollen Erscheinung wirkte der Bischof von Paris geradezu unbedeutend ...

»Wir haben Glück«, flüsterte Agnelle, »Seine Eminenz hält sich im Sommer nur selten in Paris auf. Für gewöhnlich zieht er um diese Zeit seinen erzbischöflichen Sitz in Lyon vor. Ich vermute, der König hat ihn hierhergeschickt, weil er sich von seiner Anwesenheit eine beruhigende Wirkung auf die Bevölkerung verspricht. Er gehört ja gewissermaßen beiden Seiten an: Sein Bruder Pierre de Beaujeu hat vor zwei

Jahren die älteste Tochter des Königs geheiratet, während er durch seine Mutter, Agnes von Burgund, ebenfalls mit Herzog Karl verbunden ist. Diese Situation erleichtert ihm nicht gerade das Leben, wie man sich denken kann ...«
Der Kardinal hatte sich inzwischen erhoben und wandte sich mit ein paar Worten an die Pariser Bevölkerung. Er sprach davon, daß man Vertrauen in Gott, den Herrn, haben müsse, in die Weisheit des Königs und in die soliden Mauern der Stadt. Er versicherte den vor ihm versammelten Menschen, daß er für sie beten und sie nach Kräften unterstützen werde.
Danach begann die Messe mit dem Gesang des *Veni Creator.* Fiora jedoch bekam davon nicht mehr viel mit. Während sie im Chorgestühl kniete, sah sie plötzlich eine weiße Mönchsrobe mit schwarzem Skapulier, darüber einen spitz zulaufenden Schädel, dessen olivfarbene Haut im Licht schimmerte, und zwei große Hände, die ein Gesicht verbargen, dessen Anblick sie mehr fürchtete als irgend etwas sonst in diesem Moment.
Das Herz klopfte ihr bis zum Hals, während sie noch versuchte, sich zur Vernunft zu rufen und sich einzureden, daß sie einer Täuschung erlegen war ...
Da ließ der Mönch unvermittelt die vor dem Gesicht gefalteten Hände sinken, um sich dem Altar zuzuwenden, und schon erblickte sie im hellen Sonnenlicht die verhaßten Züge von Fray Ignazio Ortega ...
Eine Welle der Übelkeit erfaßte die junge Frau, und sie fürchtete, im nächsten Augenblick ohnmächtig zu werden, doch mit einer gewaltigen Willensanstrengung gelang es ihr schließlich, ihren Schwächeanfall zu überwinden.
Wenn sie jetzt bewußtlos würde, zöge sie mit Sicherheit die Aufmerksamkeit der Menge auf sich und natürlich ebenso die ihres Feindes. So zupfte sie lediglich ihren Schleier tiefer über das Gesicht.
Von da an hörte und sah sie nichts mehr von dem, was sich

vor ihren Augen abspielte. Ein einziger Gedanke erfüllte ihren Geist: Was hatte er in Notre-Dame zu suchen, dieser spanische Dominikanermönch, den Papst Sixtus vor einiger Zeit nach Florenz geschickt hatte, damit er die Macht der Medicis zu unterminieren versuchte?
Soviel sie wußte, waren Fray Ignazios Machenschaften aufgedeckt worden, und Lorenzos Soldaten hatten ihn bis auf den halben Weg nach Rom zurückgebracht. Dennoch war er jetzt hier, nur wenige Meter von jener entfernt, die er einst so grausam verfolgt hatte. Was bedeutete das? Was hatte er vor? War er ihr auf der Spur? Fiora schüttelte kaum merklich den Kopf, um den quälenden Gedanken zu verscheuchen. Der Mönch konnte von ihrer Anwesenheit in Paris nichts gewußt haben. Andererseits durfte man sicher sein, daß es sich für ihn bestimmt nicht um eine Pilgerfahrt gehandelt hatte oder um sonst ein frommes Anliegen ...
Gleich nach der Elevation, als Hostie und Kelch vor den gebeugten Rücken der Gläubigen emporgehoben wurden, berührte Fiora sacht ihre Freundin neben sich am Ellbogen.
»Bitte bleibt ruhig sitzen, Agnelle, aber ich muß hinaus ... so diskret wie möglich ...«
»Fühlt Ihr Euch nicht wohl?«
»Nein ... ich muß an die Luft. Vielleicht liegt es am Weihrauch ...«
»Soll ich Euch nicht begleiten?«
»Nein. Bitte bleibt hier bis zum Ende der Messe. Ich wende mich an Florent. Falls es mir nachher besser geht, komme ich zurück.«
Fiora mußte unter allen Umständen die Kommunion vermeiden – zumal sie sich ohnehin nicht darauf vorbereitet fühlte, denn sie war schon seit Monaten nicht mehr zur Beichte gegangen. Ganz gleich, ob sie sich zum Altar begab, um dort das Sakrament entgegenzunehmen, oder ob sie als einzige sitzenblieb – sie lief in beiden Fällen große Gefahr, von Fray Ignazio erkannt zu werden.

Dieser hatte einen sehr durchdringenden Blick, und außerdem mußte man zum Entgegennehmen der Hostie den Schleier lüften. So blieb ihr nichts anderes übrig, als so schnell wie möglich hinauszugehen.
Sie nutzte den Moment, in dem sich die Gläubigen erhoben, hielt sich das Taschentuch vor den Mund, als sei ihr übel, und verschwand so unauffällig wie möglich, wobei man ihr bereitwillig Platz machte.
Sobald sie die schweren Eisentore der Kathedrale hinter sich gelassen hatte, fühlte sie sich besser. Sie atmete tief ein, und schon war ihr leichter ums Herz. Die Kohorte von Bettlern, die stets die Kathedrale belagerte, wenn dort große Messen zelebriert wurden, eilte herbei, und Fiora hatte alle Mühe, sie wieder loszuwerden.
Nachdem sie einige Almosen verteilt hatte, wollte sie sich zu Florent begeben, der in der Nähe mit den Maultieren auf die Damen warten sollte. Zu ihrer großen Freude entdeckte sie schon von weitem, daß sich Esteban zu ihm gesellt hatte und mit ihm plauderte.
Sie stürzte auf den Spanier zu und rief: »Esteban! Ihr seid zurück? Ist Demetrios mit Euch gekommen?«
»Nein, er ist dortgeblieben. Ich bin zurückgekehrt, um einen Berater des Königs hierher zu geleiten, der Euch sprechen will. Aber was ist Euch zugestoßen, Donna Fiora? Ihr seid ganz außer Euch ...«
»Dazu habe ich auch allen Grund.«
Sie zog Esteban beiseite und erklärte ihm rasch, was sie soeben erlebt hatte. Der Spanier meinte stirnrunzelnd: »Seid Ihr sicher, daß Ihr Euch nicht getäuscht habt?«
»Ich bin vollkommen sicher, Esteban, das könnt Ihr mir glauben. Er ist es! Dieses Gesicht werde ich niemals vergessen! Aber was tut er hier? Er kann doch von unserer Anwesenheit nichts wissen, oder?«
»Wenn Ihr meine Meinung hören wollt, so kann ich mir nicht vorstellen, daß er unseretwegen hier ist, aber es wäre

dennoch mehr als wichtig, zu erfahren, was er hier treibt. Ich möchte schwören, daß er in wichtiger Mission hier ist, und so wie ich ihn kenne, handelt es sich keineswegs um einen Akt christlicher Nächstenliebe ...«

»Was sollen wir tun?«

»Vor allem Ihr könnt nichts tun. Der alte Teufel würde seine Krallen nur zu gern wieder nach Euch ausstrecken. Laßt mich einmal nachsehen ... Wo hält er sich in der Kirche auf?«

Sie erklärte es ihm, und er setzte sich in Bewegung, doch im Laufen drehte er sich nochmals zu ihr um: »Kehrt sofort ins Haus zurück, sobald Frau Agnelle sich wieder zu Euch gesellt hat! Wartet nicht auf mich!«

Fiora sah ihm nach, bis er in der Kathedrale verschwunden war. Florent, der sich bitter vernachlässigt fühlte, rückte geschäftig das Zaumzeug der Maultiere zurecht, doch seine Angebetete schenkte ihm keinerlei Aufmerksamkeit. Schließlich meinte er mit düsterer Miene: »Ihr kümmert Euch wirklich kein bißchen um mich!«

»Wie kommt Ihr darauf? Sollte ich das denn?«

»Nein ... nein, Ihr habt ja recht. Ich verdiene es tatsächlich nicht, daß Ihr Euch für mich interessiert. Was bin ich schon für Euch? Ein Nichts, ein Niemand ... Ich könnte vor Euren Augen sterben, und Ihr würdet mir nicht einmal einen Blick schenken ...«

Das Glockengeläut, mit dem das Ende der Messe verkündet wurde, übertönte seine letzten Worte. Fiora war ohnehin zu sehr mit ihren eigenen Sorgen beschäftigt und hatte ihm kaum zugehört. Zähneknirschend mußte der junge Mann mitansehen, wie Fiora jetzt Agnelle entgegenlief, deren honigfarbener Schleier von weitem sichtbar war ...

Kapitel 6

Der Herr von Argenton

Als Fiora und Agnelle ins Haus zurückkehrten, wo der Mittagstisch bereits gedeckt war, fanden sie Agnolo in lebhaftem Gespräch mit einem fremden Besucher vor.
Die beiden saßen auf einer mit Kissen bedeckten Bank und tranken einen Becher Wein. Beim Eintritt der Damen erhoben sie sich, und Fiora sah, daß es sich bei dem Gast um einen jungen Mann handelte, der kaum dreißig Jahre zählen mochte. Er war elegant gekleidet und trug eine schwere Goldkette vor der Brust. In seinen angenehmen Zügen leuchtete ein Paar schräg geschnittener blauer Augen. Dunkelblondes, dichtes Haar umrahmte sein feingeschnittenes Gesicht, dem man die Intelligenz sofort ansah.
Der Unbekannte begrüßte die beiden Frauen mit der selbstverständlichen Liebenswürdigkeit eines hohen Herrn, wobei sein Blick nur einen kurzen Moment länger auf Fiora verweilte. Er tat nicht das mindeste, um seine Bewunderung für das, was er erblickte, zu verbergen.
»Ihr seid Donna Fiora Beltrami, nicht wahr?« sagte er mit angedeutetem Lächeln.
Seine Stimme war weich und melodisch wie die eines Sängers, und ganz offensichtlich wußte er dieses Instrument sehr wirkungsvoll einzusetzen ...
»So ist es, mein Herr«, erklärte Agnolo, »und dies hier ist meine Gemahlin, Frau Agnelle. Erlaubt, daß ich Euch jetzt vorstelle: Dieser Herr, meine Damen, ist der wichtigste Ratgeber unseres Königs, Herr Philippe de Commynes, Seigneur von Argenton, und er ist eigens gekommen, um mit Donna Fiora zu sprechen ...«

»Mit mir? Und wer hat ihn zu mir geschickt?«
»Der König natürlich, Madonna!«
»Wahrhaftig? Wer bin ich denn schon, daß ein so bedeutender Herrscher sich mit mir befaßt?«
Ihr leicht ironischer Unterton war dem Herrn von Argenton keineswegs entgangen. Sein Lächeln verstärkte sich, bevor er erwiderte: »Die Tugend der Bescheidenheit steht in erster Linie den Häßlichen zu Gesicht. Eine so schöne Frau wie Ihr verschwendet damit nur ihre Zeit, abgesehen davon, daß es Heuchelei ist. Und daß unser König sich für Euch interessiert, ist keineswegs verwunderlich, zumal er Euren verstorbenen Vater in bester Erinnerung behalten hat. Aber wenn es Euch recht ist, unterhalten wir uns nach dem Essen weiter. Verzeiht, Madame«, sagte er zu Agnelle gewandt, »doch ich sterbe vor Hunger. Ich glaube, ich könnte ein ganzes Pferd vertilgen ...«
Die junge Herrin des Hauses ließ ein perlendes Lachen ertönen: »Das haben wir zwar nicht auf unserem Menü, mein Herr, aber ich denke, daß wir mit unserem bescheidenen Mahl dennoch Euren Hunger stillen können!«
Sie klatschte in die Hände, und als hätten sie nur auf dieses Signal gewartet, erschienen drei Dienerinnen mit Schüsseln parfümierten Wassers und feinen Leinentüchern.
Nachdem sich alle die Hände gewaschen hatten, trugen weitere Bedienstete das Mahl auf, das aus mehreren, sehr reichlichen Gängen bestand: Während als erstes verschiedene Pasteten und geräucherte Wurstwaren serviert wurden, kamen anschließend Fische wie Karpfen und Lachs auf den Tisch, danach Geflügel und als Krönung ein gewaltiger Rinderbraten, der von diversen Gemüsesorten begleitet wurde. Zuletzt folgten Käse, Früchte und Süßspeisen. Dazu gab es Weine aus Frankreich und Italien, denn Agnolo besaß einen sehr gepflegten Weinkeller, auf den er nicht wenig stolz war. Immer wieder schenkte er seinem Gast nach, wobei er jedesmal Lage und Jahrgang des Getränks nannte. Der Herr von

Commynes trank mit offensichtlichem Genuß, was ihm da kredenzt wurde, doch das hinderte ihn keineswegs, die Unterhaltung fortzusetzen.
Die beiden Männer sprachen angeregt über Politik, ohne sich besonders um die Damen zu kümmern. Fiora störte es nicht, denn sie hörte ihrerseits interessiert zu. Agnelle wiederum war genügend damit beschäftigt, den reibungslosen Verlauf des Mahls zu überwachen.
So erfuhr Fiora im Laufe der Unterhaltung, daß der Konnetabel von Saint-Pol, Ludwig von Luxemburg, der als Oberfeldherr die königliche Armee befehligte, ein höchst seltsames Gebaren an den Tag gelegt hatte. Dieser war nämlich zugleich ein waschechter Burgunder und ein alter Freund von Herzog Karl. Zwar war der Graf von Saint-Pol Träger des Großen Lilienschwertes, was ihn in den Rang eines Fürsten von Geblüt erhob, und obendrein war er mit der Schwägerin von König Ludwig verheiratet, einer Prinzessin von Savoyen. Nichtsdestotrotz hatte er sich nach Péronne begeben, um dort dem Herzog und dem englischen König seine Dienste anzutragen. Er hatte sich sogar bereit gezeigt, ihnen Zugang zu seiner Stadt Saint-Quentin zu ermöglichen, doch sobald diese sich dann vor der Stadtmauer präsentierten, hatte er das Feuer auf sie eröffnet. In der Tat ein seltsames Verhalten ...
»Ich hoffe, daß unser König sich in Zukunft keinen Illusionen mehr hingibt, was die Loyalität dieses Herrn betrifft«, meinte Agnolo.
»Ach, er kennt ihn lange genug! Soweit ich die Person von Saint-Pol beurteilen kann, weiß dieser nicht mehr so recht, an welchen Herrn er sich tatsächlich halten soll. Unterdessen führte der Beschuß zunächst einmal zu dem Ergebnis, daß Karl das Feld geräumt hat, um sich nach Valenciennes zurückzuziehen. Seinen englischen Verbündeten hat er jedoch an Ort und Stelle gelassen. Der König hat daraufhin keine Minute verloren, um sofort in Verhandlungen mit

Eduard IV. einzutreten. Er weiß genau, daß die Engländer unter Versorgungsschwierigkeiten leiden und daß der Abzug der burgundischen Armee auf deren Kampfwillen verhängnisvolle Auswirkungen hat. Manche in den Reihen der Engländer finden ohnehin, es sei an der Zeit, erst einmal in die Heimat zurückzukehren und eine bessere Gelegenheit abzuwarten. Andererseits wollen sie aber auch nicht mit leeren Händen das Feld räumen, und das ist König Ludwig natürlich klar.«
»Was verlangen sie für ihren Abzug?«
»Nun, sie sind von ihren ursprünglichen Forderungen schon sehr weit entfernt. Schließlich hatten sie anfangs die Krone von Frankreich für sich in Anspruch genommen ...«
»Haben sie tatsächlich geglaubt, daß man sie ihnen anbieten würde?« fragte Agnolo lachend.
»Selbstverständlich nicht, aber es hat immerhin ihrer Eitelkeit geschmeichelt. Danach verlangten sie, daß man ihnen die Guyenne und die Normandie überlassen solle, an denen ihnen nach wie vor sehr viel liegt ...«
»Frankreich liegt aber noch sehr viel mehr daran ... Und was soll nun geschehen?«
»Was nun geschehen soll?«
Commynes trank genußvoll einen Schluck Burgunder und schenkte seinem Gastgeber ein strahlendes Lächeln.
»Der König wird sie mit Gold und diversen Gegenständen abspeisen ... Was das Gold betrifft, so bin ich beauftragt worden, mich an die Tresore der Bastille zu halten, doch zuvor muß ich bei der Pariser Gerichtsbarkeit auskundschaften, wieviel ihr der Frieden wert ist ... Und es muß schnell gehandelt werden. Ich reise übermorgen wieder ab.«
»Nach Compiègne?«
»Nein, nach Senlis, wohin sich unser Herrscher inzwischen begeben hat. Mittels einer Eskorte, die mir die Stadt zur Verfügung stellen soll, bringe ich das Gold dann dorthin.«
Er wandte sich unvermittelt zu Fiora und fügte in liebens-

würdigem Ton hinzu: »So werdet auch Ihr unterwegs nichts zu befürchten haben, Donna Fiora, denn ich habe Anweisung, Euch mitzunehmen.«
»Der König will mich sehen? Ich dachte, er habe lediglich eine Botschaft für mich ...«
»Ja, er hat eine Botschaft für Euch, doch er will persönlich mit Euch sprechen. Wir brechen im Morgengrauen auf. Haltet Euch dann bitte bereit! Doch nun muß ich Euch erst einmal verlassen, Maître Nardi«, erklärte er und erhob sich von der Tafel, »und Euch ebenfalls, Frau Agnelle. Ich danke Euch für dieses vorzügliche Mahl!«
Und kurz darauf verließ der Seigneur von Argenton mit seinen Leuten, die in Agnelles Küche verköstigt worden waren, das Anwesen der Nardis. Zuvor hatte er Agnolo noch darum gebeten, man möge Fiora im Morgengrauen des darauffolgenden Tages zur Porte Saint-Denis bringen, von wo die Reise losgehen sollte.
Nachdenklich begab sich jetzt die junge Frau nach oben zu Leonarde, um diese über das Geplante zu informieren. Agnelle begleitete sie.
»Was mag König Ludwig nur von mir wollen?« fragte Fiora beunruhigt, während sie gemeinsam mit ihrer Gastgeberin die Treppe hinaufstieg. »Ich hätte dem Herrn von Commynes von Leonarde erzählen sollen. Ich kann sie doch hier nicht im Stich lassen!«
»Warum nicht? Ich werde mich gut um sie kümmern, das versichere ich Euch«, erwiderte Agnelle lächelnd. »Außerdem werdet Ihr bestimmt nicht lange fortbleiben, und Senlis ist nicht weit von hier, höchstens zehn Meilen. Ihr wißt so gut wie ich, daß man sich einem Befehl des Königs nicht widersetzen kann.«
Leonarde war derselben Ansicht. Sie fühlte sich bei den Nardis sehr wohl und ertrug ihren Zustand mit großer Geduld.
»Wenn man die Dinge nicht ändern kann, bleibt einem nichts anderes übrig, als sich in Geduld zu üben, und sofern

ich Frau Agnelle nicht zu sehr zur Last falle, werde ich hierbleiben, bis ich genesen bin. Ihr könnt unbesorgt dorthin reisen, mein Lämmchen, von König Ludwig habt Ihr nichts zu befürchten.«

»Davon bin ich überzeugt«, stimmte Agnelle ihr bei. »Und was uns hier betrifft, so könnten wir uns auf unseren Besitz in Suresnes begeben, falls die Engländer tatsächlich abziehen. Frau Leonarde wäre dort sehr viel besser aufgehoben.«

Fiora, der vor Rührung die Worte fehlten, umarmte statt dessen stumm ihre liebenswürdige Gastgeberin. Für den Moment dachte sie auch nicht mehr an König Ludwig, sondern an Esteban, der noch immer nicht zurückgekehrt war. Erst als es Nacht wurde, fand er sich wieder ein. Er wirkte sehr hungrig und sehr durstig und war offenbar viel umhergelaufen. Die große Péronnelle, die bei den Nardis die Küche unter sich hatte, versorgte ihn trotz der fortgeschrittenen Stunde mit allerlei Köstlichkeiten aus ihrem Vorrat und natürlich mit einem Krug kräftigen Rotweins. Die Köchin hatte an dem Spanier großen Gefallen gefunden, zumal er ihr vor seiner Abreise nach Compiègne oft zur Hand gegangen war. Außerdem wußte er ihre Kochkünste sehr zu schätzen ...

Da Péronnelle es so sehr genoß, Esteban an diesem Abend einmal nach Herzenslust verwöhnen zu können und ihn ganz allein für sich zu haben, zog sich Fiora in den Garten zurück und wartete dort, bis Estebans Festmahl beendet war.

Es war eine schöne, warme Nacht, und zu dieser Jahreszeit konnte man viele Sternschnuppen sehen. Die junge Frau ließ sich auf einer Bank in der Nähe eines üppigen Lilienbeetes nieder und gab sich ganz ihren Gedanken hin. Ihr Blick verlor sich im tiefen Blau des Abendhimmels, während sie versuchte, die Gestirne zu entdecken, die ihr alter Lehrer Toscanelli ihr einst in Florenz gezeigt hatte.

Im vergangenen Jahr hatte sie den August zusammen mit

ihrem geliebten Vater in der Villa in Fiesole verbracht. Damals glaubte sie, unsterblich in den jungen Giuliano de Medici verliebt zu sein. Nichts störte ihr Glück ... Sie war ein verwöhntes, wohlbehütetes Mädchen gewesen, und ihr Leben war ruhig und angenehm dahingeflossen.
Und dann waren mit einem Schlag Ereignisse über sie hereingebrochen, die sie die Hölle auf Erden erleben ließen. Im Strudel eines wahnwitzigen Chaos hatte sich alles aufgelöst, und am Ende war ihr nichts geblieben als die heftige Leidenschaft zu diesem Mann ...
An diesem Abend wagte Fiora erstmals, sich einzugestehen, daß sie Philippe noch immer liebte, trotz all der Leiden, die er ihr zugefügt hatte, und das würde wohl bis zu ihrem letzten Seufzer so bleiben ...
Sie bekreuzigte sich jedesmal mechanisch, wenn hoch über ihr eine funkelnde Sternschnuppe den samtenen Nachthimmel durchzuckte. Manche Menschen behaupteten, daß es sich bei jeder Sternschnuppe um eine menschliche Seele handle, die ins Paradies eintrete. Andere sahen dies als Verheißung kommenden Glücks an und sprachen rasch einen stummen Wunsch, doch Fiora glaubte weder an das eine noch an das andere, trotz der frommen Geste, die sie dabei automatisch vollführte ...
Der sandige Gartenpfad knirschte unter Estebans Schritten, der gleich darauf wortlos neben ihr auf der Bank Platz nahm. Bevor sie auch nur die geringste Frage äußern konnte, erklärte er: »Ihr habt Euch nicht geirrt, Madonna, er ist es tatsächlich. Ich habe mich lange genug an seine Spuren geheftet, um ganz sicher sein zu können.«
»Wohin ist er gegangen?«
»Er ist zunächst dem Kardinal von Bourbon zu dessen Palais in der Nähe des Louvre gefolgt. Er gehört zu den Leuten, die den Kardinal begleiten, und ich habe sogar gesehen, wie Seine Eminenz sich einmal zu ihm gebeugt hat, um ihm etwas Vertrauliches ins Ohr zu flüstern. Der Mönch hat im

Palais des Kardinals die Mittagsmahlzeit eingenommen und ist anschließend in die Kathedrale zurückgekehrt. Kurz darauf hat sich Fray Ignazio in einen nahegelegenen Konvent begeben, der den Jakobinern gehört, wie ich in Erfahrung bringen konnte. Dort ist er auch zuletzt geblieben, und ich konnte endlich ins Haus zurückkehren. Was soll ich jetzt tun?«

»Erst einmal so schnell wie möglich schlafen gehen, denn das habt Ihr Euch redlich verdient. Ich danke Euch, Esteban, daß Ihr so viel Mühe auf Euch genommen habt. Für den Moment werden wir den Mönch seinem Schicksal überlassen müssen, zumal ich übermorgen den Herrn von Commynes begleiten soll. Ihr wißt sicher schon, daß der König mich persönlich zu sprechen wünscht?«

»Ja, das weiß ich, aber ich habe ebensowenig wie Ihr eine Ahnung, was er von Euch will. Nichtsdestotrotz bringt er Euch sicher großes Wohlwollen entgegen, wenn ich daran denke, welchen Empfang er meinem Herrn bereiten ließ. Was Fray Ignazio betrifft, so bin ich jedoch nicht Eurer Ansicht. Gleich morgen werde ich mich ein wenig in der Nähe des Jakobinerklosters aufhalten. Vielleicht erfahre ich auf diese Weise, was er dort treibt.«

»Aber bitte seid vorsichtig! Ihr wißt, wie gefährlich er ist, und wir sollten nicht unnötig seine Aufmerksamkeit auf uns ziehen, denn schließlich haßt er mich ebenso wie Euren Herrn.«

»Habt Vertrauen zu mir! Er wird von meiner Gegenwart nichts merken ...«

Esteban hatte längst eine Idee, wie er seinen Plan ausführen wollte. In einen schlichten Kittel gehüllt, machte er sich am anderen Morgen in aller Frühe zu den Pariser Markthallen auf. Nachdem er Péronnelle erklärt hatte, er wolle sich dort einmal etwas umsehen, hatte die Köchin ihm zwei Einkaufskörbe in die Hände gedrückt sowie eine Liste von Nahrungsmitteln, die er für sie besorgen sollte.

Kurz darauf strich er um das Jakobinerkloster herum und wartete, bis er einen Laienbruder herauskommen sah, der ebenfalls mit Einkaufskörben bewaffnet war. Er heftete sich an dessen Fersen, und als er ihn eingeholt hatte, sprach er ihn an. Er sei ein ausländischer Bediensteter, erklärte er, und gerade erst in Paris angekommen, und nun wisse er nicht, bei welchen Händlern er am besten einkaufen solle ...

»Man hat mir diese Liste mitgegeben«, fügte er hinzu und deutete auf das Stück Papier, »und man hat mir den Weg hierher beschrieben, aber das ist auch schon alles!«

»Ihr habt gut daran getan, Euch an mich zu wenden, mein Bruder«, erwiderte der Mönch mit wichtiger Miene. »Ich kenne alle Händler hier und weiß, wo man die beste Qualität zu angemessenen Preisen findet.«

»Ich bin Euch wirklich sehr dankbar, mein Bruder«, gab Esteban in demütigem Tonfall zurück.

Nachdem er seine Körbe vollgeladen hatte, zog er seinen freundlichen Führer in eine Seitenstraße und lud ihn in eine Weinschenke ein. Bruder Guyot besaß ein schlichtes Gemüt und wußte die Wohltaten des Herrn durchaus zu schätzen. Vor allem dem Rebensaft war er sehr zugetan, und nach dem dritten Krug Wein hatte Esteban erfahren, was er wissen wollte: Fray Ignazio Ortega war von Seiner Heiligkeit, dem Papst, mit einer wichtigen und streng vertraulichen Mission beauftragt worden und würde sich in dieser Angelegenheit demnächst zum König von Frankreich begeben. Natürlich fühlte sich das gesamte Kloster durch die Anwesenheit Ortegas höchst geehrt ...

Als der Mönch an dieser Stelle seiner Erzählung angelangt war, erinnerte Esteban ihn, daß es jetzt Zeit zum Heimkehren sei. Eine halbe Stunde später lieferte er bei Péronnelle die gefüllten Körbe ab und erstattete Fiora einen genauen Bericht.

»Es kann sich um keine wirklich wichtige Mission handeln«, meinte die junge Frau. »Andernfalls hätte der Papst sicher einen Kardinal damit beauftragt ...«

»Ich bin nicht Eurer Ansicht. Ein schlichter Mönch kann sich viel leichter überall bewegen als ein hoher Würdenträger, der von einem pompösen Geleitzug umgeben ist ... Nicht wenige Staatsgeheimnisse werden von Männern übermittelt, die noch viel bescheidener daherkommen als dieser hier! Doch wie dem auch sei – der Mönch wird sich am selben Ort einfinden wie wir selbst. Mein Herr und ich werden daher versuchen, seine Schritte zu überwachen. Ihr braucht Euch um ihn keine Gedanken mehr zu machen, Donna Fiora!«

Ihren letzten Tag in Paris verbrachte Fiora fast ausschließlich in Gesellschaft von Leonarde. Nach wie vor machte sie sich Vorwürfe, daß sie ihre alte Gouvernante im Stich lassen würde. Sie trennte sich nur für einen kurzen Moment von ihr, als Agnolo Nardi sie in sein Arbeitszimmer bat.

»Benötigt Ihr nicht auch etwas Geld, Donna Fiora?« fragte er sie, nachdem sich die Türe hinter ihr geschlossen hatte.

»Bringt mich nicht noch mehr in Verlegenheit, Herr Agnolo! Die Großzügigkeit, mit der Ihr uns hier aufgenommen habt, verbietet mir, diese Frage mit Euch auch nur zu erörtern!«

»Aber Donna Fiora! Und Ihr wollt die Tochter eines Kaufmanns sein? Das eine hat doch mit dem andern nichts zu tun!«

»Das hat durchaus miteinander zu tun, und ich bitte Euch, nicht weiter über das Thema zu reden.«

»Dio mio! Von geschäftlichen Dingen versteht Ihr rein gar nichts! Gastfreundschaft ist ein Gebot der christlichen Nächstenliebe, und da es sich auch noch um Eure Person handelt, bereitet dies sogar eine besondere Freude, aber das betrifft keineswegs das Geschäftliche! In Eurem Fall liegen die Dinge folgendermaßen: Herr Angelo Donati, der den gesamten Besitz Eures verstorbenen Herrn Vaters bis jetzt

verwaltet hat, ließ mich wissen, daß Euch die Einkünfte daraus zur Gänze übertragen werden sollen. Dies betrifft zum einen den Geschäftsanteil von Francesco Beltrami hier bei mir in Paris und zum andern jenen in Brügge, wo Euer Vater ebenfalls Vermögen besitzt. Um die Dinge zu vereinfachen, habe ich meinen dortigen Verwalter angewiesen, Euch jedes Jahr die Summe schicken zu lassen, die Euch zusteht. Ihr seid also von jetzt an Herrin über ein stattliches Vermögen, das sich jedes Jahr vermehrt. Falls Ihr den Wunsch haben solltet, in Frankreich ein schönes Anwesen zu erwerben, so ist Euch dies ohne weiteres möglich. An der Loire, wo man sehr angenehm leben kann und wo auch der König sich bevorzugt aufhält, könntet Ihr beispielsweise ...«
»Ihr seid sehr gütig, aber übertreibt Ihr nicht ein wenig?«
»Bei meiner Ehre, ich übertreibe nicht im geringsten! Man muß auch an die Zukunft denken, Donna Fiora, und bei Eurem Einkommen ...«
»Für den Moment weiß ich noch nicht, was ich damit anfangen werde. Nichtsdestotrotz nehme ich gern einige Barmittel mit auf die Reise, die ich morgen früh antreten werde, jedoch nicht mehr, als unbedingt nötig. Was den Rest betrifft, so bitte ich Euch, ihn so gut als möglich anzulegen. Außerdem wünsche ich, daß Ihr alles, was für die Pflege und die Annehmlichkeiten meiner guten Leonarde erforderlich ist, davon bestreitet ...«
Mit einer unwilligen Geste wischte Agnolo den letzten Satz beiseite. Er erhob sich und begab sich zu einem der schweren Tresore, die in seinem Arbeitszimmer aufgereiht standen. Er öffnete ihn und entnahm ihm einen prallen Lederbeutel.
»Hier sind tausend Pfund für den Anfang. Wendet Euch an mich, wann immer Ihr etwas braucht. In der Zwischenzeit werde ich Euer Vermögen nach Kräften zu vermehren wissen, damit Ihr Euer Vertrauen in mich niemals bereuen müßt!«

Gerührt ging sie auf ihn zu und küßte ihn auf beide Wangen.
»Dessen bin ich sicher«, erklärte sie. »Auf jeden Fall danke ich Euch schon jetzt von Herzen. Wenn ich nicht abreisen müßte, so hätte ich Euch vielleicht gebeten, mich in die Geheimnisse jenes Geschäftes einzuweihen, das meinem Vater ein Leben lang so sehr am Herzen lag ...«
»Was dies betrifft, so stehe ich Euch ebenfalls jederzeit zur Verfügung. Es wäre in der Tat von Vorteil, wenn Ihr etwas vom Geschäft verstehen würdet, denn Ihr seid noch blutjung, was ich von mir selbst leider nicht mehr behaupten kann ... Wir können dieses Vorhaben in Angriff nehmen, sobald Ihr wißt, was unser König von Euch will!«
Fiora begnügte sich damit, ihn anzulächeln und ihn erneut zu umarmen. Sie war mit den Großen dieser Welt noch keineswegs fertig, was ebenso für einen gewissen Philippe de Selongey galt, ganz zu schweigen von jener Hieronyma Pazzi, die bis jetzt wie durch ein Wunder ihrer gerechten Strafe entgangen war.
Später jedoch könnte sie durchaus Gefallen daran finden, das Lebenswerk Francesco Beltramis fortzuführen. Aber wann würde dieses »später« sein? Wie viele Jahre würden bis dahin noch vergehen? Und was würde dann aus jener jungen Florentinerin namens Fiora geworden sein, die trotz aller erlittenen Schicksalsschläge noch immer glaubte, daß alles möglich war, sofern man es sich leidenschaftlich genug wünschte?
Eingerahmt von Philippe de Commynes und dem getreuen Esteban passierte Fiora im Morgengrauen des folgenden Tages die Porte Saint-Denis. Hinter den drei Reitern folgte eine Gruppe von Soldaten, die ihrerseits mehrere schwerbeladene Karren eskortierten. Nur Commynes wußte, daß lediglich drei der gewaltigen Eichenfässer jenen Loire-Wein enthielten, den der König von Frankreich so schätzte. Die übrigen Fässer waren mit purem Gold gefüllt ... Eher noch

als eine im Ausgang ungewisse Schlacht war dieses Gold dazu geeignet, die Engländer vom Boden Frankreichs zu vertreiben.
Während die Landschaft in unmittelbarer Umgebung von Paris noch einen durchaus friedlichen Eindruck machte, veränderte sich das Bild immer mehr, je weiter man gen Norden kam.
Überall sah man Soldaten und Planwagen, und selbst das kleinste Dorf war schwer bewacht. Der dichte Wald von Senlis, in dem Ludwig XI. für gewöhnlich der Jagd nachging, hallte jetzt von militärischen Kommandos und Waffengeklirr wider. Der König war ein vorausschauender Mann und hielt seine Truppen in ständiger Alarmbereitschaft, obwohl die Verhandlungen mit dem englischen Monarchen bereits in vollem Gange waren.
Und dann herrschte plötzlich paradiesische Stille, und der Gesang der Vögel war wieder zu vernehmen. Die Gruppe hatte sich auf einen kleinen Seitenpfad begeben, der kaum Spuren von Wagenrädern oder Pferdehufen aufwies. Auf Fioras stumme Frage reagierte Commynes mit einem Lächeln.
»Wir sind gleich da!« erklärte er.
Wie ein Theatervorhang teilte sich der Wald und gab den Blick auf etwas frei, das fast die Ausmaße einer kleinen Stadt besaß: Hinter Mauern von mittlerer Höhe gewahrte man die hohen, kunstvoll gemauerten Fenster eines von vergoldeten Wetterfahnen gekrönten Palastes und daneben eine gewaltige, prächtige Kirche.
»Das ist die Abbaye de la Victoire«, verkündete Commynes. »Der König hält sich hier besonders gern auf.«
»Wie schön sie ist!« seufzte Fiora in aufrichtiger Bewunderung.
»Die Geschichte, wie sie zu ihrem Namen kam, ist schnell erzählt: Am 27. Juli des Jahres 1212 konnte König Philippe-Auguste in Bouvines den Sieg über den deutschen Herrscher

Othon davontragen. Daraufhin schickte er einen Boten zu seinem Sohn, Prinz Ludwig, damit dieser die Neuigkeit erfuhr. Dieser jedoch schickte seinerseits einen reitenden Boten zu seinem Vater, um ihm mitzuteilen, daß er soeben den englischen König in Roche-aux-Moines besiegt habe. Der Legende nach trafen sich die beiden Boten genau an diesem Ort hier, und ein paar Jahre später befahl der König, daß man dort eine Abtei gründen solle. Sie wurde reich ausgestattet, und so entstand das, was Ihr jetzt seht, nämlich ein nobles Bauwerk, das Gott dem Herrn würdig ist ...«

»Wird es etwa von Engeln bewacht? Abgesehen von den fehlenden Flügeln erinnern mich diese Gestalten sehr an eine Statue des heiligen Michael, die ich einmal gesehen habe ...«

Tatsächlich war es eine ungewöhnlich prachtvolle Garde, die davor Wache hielt. Die Männer trugen weißschimmernde Rüstungen und Panzerhemden mit dem königlichen Banner, dazu flache Kappen, deren Reiherfedern mit silbernen Medaillen befestigt waren ...

Fiora hatte nie schönere Soldaten gesehen als diese.

Commynes brach in Gelächter aus: »Es sind keine Engel, die Ihr dort seht, ganz im Gegenteil! Dies ist die berühmte Schottische Garde von König Ludwig, unter deren Mitgliedern sich einige der besten Krieger der Welt befinden. Sie kennen nur zwei Gesetze: das des Königs, dem sie Treue geschworen haben, und jenes, das sie auf ewig dazu verpflichtet, ihrem fernen Vaterland Liebe und Ehre zu erweisen ...«

Die ankommende Gruppe war längst von ihnen bemerkt worden. Ein Reiter näherte sich im Galopp, und Commynes rief ihm entgegen: »Ich grüße Euch, Robert Cunningham! Ich bringe nur Freunde mit mir. Der König erwartet diese junge Dame hier ... und die Fässer voller Wein, die wir mit uns führen.«

»Die Keller sind dafür schon vorbereitet. Was Eure Eskorte betrifft, so können die Männer sich erst einmal etwas stärken, bevor sie nach Paris zurückkehren ...«

Der Schotte grüßte Fiora höflich und versuchte verstohlen, das Geheimnis hinter dem Schleier zu entdecken, mit dem sie unterwegs ihr Gesicht zu verhüllen pflegte. Dann wendete er sein Pferd und führte die Eskorte ins Innere der Abtei.

»Und nun sind wir an der Reihe«, meinte Commynes heiter. »Ich wette, der König wird entzückt sein, Euch zu sehen!«

Jenseits des hohen Spitzbogenportals fanden sich die Neuankömmlinge auf einer großen, künstlich angelegten Rasenfläche wieder, die eine Art grünen Teppich für die umliegenden Klostergebäude bildete.

In einiger Entfernung erblickten sie mehrere große Windhunde mit goldverzierten Lederhalsbändern, die sich um einen Mann scharten, den Fiora für einen Bediensteten hielt. Er war mager und von mittlerer Größe und in eine schlichte graue Tunika gekleidet, die von einem Ledergürtel gehalten wurde. Die Beine steckten in hohen, grauen Wildlederstiefeln. Über einer roten Mütze, unter der die Ohren ganz verschwanden, trug er einen Hut aus schwarzem Filz, an dem verschiedene Medaillen befestigt waren.

»Was für schöne Hunde!« rief Fiora aus. »Sie machen den Eindruck, als ob sie direkt einem Bilderbuch entsprungen wären. Und wie sehr sie den Mann zu lieben scheinen, der sich um sie kümmert!«

»Sie lieben ihn tatsächlich sehr«, bestätigte Commynes und warf Esteban einen verschwörerischen Blick zu. »Wollt Ihr die Tiere nicht aus der Nähe betrachten?«

Er war bereits vom Pferd gestiegen und hielt der jungen Frau auffordernd die Hand entgegen, doch diese zögerte: »Ist es ratsam, den König warten zu lassen? Es heißt, er sei nicht sehr geduldig ...«

»Kommt nur! Ich versichere Euch, daß er sehr nachsichtig sein wird ...«

Ein wenig widerwillig folgte ihm Fiora. Esteban blieb unterdessen bei den Pferden stehen. Als die Windhunde die Fremden witterten, unterbrachen sie ihr Spiel, wandten die Köpfe den Neuankömmlingen entgegen und blieben reglos sitzen. In diesem Moment drehte sich der Bedienstete zu ihnen um. Unter Fioras fassungslosen Augen kniete Commynes sich mit einem Bein zu Boden: »Sire«, sagte er, »hier bin ich wieder, nachdem ich die beiden Missionen ausgeführt habe, die der König mir anzuvertrauen geruhte!«

Und zwischen den Zähnen flüsterte er Fiora zu: »Zum Teufel, nun kniet Euch schon hin!«

Mechanisch tat Fiora es ihm gleich und verneigte sich tief.

»Gut, gut«, sagte der König. »Wieder einmal habt Ihr Uns treue Dienste geleistet, und Wir danken Euch. Laßt Uns jetzt mit dieser jungen Dame allein, die hoffentlich gleich ihren Schleier lüften wird. Doch bleibt in der Nähe, Wir haben später mit Euch zu reden!«

Ohne ihre unbequeme Stellung zu verändern, schlug Fiora den Schleier zurück und enthüllte ihr Gesicht. Während sie sich von ihrer Überraschung zu erholen versuchte, betrachtete sie den unscheinbaren, kleinen Mann, der dennoch König von Frankreich war.

Er war weder schön noch jung, denn er zählte bereits zweiundfünfzig Jahre, doch unter dem durchdringenden Blick seiner dunklen, tiefliegenden Augen errötete Fiora und senkte schließlich den Kopf.

Zuvor hatte sie jedoch noch die weiteren Einzelheiten seiner Züge in sich aufgenommen, die lange, schmale Nase und den kleinen, beweglichen Mund mit den geschwungenen Lippen. Schon jetzt wußte sie, daß sie dieses Gesicht niemals vergessen würde. Allgemein hieß es über den König, er verfüge über eine unvergleichliche, höchst subtile Intelligenz, und Fiora war vom ersten Blick an davon überzeugt.

Unterdessen entfernte sich Commynes, ohne daß ihr gestattet worden war, sich wieder zu erheben. Doch im nächsten Moment streckte sich ihr eine lange, trockene Hand entgegen, um ihr beim Aufstehen behilflich zu sein, und eine lie-

benswürdige Stimme sagte: »Gräfin von Selongey, seid willkommen!«
Vor Überraschung wäre Fiora beinahe wieder zu Boden gesunken. Sie schwankte, als sei sie von einem heftigen Windstoß getroffen worden, und wurde totenbleich.
»Was habt Ihr?« fragte der König in leicht ungeduldigem Ton. »Dies ist doch Euer Name, oder sollten Wir Uns getäuscht haben?«
Fiora begriff, daß sie es mit einem eindrucksvollen Gegner zu tun hatte, und mittels einer intensiven Willensanstrengung gelang es ihr schließlich, sich wieder in die Gewalt zu bekommen.
»Der König möge meine Gemütsbewegung verzeihen«, begann sie mit sanfter Stimme, »aber es war das erste Mal, daß ich diese Anrede vernahm, und ich bin nicht sicher, ob ich überhaupt ein Recht auf diesen Namen und diesen Titel besitze. Herr de Commynes sagte mir nur, der König wolle mit Fiora Beltrami sprechen. Nur diese ... und keine andere ist es, die jetzt die Ehre hat, die Anweisungen Ihrer Majestät entgegenzunehmen ...«
Die Verneigung, die sie nun erneut ausführte, war von höchster Vollendung ... ein Wunder an Eleganz und Anmut, und der harte Blick des Herrschers wurde auf der Stelle weich und milde.
Beinahe heiter erwiderte er: »Haha! Mir scheint, es gibt hier eine Art Geheimnis! Wollen wir nicht ein wenig umherspazieren, Gräfin, damit wir Licht in das Dunkel bringen? Seid brav, Hunde! Folgt uns und bleibt ganz ruhig, hört ihr?«
Schweigend unternahmen sie ein paar Schritte auf dem Rasen, der von einem kürzlich erfolgten Regenschauer noch feucht war. Fiora war durch die völlig unerwartete Anrede sehr verwirrt. Verzweifelt zerbrach sie sich den Kopf darüber, wie Ludwig XI. von ihrer Eheschließung erfahren haben mochte, doch sie konnte nur vage Mutmaßungen an-

stellen. Die Möglichkeit, daß Demetrios sich unüberlegter Vertraulichkeiten schuldig gemacht hatte, schied für sie von vornherein aus. Wer war es also gewesen? Wann und wie und vor allem warum?
So viele Fragen quälten sie, auf die sie keine Antwort finden konnte, da es verboten war, von einem König Aufschluß zu verlangen ...
Dieser war es jedoch schließlich, der ihrem vergeblichen Grübeln ein Ende bereitete, indem er in völlig neutralem Tonfall erklärte: »Wir kannten einst Euren Vater, Herrn Beltrami, den Wir wegen seines aufrechten Charakters und seiner Großzügigkeit sehr geschätzt haben. Mit großem Bedauern erfuhren Wir dann von seinem tragischen Ende und den schrecklichen Ereignissen, die darauf folgten ... Wir wußten natürlich schon, daß der Herr Lorenzo de Medici ein beträchtliches poetisches Talent besitzt, doch als er Uns dann die unglückseligen Geschehnisse schilderte, deren Opfer Ihr wurdet, Donna Fiora, erreichte seine Feder ein unerwartetes Ausmaß an lyrischer Kraft!«
Und mit feinem Lächeln fügte der König hinzu: »Der große Homer hätte es nicht besser machen können!«
»Monseigneur Lorenzo hatte mir jedoch versprochen, über mein eigenes Geschick Stillschweigen zu bewahren«, wandte Fiora ein, die jetzt begriffen hatte, woher Ludwig XI. ihr Geheimnis kannte.
»Er muß seine Meinung darüber geändert haben. Vielleicht mit dem Ziel, Euch zu beschützen, auch wenn es gegen Euren Willen geschieht? Auf jeden Fall kennt er Uns zu gut, um nicht zu wissen, daß Wir über alles Wichtige unterrichtet sein wollen, was diejenigen betrifft, die in Unsere Nähe kommen. Dadurch ist die Situation von vornherein klar, denn niemand kann zu einer Lüge Zuflucht nehmen, und Uns bleiben komplizierte Erklärungsversuche erspart. Unsere Beziehungen zur Umwelt werden auf diese Weise sehr vereinfacht. Was meint Ihr dazu?«

»Der König hat zweifellos recht, doch das alles ist mir sehr peinlich ...«

»Gütiger Himmel, Madame! Wir sprechen mit Euch in aller Offenheit und Klarheit. Versucht daher, es Uns gleichzutun, und erspart Uns dieses gezierte, weibliche Getue! Nach dem, was Wir von Euch wissen, seid Ihr eine mutige Frau. Bleibt also, wie Ihr seid! Und setzt nicht so eine betrübte Miene auf! Sagt Uns lieber, wie es kommt, daß Ihr nicht sicher sein könnt, ob Ihr tatsächlich Madame de Selongey seid!«

Nach diesen Worten fühlte sich Fiora trotz allem ein wenig erleichtert. Als sei dieser ihr Beichtvater, begann sie daraufhin, dem König von ihrem unglückseligen Besuch auf Philippes Besitz zu erzählen samt der dramatischen Folgen, die dieser hatte. Ludwig XI. hörte ihr schweigend zu, wobei er den Kopf leicht zur Seite neigte und die Hände hinter dem Rücken verschränkt hielt.

»Dies würde bedeuten«, meinte er, nachdem sie geendet hatte, »daß der Herr von Selongey sich der Bigamie schuldig gemacht hat, als er Euch ehelichte, nicht wahr? Das ist in der Tat ein schweres Vergehen und zudem ein Sakrileg. Dafür verdient er das Schafott.«

»Ich habe weder Grund noch die geringste Lust, diesen Mann zu verteidigen, Sire, doch nachdem die erste Wut vergangen war, begann ich nachzudenken. Vielleicht hat er diese Beatrice erst vor kurzem geheiratet, weil er mich inzwischen für tot hielt?«

Der rasche Blick, den der König ihr zuwarf, enthielt Überraschung und zugleich etwas, das wie Mitgefühl aussah.

»Es kommt sehr selten vor, daß jemand fähig ist, auch seinen Verstand sprechen zu lassen, wenn es um das eigene Herz geht! Welcher Art sind Eure Gefühle gegenüber Selongey?«

»Ich weiß es nicht, um ehrlich zu sein. Es gibt Momente, wo ich ihn noch immer zu lieben glaube, und andere, wo ich ihn maßlos hasse ... ihn und seinen Herrn, jenen Herzog, dem

er mich geopfert hat! Aber wir haben uns geschworen, diesen hochmütigen Herrscher zu vernichten, Demetrios Lascaris und ich!«
Eine Art Blitz, der jedoch sofort wieder verlöschte, durchzuckte die Augen des Königs: »Ihr habt geschworen, Herzog Karl zu vernichten? Warum?«
»Wenn Herzog Philippe noch am Leben wäre, würden wir uns an ihn halten, denn Vater und Sohn sind für uns gleichermaßen schuldig. Ich verabscheue diesen unbarmherzigen Herzog Karl, der trotz der Jugend meines Vaters – meines leiblichen Vaters, meine ich – nicht das geringste Mitleid aufbrachte und dem mich auch der Herr von Selongey letztlich geopfert hat. Was Herrn Lascaris betrifft, so macht er ihn für den Tod seines jüngeren Bruders verantwortlich ...«
Ludwig XI. vollführte eine halbe Kehrtwendung und gesellte sich gleich darauf wieder zu Fiora. Die Hunde folgten ihm dabei auf Schritt und Tritt.
»Da sich der Klosterregel entsprechend keine Frau hier aufhalten darf, wird Commynes Euch nach Senlis bringen, wo Ihr Euren Freund treffen werdet. Ich schätze ihn sehr, denn er ist ein großartiger Arzt, und ich möchte ihn für längere Zeit in meiner Nähe haben. Doch was ist mit Euch, Donna Fiora? Wärt Ihr ebenfalls bereit, mir zu dienen?«
»Falls der König mir gestattet, meinen Racheplan auszuführen, sehe ich keinerlei Grund, um abzulehnen. Und der König wird sich auf mich verlassen können.«
Sie meinte jedes der Worte, die sie soeben ausgesprochen hatte, ernst, denn plötzlich hatte sie Vertrauen gefaßt. Vielleicht lag es daran, daß der König vorübergehend auf den Pluralis majestatis verzichtet hatte und ihr dadurch menschlicher und näher erschien. Er schüttelte den Kopf und zeigte ein Lächeln, das ihn unvermittelt um Jahre jünger wirken ließ und ihm großen Charme verlieh.
»Ich bin dessen sicher. Ein Blick in Eure Augen genügt. Davon abgesehen sollt Ihr jetzt folgendes wissen: Philippe

de Selongey ist zur Zeit mein Gefangener ... und seine Hinrichtung ist so gut wie sicher. Wie Ihr seht, kann ich Euch bei diesem Teil Eures Rachefeldzuges bereits entgegenkommen ...«

Niedergeschmettert und die Augen vor Entsetzen weit geöffnet, stieß Fiora mühsam hervor: »Aber ... warum? Was hat er getan?«

»Er hat versucht, mich zu töten. Auf dieses Vergehen steht die Höchststrafe, was bedeuten würde, daß nach den gültigen Gesetzen der Günstling von Herzog Karl gevierteilt wird. Aber über all das werden wir später sprechen, nicht wahr? Gott schütze Euch einstweilen, Donna Fiora!«

Er kehrte der völlig verstörten jungen Frau jäh den Rücken zu und entfernte sich. Die großen, weißen Windhunde, die froh waren, sich wieder bewegen zu dürfen, sprangen an ihm hoch, um die Leckerbissen zu erhaschen, die er jetzt reihum an sie verteilte.

Fiora empfand plötzlich eine bleierne Müdigkeit. Am liebsten hätte sie sich in das weiche, grüne Gras fallen lassen und hemmungslos geweint. In dem Moment jedoch, wo ihre Knie zu schwanken begannen, wurde sie von einer kräftigen Hand am Arm gepackt.

»Kommt, Donna Fiora«, sagte Commynes, »ich bringe Euch jetzt zu Eurem Freund. Er ist nicht weit von hier.«

Ohne zu protestieren, ließ Fiora sich von ihm führen. Der Schlag, den sie soeben erhalten hatte, war derart brutal gewesen, daß sie keinen klaren Gedanken mehr fassen konnte. Einzig die Aussicht, gleich ihren Freund Demetrios wiedersehen zu können, hielt sie noch aufrecht, und sie klammerte sich daran wie an einen rettenden Strohhalm.

Während das Schloß von Senlis eher klein war – zumindest für ein Königsschloß –, bot die benachbarte »Auberge des Trois Pots« genügend Platz und auch sonst alle Annehmlichkeiten. Wenn sich der König in Senlis aufhielt, pflegte er hochgestellte Gäste in dieser komfortablen Herberge unterzubringen. Auch Demetrios logierte dort seit einiger Zeit. Als Angehöriger der griechisch-orthodoxen Kirche war ihm der Aufenthalt in einem katholischen Kloster nicht gestattet, wie er dem König erklärt hatte. Da dieser ebenfalls von äußerster Frömmigkeit war, hatte er Demetrios' Gründe sofort akzeptiert.

Während Fiora sich mit dem König unterhalten hatte, war Esteban vorausgeritten, um das baldige Eintreffen der jungen Frau anzukündigen. Als sie jetzt die Herberge betrat, fand sie dort ein schönes, großes Zimmer vor, das man in der Zwischenzeit für sie vorbereitet hatte.

Am meisten freute sie sich jedoch über den Empfang, den Demetrios ihr bereitete. Zum erstenmal, seitdem sie sich kannten, nahm er sie in die Arme. Als er sie mit bleichem, verstörtem Gesicht auf sich zukommen sah, hatte er sofort erkannt, wie sehr sie dieser tröstlichen Geste bedurfte, zumal sie derzeit auf die Gesellschaft von Leonarde verzichten mußte.

Sie warf sich schluchzend in seine Arme, und er fragte besorgt: »Was ist geschehen? Hat der König dich nicht freundlich empfangen?«

Sein Blick suchte den von Commynes, der Zeuge der Szene geworden war, doch dieser breitete ratlos die Arme aus und meinte dann achselzuckend: »Donna Fiora hat nicht ein Wort gesprochen, seitdem wir das Kloster verlassen haben. Dennoch schien es mir, daß unser Sire es ihr gegenüber keineswegs an Wohlwollen mangeln ließ. Was mich betrifft, so wünsche ich nichts anderes, als ihr nach Kräften zu helfen. Wenn ich etwas für sie tun kann, so stehe ich ihr wie ein wahrer Freund zur Verfügung, falls sie mein Angebot annimmt ...«

Fiora löste sich aus Demetrios' Armen, nahm das Taschentuch, das er ihr entgegenhielt, wischte sich die Augen und putzte sich die Nase. Dann erklärte sie: »Bitte verzeiht alle beide, daß ich mich wie ein kleines Kind aufgeführt habe.

Ich schäme mich dessen aufrichtig. Messire de Commynes ... eine so spontan angebotene Freundschaft ist ein Geschenk des Himmels, das ich nur zu gern anzunehmen bereit bin. Würdet Ihr uns die Freude machen, heute abend mit uns zu speisen, sofern der König Euch jetzt nicht braucht?«
Ein strahlendes Lächeln erschien auf den liebenswürdigen Gesichtszügen des Flamen, woraus Fiora schloß, daß er die Küche dieser Herberge sehr zu schätzen wußte ...
»Sehr gern! Um so mehr, als ich nach diesem langen Tagesritt geradezu ausgehungert bin. Ich hoffe, es stört Euch nicht, daß ich noch den Reisestaub an mir habe ...«
»Ihr könnt Euch in meinem Zimmer ein wenig frisch machen«, schlug Demetrios höflich vor, »und falls Ihr auch hier übernachten wollt ...«
»Ausgezeichnete Idee! Ich reite erst morgen früh zum Kloster zurück. Hauptsache, ich bin dort, wenn der König aus der Messe kommt.«
Fiora ging auf ihr Zimmer, nahm ein Bad und schlüpfte in ihr weißes Leinenkleid. Dabei mußte sie sich eingestehen, daß ihre Einladung zum Abendessen nicht ganz frei von Hintergedanken gewesen war, abgesehen von der Sympathie, die sie für Commynes empfand.
Als persönlicher und sehr geschätzter Ratgeber des Königs wußte der Herr von Argenton natürlich über die Person von Philippe genau Bescheid, und Fiora wollte um jeden Preis herausfinden, was geschehen war.
Sie nahm sich zwar übel, derart um einen Mann zu zittern, den sie am liebsten ganz aus ihrem Herzen verbannt hätte. Doch dieses Herz, das jeglicher Vernunft unzugänglich war, war nur noch von der entsetzlichen Vorstellung beherrscht, daß Philippe am folgenden Tag womöglich sterben mußte.
Dieser Gedanke war ihr absolut unerträglich. Wenn Philippe nicht mehr lebte, würde ein wichtiger Teil ihres eigenen Daseins fehlen, das spürte Fiora genau. Ob Liebe oder Haß, waren es doch diese beiden extremen menschlichen

Gefühle, die der Existenz erst ihre Fülle verliehen ... Philippe mußte weiterleben, und sei es auch am anderen Ende der Welt!
Während der gesamten Mahlzeit hielt Fiora die Fragen zurück, die ihr auf den Lippen brannten, um ihrem Gast nicht die Freude am Essen zu rauben. Unterdessen plauderten Commynes und Demetrios wie zwei Männer, die einander schon lange kannten und schätzten. Trotz seiner Jugend war der Seigneur von Argenton ein sehr kultivierter, gebildeter Mann, der sich besonders über Politik leidenschaftlich gern unterhielt. Die Tatsache, daß Ludwig XI. einen offenen Konflikt mit dem englischen König vermeiden wollte, fand seine vollkommene Zustimmung. Ludwigs Soldaten begnügten sich damit, die Truppenbewegungen eines Gegners zu überwachen, der sich offensichtlich scheute, den bewaffneten Kampf zu beginnen. Gewiß, die englische Armee war stark und gut ausgerüstet, doch seitdem sie in Calais gelandet waren, hatten die Eindringlinge nichts anderes vorgefunden als verwüstetes Land und verlassene Dörfer.
Auf Anordnung von König Ludwig waren die Stadt Arras und die umliegende Gegend zerstört worden, mit dem Ziel, die Engländer auszuhungern. Nichtsdestotrotz hatten die dortigen Bewohner in Amiens und Beauvais Asyl gefunden und wurden auch mit Geld und Nahrungsmitteln versorgt, denn der König wollte nicht, daß das Volk unter all dem zu sehr leiden mußte.
Während sich Commynes über ein Stück gekochten Schinken hermachte, fügte er hinzu: »Gegenwärtig hat der König den englischen Herrscher und die Seinen dort, wo er sie haben wollte: Die Vorräte der gegnerischen Truppen sind aufgebraucht, und da sie auf dem Lande nichts mehr vorfinden, beginnen ihre Mägen zu knurren ... was zum Glück bei uns nicht der Fall ist! Probiert unbedingt diesen Schinken, Donna Fiora, er ist köstlich! Der Koch hat sich wieder einmal übertroffen ...«

»Hat der Herzog von Burgund seinen Schwager denn nicht mit Nachschub versorgt, als dieser zu ihm gestoßen ist?« erkundigte sich Demetrios.
»Nein, er hatte nur fünfzig Männer bei sich, und die flämischen Städte hatten ihm ihre Hilfe verweigert ...«
»Ist der Graf von Selongey zu diesem Zeitpunkt gefangengenommen worden?« fragte Fiora, während sie versuchte, ihrer Stimme einen möglichst gelassenen Klang zu verleihen.
Beide Männer wandten sich ihr jetzt zu, doch sie sah sie nicht an. Sie hielt ihren Becher mit Wein zwischen den Händen, atmete mit zerstreuter Miene das Aroma ein und schien die plötzlich eingetretene Stille nicht zu bemerken.
Als ob Fioras Frage ganz selbstverständlich wäre, erwiderte Commynes kurz darauf ruhig: »Nein, das war später, unterhalb von Beauvais. Die Spione von Herzog Karl hatten herausgefunden, daß der König an einem bestimmten Tag in der Gegend auf Entenjagd gehen wollte, und zwar ohne große Eskorte. Der Herr von Selongey hatte sich daraufhin mit einigen seiner Leute in einer nahegelegenen Ruine versteckt, und sobald der König auftauchte, stürzte er auf ihn zu und warf ihn aus dem Sattel. Er war schon im Begriff, ihn mit einer Axt zu attackieren, als plötzlich Robert Cunningham mit zwölf Männern seiner Garde auf den Plan trat. Cunningham war dieser Jagdausflug ohnehin nicht ganz geheuer gewesen. Selongey gebärdete sich jedoch wie wild und wollte vom König nicht ablassen, bis er schließlich überwältigt werden konnte. Seine Soldaten wurden auf der Stelle getötet, während Selongey und sein Stallmeister, Mathieu de Prame, als Gefangene zunächst nach Beauvais gebracht wurden und später nach Compiègne. Dort warten sie jetzt auf ihr Urteil, aber das wird nicht mehr lange dauern ...«
»Aber ist es nicht üblich, für hochgestellte Gefangene in Kriegszeiten ein Lösegeld zu verlangen?«
»Gewiß, doch es handelt sich hier um keine kriegerische Ak-

tion, sondern um kaltblütig geplanten Mord. Der König war nicht bewaffnet. Ich muß sagen, daß mich eine derartige Waghalsigkeit bei diesem Verrückten von Selongey keineswegs erstaunt. Er versteht überhaupt nichts von Diplomatie und kennt nur eine Sprache: die des Tötens!« fügte Commynes mit einem Hauch von Verachtung hinzu, der Fiora erröten ließ. »Außerdem ist er seinem Herrn und Meister vollkommen ergeben. Er ist für alles andere blind und taub und keinem vernünftigen Argument zugänglich. Selbst unser Herrgott kommt erst nach seinem Herzog, der für ihn ohne Fehl und Tadel ist. Er begreift nicht, daß Karl der Kühne auf einen Abgrund zusteuert, und dieser Abgrund wird eines Tages das große Herzogtum verschlingen, aus dem er um jeden Preis ein Königreich machen will ...«

Jegliche Heiterkeit war unvermittelt aus Commynes' Zügen gewichen. Sein Blick hatte sich verdüstert, und der Mund war bitter verzogen. Er schien seine beiden Tischgenossen nicht mehr wahrzunehmen, und Fiora kam es vor, als spreche er in diesem Moment nur noch zu sich selbst.

In sehr behutsamem Ton richtete sie schließlich das Wort an ihn: »Wie ist es möglich, Messire, daß Ihr über die Angelegenheiten von Burgund so gut Bescheid wißt? Ihr redet über Herzog Karl, als ob Ihr ihn persönlich kennen würdet ...«

Demetrios legte ihr warnend die Hand auf die Schulter, doch es war zu spät. Philippe de Commynes wandte sich ihr zu und bedachte sie mit einem Blick, den sie nicht zu deuten vermochte. Ein Ausdruck von Schmerz schien darin zu liegen, und dennoch erwiderte er schließlich lächelnd: »Ich bin Flame, Donna Fiora. Mein Vater, Colart de Commynes, war Statthalter von Cassel, Landvogt von Gand und Ritter vom Goldenen Vlies. Herzog Philippe war mein Pate, und ich wurde an seinem Hof erzogen. Als ich siebzehn Jahre alt war, wurde ich dem Grafen von Charolais zur Seite gestellt, der mich später, nachdem er Herzog von Burgund geworden war, zu seinem Berater und Kammerherrn machte. Damals wußte ich jedoch schon, daß es mir auf die Dauer unmöglich sein würde, einem Herrn zu dienen, der nicht bereit war, auf die Stimme der Vernunft zu hören und auch einmal Mäßigung zu üben. Hättet Ihr wie ich die Zerstörung von Dinant miterlebt und das methodische Massaker an all seinen Bewohnern, ob an Männern, Frauen, Kindern, Greisen oder sogar Neugeborenen ... dann wüßtet Ihr, wovon ich spreche! Mir war damals, als müsse ich mich erbrechen, doch er betrachtete all das nur mit kaltem, triumphierendem Blick. Dasselbe habe ich später in Lüttich gesehen, wo niemand vor ihm Gnade fand, selbst die Nonnen in den Klöstern nicht ...«

»Dann seid Ihr also Burgunder?« fragte Fiora überrascht.

Commynes' Lächeln wurde sarkastisch: »Derzeit bin ich Franzose. Ich bin ins andere Lager übergewechselt. Herzog Karl würde mich einen Verräter nennen, doch ich glaube nicht, daß ich dieses Schimpfwort verdiene. Man kann nur verraten, was man einmal geliebt und bewundert hat, und ich empfinde für Karl weder Liebe noch Bewunderung. Er will ohnehin nichts anderes, als den Menschen Furcht einzuflößen.«

»Wann seid Ihr König Ludwig begegnet?«

»Zunächst bei der Schlacht von Montlhéry, wo ich ihn heldenhaft kämpfen sah und wo er dennoch stets versucht hat, unnötiges Blutvergießen seiner Soldaten zu verhindern. Für ihn empfand ich Bewunderung. Dann bin ich ihm bei jenem unglückseligen Zusammentreffen in Péronne wiederbegegnet, wo er sich erstmals in eine Falle locken ließ. Stundenlang schwebte er in tödlicher Gefahr, doch er zeigte keinerlei Furcht. Er hat all seine diplomatischen Fähigkeiten aufgeboten, und ich begriff, welch genialen Verstand er besitzt. Ich glaube, ich habe seine Bedeutung richtig eingeschätzt, und seitdem tue ich alles, um den blinden Zorn von Herzog Karl in Schach zu halten. Der König hat mir dafür stets Dankbarkeit bekundet.«

»Wie es heißt, hatte der Herzog ihm auferlegt, ihn nach Lüttich zu begleiten und dem schauerlichen Schauspiel beizuwohnen. Er soll jedoch ganz gelassen geblieben sein, sagt man ...«

»Der König ist ein erstaunlich guter Komödiant, wenn es sein muß, und ich muß gestehen, daß es mich immer wieder fasziniert, wie er in aller Ruhe und Geduld die Fäden spinnt, in denen seine Gegner sich schließlich verfangen ... Nach Péronne hatte ich dann für Herzog Karl verschiedene Missionen in England, in der Bretagne und in Kastilien zu erledigen, doch ich erntete für meine Bemühungen nie etwas anderes als harsche Kritik. Zur gleichen Zeit sah ich, wie sich eine unbarmherzige, jeder Vernunft abholde Politik entwikkelte. Wovon hat Karl der Kühne nicht alles geträumt! Er wollte ein großes Reich schaffen, die Hegemonie über Europa! Und Kaiser Friedrich III. sollte ihn auch noch als rechtmäßigen Nachfolger anstelle dessen eigenen Sohnes anerkennen! Zur Zeit kämpft er um Lothringen, doch ich war inzwischen schon fort. Nachdem mich der Herzog mit einer gänzlich unnötigen Mission beauftragt hatte, bei der ich beinahe mein Leben gelassen hätte, stand mein Entschluß fest, und ich wechselte ins Lager von König Ludwig über. Das war vor drei Jahren, und ich habe es noch nie bereut ...«

»Was würde geschehen, wenn der Herzog sich Eurer wieder bemächtigen könnte?« fragte Demetrios.

»Er würde mich zweifellos töten lassen. Im übrigen hatte Philippe de Selongey beabsichtigt, zwei Fliegen mit einer Klappe zu schlagen, als er den König angriff. Er wollte mich in Ketten zu seinem Herrn und Meister zurückbringen, denn ich glaube, er haßt mich noch mehr als dieser. Zu seinem Pech mache ich mir nichts aus der Jagd, und jetzt ist er der Gefangene.«

»Kennt Ihr ihn gut?« murmelte Fiora.

»Gut genug, kann ich sagen. Er ist nur zwei Jahre älter als

ich, und wir waren lange Zeit Waffenbrüder. Dennoch waren wir niemals echte Freunde, denn wir sind zu verschieden.«

»Seid Ihr jemals seiner Gemahlin begegnet?«

Commynes' Erstaunen war zu deutlich, um nicht vollkommen aufrichtig zu sein.

»Seiner Gemahlin? Ich habe noch nie gehört, daß er verheiratet ist! Soviel ich weiß, hat er zahlreiche gute Partien ausgeschlagen, doch er hätte für die Unglückliche ohnehin kaum Zeit gehabt!«

»Warum wäre sie unglücklich?«

»Es ist kein sehr erfreuliches Schicksal, völlig isoliert in einem burgundischen Schloß dahinzuleben und den Kreis der Damen zu vergrößern, die ihre Gatten fast nie zu Gesicht bekommen. Diese Zeiten sind für liebende Paare nicht gerade günstig! Seht mich an: Vor zweieinhalb Jahren habe ich Frau Hélène geehelicht, meine liebreizende Gemahlin, und ich habe sie in der Zeit kaum gesehen ...«

»Fehlt Ihr Eurer Gattin denn nicht?« erkundigte sich Fiora mit einem Anflug von Keckheit.

»Wenn ja, so ist sie zu klug und zu gut erzogen, um es zu zeigen.«

»Nun, dann frage ich andersherum: Fehlt sie Euch nicht?«

Commynes hatte seine gute Laune wiedergefunden und brach in Gelächter aus: »Wie ich sehe, muß man vor Euch auf der Hut sein, Donna Fiora! Ich könnte jetzt erwidern, daß unser Sire mir dazu keine Zeit läßt, und das würde durchaus der Wahrheit entsprechen. Dennoch kommt es an manchen Abenden vor, besonders wenn die Nacht lau und sternklar ist, daß ich sie sehr vermisse, da sie sanft und hübsch ist, allerdings von friedlicherem Wesen als Ihr, sofern Ihr mir diese kleine Boshaftigkeit verzeiht.«

Es war spät geworden. Commynes sagte seinen neugewonnenen Freunden gute Nacht und begab sich in das Zimmer, das man für ihn vorbereitet hatte.

Fiora lauschte dem Klang seiner Schritte nach, und sobald sie sich vergewissert hatte, daß der Sire d'Argenton in seinem Zimmer angelangt war, kehrte sie zu Demetrios zurück, der vor dem Fenster stand und hinausblickte.
Sie stellte sich neben ihn und meinte: »Um ehrlich zu sein, weiß ich nicht so recht, was ich von diesem Mann halten soll. Er verwirrt mich. Er wirkt aufrichtig und zuverlässig, und er versteht es leicht, die Freundschaft seiner Mitmenschen zu gewinnen, und dennoch ...«
»Du wirst ihm doch nicht etwa vorwerfen wollen, daß er Herzog Karl verlassen hat?«
»Vielleicht muß man ihm das doch vorwerfen. Überall auf der Welt würde man ihn einen Verräter nennen.«
»Ich nenne ihn keineswegs so. Der Fehler liegt nicht beim Sire de Commynes, sondern bei diesem Fürsten, der jedes Maß verloren hat, der von Stolz und Anmaßung beherrscht wird, der keinerlei menschliche Regung kennt und der es nicht vermocht hat, einen derartigen Berater in seinen Diensten zu halten. Denn das kann ich dir versichern: Dieser Commynes ist es wert, daß man ihn hält. Er hat gut daran getan, sich einem Herrn anzudienen, dessen Intelligenz der seinen entspricht. Er ist ein wirklicher Staatsmann, und Ludwig XI. hat das klar erkannt. Der König weiß, daß man die Berater hat, die man verdient, doch der Herzog wird das niemals begreifen ...«
»Immerhin hat Herzog Karl es verstanden, den Grafen de Selongey an sich zu binden«, murmelte Fiora bitter.
»Ja, weil sie einander ähneln: Beide lieben nichts so sehr wie den Krieg. Dein Philippe ist das Spiegelbild von Herzog Karl.«
»Er ist nicht ›mein‹ Philippe!«
»Und dennoch bist du außer dir vor Angst, seitdem du weißt, daß er zum Tode verurteilt wird. Sag jetzt nicht nein. Ich kann in dir lesen wie in einem Buch.«

»Du kannst auch in der Zukunft lesen. Wird er sterben müssen?«

»Ich weiß es nicht. Um dir darauf eine Antwort geben zu können, müßte ich in seiner Nähe sein ...«

»Aber du bist doch jetzt in meiner Nähe! Was siehst du?«

»Einen langen Weg voller Blut und Tränen ... und überall Schlachtgetümmel ... Wirst du auf mich hören, Fiora, wenn ich dir befehle, nach Paris zurückzukehren, zu Leonarde und zu den Nardis? Die Kämpfe, die uns bevorstehen, sind für eine Frau zu brutal. Ich liebe dich zu sehr, um nicht zu wünschen, daß dir das erspart bleibt.«

»Aber ich will mir nichts ersparen«, erwiderte sie mit jäher Heftigkeit. »Ich hasse Herzog Karl heute mehr denn je, und wenn Philippe seinetwegen sterben muß ...«

Sie unterbrach sich mitten im Satz, denn sie hörte das Herannahen von Pferdehufen. Gleich darauf betrat Esteban das Gasthaus. Ganz offensichtlich hatte er mit ein paar Soldaten in einer nahegelegenen Schenke gezecht. Seitdem er Paris verlassen hatte, kam Esteban der rauhe Geruch des Krieges aus allen Poren, und er ließ keine Gelegenheit aus, sich den Truppen der Soldaten zu nähern. So konnte er zumindest zeitweise an jenem Leben ein wenig teilhaben, für das er zweifellos seit jeher geschaffen war. Demetrios wußte, wie sehr der Spanier davon angezogen wurde. Daher war ihm klar, daß sein Diener ihm aufrichtig ergeben war, denn andernfalls hätte er sich längst bei der Armee anwerben lassen. Aber wie lange würde er der Versuchung noch widerstehen können?

»Ich wäre auf jeden Fall heute noch gekommen«, erklärte Esteban, sobald er das Zimmer betreten hatte, »denn ich habe Donna Fiora etwas mitzuteilen.«

»Mir?«

»Genauer gesagt Euch beiden. Es geht um den spanischen Mönch!«

»Was ist mit ihm?«

»Er ist hier. Kurz bevor die Tore geschlossen wurden, ist er in die Stadt geritten. Er hat beim Erzpriester der Kathedrale Logis bezogen.«
»Von welchem spanischen Mönch sprecht Ihr?« fragte Demetrios überrascht. »Doch nicht etwa ...«
»Doch«, gab Esteban in heftigem Tonfall zurück. »Genau um diesen geht es. Donna Fiora hat ihn letzten Sonntag in Notre-Dame gesehen, und ich habe mich anschließend an seine Spur geheftet. Nach dem, was ich herausfinden konnte, ist er gekommen, um mit dem König zu sprechen.«
Demetrios schwieg eine Weile, um sich mit dem Gedanken überhaupt erst einmal vertraut zu machen.
»Das hat uns gerade noch gefehlt«, meinte er schließlich seufzend. »Esteban, mein Junge, es tut mir leid, aber es ist nicht zu umgehen, daß du ihn weiter beobachtest ...«
»Wird gemacht«, gab der junge Mann zurück. »Ich werde mich gleich zur Frühmesse in der Kathedrale einfinden ...«

Kapitel 7

Ludwig, König von Frankreich von Gottes Gnaden ...

Drei Tage später hatte der König seinen Hofstaat im Schloß von Senlis versammelt.

Es war eine seltsame Zusammenkunft, bei der bis auf eine einzige sämtliche Damen fehlten, und das Ganze gemahnte mehr an einen Kriegsrat als an die Hofhaltung eines Königs, der den Sorgen und Nöten seiner Untertanen sein Ohr leihen will.

Ludwig XI. war wie immer schlicht gekleidet, und seine äußere Erscheinung bildete einen auffälligen Kontrast zu den prunkvollen Gewändern seiner Umgebung und den funkelnden Rüstungen der Schottischen Garde.

Commynes hielt sich ganz in seiner Nähe auf, bereit, auf das geringste Zeichen zu reagieren, denn Commynes war trotz seiner Jugend der einzige unter den Beratern des Königs, auf den dieser wirklich hörte.

Ein großer, weißer Windhund, »Cher Ami« genannt, ruhte zu den Füßen seines Herrn, der unter einem liliengeschmückten Baldachin thronte.

Die einzige Frau in dieser Männerrunde war Fiora, auf deren Anwesenheit der König mit Nachdruck bestanden hatte. Sie trug ein schwarzes Kleid und hatte die Haare unter einer Samtkappe verborgen, aus der nur eine winzige Locke hervorschaute. Hinter dem hochgewachsenen Demetrios, der dicht neben ihr stand, verschwand Fioras Gestalt fast zur Gänze.

Sie war nervös und unruhig wie selten in ihrem Leben, denn

während der letzten drei Tage hatte sie sich immer wieder vergeblich den Kopf darüber zermartert, was sie unternehmen könne, um Philippe zu retten. Die Vorstellung, daß dieser jeden Moment aufs Schafott geführt werden könne, quälte sie, und so klammerte sie sich lediglich an die letzten Worte, die der König zu ihr gesagt hatte: »Wir werden später darüber sprechen ...«

Zunächst hatte sie noch gehofft, daß Demetrios zum König gerufen würde und sie ihren alten Freund begleiten könne, doch nichts dergleichen war geschehen.

»Ich dachte, er kann auf dich nicht mehr verzichten?« hatte sie in beinahe aggressivem Ton zu ihm gesagt.

»Ich habe dem König eine Medizin verabreicht, deren Rezeptur ich niemandem sonst verraten werde. Sei unbesorgt, der König wird mich noch brauchen ...«

Am Abend zuvor hatte Fiora es plötzlich nicht mehr ausgehalten und nach ihrem Pferd verlangt. Sie wußte, daß Compiègne nicht weit war, und hatte gehofft, dorthin reiten und etwas über Philippe in Erfahrung bringen zu können. Sehr bald war sie jedoch darüber belehrt worden, daß sie die Stadt nicht einfach so verlassen konnte, jedenfalls nicht ohne Zustimmung des Königs oder des Statthalters.

Nach ihrem mißglückten Versuch war sie den Tränen nahe gewesen, und Demetrios hatte große Mühe gehabt, sie zu trösten.

»Hab Geduld! Ich bin sicher, daß Herr de Selongey sich nicht in unmittelbarer Gefahr befindet. Unser Sire, wie der junge Commynes zu sagen pflegt, hat sich bestimmt etwas dabei gedacht, als er dich hierherkommen ließ. Schließlich weiß er um die ehelichen Bindungen zwischen dir und seinem Gefangenen. Also müssen wir abwarten ...«

»Da du von Commynes sprichst ... er scheint sich ebenfalls in Luft aufgelöst zu haben. Die ganze Zeit haben wir ihn nicht mehr gesehen!«

Am Morgen dieses dritten Tages tauchte dieser jedoch wie-

der auf. Er war damit beauftragt worden, die beiden Fremden ins Schloß zu bringen, wo sie am Rat des Königs teilnehmen sollten.
Esteban hingegen verfolgte die ganze Zeit die Spur des spanischen Mönches, wodurch er gezwungen war, sämtliche Messen in der Kathedrale zu besuchen.
Fiora fühlte sich durch die Anwesenheit von Fray Ignazio äußerst beunruhigt. Aus Angst, diesem irgendwo zu begegnen und von ihm erkannt zu werden, setzte sie daher keinen Fuß mehr aus der Herberge.
Ludwig XI. schien an diesem Morgen bester Laune zu sein. Von ihrem Platz aus sah Fiora, wie er mit einem seiner Vertrauten plauderte und scherzte. Dann empfing er eine Abordnung von Bürgern und verteilte reichlich Almosen an ein Kloster, das kürzlich von den fremden Truppen geplündert worden war.
Nachdem all dies erledigt war, erhob sich der König und erklärte: »Meine Herren, Wir haben einige Neuigkeiten für Euch, die Euer Herz als treue Untertanen ebenso erfreuen werden, wie sie das Unsere erfreut haben. Nachdem Unser burgundischer Cousin sich mit dem englischen Herrscher verbündet hatte, um sich Unseres Reiches zu bemächtigen, schwebte Unser Land in großer Gefahr, doch diese Gefahr ist jetzt gebannt. Zwischen König Eduard und Karl dem Kühnen kam es zu einem tiefgehenden Zerwürfnis, da letzterer seinem Verbündeten zum Vorwurf machte, daß dieser seine Truppen nicht gegen Uns aufmarschieren ließ und daß er schließlich sogar einer gütlichen Einigung zustimmte. Gestern nun ist Unser Cousin abgezogen, um sich zu seiner Armee in Luxemburg zu begeben, und Wir dürfen davon ausgehen, daß er nicht zurückkehren wird. Morgen werden Wir eine Messe halten, um Gott dem Herrn und der Heiligen Jungfrau zu danken, und Wir werden sie bitten, daß Unserem Volk derartige Prüfungen künftig erspart bleiben mögen, denn der Krieg ist eine häßliche Sache ...«

Heftiger Beifall wurde laut, und Fiora und Demetrios, die nicht auffallen wollten, fielen in die Dankesbezeugungen mit ein. Besonders Fiora erhob laut ihre Stimme, denn sie sah plötzlich eine ausgezeichnete Gelegenheit, um zu versuchen, Gnade für Philippe zu erflehen. Schließlich war dieser auf das schändlichste von einem Herrn im Stich gelassen worden, der nicht das Geringste getan hatte, um ihn aus seiner Gefangenschaft zu befreien ...

Sie wollte schon auf den Thron zusteuern, als einer der Lakaien erschien, mit seinem Stab dreimal auf den Boden klopfte und die Ankunft des Erzpriesters der Kathedrale sowie des Priors der Abtei Saint-Vincent verkündete. Die beiden Geistlichen seien in Begleitung eines Mönches, der eigens aus Rom gekommen sei, um zum König vorgelassen zu werden.

Auf ein Zeichen von Ludwig XI. wurden die Türen geöffnet, und die drei geistlichen Herren betraten den Thronsaal.

Beim Anblick des spanischen Mönches empfand Fiora einen heftigen Schauder. Abscheu und Entsetzen überkamen sie, als ob sich plötzlich eine gefährliche Viper vor ihr aufrichtete.

Fray Ignazio Ortega war noch immer ganz derselbe. Voller Hochmut und Anmaßung, die Hände in seinen Ärmelfalten verborgen, ging er zwischen den beiden Würdenträgern auf den Thron zu. Er schien nichts und niemanden zu sehen außer dem König, der sich jetzt erhoben hatte, um die Kirchenmänner zu begrüßen.

Als der Mönch näher kam, richtete »Cher Ami« sich auf und begann zu knurren. Rasch packte der König das Tier am Halsband: »Sei ruhig und mach wieder Platz!«

Doch Fiora bemerkte, daß sich die Pupillen des Königs verengt hatten. »Cher Ami« zeigte die Zähne, gehorchte jedoch widerwillig. Der Mönch würdigte das Tier keines Blickes und erwiderte den höflichen Gruß des Königs kaum.

»Dieser Mann muß den Verstand verloren haben«, flüsterte

Demetrios. »Was für eine seltsame Art, sich einem Herrscher vorzustellen. Er scheint sich für den Papst zu halten!«
»Wahrscheinlich reicht ihm das noch nicht einmal!« flüsterte Fiora zurück.
Ludwig XI. hieß den Mönch in der Tat sehr liebenswürdig willkommen und fügte hinzu: »Für ein christliches Herz ist es stets eine große Freude, einen Abgesandten Unseres Heiligen Vaters empfangen zu dürfen.«
»Papst Sixtus hat mich nicht geschickt, um dir eine Freude zu bereiten, denn sein Herz ist schwer und voller Zorn ...«
»Er ist zornig auf Uns? Das ist unmöglich. Wir können Uns nicht entsinnen, in irgendeiner Weise den Heiligen Vater beleidigt zu haben.«
»Dein Gedächtnis ist kurz, König. Du scheinst bereits vergessen zu haben, daß du seit sieben Jahren einen hohen Würdenträger der Heiligen Kirche im schweren Kerker gefangenhältst. Der Papst hat mich geschickt, um dir zu befehlen, daß du auf der Stelle Kardinal Balue befreist!«
Die Gesichtszüge des Königs wurden hart, und ein grollender Blick durchzuckte seine Lider: »Jean Balue ist ein Verräter, der den Tod verdient hätte, denn er hat nicht davor zurückgeschreckt, an einem Komplott der Burgunder gegen Uns mitzuwirken. Er hat sich gegen Uns gewandt, obwohl Wir ihn, der ein einfacher Müllerssohn war, zum Prälaten und später auch noch zum Kardinal gemacht hatten. Er kann froh sein, daß er noch am Leben ist!«
»Nennst du das etwa Leben, wenn jemand wie ein wildes Tier in einem Käfig dahinvegetieren muß? Du hattest kein Recht, so mit einem Mann der Kirche umzugehen!«
»Wir haben alle Rechte, und der Papst weiß das ganz genau! Immerhin hat er vor drei Jahren dem Konkordat von Tours zugestimmt. Selbstverständlich sind Wir bereit, Seiner Heiligkeit in allem entgegenzukommen, doch nur in Dingen, die nicht Unser Königreich betreffen, und um eine solche Angelegenheit handelt es sich hier ...«

»Du weigerst dich also, den Kardinal freizulassen?«
»So ist es.«
»Bist du dennoch bereit, den Brief zu lesen, den Sixtus IV. an dich gerichtet hat?«
»Einen Brief? Warum habt Ihr das nicht gleich gesagt?«
Fray Ignazio zog eine dünne Pergamentrolle aus seinem Ärmel, die von einem weißen Band gehalten wurde und das goldene Papstsiegel trug.
Ludwig XI. nahm das Schreiben ehrerbietig entgegen und küßte sogar das Siegel, bevor er die Schriftrolle an seinen Kanzler weiterreichte, damit dieser sie öffnete.
In diesem Moment stieß Fiora ihren Freund Demetrios beiseite und stürzte sich auf den Mönch. Fray Ignazio verlor das Gleichgewicht, taumelte zu Boden und ließ dabei das lange Messer fallen, das er blitzschnell aus dem Ärmel gezogen hatte.
Die wachen Augen der jungen Frau hatten gerade noch rechtzeitig die Waffe in der Hand des Mönches entdeckt, und sie hatte augenblicklich reagiert, um den König vor der tödlichen Gefahr zu bewahren.
»Cher Ami« war ebenso schnell gewesen und lag jetzt mit den Pfoten auf der Brust des Mönches, das Gebiß drohend vor dessen Kehle gefletscht.
Fiora erhob sich, hob den Dolch auf, beugte das Knie und hielt Ludwig XI. die Waffe entgegen: »Sire, dieser Mann hat den König töten wollen!«
Wortlos nahm dieser das Messer an sich und hielt es eine Weile prüfend in der Hand. Dabei schien er keine Eile zu haben, seinen Hund zurückzurufen, der den Spanier noch immer knurrend in Schach hielt, was diesen übrigens kaum zu erschrecken schien. Fray Ignazios Gesichtszüge waren in ohnmächtiger Wut verzerrt, denn jetzt hatte er Fiora erkannt: »Diese verdammte Florentinerin!« stieß er hervor. »Sie war es ... sie wollte den König töten, und jetzt versucht sie, mir ihre kriminellen Absichten in die Schuhe zu

schieben! Dabei hat sie diesen Dolch in der Hand gehabt ...«

»Ihr behauptet also, daß sie den König töten wollte? Nun, ich bin ein Freund logischen Denkens, und falls Donna Fiora tatsächlich in dieser Absicht hierhergekommen wäre, so hätte sie neulich in der Abtei de la Victoire alle Gelegenheit dazu gehabt. Wir haben dort lange Zeit ganz allein miteinander gesprochen. Mich interessiert jetzt vielmehr die Frage, unter welchen Umständen sie diesem seltsamen Diener Gottes früher schon einmal begegnet ist!«

Fiora, die nach wie vor kniete, hob ihre großen, grauen Augen zum König empor und antwortete: »Wenn der König mich anzuhören geruht, so werde ich ihm alles erklären.«

»Wir sind gern bereit, Euch anzuhören. Schon als Kind hatten Wir eine Schwäche für Räuberpistolen. Messire de Commynes, Ihr geleitet Donna Fiora jetzt in Unser Oratorium, wohin Wir ihr gleich anschließend folgen werden ...«

Und zu »Cher Ami« gewandt: »Komm her, mein Freund, und mach wieder Platz! Du hast Uns brav gedient, und du wirst deine Belohnung dafür bekommen! Hauptmann Kennedy!«

Der Offizier, der die Schottische Garde befehligte, eilte herbei und baute sich vor dem Mönch auf, der noch immer am Boden lag.

»Zur Stelle! Was befiehlt der König?«

Doch dieser richtete zunächst das Wort an Fray Ignazio: »So warst du armer Irrer also bereit, für Balue zu sterben?«

»Ich kenne ihn nicht einmal!« stieß der Mönch zwischen den Zähnen hervor. »Aber für meine Königin, Isabella von Kastilien, bin ich bereit, in den Tod zu gehen. Deine Soldaten sind dabei, sich ihres Besitzes zu bemächtigen ...«

»Das Land, von dem du sprichst, gehört ihr noch nicht lange und ist nur durch Heirat in ihren Besitz gelangt, abgesehen davon, daß ihr das freie Katalanien niemals gehört hat. Wir haben es nur mit Aragon zu tun gehabt. Es könnte nicht schaden, wenn sich die Dominikanermönche etwas besser in Geschichte und Geographie auskennen würden ... Aber ich glaube dir ohnehin nicht. Papst Sixtus hat dich geschickt. Er ist mit Herzog Karl verbündet, und diesen würde nichts mehr erfreuen als Unser Tod ...«

»Du bist der Antichrist, der Abgesandte des Satans!« wütete der Mönch. »Früher oder später wird dich die gerechte Strafe für deine Sünden ereilen, früher oder später wirst du die Verdammnis kennenlernen! Da du es gewagt hast, die Hand gegen mich zu erheben, wirst du exkommuniziert werden, du wirst ...«

»Mein Gott, was ist dieser Mönch ermüdend!« seufzte der König. »Kennedy, mein Freund, entfernt ihn aus Unserem Blick, bevor Uns der Zorn übermannt ...«

»Und was soll ich mit ihm machen?«

»Bringt ihn ins Schloß von Loches, aber unter strengster Bewachung. Im Keller, wo der gute Jean Balue schmachtet, ist sicher noch ein Plätzchen frei. Auf die Weise lernen sie sich kennen, denn anscheinend wollte dieser Irre Gnade für einen Mann erbitten, den er noch nie im Leben gesehen hat. Ich bin sicher, daß die beiden sich gut verstehen werden ...«

Schäumend vor Wut, Gift und Galle spuckend, wurde Fray Ignazio von vier Soldaten der Schottischen Garde hinweggeführt.

Commynes nahm Fiora beim Arm: »Kommt, ich glaube, das Schauspiel ist beendet.«

Sie folgte ihm bereitwillig. Das Wutgeschrei ihres Feindes hallte noch in ihren Ohren wider ... Endlich war sie von diesem Mönch befreit, der sich wie ein böser Geist an ihre Fersen geheftet zu haben schien! Sie wußte nicht, wo dieses Schloß von Loches lag, doch zumindest würden dessen solide Mauern den verhaßten Fray Ignazio künftig von ihr fernhalten.

»Dieser Mann muß wirklich verrückt sein«, kommentierte Commynes das Geschehen. »Was hat er sich dabei gedacht, hierherzukommen, mitten in die Höhle des Löwen gewis-

sermaßen, wo der König von seiner Garde, seinen Dienern und Freunden umgeben ist? Auf welche Weise hätte er entkommen können, falls sein Plan erfolgreich gewesen wäre?«
»Er hält sich für den verlängerten Arm Gottes, müßt Ihr wissen, und jeder weltliche Herrscher ist für ihn ein Tyrann. Er hat wohl mit der dankbaren Freude der befreiten Untertanen gerechnet ...«
»Na, wenn das alles ist, was der Papst uns als Botschafter schicken kann! Ich hielt ihn für geschickter!«
»Der Papst ist vielleicht geschickter, als Ihr glaubt. Überlegt doch einmal: Wenn das Attentat gelungen wäre, hätte sich Sixtus IV. den mächtigsten Verbündeten von Florenz mit einem Schlag vom Halse geschafft und damit einen sehr gefährlichen Gegner. Und nachdem Fray Ignazio mit seinem Vorhaben gescheitert ist, wird der Heilige Vater zumindest einen Mann los, der ihm auf die Dauer nur Probleme bereitet hätte. Diese Fanatiker haben durchaus ihr Gutes – wenn ich mal so sagen darf –, sofern man sich ihrer richtig zu bedienen weiß.«
Commynes starrte Fiora in aufrichtigem Erstaunen an und brach dann in Gelächter aus: »Ich hielt mich bis jetzt für einen gewieften Politiker, aber Ihr habt mir noch eine Lektion erteilt ... Oh, Maître Olivier, habt die Güte, uns eintreten zu lassen. Diese junge Dame hier soll im Oratorium auf den König warten.«
Die letzten Worte hatte er an einen Mann gerichtet, der soeben die Gemächer des Königs verlassen hatte und der ein kleines Kästchen unter dem Arm hielt. Er verneigte sich eine Spur zu unterwürfig, und nachdem er verschwunden war, fragte Fiora: »Wer war dieser Mann?«
»Der Barbier unsres Sire. Er heißt Olivier le Daim und ist Flame wie ich, aber er steht schon seit zwanzig Jahren in des Königs Diensten. Unser Sire schätzt ihn sehr wegen seines Organisationstalents, denn le Daim ist für die Vorbereitung der Reisen und Umzüge von einem königlichen Logis zum

nächsten zuständig, eine Aufgabe, der er bestens nachkommt. Dank seiner findet der König stets alles am richtigen Platz vor. Man muß jedoch ein wenig vor ihm auf der Hut sein ... der Kerl ist schlau und raffiniert, und der König ist durchaus geneigt, gelegentlich auf ihn zu hören ... Doch nun tretet ein!«

Sie durchquerten ein sehr schlicht ausgestattetes Zimmer und gelangten gleich darauf in das kleine Oratorium, dessen unerwarteter Prunk in krassem Gegensatz dazu stand.

»Wie schön!« seufzte Fiora bewundernd, als sie die Einzelheiten der königlichen Privatkapelle in sich aufgenommen hatte. »Endlich ein Raum, der des Königs von Frankreich würdig ist!«

»Ja, und zwar weil nur hier unser Sire sich nicht mehr als König fühlt. Hier ist er nichts anderes als ein demütiger Diener Gottes.«

»Du meine Güte, Commynes«, ertönte hinter ihnen die Stimme von Ludwig XI., der soeben eingetreten war, »Ihr nehmt manchmal wirklich große Worte in den Mund! Doch nun laßt Uns mit Donna Fiora allein und wartet in Unserem Zimmer ...«

Er kniete sich zu einem kurzen Gebet nieder, und Fiora hielt es für ratsam, es ihm gleichzutun, womit sie sicher recht hatte ... Als er sie beim Umdrehen ebenfalls kniend vorfand, reichte er ihr die Hand, um ihr beim Aufstehen behilflich zu sein. Er hielt ihre Finger einen Moment lang in den seinen fest, wobei er sie sinnend betrachtete.

»Also«, sagte er schließlich, »was ist mit dem spanischen Mönch? Woher kennt Ihr ihn?«

»Aus Florenz, wo er versucht hatte, die Machtstellung von Monseigneur Lorenzo zu untergraben, und zwar auf Anordnung von Papst Sixtus. Dieser will unsere Stadt seinem Neffen, Girolamo Riario ...«

»Wir sind über die Pläne Seiner Heiligkeit bestens unterrichtet, doch jetzt geht es mir um Eure Rolle ...«

»Das ist eine lange Geschichte, Sire ...«
Der König blickte zum steinernen Kreuz des Altars empor und erklärte: »Gott ist niemals eilig. Wir sind es ebenfalls nicht, wenn es sich um das Wohl des Staates handelt. Also sprecht!«
Ohne weiter zu zögern, begann Fiora zu erzählen, welcher Art ihre Querverbindung zu Fray Ignazio war. Sie schilderte die Ereignisse so objektiv wie möglich, denn sie wußte, daß ein Mann von der Intelligenz Ludwigs XI. einen sachlichen, leidenschaftslosen Bericht sehr viel mehr schätzen würde als ein dramatisches Lamento.
»Der Herr von Medici hat diesen Mönch also aus Florenz fortgejagt«, meinte er, nachdem Fiora geendet hatte. »Natürlich ist es stets ein heikles Unterfangen, sich an einem Mitglied der Heiligen Kirche zu vergreifen, doch mir scheint, es wäre ratsamer gewesen, diesen Fanatiker ganz außer Gefecht zu setzen. Wenn der Papst schon vergißt, was er den christlichen Herrschern schuldig ist, so haben zumindest diese die Pflicht, dafür zu sorgen, daß solche Leute keinen Schaden anrichten können. Fray Ignazio Ortega wird jetzt lange darüber nachdenken können, was dabei herauskommt, wenn man die Dinge miteinander vermischt. Entweder man ist ein Mann Gottes, oder man ist ein Spion und ein Mörder.«
»In dem Moment, wo man sich in die Politik einmischt, kann es wohl leicht geschehen, daß man von einer Seite zur anderen überwechselt. Soviel ich weiß, befassen sich viele Geistliche mit Politik ...«
»Und der Papst mehr noch als alle anderen! Ich fürchte, er ist eher weltlichen Belangen zugeneigt, als daß er ein geistliches Oberhaupt wäre. Abgesehen davon liebt er Uns keineswegs. Unserem sauberen Cousin Karl gibt er eindeutig den Vorzug, und für diesen war der spanische Mönch ein treffliches Mittel, um sich ein für allemal des Königs von Frankreich zu entledigen!«

»Ist der König sicher, daß Fray Ignazio nicht entkommen kann?«
Ludwig XI. lächelte mit einem Anflug von Heiterkeit: »Falls Wir in nächster Zeit einmal Gelegenheit dazu haben, werden Wir Euch Unser Schloß in Loches zeigen. Selbst wenn der Mönch Flügel hätte, könnte er nicht von dort entfliehen! Doch nun genug davon! Ihr habt Uns das Leben gerettet, und Wir wollen Euch Unseren Dank erweisen. Was wünscht Ihr Euch?«
Fiora kniete erneut nieder, neigte den Kopf und sagte: »Ich weiß, daß ich vom König sehr viel erbitte, aber ich wünsche mir nichts anderes als das Leben ... und die Freiheit des Grafen von Selongey.«
Das Schweigen, das ihren Worten folgte, lastete so schwer, daß die junge Frau zu zittern begann. Ohne daß sie es wagte, den Blick zu heben, fügte sie mit kaum hörbarer Stimme hinzu: »Ich wünsche mir nichts anderes als das, Sire ...«
Ludwig XI. faßte Fiora wortlos und sehr sacht mit zwei Fingern am Kinn und sah ihr lange in die großen, grauen Augen, in denen eine Träne schimmerte.
»Armes Kind!« meinte er dann sanft. »Die Liebe hält Euch in grausamen Banden gefangen! Nein, sagt jetzt nichts mehr! Schon beim Betreten der Kapelle wußten Wir, daß Ihr für diesen Mann um Gnade bitten würdet, und Wir schulden Euch zu viel, um Euch die Erfüllung Eures Wunsches zu verweigern ... obwohl die Hoffnungen, die Wir in Euch gesetzt hatten, dadurch zerstört werden. Steht auf!«
»Sire«, begann Fiora, »die Dankbarkeit, die ich ...«
»Nein, dankt mir nicht! Vielleicht verdienen Wir Euren Dank weniger, als Ihr glaubt. Als Wir Euch hierherkommen ließen, hatten Wir gedacht, daß Ihr ein ... geeignetes Druckmittel sein könntet, um den Herrn von Selongey dazu zu bewegen, Uns zu Diensten zu sein. Wie Ihr Uns jedoch zu verstehen gegeben habt, wäre Unser Gefangener dazu kaum bereit gewesen. Darauhin ersannen Wir einen anderen Plan:

Wir wollten Euch in der Hoffnung lassen, daß Selongey vielleicht doch noch begnadigt würde, und Euch unterdessen für den Kampf gegen Herzog Karl gewinnen. Dieser verdammte Mönch hat mit seinem Mordanschlag alles zunichte gemacht! Nun gut«, meinte er seufzend, »morgen werdet Ihr nach Compiègne geführt, zu Eurem ...«

»Der König möge mir verzeihen, daß ich ihn unterbreche, Sire, doch ich glaube, er versteht mich nicht richtig. Der Gedanke, daß derjenige, den ich für meinen Gatten hielt, sterben müßte, war mir unerträglich. Dank der Güte des Königs wird er weiterleben, doch mehr wünsche ich mir nicht. Habe ich Eurer Majestät nicht kürzlich versichert, daß ich bereit bin, Ihr zu dienen, sofern ich am Herzog von Burgund meine Rache nehmen kann? Daran hat sich nichts geändert.«

Ludwig XI. hatte sich dem Altar zugewandt und eine der wertvollen Heiligenfiguren in die Hand genommen, die er jetzt sinnend betrachtete. Ohne sich umzudrehen, fragte er dann: »Ihr wollt ihm also nicht persönlich die Nachricht von seiner Begnadigung überbringen? Das wäre doch eine ebenso subtile wie noble Art der Rache, will mir scheinen ...«

»Nein, Sire. Ich möchte ihn auch nicht wiedersehen, um nicht in Gefahr zu geraten, erneut dem Zauber zu erliegen, mit dem er mein Herz gefangenhält. Die beste Art, mich zu rächen, besteht darin, jenen zu vernichten, der für ihn das Wichtigste auf der Welt ist ...«

»Und um das zu erreichen, würdet Ihr ... alles tun? Wärt Ihr sogar bereit, Euch einem anderen Mann hinzugeben?«

»Da meine Heirat nur eine Farce war, würde ich mich ja nicht des Ehebruchs schuldig machen. Der König möge befehlen, und ich werde gehorchen!«

»Gut. Begebt Euch jetzt wieder zu Messire Lascaris. Heute abend werdet Ihr mit Eurem Freund an der Tafel des Königs speisen, in kleiner Runde. Nach dem, was Ihr heute für Uns

getan habt, wird niemand über Eure Anwesenheit erstaunt sein. Ich lasse Euch später wissen, was Ihr zu tun habt.«
Daraufhin kniete sich der König vor den Altar und versank in ein tiefes Gebet. Fiora erwies zugleich Gott, dem Herrn, sowie dem König ihre Reverenz und zog sich dann auf Zehenspitzen zurück.

Das Gewitter, das sich den ganzen Tag über drohend angekündigt hatte, brach am Abend mit Macht über der Stadt und den umliegenden Wäldern los.
König Ludwig stand am Fenster seines Zimmers und betrachtete voller Genugtuung den Aufruhr der Elemente. Er dachte an Eduard IV. von England, der es jetzt recht eilig haben mußte, daß der geplante Vertragsabschluß mit Frankreich endlich zustande kam. Mit nassen Füßen und knurrendem Magen wartete es sich nicht leicht ...
»Die Engländer werden uns begrüßen wie den Messias, wenn sie uns auftauchen sehen«, meinte der König händereibend.
»Hoffen wir dennoch, daß es aufhört zu regnen«, gab Commynes zurück. »Bleibt es dabei, daß wir morgen nach Amiens aufbrechen?«
»Selbstverständlich reisen wir morgen. Wir treffen Eduard am 29. dieses Monats in Picquigny, und bis dahin sind noch einige Dinge zu erledigen. Außerdem werde ich morgen den Sire de Selongey wieder auf freien Fuß setzen. Man soll ihn unter sicherer Bewachung nach Vervins bringen und ihm dann die Freiheit wiedergeben. Von dort kann er sich nach Namur aufmachen, wo Karl der Kühne sich derzeit aufhält ...«
»Ihr laßt den Mann frei, der Euch töten wollte? Sire, ist das vernünftig?«
»Donna Fiora hat mir das Leben gerettet, und sie hat sich als Belohnung seine Begnadigung erbeten.«
»Aber warum? Das ist doch vollkommen verrückt!«

»Sie ist seine Frau. Deshalb habe ich sie auch hierherkommen lassen. Nun hört schon auf, so ein Gesicht zu machen, Commynes! Mit der Freilassung dieses Haudegens mache ich das beste Geschäft meines Lebens, denke ich. Donna Fiora glaubt, daß ihr Gatte sich der Bigamie schuldig gemacht hat, und das stimmt wahrscheinlich auch! Sie ist sich nicht ganz im klaren, ob sie ihn jetzt liebt oder haßt, aber sie weiß mit Sicherheit, daß sie ihn nicht mehr sehen will. Vor allem jedoch verabscheut sie den Herzog aus tiefster Seele und wünscht sich nichts mehr als dessen Tod. Genau dafür werde ich ihr die nötigen Mittel liefern ...«

»Wie das?«

»Ich schicke sie zu Campobasso. Dieser ist einer der obersten Heerführer von Karl dem Kühnen, doch er scheint nicht mehr so recht zu wissen, auf welche Seite er sich schlagen soll ...«

»Ich verstehe. Sie soll ihm also unsere Seite möglichst schmackhaft machen, nicht wahr?«

Der König lächelte und versetzte seinem jungen Ratgeber einen scherzhaften Stoß in den Rücken.

»Es macht immer wieder Freude, mit Euch zu plaudern, Messire Philippe ... Nun, es heißt, daß Campobasso für die Damen eine große Schwäche hat, und diese hier kommt auch noch aus Italien, wie er ...«

»Wird sie sich nicht großen Gefahren aussetzen? Um ins Lager des Neapolitaners zu gelangen, muß sie einige feindliche Linien überqueren. Sie ist jung und weiß sich nicht zu schützen«, meinte Commynes in so ernstem Ton, daß der König die Stirn runzelte.

»Liebe Güte, Commynes, seid Ihr etwa dabei, Euch in sie zu verlieben? Denkt daran, daß Euer Herz ausschließlich Eurer liebreizenden Gemahlin gehört. Die schöne Florentinerin ist nicht für Euch bestimmt!«

»Wollt Ihr sie wirklich diesem Lüstling vorwerfen?«

»Aber ja! Ich habe nur selten eine so schöne und zugleich so wirkungsvolle Waffe zur Verfügung gehabt. Aber du kannst sicher sein, daß für ihren Schutz gesorgt wird. Und nun wollen Wir Gott für all seine Güte danken und anschließend zu Bett gehen. Bevor Wir morgen aufbrechen, erteilen Wir Donna Fiora genaue Instruktionen.«

»Was werdet Ihr für sie tun, wenn sie mit ihrer Mission Erfolg hat?«

»Am Tag, an dem Karl der Kühne nicht mehr unter den Lebenden weilt, kann sie erbitten, was immer sie will. Abgesehen davon haben Wir vor, ihr ein hübsches, kleines Schlößchen mit dazugehörigem Grund zu schenken, das sich ganz in der Nähe von Unserem Besitz in Plessis-les-Tours befindet.«

»Großer Gott, Sire!« rief Commynes schockiert. »Ihr wollt sie doch nicht etwa zu Eurer ...«

»Ihr meint, daß Wir sie zu Unserer Mätresse machen wollen? Aber nein! Nicht, weil Uns die Lust dazu fehlte, das dürft Ihr mir glauben, doch Wir haben geschworen, außer der Königin keine andere Frau mehr anzurühren. Nichtsdestotrotz darf sich ein aufrechter König durchaus das Vergnügen gönnen, eine zugleich so schöne und so intelligente Evastochter in seiner Nähe zu haben. Um so mehr, als die liebliche Landschaft der Loire für so viel Charme und Anmut der ideale Rahmen wäre ...«

»Ich bin ganz Eurer Ansicht, Sire, aber ... Bigamie hin, Bigamie her – was ist mit Selongey?«

»Es bleibt zu hoffen, daß im Falle von Herzog Karls Tod dessen treuester Diener nicht so geschmacklos sein wird, ihn überleben zu wollen. Und Wir könnten seine Witwe dann mit einem geeigneten Chevalier aus den eigenen Reihen verheiraten.«

»Der mit Sicherheit nicht ich sein werde«, meinte Commynes seufzend.

»Was fällt Euch ein, Commynes? Ich habe Euch bereits verheiratet, und es war eine treffliche Wahl! Also habt ihr keinen Grund, Euch zu beklagen!«

Der Sire von Argenton stieß noch eine Reihe von Seufzern aus, die deutlich zum Ausdruck brachten, was er von den Plänen des Königs hinsichtlich der schönen Fiora hielt. Dann begab er sich ebenfalls zu Bett, nicht ohne seinen Diener vorher zu beauftragen, ihm aus der Küche noch ein wenig Pastete und einen Krug Wein zu beschaffen. Liebeskummer machte ihn stets hungrig ...

Auch am anderen Morgen kam die Sonne nicht wieder hervor. Sie blieb hinter düsteren Wolken verborgen, aus denen sich von Zeit zu Zeit ein paar Regenschauer ergossen.

Obwohl die Wege aufgeweicht und voller Schlammlöcher waren, brach König Ludwig mit seinem Gefolge wie geplant nach Amiens auf, wo Tanneguy du Châtel, einer seiner Heerführer, bereits auf ihn wartete.

Fiora, die sich in einen schwarzen Umhang mit Kapuze gehüllt hatte, um sich so vor dem Regen zu schützen, beobachtete von der Stadtmauer aus das Defilee des Königs. Erneut staunte sie über die Machtfülle dieses kleinen Mannes mit den wachen Augen, der sein Reich mit der sicheren Hand eines guten Fuhrmanns durch alle Gefahren zu steuern wußte.

Seit einiger Zeit verfügte der König über eine ständige Armee, die aus den einst von seinem Vater gegründeten Ordonnanzkompanien hervorgegangen war. Diese Armee bestand aus viertausend sogenannten »Lanzen«, wobei jede Lanze eine taktische Teileinheit aus insgesamt sechs Männern bildete: Ein adliger »homme d'armes« sowie fünf ihm unterstellte »archers à cheval«, das heißt: berittene Scharfschützen. Hinzu kamen die Schottische sowie die Französische Garde, zwanzigtausend »Francs-Archers«, das heißt: Infanteristen, und außerdem noch sechstausend bewaffnete Männer, welche die französischen Lehnsherren zur Verfügung gestellt hatten. Nicht zu vergessen auch die Kanonen, die gefürchtete Geschützwaffe der Artillerie ...

All dies zusammen ermöglichte es König Ludwig, die englische Armee siegreich zu schlagen.
Fiora sah natürlich jetzt nur die beiden Gardisten, die das königliche Gefolge an der Spitze und am Ende abschirmten. Ludwig XI. trug wie immer schlichte Kleidung, doch seine stolze, elegante Haltung zu Pferde ließ keinen Zweifel darüber aufkommen, daß er der König war und niemand sonst ...
Was er alles mit sich führte, hätte auch zu einem König aus irgendeinem Märchen gepaßt: Auf schweren Planwagen wurden die beweglichen Teile des königlichen Haushalts befördert, und dazu gehörten ein zerlegbares Bett, ein kleiner Altar, Teppiche, ein Toilettensitz und ähnliches. Weiter hinten folgten in schier endloser Reihe die Karren mit dem Gold, während wieder andere Nahrungsmittel aller Art sowie mehrere Fässer Wein transportierten. Letztere waren dazu bestimmt, Hunger und Durst der englischen Armee zu stillen.
Das Schlußlicht bildeten die Marketenderinnen, die, wie bei allen Armeen der Welt üblich, die Moral der Truppen aufrechterhalten sollten ...
Solcherart ausgestattet machte sich der König von Frankreich auf, die Engländer aus seinem Reich zu vertreiben, ohne fürchten zu müssen, auch nur einen einzigen seiner Männer dafür zu opfern.
Mit ein wenig bangem Herzen beobachtete Fiora, wie Demetrios neben Philippe de Commynes einherritt. Ludwig XI. war mit seinem neuen Leibarzt so zufrieden, daß er ihm nicht gestatten wollte, die junge Frau zu begleiten.
»Vielleicht könnt Ihr in einiger Zeit wieder zu ihr stoßen«, hatte der König zu Demetrios gemeint, »aber bevor ich nicht gänzlich geheilt bin, werdet Ihr mir folgen.«
Weder Demetrios' Bitten noch die von Fiora hatten den König umzustimmen vermocht. Lorenzo de Medici hatte ihm schließlich nicht umsonst einen so tüchtigen Arzt ge-

schickt. Dieser war jetzt dazu da, sich um den König zu kümmern und um nichts anderes!
»Seid unbesorgt«, hatte er Fiora zu trösten versucht, »Ihr werdet ihn bald wiedersehen. Ich weiß, wie sehr Ihr an ihm hängt.« Fiora hatte sich fügen müssen, zumal sie ihrem neuen Geschick keineswegs schutzlos ausgeliefert sein würde. Demetrios hatte nämlich Esteban befohlen, sie zu begleiten. Der Spanier war seinerseits nur zu gern bereit, der jungen Frau zu folgen, denn bei aller Ergebenheit seinem Herrn gegenüber, zog es ihn doch magisch zu dem Kriegsgeschehen um den so überaus waghalsigen Herzog von Burgund.
Ludwig XI. war allerdings der Ansicht gewesen, daß Esteban allein als Eskorte nicht ausreiche. So hatte er seiner geheimen Botschafterin einen der besten Sergeanten von der Schottischen Garde zur Seite gestellt. Dieser hieß Douglas Mortimer und galt im gesamten Regiment als wenig umgänglicher Charakter ...
Möglicherweise lag das daran, daß er nicht das Glück gehabt hatte, im schottischen Hochland geboren zu sein, sondern daß er vielmehr die Frucht einer schottisch-burgundischen Verbindung war. Sein Vater, Francis Mortimer, hatte seine militärische Laufbahn als junger Stallmeister in der Schlacht von Baugé begonnen. Die fünftausend Schotten, die dem Dauphin Karl – später Karl VII. – zu Hilfe gekommen waren, hatten dort unter dem Banner John Stuarts äußerst ruhmreich gekämpft. Ihr Anführer war eines schönen Tages Konnetabler von Frankreich und Graf von Aubigny geworden und bezog dort, in Aubigny, auch seinen Sitz. Der junge Francis stand weiterhin in Diensten Frankreichs und war durch das Kriegshandwerk so sehr in Anspruch genommen, daß ihm für das Anknüpfen zarter Bande kaum Zeit blieb. Erst im reiferen Alter wurde auch er von Amors Pfeil getroffen, und zwar in Gestalt der jungen Witwe eines Junkers aus der Umgebung von Aubigny.

Dieser Verbindung also verdankte Douglas seine Existenz, doch bei aller Liebe und Verehrung, die er für seine Mutter empfand, paßte es ihm im Grunde nicht, kein »waschechter« Schotte zu sein.

Da er fest entschlossen war, das Geschlecht der Mortimer nicht weiter zu vermehren, solange er nicht die Gelegenheit hatte, ins schottische Hochland zurückkehren zu können, widmete sich der Sergeant ausschließlich seinem Metier als Soldat. Er schenkte all den hübschen Mädchen in seiner Umgebung nicht die geringste Beachtung und begnügte sich mit den Marketenderinnen, wenn ihm der Sinn danach stand. Diese Art der Zerstreuung war für ihn nichts anderes, als etwa einen Becher Wein zu konsumieren, obwohl er in beiden Fällen eine sehr sorgfältige Wahl traf ...

Douglas Mortimer, der mittlerweile das vierzigste Lebensjahr erreicht hatte, war ein großgewachsener, kräftiger Kerl mit einem eindrucksvollen roten Haarschopf. Ein langer Schnurrbart zierte sein wettergegerbtes Gesicht, und seine braunen Augen verschwanden fast unter den dichten Brauen. Dazu gehörte eine Nase von geradezu klassisch römischem Schnitt, so daß sich jedermann in seiner Familie fragte, woher er diese nur geerbt haben mochte.

Mortimer war tapfer wie die Ritter der Tafelrunde und kräftig wie gleich mehrere Türken auf einmal. Er ritt wie ein Mongole und konnte besser mit Pfeil und Bogen umgehen als Robin Hood, ganz zu schweigen von seinen Schwertkünsten.

Zu all dem gesellte sich noch eine ungewöhnliche Intelligenz. Ludwig XI., für den Mortimer bereits in zahlreichen Missionen tätig gewesen war, hatte ihn wegen dieser Summe von Fähigkeiten dazu bestimmt, Fiora zu begleiten, doch es kam noch etwas anderes hinzu: Mortimer, der für den König sehr viel gereist war, kannte Frankreich, Burgund, Lothringen und andere Länder wie seine Westentasche.

Als Fiora diesem Naturereignis von einem Mann erstmals

begegnete, erwiderte er ihren Blick in völlig unbeteiligter Weise. Beinahe schüchtern fragte sie ihn, ob es ihm denn nichts ausmache, sein Regiment zu verlassen, um eine einfache Frau wie sie zu eskortieren.

»Nicht in diesem Fall«, gab er gelassen zurück. »Was die Engländer betrifft, so sind sie mir am liebsten, wenn ich sie am anderen Ende meiner Lanze wiederfinde, doch die Burgunder sind ein amüsantes Volk ...«

Esteban hingegen zeigte ganz unverhohlen seinen Zorn: »Ich bin durchaus fähig, Euch gegen jegliche Gefahr zu beschützen, Donna Fiora!« schimpfte er. »Dieses Muskelgebirge brauche ich dazu keineswegs! Seine Anwesenheit ist für mich geradezu eine Beleidigung!«

Demetrios versuchte ihn zu beruhigen: »Der König kennt dich eben nicht richtig. Außerdem ist es möglich, daß Donna Fiora in ernste Schwierigkeiten gerät, gegen die ihr euch zu zweit nicht schützen könnt. Abgesehen davon denkst du wohl kein bißchen an mich!«

»Ich weiß, Herr! Als ob es mir nicht schwerfällt, Euch zu verlassen, auch wenn es nur für kurze Zeit ist!«

»Das meine ich damit nicht. Es geht vielmehr darum, daß jetzt ein anderer bei jener meinen Platz eingenommen hat, die für mich so etwas wie eine Tochter geworden ist. Was soll aus unserem gemeinsamen Plan werden?«

»Du hast nichts zu befürchten«, ertönte Fioras Stimme, die sich in dem Moment zu den beiden Männern gesellte. Sie alle hatten sich jetzt im Schloßhof versammelt, wo sie sich zur Abreise bereit machten. »Was ist mit deinem Zweiten Gesicht, Demetrios? Hebt sich dir der Vorhang nicht mehr, der dir bisher die Zukunft enthüllte?«

»Ich kann in der Zukunft anderer Menschen lesen, jedoch nicht in der meinigen.«

»Nun gut, so lies in meiner Zukunft! Siehst du nichts von dem, was mich erwartet? Erinnere dich an den Ball im Palazzo der Medicis!«

»Damals warst du für mich eine Unbekannte. Die Zuneigung trübt jedoch den Blick, und du bist mir ans Herz gewachsen, kleine Fiora ...«

Bewegt nahm die junge Frau die Hand des Griechen und stellte sich auf die Zehenspitzen, um ihn auf die Wange zu küssen. Es war das erste Mal, daß er von einer Gefühlsbindung zwischen ihnen gesprochen hatte, und seine Worte hatten sie sehr angerührt.

»Ich bin sicher, daß wir uns bald wiedersehen«, erwiderte sie dann. »Der König hat es mir versprochen.«

Wortlos legte Demetrios seine Hände auf Fioras Haupt, als wolle er sie segnen.

»Ich werde in jedem Fall bald wieder bei dir sein, mit oder ohne Erlaubnis des Königs.«

Danach hatte Demetrios sich von ihr abgewandt und war mit langen Schritten auf das gesattelte Pferd zugeeilt, das Commynes für ihn bereithielt.

Und nun stand Fiora also mit Esteban auf der Stadtmauer und sah dem endlosen Geleitzug des Königs nach.

»Wir müssen uns wohl auch fertigmachen«, meinte sie schließlich seufzend. »Unser Schotte erwartet uns in der Herberge, und er wird sicher schon ungeduldig!«

In Wirklichkeit war Mortimer alles andere als ungeduldig, denn er hatte es sich dort mittlerweile recht wohl sein lassen. In aller Ruhe leerte er mehrere Krüge Bier ...

Bei Fioras Erscheinen erhob er sich, warf eine Münze auf den Tisch, nahm sein Reisegepäck und steuerte auf die junge Frau zu.

»Ich bin bereit«, erklärte er. »Heute abend übernachten wir in Villers-en-Retz!«

»Heute abend übernachten wir in Paris«, antwortete Fiora in ebenso ruhigem wie energischem Ton. »Ich habe dort noch etwas zu erledigen.«

»Kommt nicht in Frage!« gab der Schotte zurück. »Der König hat befohlen, daß ich Euch nach Lothringen bringe.«

»Ich bin vollkommen damit einverstanden, aber er hat nicht gesagt, welchen Weg wir nehmen sollen. Wir machen in Paris kurzen Halt!«

»Das ist verlorene Zeit. Die Befehle des Königs müssen ausgeführt werden. Er hat von Lothringen gesprochen, und also bringe ich Euch dorthin.«

Die Stimme des Sergeanten war um einige Grade lauter geworden.

Fiora begriff, daß sie sich in Geduld üben mußte ...

»Hört mir bitte zu, Messire Mortimer: Ich habe in Paris eine Frau zurückgelassen, die die Mutterstelle an mir vertreten hat und die jetzt mit einem gebrochenen Bein daniederliegt. Ich liebe sie von ganzem Herzen, und sie macht sich die größten Sorgen um mich. Ich kann nicht einfach fortziehen, ohne ihr zu sagen, wohin ich gehe, und ohne mich von ihr zu verabschieden. Könnt Ihr das verstehen?«

»Ich verstehe ausschließlich die Anweisungen des Königs. Wenn Ihr in Paris Station machen wollt, so hättet Ihr das dem König sagen müssen.«

»Aber was kann Euch ein so kleiner Umweg schon ausmachen?« rief Fiora ärgerlich, die jetzt doch die Geduld zu verlieren begann.

»Mir macht es nichts aus, wohl aber meinem Pferd, das dadurch fünfzehn Meilen mehr zurücklegen muß, die vollkommen überflüssig sind. Ganz zu schweigen von der Zeit, die wir dabei verlieren! Aber was wißt Ihr schon von solchen Dingen ...«

Wie sie einander jetzt so wütend gegenüberstanden, erinnerten sie an zwei Kampfhähne. Esteban nahm Fiora bei den Schultern und zog sie beiseite, so daß der Schotte seine Worte nicht verstehen konnte, als er jetzt leise sagte: »Bitte schenkt mir einen Moment Gehör, Donna Fiora! Ihr wißt, wie sehr ich Euch verbunden bin, und Ihr könnt mir glauben, daß ich diesem dickschädeligen Schotten nur zu gern Paroli bieten würde, aber wir kehren besser nicht in die Rue des Lombards zurück. Ich denke dabei an Frau Leonarde. Ihr Bein kann noch nicht wieder geheilt sein, zumindest wäre es ein Wunder! Folglich können wir sie auch nicht mitnehmen. Sie wird sich jedoch Sorgen machen und Euch alle möglichen Fragen stellen, und das wäre in der gegenwärtigen Situation nicht günstig. Sie glaubt, daß Ihr Euch gegenwärtig beim König und bei meinem Herrn aufhaltet. Warum sollt Ihr unnötig ihren Seelenfrieden stören?«

Fiora stand einen Augenblick schweigend da, um sich dann geschlagen zu geben. Esteban hatte recht. Sie hatte Leonarde noch nie etwas verbergen können. Wie sollte sie ihrer alten Gouvernante erklären, daß der König sie in einer solchen Mission nach Lothringen schickte?

»Ihr habt mich überzeugt, mein Freund«, sagte sie zu Esteban. Und zu Mortimer gewandt: »Messire Mortimer!«

»Madame?«

»Wir reisen ab und machen Station in Villers-en-Retz ...«

DRITTER TEIL

Die Söldner

Kapitel 8

Ein Kondottiere

Der Regen wollte nicht aufhören. Fiora und Esteban, in ihre schweren Reitmäntel gehüllt, duckten sich vor dem schlechten Wetter, so gut sie konnten, doch Douglas Mortimer saß in unverändert aufrechter Haltung auf seinem Pferd, als ob er sich erst jetzt ganz in seinem Element fühlte.

Die Landschaft ringsum hatte ebenfalls wenig Tröstliches an sich. Die Champagne, die sie nach und nach durchquerten, hatte unter den letzten Kriegen furchtbar gelitten, und der Wiederaufbau kam nur langsam voran. Selbst in der Königsstadt Reims erblickte man überall nur Elend.

Nachdem sie Reims hinter sich gelassen hatten, wurde es noch schlimmer. Nirgendwo fanden sie ein Wirtshaus, so daß sie in ärmlichen Klöstern Station machen mußten, wo man ihnen bei allem guten Willen nicht viel mehr anbieten konnte als ein paar Früchte und etwas Käse und als Nachtlager eine Scheune, die kaum Stroh enthielt.

Das Verhältnis zwischen Fiora und ihrem schottischen Führer hatte sich kaum verbessert. Morgens wie abends begnügte sich Mortimer meist nur mit einem stummen Gruß, und gegenüber Esteban verhielt er sich nicht anders.

Nichtsdestotrotz mußten Fiora und Esteban zugeben, daß die Anwesenheit des schottischen Sergeanten keineswegs überflüssig war. Er führte sie nicht nur sicher über alle Wege, sondern hielt ihnen auch sonstige Gefahren vom Leibe. Als er eines Tages bravourös eine Horde von Banditen in die Flucht geschlagen hatte, meinte Fiora, nachdem sie sich vom ersten Schrecken erholt hatte: »Wenn der König nur ein Dut-

zend Männer wie Euch in seinen Diensten hätte, so könnte er die burgundischen Armeen in einer einzigen Schlacht besiegen!«
»Wir sind alle so! Ich habe nichts Außergewöhnliches vollbracht!« erwiderte der Offizier. Und mit entwaffnender Schlichtheit fügte er hinzu: »Wir Schotten sind die besten Soldaten der Welt.«
Von da an folgten seine beiden Gefährten ihm mit einigem Respekt ...
Als die drei Reiter den Fluß Meuse erreichten, der in dieser Gegend die Grenze zwischen Frankreich und Burgund markierte, hielt Fiora die Stunde des Abschieds für gekommen. Schließlich, so dachte sie, würden die Soldaten von Karl dem Kühnen ein Mitglied der berühmten Schottischen Garde nicht gerade liebenswürdig begrüßen ...
Die Brücke und die kleine Stadt Dun waren bereits in Sicht, so daß sie ihr Pferd anhielt.
»Müßt Ihr uns hier nicht verlassen, Messire Mortimer?«
Er hielt ebenfalls an und warf der jungen Frau einen eisigen Blick zu: »Die Garnison von Campobasso befindet sich in Thionville, und dorthin werde ich Euch bringen. Der König möchte wissen, wie Ihr dort empfangen werdet. Diese italienischen Söldner sind Leute, vor denen man sich hüten muß.«
»Weshalb sollten sie weniger ehrenhaft sein als andere?« erkundigte sich Fiora, die sich als Florentinerin durch diese Worte leicht gekränkt fühlte.
»Einfach deshalb, weil sie eben Söldner sind. Sie dienen sich dem Meistbietenden an, und wenn es zum Kampf kommt, versuchen sie nach Kräften, ihre Haut zu retten. Und was diesen Campobasso betrifft, so galt er noch nie als ein Ausbund von Tugend!«
»Wenn es ein so leichtes Unterfangen ist, ihn abzuwerben, hätte man mich ja gar nicht erst zu ihm schicken müssen«, wandte die junge Frau ein. »Dann hätte ein Sack Gold ge-

nügt. Nichtsdestoweniger freue ich mich ... daß Ihr mir als Führer noch eine Weile erhalten bleibt.«

»Dessen bin ich keineswegs sicher«, murmelte der Schotte, während er seinem Pferd erneut die Zügel gab.

Wenig später erreichten sie die alte romanische Brücke, die in die Stadt hineinführte. Letztere markierte die Grenze zum ehemaligen Herzogtum von Luxemburg, das seit dem Jahre 1441 zu Burgund gehörte.

Entgegen ihrer Vermutung hatten die drei Reisenden keinerlei Schwierigkeiten, in die Stadt gelassen zu werden. Fiora hatte mittlerweile die Männerkleidung, die sie auf Reisen zu tragen pflegte, gegen eine elegante Robe getauscht und sich frisiert. Ihre Schönheit sowie das martialische Aussehen ihrer beiden Begleiter beeindruckten sichtlich den wachhabenden Offizier auf der Brücke.

»Der Graf von Campobasso, den Ihr vermutlich kennen werdet, ist mein Cousin, und ich möchte so schnell wie möglich zu ihm gelangen«, erklärte die junge Frau in ruhigem Ton.

Der Offizier verneigte sich und erwiderte: »Er wird sich über einen so schönen Besuch sicher sehr freuen, doch der Weg bis nach Thionville, wo er sich derzeit aufhält, ist für eine Frau nicht sicher genug. Ich würde Euch gern eine Eskorte beschaffen, damit Euch unterwegs nichts zustößt.«

Und so kam es, daß Fiora am folgenden Tag, nachdem sie bereitwillig die Gastfreundschaft des Offiziers in Anspruch genommen hatte, die Stadt Dun in Richtung Thionville verließ. Ihre Eskorte trug die Farben des Herzogs von Burgund, jenes Mannes also, dessen Fall Fiora mit vorbereiten half ... Sofern nichts dazwischenkam, würde sie schon bald demjenigen begegnen, den sie zum Verrat an Herzog Karl anstiften sollte.

Genau zwei Tage später saßen zwei Männer im Saal des Schlosses von Thionville beim Schachspiel. Obwohl der Tag noch nicht zur Neige gegangen war, beleuchtete ein hoher, mehrflammiger Kandelaber die Szenerie. In dem riesigen Kamin brannte ein Feuer, mit dem die Feuchtigkeit im Raum bekämpft werden sollte. Das Schloß, das im Jahrhundert davor für die Herzöge von Luxemburg erbaut worden war, stellte mit seinen gewaltigen Mauern eine solide Festung dar, bereit, jedem Angriff zu trotzen. Die beiden Männer, die einander dort jetzt gegenübersaßen, waren bei aller Verschiedenheit jeder auf seine Weise sehr beeindruckend. Der eine war groß und gut gewachsen und strahlte die animalische Grazie eines Raubtiers aus. Unter seiner langen schwarzen Tunika erahnte man einen geschmeidigen, durchtrainierten Körper. Sein dichtes, schwarzes Haar wurde an den Schläfen bereits grau und milderte ein wenig die harten Züge mit dem leicht gebräunten Teint.

Dieser Mann, an dem besonders die dunklen, durchdringenden Augen auffielen, war Campobasso.

Der andere, der von kleinerem Wuchs war, jedoch ebenfalls sehr viel Kraft ausstrahlte, war sein Freund und Waffenbruder Galeotto.

Cola di Monforte, Graf von Campobasso, entstammte einer alten Familie aus der Gegend von Neapel, die ihr Glück einst durch das Haus Anjou gemacht hatte. Seltsame Gerüchte kursierten über dieses Geschlecht. Es hieß, Colas Vater habe seine untreue Gemahlin getötet, von der er nichtsdestotrotz zwei Söhne hatte, und später sei er an Lepra gestorben.

Als der »gute König René«, der über Neapel und Lothringen geherrscht hatte, im Jahre 1442 durch Alfons von Aragon vertrieben wurde, verließ der mittlerweile achtzehnjährige Campobasso ohne Bedauern das wenig einbringliche heimatliche Besitztum. Er schloß sich Jean von Kalabrien an, dem ältesten Sohn von König René, mit dessen Sohn Nicolas ihn wiederum eine Freundschaft verband, und folgte ihm in die lieblichen Gefilde der Provence und des Anjous. Später heftete er sich an Nicolas' Fersen, der nach dem Tode seines Vaters Herzog von Lothringen geworden war. Diese treue Gefolgschaft brachte ihm schließlich das Schloß Pierrefort in Martaincourt ein, wo Campobasso fortan wie ein Fürst residierte.

Campobasso, dem das Kriegshandwerk ebenso im Blut lag wie die Liebe zum Geld, hatte seine Heimat überdies keineswegs allein verlassen, sondern einige seiner Vasallen mitgenommen. Aus diesen stellte er nun eine kleine Armee zusammen, aus der er alsbald eine schlagkräftige »Condotta« zu machen verstand.

Vielleicht wäre Campobasso dem Hause Anjou treu geblieben, wenn der junge Herzog Nicolas nicht im Jahre 1473 unerwartet gestorben wäre. Sein Tod kam so überraschend, daß man von einem Giftanschlag sprach, doch wie auch immer dem war: Man brauchte einen Nachfolger.

Der lothringische Adel wollte die älteste Tochter von König René, Jolande, dazu bestimmen, aber diese fühlte sich zur Regentschaft nicht berufen und übertrug ihre Erbrechte auf ihren ältesten Sohn, der daraufhin René II. wurde.

Herzog René war allerdings nicht die Art von Herrscher, dem ein Mann vom Schlage Campobassos zu dienen bereit war. Der Neapolitaner fand ihn zu zart und zu feinsinnig und insgesamt zu »weibisch«. Als er dann wenig später in Luxemburg, noch als Angehöriger der Garde von Herzog René, dem Herzog von Burgund begegnete, sah er in diesem einen Mann, der sehr viel mehr nach seinem Herzen war.

Noch im selben Jahr 1473 empfing der Kondottiere in seinem Schloß Pierrefort den Herzog von Burgund und ließ sich bereitwillig überzeugen, daß er gut daran tun würde, diesem künftig seine Dienste zur Verfügung zu stellen. Campobasso willigte ein, Kommandant der lombardischen Truppen zu werden, die er in Mailand zusammenstellen sollte. Dafür wurde er königlich bezahlt und mit Geschenken geradezu überhäuft.

Trotz des äußeren Anscheins handelte es sich dabei um keinen wirklichen Verrat. Karl der Kühne bezeichnete sich nämlich als besten Freund des jungen René, den er bekanntlich zu einem Bündnis gegen den König von Frankreich gezwungen hatte. Die Anwesenheit der burgundischen »Schutzmacht« kostete René vier seiner besten Städte, in denen die Garnisonen des Herzogs ein tyrannisches Regiment führten.

Herzog René, auch »das Kind« genannt, sah den Sachverhalt jedoch anders, und drei Monate später nutzte er eine Abwesenheit Campobassos, um den Burgfried von dessen Schloß anzünden zu lassen. Es gelang ihm zwar nicht, auch den Rest der Festung zerstören zu lassen, doch immerhin hatte er diese damit ihrer besten Verteidigung beraubt.

Um Campobasso darüber hinwegzutrösten, versprach ihm Karl der Kühne, daß er sich jede beliebige Stadt aussuchen könne, sobald Lothringen endgültig unterworfen sei. In der Tat beabsichtigte Karl, den kleinen Herzog zu vertreiben und sich dessen Land anzueignen, um auf diese Weise die Niederlande endgültig mit Burgund zu vereinen.

Die Einlösung dieses Versprechens stand jedoch noch aus, denn seitdem hatte Herzog Karl unablässig Krieg geführt, während Campobasso ihm mit einer Treue und einem Einsatz gedient hatte, die ihresgleichen suchten.

Nichtsdestotrotz begann der Neapolitaner inzwischen, sich die eine oder andere Frage hinsichtlich seiner Zukunft zu stellen. Allein wenn er daran dachte, wie endlos lange sich die Belagerung der Stadt Neuss hingezogen hatte, ohne daß die schlagkräftige burgundische Armee zum Sieg gelangt war! Statt dessen hatte man sich den Befehlen eines italienischen Bischofs unterordnen müssen ...

Campobasso spielte jetzt schon seit zwei Stunden mit seinem Freund Galeotto Schach, doch er konnte sich nicht richtig auf das Spiel konzentrieren. Seine Gedanken waren woanders. Unvermittelt stand er auf und warf dabei versehentlich das Spiel mit den Figuren um.

»Das ist eine Gemeinheit!« schimpfte Galeotto. »Beim nächsten Zug wärst du matt gewesen!«
»Entschuldige. Ich war ohnehin nicht bei der Sache.«
»Wo bist du dann?«
Ohne zu antworten, trat der Kondottiere ans Fenster und blickte auf die darunter fließende Mosel hinaus. Sein Freund gesellte sich zu ihm.
»Was findest du da draußen so interessant? Es regnet doch in Strömen!«
»Eben das ist es ja. Wenn ich an unsere Soldaten denke, die alle jenseits der Alpen geboren sind ... Sie sind hier genauso wenig glücklich wie ich.«
»Wie kommst du darauf? Was stört dich denn?«
»Alles. Vor allem diese Stadt hier, wo alles schwarz und düster ist, und diese Landschaft, wo nichts wächst! Ich würde jedenfalls viel darum geben, um die Bucht von Neapel wiederzusehen und unsere sonnendurchglühten Hügel!«
»Wir sind Kondottieri«, meinte Galeotto achselzuckend, »einen Tag hier, den anderen Tag da, und solange wir anständig bezahlt werden ...«
»Und was haben wir erreicht, seitdem wir Neuss ohne jede Beute verlassen mußten?«
»Immerhin halten wir hier in Lothringen vier Städte besetzt ...«
»Wir? Hast du vergessen, daß wir nichts weiter sind als Söldner? Herzog Karl besetzt die besten Posten durch Männer aus seiner unmittelbaren Umgebung und nicht durch Abenteurer, wie wir es sind!«
»Dennoch haben auch wir einen Posten mit hoher Verantwortung, der keineswegs so schlecht ist, wie du mich jetzt glauben machen willst ... oder würdest du lieber König Ludwig dienen? Ludwig XI. kann auf uns gut verzichten. Er besitzt wahrscheinlich die beste Armee der Welt, noch dazu ein stehendes Heer, und er setzt es nicht einmal ein. Dieser König kämpft nur mit seinem Verstand!«

»Trotzdem hat auch er Söldner. Seine berühmte Schottische Garde ...«

Das Eintreten eines regendurchnäßten Pagen, dessen langes schwarzes Haar unter seinem Federhut hervorschaute, unterbrach Campobassos Rede. Der Junge mochte kaum älter als zwölf Jahre sein und war schön wie ein Engel, doch sein dreister Blick verriet eine Selbstsicherheit, die weder zu seinem Alter noch zu seiner Stellung passen wollte.

Lächelnd fragte Campobasso: »Was willst du, Virginio?«

»Ich bringe Euch Neuigkeiten, Monseigneur ...«

»Vom Herzog?« rief der Kondottiere gespannt.

Achselzuckend meinte der Knabe: »Nein, es ist nichts von Wichtigkeit, Monseigneur. Drei Reisende sind soeben hier eingetroffen, zwei Männer und eine Frau. Die Frau behauptet, Eure Cousine zu sein.«

»Meine Cousine? Das müßte mit dem Teufel zugehen, wenn ich noch eine Cousine hätte! Wie ist sie denn? Jung?«

»Ich glaube ...«

»Schön?«

Der Knabe zuckte erneut die Achseln, und die Verachtung in seiner Geste amüsierte Galeotto sehr.

»An deiner Stelle«, meinte dieser zu Campobasso, »würde ich mich selbst überzeugen. Der liebe Virginio kennt sich in der Beurteilung von Frauen schlecht aus. Und wenn hier plötzlich eine Cousine von dir auftaucht, die von Gott weiß woher gekommen ist, so verdient sie zumindest eine gewisse Beachtung.«

»Wenn Monseigneur sagt, daß er sie nicht kennt, kann es sich nur um eine Spionin handeln. Ich werde der Garde Bescheid sagen, daß man sie ins Gefängnis werfen soll, sie und ihre Begleiter ...«

Bevor Campobasso antworten konnte, hatte Galeotto den Pagen am Kragen gepackt: »He, nicht so schnell, Kleiner! Seit wann erteilst du hier die Befehle? Da diese Frau dir so mißfällt, muß sie sehr schön sein ...«

»Laß ihn los!« sagte Campobasso. »Und du, Virginio, holst jetzt diese Leute herein. Oder vielmehr nur die Frau. Die Männer kannst du bei der Garde lassen.«

»Du bist zu nachsichtig mit ihm«, meinte Galeotto, nachdem der Page verschwunden war. »Schließlich gibt es hier genügend Frauen, ganz zu schweigen von den Marketenderinnen der Truppe ...«

»Keine dieser Frauen ist so schön wie er«, erwiderte sein Freund mit zweideutigem Lächeln. »Virginio besitzt den Körper eines griechischen Gottes, und außerdem ist er ein hingebungsvoller Geliebter ...«

»Aber eines Tages wird er dir nicht mehr gehorchen wollen. Du würdest ihn besser zu deinem Sohn nach Pierrefort schicken, denn falls der Herzog einmal dahinterkommt ...«

»Glaubst du etwa, ich bin ihm so wichtig, daß er sich dafür interessiert, was sich in meinem Bett abspielt?« entgegnete der Graf mit einiger Bitterkeit. »Außerdem frage ich mich manchmal, ob er es nicht genauso macht. Noch nie sah man eine Frau die Schwelle zu seinem Schlafzimmer überqueren ...«

»Er braucht das nicht. Sein Vater hatte derart viele Mätressen, daß der Sohn sein Leben lang nur Abscheu davor empfunden hat. Außerdem heißt es, er habe seine erste Gemahlin, Isabella von Bourbon, nie vergessen können. Selbst seine zweite Frau, die durchaus reizvoll ist, ruft bei ihm nichts anderes hervor als höfliches Interesse ... Du meine Güte!«

Galeottos Augen weiteten sich vor Erstaunen, als Fiora jetzt im Türrahmen auftauchte. In stolzer, aufrechter Haltung blieb sie auf der Schwelle stehen, während die beiden Männer sie in stummer Bewunderung betrachteten.

»Hier ist Eure Cousine, Monseigneur!« ertönte Virginios mürrische Stimme.

»Sie sei willkommen«, murmelte der Graf von Campobasso, der zu träumen glaubte. Dann faßte er sich: »Laß uns allein, Virginio! Und du bitte auch, Galeotto!«

»Ich würde gern ...«, begann dieser, sichtlich fassungslos.
»Keine Sorge, du wirst sie beim Abendessen wiedersehen. Aber jetzt möchte ich mit meiner schönen ... Cousine ein wenig unter vier Augen plaudern.«
Er stand der jungen Frau stumm gegenüber, bis die beiden anderen den Raum verlassen hatten. Auch Fiora hatte noch nicht ein einziges Wort gesprochen.
Campobasso sah sie einfach nur an, als ob die Zeit stehengeblieben wäre, bis Fiora schließlich das Schweigen brach.
»Wollt Ihr mir keinen Platz anbieten?« fragte sie sanft. »Ich würde mich gern vors Feuer setzen, denn ich bin vom Regen ganz durchnäßt.«
»Verzeiht mein unhöfliches Benehmen ...«
Er beeilte sich jetzt, seine Besucherin zum Kamin zu führen, wo er mit leicht zitternden Händen neue Scheite auflegte, bevor er ihr dann half, sich ihres nassen Umhangs zu entledigen.
Da er nicht wußte, was er mit dem Kleidungsstück anfangen sollte, klatschte er in die Hände, worauf Virginio sofort wieder erschien.
»Bring den Umhang in mein Zimmer und trockne ihn dort vor dem Feuer. Und anschließend gehst du in die Küche. Man soll uns Wein servieren und das Abendessen vorbereiten!«
Der Page entriß ihm das Kleidungsstück mit einer heftigen Bewegung und eilte davon. Tränen der Wut standen in seinen Augen ... Campobasso wandte sich wieder zu Fiora und ließ sich auf dem Kaminabsatz nieder.
»Wir sind also verwandt? Das ist doch kaum zu glauben!« meinte er mit einem Lächeln, aus dem eher Bewunderung sprach als Skepsis.
»Seid Ihr Neapolitanerin?«
»Nein, Florentinerin. Ich heiße Fiora Beltrami. Mein Vater war einer der mächtigsten Bürger von Florenz ...«
»War ...?«

»Ich habe ihn vor ein paar Monaten verloren. Was unsere Verwandtschaft betrifft, so ist diese wohl eher entfernt und geht auf eine meiner Vorfahrinnen zurück, die einst aus Neapel kam. Da die Florentiner nur selten jemand zur Frau nehmen, der nicht aus der Toskana stammt, ist diese Tatsache bemerkenswert genug, um sie im Gedächtnis zu behalten!«

»Dann müssen wir dieser Vorfahrin wirklich dankbar sein! Ich selbst weiß nur wenig über die Frauen in meiner Familie, außer, daß einige von ihnen recht temperamentvoll gewesen sein sollen. Aber was macht Ihr so fern der Heimat? Ihr habt diese weite Reise doch wohl nicht nur deshalb auf Euch genommen, weil Ihr mich kennenlernen wolltet?«

»Nein. Wie ich Euch schon sagte: Mein Vater ist gestorben ... und die Medicis haben mich vertrieben, um sich seines Vermögens zu bemächtigen. Ich habe in Frankreich Zuflucht gesucht, wo ich sehr gute Freunde habe. Dort hörte ich auch erstmals Euren Namen, und da ich keine Familie mehr habe, kam mir die Idee, Euch näher in Augenschein zu nehmen. Ich dachte, der Sommer sei eine gute Zeit für eine solche Reise, doch leider scheint der Himmel anderer Meinung zu sein!«

Sie erhob sich und trat dichter ans Feuer heran, während die Augen des Mannes ihr gegenüber zu leuchten begannen. Fioras Gewand, das ihren Körper wie eine zweite Haut umschmiegte, enthüllte ihre Formen mehr, als daß es diese verbarg. Deutlich gewahrte der Graf ihren straffen, runden Busen und die zierliche Taille, die er am liebsten mit den Händen umspannt hätte.

»Dennoch seid ihr jetzt hier angekommen. Darf ich fragen, ob Ihr es schon bereut, eine so mühsame Reise unternommen zu haben?«

Sie betrachtete ihn zwischen halbgeschlossenen Lidern und stieß dann ein kehliges Lachen aus: »Ihr wollt wissen, ob ich enttäuscht bin, nicht wahr? Nun ... keineswegs! Ihr seid wirklich ein sehr gutaussehender Mann, lieber Cousin, aber ich glaube, daß Ihr das selber wißt und daß mehr als nur eine Schöne Euch davon überzeugt hat. Zumindest steht Ihr in diesem Ruf ...«

»Ich hatte keine Ahnung, daß mir dieser Ruf bis nach Florenz vorauseilt!«

»Es muß wohl so sein. Andernfalls wäre ich nicht hier. Ich wollte mich selbst überzeugen ... Nein, das braucht Euch nicht zu überraschen: Die Frauen in Florenz sind gewöhnt, frei zu sagen, was sie denken und was sie wünschen. In meinem Fall bin ich auch frei, zu tun, was mir gefällt ...«

Machte sie sich über ihn lustig? Campobasso zog diese Möglichkeit einen Moment lang in Betracht, aber er war ohnehin schon nicht mehr fähig, klar zu denken, denn er wußte nur noch eines: Er mußte dieses Mädchen um jeden Preis besitzen, ganz gleich, ob sie eine Abgesandte des Himmels oder der Hölle war.

Noch nie hatte er eine so schöne und verführerische Frau gesehen. Sie brachte sein Blut zum Sieden, und er gehörte zu denen, die nicht gern warten ...

Er erhob sich jäh und legte seine Hände auf Fioras Hüften, um sie näher zu sich heranzuziehen.

»Weißt du eigentlich«, sagte er auf italienisch, »daß es gefährlich sein kann, mir zu sehr zu gefallen?«

»Warum eigentlich? Ich habe vor nichts Angst«, erwiderte sie in derselben Sprache. »Und von dem Moment an, da ich dich das erstemal gesehen habe, um so weniger ... Von da an habe ich gehofft, daß ich dir gefallen würde ...«

Er beugte sich zu ihrem Mund hinab, um sie zu küssen, doch schon war sie ihm entglitten und drehte sich wie eine Tanzfigur einmal um sich selbst.

»Seht mich nicht so an, als wärt Ihr ein hungriger Wolf und ich ein armes Lämmchen, Cousin!« meinte sie lächelnd. »Bedenkt, daß ich eine lange Reise hinter mir habe und daß es vielmehr an mir ist, hungrig zu sein! Laßt mich zunächst wieder zu Kräften kommen. Wir haben doch genügend Zeit, um hinterher ein wenig zu ... plaudern, nicht wahr?«

Campobasso, dem es vorkam, als komme er geradewegs aus einem Traum, schüttelte sich, wie um sich in die Wirklichkeit zurückzuholen. Dann drehte er sich wieder zu Fiora um, denn er fürchtete, sie sei womöglich nur eine Erscheinung gewesen. Sie war jedoch noch immer da, hob die Arme und löste die Nadeln, die ihre Frisur hielten.

»Meine Haare sind ganz naß!« erklärte sie lächelnd.

Im nächsten Moment glitt ihr die schimmernde, schwarze Haarpracht über die Schultern und umschmeichelte ihren Körper. Campobasso, der sie mit den Augen verschlang, fand, daß sie, wie sie so dastand, an eine Sirene erinnerte, und er begehrte sie noch mehr als zuvor.

Dennoch widerstand er dem Verlangen, sich auf sie zu stürzen, ihr das Kleid vom Leibe zu reißen und sie auf dem Steinboden zu nehmen. Als echter Neapolitaner wußte er die süße Qual des Wartens durchaus zu genießen, sofern es nicht zu lange dauerte, und in diesem Punkt war er sich ganz sicher.

Seine männliche Eitelkeit flüsterte ihm ein, daß diese berükkende Zauberin mit den verwirrenden, grauen Augen ausschließlich erschienen war, um sich ihm hinzugeben ...

Er wollte schon erneut in die Hände klatschen, als die Tür geöffnet wurde und mehrere Diener erschienen, die sofort begannen, den Tisch zu decken.

Virginio folgte ihnen, und seine dunklen Augen blieben zunächst mit einem haßerfüllten Blick auf Fiora haften, die sich vor dem Feuer die Haare trocknete.

Anschließend starrte der Page seinen Gebieter mit einer stummen Frage an, was diesem ein Lächeln entlockte. Campobasso trieb ein grausames Spiel mit der Eifersucht, die er in seinem Bettgefährten hochkommen sah.

»Wo wird sie schlafen?« fragte Virginio und deutete mit einer verächtlichen Kopfbewegung auf die junge Frau.

»Donna Fiora schläft natürlich in meinem Zimmer«, entgegnete der Kondottiere. »Außer dem Zimmer von Herrn Galeotto ist dies das einzige, das man ihr anbieten kann. Und sorg dafür, daß die Laken gewechselt werden.«

»Und wo werdet Ihr schlafen?«

»*Chi lo sa?* Vielleicht schlafe ich ebenfalls in meinem Zimmer? Weshalb sollte ich nicht?«

»Und ich?« fragte der Knabe trotzig.

»Du? Wo du willst ...«

Virginio wurde bleich, und aus seinen dunklen Augen funkelten wütende Blitze: »Ich töte sie, hörst du!« stieß er zwischen den Zähnen hervor. »Ich töte sie, wenn du sie anrührst ...«

Campobasso strich nachlässig über die samtweiche Wange des Pagen, und sein Lächeln verstärkte sich, bevor er sanft erwiderte: »In dem Fall werde ich dich leider hängen lassen müssen, mein kleiner Virginio. Und genau das würde ich auch tun, wenn ihr auch nur das Geringste zustößt. Du mußt zugeben, daß das schade wäre, denn wir zwei können noch viele schöne Stunden zusammen verbringen. Denk daran!«

»Aber wer ist diese Frau denn schon, daß sie hier auf einmal den besten Platz einnehmen darf?«

»Was? Du hast noch immer nicht verstanden? Sie ist meine ... Cousine, und ich besaß seit jeher sehr viel Familiensinn.«

In diesem Moment ertönte Fioras wohlklingende, melodiöse Stimme durch den Saal: »Ach übrigens, Cousin, könnt Ihr mir sagen, was Ihr mit meinen Leuten vorhabt? Ihr wollt sie doch wohl nicht die ganze Nacht bei Eurer Garde lassen?«

»Verzeiht mir! Ich hatte sie vollkommen vergessen. Hol sie herbei, Virginio!«

Und leise, zu sich selbst gewandt: »Die möchte ich mir gern aus der Nähe ansehen!«

Kurz darauf erschienen Esteban und Mortimer im Saal des Schlosses.
»Dies ist Esteban«, stellte Fiora den Spanier vor. »Er ist zugleich mein Stallmeister, mein Sekretär und meine Leibwache. Und dies ist Denis Mercier, der mir als Führer auf dem Weg von Paris bis hierher gedient hat.«
Interessiert nahm der Kondottiere die beiden Männer in Augenschein. Esteban war in seiner ganzen Erscheinung das lebende Abbild eines Söldners und genau von der Art, wie Campobasso sie am liebsten einstellte. Wie ein Sekretär sah er jedenfalls nicht aus ...
Was den anderen betraf, so roch dieser noch mehr nach Militär als sein Begleiter!
»Bist du von hier, daß du dich so gut auskennst?« wandte er sich an Mortimer.
»Nein«, erwiderte der Schotte gelassen, »ich stamme aus dem Berry, aber ich bin viel herumgekommen.«
»Nun, es kann sehr wichtig sein, einen guten Führer bei sich zu haben. Ich würde dich gern bei mir beschäftigen ... sofern du nicht lieber nach Hause zurückkehrst. Bei wem stehst du in Diensten?«
»Bei niemandem. Aber ich habe mein Haus und meine festen Gewohnheiten, und sobald meine Mission erfüllt ist ...«
›Der Teufel soll mich holen‹, dachte Campobasso, ›wenn dieser Hüne nicht zur berühmten Schottischen Garde von König Ludwig gehört. In dem Fall wäre die schöne Cousine womöglich eine ... Botschafterin?‹
Da die Diener jetzt Wasserschüsseln und Handtücher hereintrugen und Galeotto ihnen auf dem Fuße folgte, erklärte der Neapolitaner: »Waschen wir uns die Hände, liebe Cousine, und gehen wir zu Tisch!«
»Du könntest mich zumindest vorstellen!« meinte Galeotto grollend, der sich frisch rasiert hatte.
»Aber gewiß, Donna Fiora, dies ist der Seigneur Jacopo Ga-

leotto aus Mailand, der gemeinsam mit mir das lombardische Korps des Herzogs von Burgund befehligt. Und dies ist Donna Fiora Beltrami aus Florenz.«

»Ah, Florenz!« seufzte der Offizier entzückt. »Ich habe diese Stadt einst anläßlich eines Besuches des Herzogs Galeazzo-Maria Sforza und der Herzogin Bona besichtigt, als diese bei den Medicis zu Gast waren! Was für eine wunderbare Zeit haben wir dort verbracht! Was für prachtvolle Bauten! Was für Weine und was für Frauen! Das war im Jahre ...«

»... 1471, vor vier Jahren«, kam Fiora lächelnd Galeotto zu Hilfe, wobei ihr nicht entging, wie sich Campobassos Züge erhellten. Wenn der Kondottiere bis dahin noch gewisse Zweifel an Fioras Herkunft gehabt hatte, so wurden sie durch diese präzisen Auskünfte endgültig beseitigt.

»Wie schön Eure Herzogin Bona doch war!« fügte Fiora hinzu. »Mein Vater hatte damals die Ehre, mit ihr tanzen zu dürfen ...«

Während sie jetzt alle an der Tafel Platz nahmen, wurde zu Fioras großer Freude enthusiastisch vom Glanz und der Prachtentfaltung des florentinischen Hofes geschwärmt. Es machte sie glücklich, endlich wieder von ihrer einst so geliebten Heimatstadt sprechen zu können, deren Bild und Andenken sie stets in ihrem Herzen bewahren würde, obwohl ihr dort so viel Leid zugefügt worden war.

Zwei Stunden später befand sich Fiora in Campobassos Zimmer und wartete auf sein Erscheinen. Sie wußte genau, daß er kommen würde, denn sein eindringlicher Blick hatte darüber keinen Zweifel zugelassen, trotz seines scheinheiligen »Gute Nacht«, während er ihr die Hand geküßt hatte. Sie war sich über ihre schwierige Lage vollkommen im klaren, und außerdem war ihr bewußt, daß sie es mit einem ebenso stürmischen wie ungeduldigen Liebhaber zu tun hatte.

Wenn sie sich ihm verweigerte, nachdem sie ihn derart umgarnt hatte, riskierte sie nur, mit Gewalt genommen zu werden. Es war besser, ihn glauben zu machen, daß er sie bereits bezwungen hatte. Um so größer würde ihre Macht über ihn sein ...

Sie hatte sich jedoch noch nicht hinlegen wollen und erwartete ihn daher nicht im Bett. Die Liegestatt mit den roten Vorhängen, die aus dem vorhergehenden Jahrhundert stammte und vier Personen Platz geboten hätte, würde vorerst leer bleiben ... Fiora band sich eine Schärpe um die fröstelnden Schultern. Ihr war kalt, als befinde man sich mitten im Winter, und dennoch verspürte sie keinerlei Furcht.

Campobasso würde der dritte Mann sein, der ihren Körper besaß, nach Philippe und jenem abscheulichen Pietro. Durch den einen hatte sie den Rausch höchster liebender Verzückung erlebt, durch den anderen die Schrecknisse einer sadistischen Vergewaltigung. Angesichts dieser beiden Extreme hatte der Kondottiere kaum eine Chance, bei ihr irgendeine Spur zu hinterlassen. So erwartete sie Campobassos Erscheinen innerlich vollkommen unbeteiligt, etwa so wie eine Kurtisane, denn sie war bereit, diese Rolle zu spielen.

Vor langer Zeit, in Florenz, hatte Demetrios ihr einmal versprochen, sie mit den Waffen auszurüsten, die sie für die bevorstehenden Kämpfe brauchen würde, und er hatte Wort gehalten. Auf dem Schiff, das sie in die Provence brachte, hatte er ihr eines Abends eine Zeichnung angefertigt, die den männlichen Körper und dessen erogene Zonen zeigte. Kühl und sachlich wie ein Anatomieprofessor war er dabei vorgegangen, und Fiora hatte sich als gelehrige Schülerin erwiesen.

»In manchen Ländern Afrikas und des Orients werden die Mädchen von frühester Jugend an dazu erzogen, dem Manne Vergnügen zu bereiten«, hatte er ihr erklärt, »und das ist keineswegs von Nachteil, denn die Frau erhält damit große Macht über den Mann. Selbst ein so schönes Ge-

schöpf wie du tut gut daran, über diese Dinge Bescheid zu wissen. Man wird dich dann um so mehr fürchten ...«
Außerdem hatte ihr der Grieche ein spezielles Parfüm zusammengestellt, wobei er ihr jedoch riet, dieses nur in winzigen Mengen und nur zu ganz bestimmten Gelegenheiten zu benutzen.
»Die Haremsdamen bedienen sich dieses Duftes, um die Sinne ihres Herrn und Gebieters zu erregen«, erklärte er ihr damals. Und mit der Genugtuung des Erfinders fügte er hinzu: »Ich habe es jedoch geschafft, ihn noch zu vervollkommnen ...«
An diesem Abend verwendete Fiora das Parfüm zum erstenmal. Mit der Fingerspitze tupfte sie je einen Tropfen hinters Ohr und einen in ihr Dekolleté. Es war in der Tat nur ganz wenig, doch schon im nächsten Moment spürte sie, wie der Duft ihren ganzen Körper umhüllte. Er verlieh ihr mehr Sicherheit, doch zugleich hatte sie das seltsame Gefühl, die Persönlichkeit gewechselt zu haben, so, als sei sie plötzlich eine andere geworden ...
Während sie noch auf die Geräusche lauschte, die von draußen hereindrangen, wurde leise die Zimmertür geöffnet. Obwohl Fiora keine Furcht verspürte, lief ihr ein Schauder den Rücken hinunter. Jetzt war der schwierige Moment da, in dem es mehr denn je darauf ankam, daß sie Herrin ihrer selbst blieb.
Ein Schatten löste sich aus dem Halbdunkel des Raumes, und gleich darauf hörte sie Campobasso sagen: »Ihr seid noch nicht im Bett? Wußtet Ihr denn nicht, daß ich ... zu Euch kommen würde?«
»Doch, ich wußte es, aber ich pflege einen Besuch niemals im Liegen zu empfangen. Damit würde ich mich von vornherein in eine unterlegene Position begeben.«
»Nun, es gibt verschiedene Arten von Besuch, und ich hatte gehofft, daß ...«
Mit wütenden Blitzen in den Augen stellte sie sich ihm ent-

gegen: »Was? Daß Ihr mich nackt und mit gespreizten Beinen in diesem Bett vorfinden würdet?«
»Beim heiligen Gennaro, weshalb reagiert Ihr plötzlich so heftig? Können wir nicht einfach unsere Unterhaltung von vorhin wiederaufnehmen? Erinnert Euch doch an den Moment, wo ich Euch in die Arme schließen wollte ...«
Sie hatte eine brutale Reaktion erwartet, doch nichts dergleichen geschah. Ganz im Gegenteil: Seine Stimme wurde sanft und hatte einen bittenden Ton. Er war ihr jetzt so nah, daß Fiora seinen Atem spüren konnte, der stoßweise kam, und fast hätte sie triumphierend gelächelt. War es möglich, daß sie ihn bereits bezwungen hatte, wo er ihr doch bis zu dem Moment lediglich die Hand hatte küssen dürfen? Hatte das Raubtier bereits die Krallen eingezogen, um sich ihrer Gnade auszuliefern? Sie war versucht, ihre Macht über ihn auszuprobieren und ihn hoheitsvoll abzuweisen, doch unvermittelt kam ihr ein Satz ihres geliebten Plato in den Sinn: »Gib, und dir wird gegeben ...«
»Also, worauf wartet Ihr noch?« fragte sie mit herausforderndem Lächeln. »Oder wollt Ihr mich zuerst ausziehen?«
Er legte ihr die Hände um die Taille, und sie spürte, wie er dabei zitterte. Seine Hände glitten höher, strichen sacht über ihre Brüste, faßten in ihren Ausschnitt und zerrten an dem dünnen Stoff ...
Das Gewand zerriß bis zur Taille, doch schon preßte er Fiora an sich, vergrub sein Gesicht in ihrer Haarfülle, bedeckte ihren Hals mit Küssen und bemächtigte sich schließlich ihrer Lippen. Dann trug er sie zum Bett, wo er ihr Kleid endgültig in Fetzen riß, bevor er sich auf ihren entblößten Körper stürzte.
Nachdem er seinen ersten Hunger an ihr gestillt hatte, entdeckte Fiora zu ihrer größten Überraschung, daß dieser Wilde ein leidenschaftlicher Liebhaber war, der mit einem weiblichen Körper perfekt zu spielen wußte. Sie war auf

einen Wüstling gefaßt gewesen und fand einen zärtlichen Geliebten vor.
Sie hatte geglaubt, einen kühlen Kopf bewahren zu können, doch ihre Sinne wollten ihr nicht gehorchen und trieben sie in immer neue Wellen heftiger Lust.
Der Morgen graute bereits, als Fiora endlich vom Schlaf überwältigt wurde. Falls sie hier einen Sieg errungen hatte, so ähnelte dieser eher einem Pyrrhussieg ...
Der Page Virginio hatte unterdessen die ganze Zeit mit dem Ohr an der Zimmertür dem Treiben des unsichtbaren Paares gelauscht und jeden Seufzer, jedes Stöhnen, jeden Lustschrei gezählt, während er die Zähne in der geballten Faust vergrub ...
Als am Morgen die Soldaten wie üblich durch die Trommeln geweckt wurden, glitt Campobasso aus dem Bett, wobei er achtgab, Fioras Schlaf nicht zu stören. Rasch schlüpfte er in Hemd und Hose und begab sich in den großen Schloßsaal, wo Salvestro, sein Stallmeister, ihn bereits erwartete.
»Hol mir die beiden Männer herbei, die Donna Fiora begleitet haben!« befahl er. »Und dann sorgst du dafür, daß sich zwanzig Soldaten auf der Treppe postieren!«
Esteban und Mortimer waren sofort zur Stelle. Die Sorge um Fiora hatte den Spanier die ganze Nacht wachgehalten, während Mortimer ohnehin daran gewöhnt war, bei Tagesanbruch aufzustehen.
»Ihr beide könnt jetzt nach Hause reiten«, erklärte Campobasso. »Donna Fiora benötigt Eure Dienste nicht länger.«
»Verzeiht, Monseigneur«, begann Esteban mit starrer Miene, »aber ich stehe seit langem bei Donna Fiora in Diensten, und wenn sie mich nicht mehr braucht, so muß sie mir das selbst sagen! Ich werde sie niemals einfach so verlassen ... oder auf fremde Anweisung!«
»Ich habe ebenfalls Befehl, über sie zu wachen«, erwiderte der Schotte ruhig, »und ich pflege meine Pflichten stets auszuführen.«

»Welch große Worte! Nun, du hattest den Auftrag, sie hierherzubringen, und das ist geschehen. Du kannst also zurückkehren!«

»Ihr habt mich falsch verstanden. Ich habe Weisung, sie zu begleiten, wohin auch immer sie zu gehen wünscht. Sie könnte meiner künftig noch bedürfen.«

»Du brauchst mir nichts vorzumachen, denn ich weiß genau, wer du bist. Du bist Mitglied der Schottischen Garde des Königs von Frankreich. Also hör mir gut zu: Du wirst zu deinem Gebieter zurückreiten und ihm meinen größten Dank dafür übermitteln, daß er mir ein so schönes Geschenk geschickt hat. Weiterhin wirst du ihm sagen, daß ich hoffe, ihm eines Tages meine Dankbarkeit persönlich bekunden zu können ... wenn Donna Fiora erst die Gräfin von Campobasso geworden ist. Und jetzt geh!«

Dann richtete er das Wort an Esteban: »Du hast es ja soeben gehört: Ich werde deine Herrin heiraten, und ich kann dir versichern, daß ich fähig bin, sie gegen jegliche Gefahr zu beschützen. Ich rate dir daher, deinem Gefährten zu folgen.«

»Und wenn ich mich weigere?« grollte Esteban, der spürte, wie heftiger Zorn in ihm hochstieg.

»Ganz einfach: In einer Stunde wirst du hängen ...«

»Ich denke ebenfalls nicht daran, abzureisen«, erklärte Mortimer. »Oder Ihr holt Donna Fiora. Von ihr nehme ich Befehle entgegen.«

Der Schotte warf Esteban einen Blick zu, aus dem klar hervorging, daß er kurz davor war, zu explodieren. Da der Kondottiere unbewaffnet war, hätten sie leichtes Spiel mit ihm ...

Campobasso stieß jedoch einen Seufzer aus und meinte: »Großer Gott, was seid ihr anstrengend!«

Er klatschte in die Hände, und sofort drangen zwanzig bewaffnete Männer in den Saal.

»Ihr werdet mir gegenüber nicht das letzte Wort haben.

Reist ab, und wir trennen uns als gute Freunde. Meine Leute werden euch noch ein paar Vorräte mit auf den Weg geben, und ihr zwei könnt euch ... das hier teilen!«
Er warf den beiden Männern seinen Geldbeutel entgegen, doch keiner streckte die Hand danach aus, so daß sich der Inhalt auf dem Steinboden entleerte. Erneut suchte der Schotte den Blick seines Gefährten, um dann schulterzukkend zu erklären: »Reiten wir also zurück! Ich werde meinem Gebieter Eure Botschaft überbringen!«
»Gut! Man wird euch bis ans Stadttor begleiten.«
Gefolgt von den Soldaten verließen Esteban und Mortimer den Saal, ohne sich noch einmal umzudrehen. Nachdem sie verschwunden waren, sammelte Campobasso voller Genugtuung die Goldstücke ein, die nach wie vor auf dem Boden lagen, um sich anschließend wieder zu seinem Schlafzimmer zu begeben.
Fiora, ganz in die Masse ihres aufgelösten, schwarzen Haares gehüllt, schlief noch immer tief. Der Graf betrachtete sie einen Moment lang, entkleidete sich dann und schlüpfte zu ihr ins Bett.
Er stützte sich auf den Ellbogen und fing an, sie sanft zu liebkosen. Sie erschauderte und streckte sich ihm mit geschlossenen Augen entgegen, um sich ganz der Hand darzubieten, die sacht über ihren Körper strich, während sie bereits die ersten Wogen der Lust in sich aufsteigen fühlte.
Als sie begann, sich in wilden Zuckungen zu winden, und ihr Stöhnen immer heftiger wurde, drang er in sie ein, um gemeinsam mit ihr dem Höhepunkt entgegenzusteuern ...

Kapitel 9

Die Verhaftung

Drei Tage und drei Nächte blieben Fiora und Campobasso in dessen Schlafzimmer eingeschlossen. Einzig Salvestro erschien zweimal täglich, um die Mahlzeiten zu bringen, doch auch er vermochte nicht, hinter die dichten, schweren Bettvorhänge zu schauen.

Galeotto war unterdessen damit beauftragt worden, das Truppenkommando zu übernehmen und über die Ordnung in der Stadt zu wachen.

Fiora verbrachte diese leidenschaftlichen Stunden ausschließlich in den Armen ihres Geliebten. Er hielt sie umfangen, während sie schlief und während sie aß und trank, und als sie irgendwann nach einem Bad verlangte, trug er sie selbst in die Wanne, um sie zu waschen und hinterher abzutrocknen. Dabei hörte er nicht auf, sie zu küssen und zu streicheln.

In den Momenten, da sie vom Spiel der Sinne ausruhten, betrachtete er sie voller Bewunderung, berührte ihre Lider, ihre Lippen, ihren Hals, ihre Brüste, ihre Hände und Füße und murmelte Worte der Liebe, die sie nicht immer verstand.

Niemals hatte Fiora geglaubt, daß sie in einem Mann eine derartige Leidenschaft zu wecken vermochte. Dieser Neapolitaner konnte nie genug von ihr bekommen, und jedesmal, nachdem er ihren Körper besessen hatte, schien er sie nur um so glühender zu begehren, statt daß sein Verlangen nach ihr gestillt worden wäre …

Manchmal bekam Fiora sogar Angst davor. Er schlief wenig

und ließ auch sie stets nur für ein oder zwei Stunden in Schlummer gleiten. Anschließend war er dann noch erregter als je zuvor.

»Du wirst mir für immer gehören«, sagte er eines Abends zu ihr. »Ich mache dich zu meiner Frau ...«

»Du willst mich heiraten? Dabei kenne ich nicht einmal deinen Vornamen ...«

»Ich heiße Cola, aber eigentlich Nicolas, so wie der junge Herzog, dem ich einst mit Freuden gedient habe. Aber ich möchte von dir nichts anderes hören als Worte der Liebe ...«

»Ich kann mich nicht erinnern, dir jemals gesagt zu haben, daß ich dich liebe. Ich habe dir lediglich gesagt, daß du mir gefällst.«

»Was macht es schon, wenn dein Mund es nicht ausspricht! Dein Körper sagt es mir in einem fort, dein Körper, der nach mir schreit, den ich zum Klingen und zum Vibrieren bringe. Das ist mehr wert als alles poetische Gefasel. Außerdem liebst du mich bereits, auch wenn es dir noch nicht bewußt ist ...«

»Mag sein, aber solange ich es nicht weiß, werde ich dich auch nicht heiraten.«

Er packte sie heftig an den Haaren und bog ihren Kopf nach hinten: »Liebst du einen anderen? Sag es mir! Ist es wahr, daß du einen anderen liebst? So antworte mir!«

Von wilder Wut übermannt, vergrub er seine Zähne in ihrem Hals. Fiora stiegen die Tränen in die Augen, und sie stieß einen Schmerzensschrei aus.

»Wäre ich hier, wenn es sich so verhielte?«

Er ließ sie los, und als er sah, wie ihr die Tränen die Wange hinabliefen, stammelte er: »Verzeih! Verzeih mir, mein Engel! Ich verliere noch den Verstand! Du verbrennst mir das Blut, und du schenkst mir Wonnen, die ich noch nie mit einer Frau erlebt habe. Und du ... sag mir, wie es bei dir ist ... hat ein anderer Mann dir jemals so viel Lust bereitet? Sag es mir! Ich will es wissen!«

»Nein«, murmelte Fiora, wobei sie dachte, daß dies nicht wirklich gelogen war. Schließlich war ihre Hochzeitsnacht nur ein kurzer Moment gewesen, verglichen mit dieser entfesselten Leidenschaft, dieser Liebesorgie ...
Sie war sich über den Widerspruch zwischen ihrem Verstand und ihrem außer Kontrolle geratenen Körper vollkommen im klaren. Ihr Kopf sagte ihr, daß sie Demetrios' Parfüm, dessen Duft seit Stunden verflogen war, nie mehr benötigen würde und daß dieser Mann ganz und gar ihr Gefangener war.
Der Kondottiere würde nicht mehr zögern, wenn es darum ginge, sich zwischen ihr und einem Gebieter zu entscheiden, dem zu dienen ihm immer weniger gefiel ...
Am Morgen des vierten Tages wurde heftig an die Schlafzimmertür geklopft, und man hörte Galeottos rauhe Stimme rufen: »Komm raus, Cola! Ich muß mit dir sprechen ... es ist dringend!«
Nackt wie er war, sprang Campobasso aus dem Bett und öffnete die Tür, um gleich darauf ins wütende Gesicht seines Freundes zu schauen.
»Was ist los?« fragte Campobasso.
»Der Page ist verschwunden.«
»Das ist alles? Er soll zum Teufel gehen!«
»Nein, das ist nicht alles. Herzog Karl befindet sich derzeit auf seinem Schloß in Soleuvre, zwölf Meilen von hier entfernt. Was glaubst du wohl, was passiert, wenn dieser verdammte Virginio zu ihm geht und ihm erzählt, daß du dein Kommando im Stich gelassen hast, weil du Tag und Nacht damit beschäftigt bist, eine Spionin des Königs von Frankreich zu vögeln?«
»Ich verbiete dir, so zu reden, hörst du!« zischte Campobasso aufgebracht. »Sie wird meine Frau!«
»Nun, wenn du willst, daß sie lange genug lebt, um dazu noch Gelegenheit zu finden, so schickst du sie erst einmal dorthin zurück, woher sie gekommen ist!«

»Ich werde sie niemals zurückschicken!«
»Dann bring sie irgendwo in Sicherheit, aber unternimm um Gottes willen etwas! Der Bursche muß im Laufe des gestrigen Tages abgehauen sein!«
Der Graf überlegte kurz und erwiderte schließlich: »Du hast wahrscheinlich recht. Schick mir Salvestro und ordne an, daß man eine Sänfte holt. Außerdem brauche ich eine Eskorte von zehn Männern!«
»Was hast du vor?«
»Ich lasse sie nach Pierrefort bringen!«
»Hast du vergessen, daß wir uns in Lothringen befinden, mitten im Feindesland? Du mußt verrückt sein!«
»Eben deshalb, denn der Herzog wird sie dort am wenigsten suchen, falls dieses kleine Miststück mich bei ihm denunziert.«
Die folgende Stunde stellte Fiora auf eine harte Probe. Nicht nur, weil die Pläne ihres Geliebten ihr stark mißfielen – denn sie sehnte sich nach nichts anderem als nach einer langen Nacht des Schlafes ... Als sie dann auch noch erfuhr, daß Campobasso ihre beiden Begleiter fortgeschickt hatte, erreichte ihr Unmut seinen Höhepunkt. Der Graf erlebte einen echten italienischen Wutausbruch, dessen Heftigkeit ihn momentelang außer Fassung brachte.
»Mit welchem Recht hast du meine Diener entlassen?« schäumte sie. »Glaubst du, du kannst dir alles erlauben, nur weil du mit mir geschlafen hast? Esteban ist mir seit langer Zeit treu ergeben, und du hast ihn fortgejagt wie einen Hund! Niemals werde ich dir das verzeihen, und ich weigere mich, noch länger hierzubleiben!«
»Ich bitte dich, so beruhige dich! Ich habe dir doch schon gesagt, daß du nicht hierbleiben mußt!«
»In der Tat nicht, aber ich habe andere Pläne als du! Wenn du glaubst, daß ich mich in deinem Schloß einsperren lasse, so hast du dich getäuscht! Laß mir ein Pferd satteln, und dann adieu!«

»Du bist verrückt? Wohin willst du gehen?«
»Du meinst, wie ich ohne Führer jetzt zurechtkomme? Ich habe eine Überraschung für dich: Ich reite zum Herzog von Burgund!«
»Er wird dich aufhängen lassen!«
»Glaubst du? Hast du mich etwa aufhängen lassen, als ich plötzlich auf der Bildfläche erschien, obwohl ich eine vollkommen Fremde für dich war? Nein. Du hast mich in dein Bett gezerrt, und ich habe mitgemacht, weil ich dich für einen richtigen Mann hielt. Und jetzt zitterst du wie ein kleiner Junge, weil du Angst hast, daß dein Page dich verrät. Da scheint mir der Herzog doch ein anderes Kaliber zu sein ... Es wäre sicher recht amüsant, ihn zu verführen.«
Außer sich vor Wut packte er sie am Hals: »Du dreckige kleine Hure! Du hast genug von mir, nicht wahr? Das Bett eines Fürsten ist für dich wohl interessanter als das meine! Aber ich lasse dich nicht tun, was du vorhast. Ich habe dir gesagt, daß ich dich bei mir behalten will, und dabei bleibt es!«
»Wenn du so weitermachst, mußt du mit meiner Leiche vorliebnehmen!« keuchte sie unter seinem Würgegriff.
Campobasso, der jäh wieder zu sich kam, ließ sie los, worauf sie zu Boden taumelte.
»Du wirst tun, was ich gesagt habe! Steh auf und zieh dich an, sofern du nicht willst, daß meine Männer das für dich besorgen!«
Sie erhob sich und brach in höhnisches Gelächter aus: »Eine spaßige Vorstellung! Wirklich eine gute Idee! So ruf doch deine Männer! Deine Soldaten als Kammerzofen, welch ein lustiger Anblick wird das sein!«
Das Absurde seiner Worte kam ihm zu Bewußtsein, so daß er sich etwas beruhigte. Dennoch vermochte nichts seine Leidenschaft zu besänftigen. Mit einer brutalen Geste riß er sie in seine Arme, drückte sie gegen einen der Bettpfosten und nahm sie im Stehen.

»Treib mich nicht zum Äußersten, Fiora! Ich werde niemals dulden, daß ich dich verliere, hörst du! Ich will dich jederzeit besitzen können, wann immer ich Lust dazu habe, und deshalb muß ich dich verstecken und dich vor allen Gefahren schützen. Wenn der Herzog dich zum Tode verurteilen würde, so wäre ich imstande, ihn umzubringen ... Ich liebe dich, verstehst du das nicht? Ich liebe dich, ich liebe dich, ich liebe dich!«
»Was hast du vor?« erkundigte sie sich, als er ihr kurz darauf beim Anziehen half, wobei seine Gesten wieder so zärtlich waren wie eh und je.
»Sobald du Thionville verlassen hast, reite ich nach Soleuvre und melde mich beim Herzog, bevor er seinerseits nach mir verlangt. Ich werde ihm erklären, wieviel mir an dir liegt und daß ich dich zu meiner Frau machen will. Von da an wird er nicht mehr wagen, sich an dir zu vergreifen. Er ist viel zu sehr auf die Truppen angewiesen, die ich befehlige. Anschließend hole ich dich, und wir können heiraten!«
»Weshalb verläßt du ihn nicht einfach, statt dich seinem Zorn auszusetzen? Begleite mich doch!«
Er zögerte, sichtlich in Versuchung geraten, denn der Gedanke, diese anbetungswürdige Frau von sich fortgehen zu sehen – und sei es nur für kurze Zeit –, zerriß ihn geradezu. Dennoch mußte er endlich auch wieder einmal seinen Verstand einschalten ...
»Ich kann nicht«, erklärte er. »Ich muß meine Männer bezahlen, und der Herzog schuldet mir noch einiges Gold.«
»Ein anderer würde dir vielleicht mehr bieten ...«
»Ich weiß, und möglicherweise kommt es eines Tages dazu, daß ich ... Aber jetzt im Moment werde ich das einfordern, was mir zusteht. Karl der Kühne hat seinen Halbbruder, den »Großen Bastard« Antoine, der sein bester Offizier ist, in die Lombardei entsandt, wo dieser Söldner anwerben soll. Ich muß dafür sorgen, daß meine Leute bezahlt werden, bevor diese neuen Soldaten auftauchen.«

Fiora beharrte nicht auf ihrem Vorschlag. Ihr war eine Idee gekommen: Sie würde seinem Wunsch entsprechen und sich auf sein Schloß bringen lassen. Von dort würde sie später bestimmt entfliehen können, und wenn Campobasso ihr tatsächlich so verfallen war, wie es den Anschein hatte, würde er alles andere im Stich lassen, um sie wiederzufinden ...
Eine Stunde darauf verließ Fiora die Stadt Thionville, von der sie praktisch nichts gesehen hatte, in einer etwas antiquierten, aber dennoch recht soliden Sänfte.
Salvestro ritt neben ihr her, während zehn Soldaten sie an der Spitze und am Ende eskortierten. Vorsichtshalber trugen die Männer statt des burgundischen Wappens Waffenhemden mit dem lothringischen Doppelkreuz ...
Die Gruppe bewegte sich in raschem Tempo Richtung Süden, denn sie mußte immerhin zwanzig Meilen zurücklegen, um zu Campobassos Schloß zu gelangen.
Das Schloß von Pierrefort, das im vorhergehenden Jahrhundert von Pierre de Bar erbaut und nach diesem benannt worden war, erstreckte seine hohen Mauern über einem Gebirgsvorsprung. Die vier Türme des fünfeckigen Bauwerks stellten jeweils ein Beispiel der damals üblichen Architektur dar: Einer war viereckig, einer rund, einer spitz zulaufend, und der Burgfried schließlich bestand aus einem gewaltigen, achteckigen Turm.
Jener war es auch, der dem Zorn von Herzog René zum Opfer gefallen war, doch das Feuer hatte ihn nur zur Hälfte zerstört, und das übrige Gebäude hatte durch den Brand kaum gelitten. Im Norden und Osten fielen die Mauern des Schlosses steil ab, das ringsum durch einen mächtigen Burggraben gesäumt wurde. Davor erhob sich eine aus starken Holzpfählen gezimmerte Verteidigungsmauer, bereit, jedem Angriff zu trotzen ...
Das Ganze war zugleich ein Kunstwerk und eine wehrhafte Festung, in der Campobasso eine Garnison von zwanzig Männern hielt, die von seinem Sohn befehligt wurde.

Fiora sah jedoch nichts von all dem, denn sie schlief während der gesamten Reise tief und fest und öffnete erst wieder die Augen, als sich die Zugbrücke mit lautem Knarren herabsenkte. Gleich darauf gelangte die Gruppe in den riesigen Schloßhof, der durch einige Fackeln spärlich beleuchtet wurde, und kam schließlich vor dem Eingang eines schönen Wohngebäudes zum Stehen, dessen kunstvoll gemauerte Fenster das Wappen der früheren Herrscher aus dem Geschlecht der de Bars trugen.

Ein junger Mann, der Campobasso ähnlich sah, erwartete sie auf der Schwelle.

»Sei gegrüßt, Salvestro, alter Räuber«, rief er fröhlich. »Was führt dich hierher?«

»Ich habe einige Neuigkeiten für dich, Messire Agnolo. Dein Vater braucht dich und schickt mich, damit ich Pierrefort an deiner Stelle befehlige.«

»Ist das wahr? Endlich kann ich diese Einöde verlassen und wieder in den Krieg ziehen? Gott sei gepriesen! Ich warte schon so lange auf diesen Moment!«

Die beiden Männer umarmten einander und gaben sich ein paar freundschaftliche Püffe in die Seite, bis Agnolo fragte: »Was befindet sich in dieser Sänfte?«

»Der kostbarste Schatz deines Vaters. Die Dame da drin wird bald die neue Schloßherrin sein. Es handelt sich um deine künftige Stiefmutter!«

Er öffnete die Vorhänge der Sänfte und half Fiora beim Aussteigen.

Schlaftrunken fragte die junge Frau: »Sind wir da?«

»Ja, Madonna. Dies hier ist Messire Agnolo, der älteste Sohn von Monseigneur Cola.«

Der junge Bursche verneigte sich mit unerwarteter Grazie und bemächtigte sich Fioras Hand.

»Noch vor einem Moment war ich glücklich, endlich von hier fortzukommen, schöne Dame, doch jetzt, da ich weiß, daß Ihr hierbleiben werdet, verspüre ich kaum noch Lust dazu.«

»Danke für Euren liebenswürdigen Empfang, Messire! Ich hatte nicht erwartet, in dieser Festung einen so galanten Mann anzutreffen!«
»Ich ebenfalls nicht«, meinte Salvestro spöttisch. »Du machst Fortschritte, mein Junge. Was den Krieg betrifft, so gib dich keinen zu großen Hoffnungen hin! Herzog Karl ist drauf und dran, mit dem König von Frankreich über den Frieden zu verhandeln!«
Alle Fröhlichkeit wich aus den Zügen des jungen Mannes: »Über den Frieden? Karl der Kühne will mit seinem Todfeind Frieden schließen? Das kann ich nicht glauben! Schließlich hat ihm der König die Picardie wieder weggenommen, und seine Truppen haben seit dem Ende des Waffenstillstands den Norden der Franche-Comté angegriffen.«
»Der Herzog hat noch andere Eisen im Feuer, und deshalb will er Ludwig XI. lieber auf Distanz halten, selbst wenn dieser Frieden auf eher wackligen Beinen steht. Wie man hört, hat Herzog René von Lothringen die Schweizer und die Elsässer zu Hilfe gerufen, die jetzt dabei sind, die Franche-Comté zu verwüsten. Es scheint, als ob du deinen Krieg doch noch erleben wirst«, erklärte Salvestro mit doppeldeutigem Lächeln.
»Das alles ist sehr interessant, meine Herren«, ertönte Fioras Stimme, »aber ich würde jetzt gern hineingehen und vielleicht noch zu Abend essen, falls das möglich ist.«
»Ihr müßt verzeihen«, beeilte sich Agnolo zu erwidern, »Ihr habt natürlich recht. Und Ihr habt Glück, denn ich war den ganzen Tag auf der Jagd und gerade im Begriff, mich an die Tafel zu setzen ...«
»Ihr könnt auf die Jagd gehen, obwohl dieses burgundische Schloß sich im feindlichen Lothringen befindet und somit in ständiger Gefahr?«
»Wir sind hier nicht wirklich in Lothringen, sondern bereits an der Grenze zwischen dem Herzogtum und Frankreich.

Da diese Grenze nicht klar verläuft, kann man hier einigermaßen ruhig leben, und wenn es tatsächlich zum Frieden mit dem König kommt, erst recht! Außerdem hat sich Herzog René dem König angeschlossen. Aber laßt uns hineingehen!«

Als Fiora die Räumlichkeiten betrat, entdeckte sie, daß auch ein Krieger wie Campobasso durchaus Geschmack besitzen konnte. Teppiche und spitzengesäumte Wandbehänge schmückten den Saal, in dem es weder an Möbeln noch an Kissen noch an schönen Gegenständen mangelte. Fiora machte ihrem jungen Gastgeber dafür ein Kompliment, so wie sie auch die Fischgerichte und das Wildbret lobte, das man ihr vorsetzte.

Anschließend begab sie sich in das Zimmer, das man mittlerweile für sie vorbereitet hatte. Es war ein sehr komfortabler Raum, doch leider gingen die Fenster – wie die übrigen Fenster des Gebäudes – zum Burghof hinaus.

Vorsichtshalber schloß sie sich ein. Der junge Mann hatte sie mit sichtlichem Wohlgefallen betrachtet, und sie fürchtete, er könne sich womöglich selbst von den Reizen überzeugen wollen, denen sein Vater erlegen war. Zu ihrer großen Erleichterung klopfte jedoch niemand an ihre Tür.

Da sie seit Tagen zum erstenmal wieder sich selbst überlassen war, verbrachte Fiora viel Zeit mit Nachdenken. Nachdem sie den ganzen Tag geschlafen hatte, war sie jetzt nicht müde, so daß sie sich mit wachem Geist der Situation stellen konnte, in die sie unerwartet geraten war.

Zwei Faktoren waren es, die ihr ursprüngliches Vorhaben vereitelt hatten: einmal die Anwesenheit von Salvestro und seiner bewaffneten Männer sowie die Tatsache, daß sich ein Teil der burgundischen Armee in Thionville aufhielt. Zum andern war da die heftige Leidenschaft, die sie in Campobasso entzündet hatte und die nun genau das Gegenteil von dem bewirkte, was sie eigentlich hatte erreichen wollen. Statt ihr zu folgen, hatte der Kondottiere nur noch an eines

gedacht: diejenige, die er liebte, für sich zu behalten und sie so lange zu verstecken, bis er sie in aller Öffentlichkeit zur Frau nehmen konnte, und das alles, ohne den Clan der Burgunder zu verlassen!
Und nun fand sich Fiora mitten in einem fremden Land wieder, noch dazu eingesperrt in einem festungsähnlichen Schloß und jeder Unterstützung beraubt, die ihr ein Entkommen hätte ermöglichen können. Ohne den scharfsinnigen Esteban und den bärenstarken Mortimer war sie so gut wie machtlos, zumal sie sich schlecht vorstellen konnte, den alten Salvestro zu verführen, damit dieser ihr die Tür öffnete ...
Wo mochten sich Esteban und der Schotte zu dieser Stunde befinden? Wenn die beiden Männer tatsächlich, mit Waffen und Vorräten versorgt – wie Campobasso versichert hatte –, den Rückweg angetreten hatten, so war Douglas Mortimer jetzt wohl bei seinem König angelangt und erstattete ihm über den Ausgang seiner Mission Bericht. Doch was war mit Esteban? Hatte er den Schotten begleitet?
Fiora bezweifelte das eher. Der Spanier war ihr treu ergeben, und außerdem würde ihn nichts auf der Welt davon abbringen, Demetrios' Anweisung auszuführen, und die war eindeutig gewesen: Er sollte Fiora beschützen, was immer auch geschehen mochte. Vielleicht war er gar nicht so weit entfernt, wie man vermutete ...? Eines war jedenfalls gewiß: Fiora mußte von diesem Ort entfliehen, koste es, was es wolle. Vielleicht nahm Campobasso dann ihre Verfolgung auf, wodurch Herzog Karl sich eines seiner besten Offiziere beraubt sehen würde ...
Wie auch immer, sie wollte nicht länger das Spielzeug dieses Mannes sein und erneut Tage und Nächte wie zuvor in Thionville durchleben. Wenn sie daran zurückdachte, empfand sie nichts als Scham. Sie hatte sich aufgeführt wie eine Kurtisane, und darauf war sie ja auch vorbereitet gewesen. Schlimm war jedoch, daß sie Gefallen daran gefunden

hatte. Sie hatte entdeckt, daß sie sich mit Wonne derartigen Liebesspielen hingeben konnte, ohne dabei ein wirkliches Gefühl zu empfinden. Selbst ein Mann, der ihr gänzlich fremd war, vermochte ihre Sinne zu erregen und sie eine Zeitlang fühlen zu lassen, daß sie in solchen Momenten nichts anderes war als ein Körper, der der Lust entgegenfieberte ...

Über all diesen Gedanken schlief sie endlich ein, und ihr Schlummer war so tief, daß sie nicht hörte, wie im Morgengrauen der junge Agnolo mit der Eskorte davonritt, die sie hergebracht hatte.

Nachdem er das Schloß verlassen hatte, ließ Salvestro die Zugbrücke hochziehen. Dann blickte er rasch zu dem Fenster empor, hinter dem jene ruhte, die seinen Herrn so verzaubert hatte. Er lächelte leise in sich hinein, zuckte die Schultern und machte sich daran, die Quartiere und die Waffen der Männer zu inspizieren, die das Schloß bewachen sollten.

Fiora wußte es noch nicht, aber sie war jetzt die Gefangene eines alten Soldaten, der keinerlei Sympathie für sie empfand. Salvestro würde alles tun, damit sie genau begriff, welche Rolle man ihr hier zugestand: Sie war nichts als ein schöner Gegenstand und lediglich dafür da, dem Herrn dieses Schlosses Vergnügen zu bereiten, nichts anderes!

Sehr bald erkannte Fiora, welches Geschick man für sie vorgesehen hatte. Am Morgen verlangte sie nach einem Pferd, um die Gegend zu erkunden, doch sie erhielt zur Antwort, das sei unmöglich. Ausritte oder Spaziergänge seien angesichts der nahegelegenen Grenze zu Frankreich nicht ratsam.

Statt dessen wurden zwei Soldaten zu ihrer Bewachung abgestellt, die sie auch dann begleiteten, wenn sie den Rundweg abschritt, der um das Schloß herumführte.

Damit nicht genug, sorgte Salvestro dafür, daß ihr Fenster mit soliden Holzleisten verriegelt wurde. Wütend stellte sie

ihn zur Rede: »Wer hat Euch so etwas erlaubt? Wißt ihr nicht, daß ich demnächst Euren Herrn heiraten soll?«
»Seid unbesorgt: Niemand wird Euch auf diesem Schloß den nötigen Respekt verweigern. Dennoch bin ich mir nicht sicher, ob Ihr Eurerseits große Lust habt, die Gemahlin meines Gebieters zu werden, und da er auf Euch größten Wert legt, muß ich alles tun, damit er Euch tatsächlich hier vorfindet, wenn er es wünscht.«
»Was für ein Unsinn! Bin ich etwa nicht freiwillig zu ihm gekommen?«
»Gewiß ... aber mit welchem Ziel? Weil Ihr die ganze Zeit nur von ihm geträumt hattet? Das kann ich mir nicht vorstellen. Ihr seid noch blutjung, während er schon bald alt sein wird.«
»Wißt Ihr nicht, daß ich seine Cousine bin?«
»Das ist möglich, aber keineswegs sicher. Was mich angeht, so habe ich den Auftrag erhalten, über Euch zu wachen, und genau das werde ich tun, notfalls auch gegen Euren Willen. Und Ihr dürft mir glauben, daß mich das einige Überwindung kostet! Wenn es Euch nicht gäbe, wäre ich jetzt an der Seite meines Herrn und könnte gemeinsam mit ihm in den Krieg ziehen, der uns bevorsteht.«
»Was für ein Krieg? Man ist doch dabei, das Friedensabkommen zu unterzeichnen ...«
»Und ich sage Euch, daß Herzog Karl erneut Krieg führen wird!«
»Jetzt, zu dieser Jahreszeit? Das ist mehr als unwahrscheinlich!«
»Für einen richtigen Soldaten spielt das Wetter keine Rolle. Wollt Ihr jetzt wieder hineingehen?«
Noch immer aufs äußerste erbost, schleuderte sie ihm entgegen: »Ich werde mich über die Behandlung, die mir hier zuteil wird, bei Eurem Herrn beschweren!«
Nach diesen Worten ging sie ins Haus zurück und knallte wütend die Tür hinter sich zu.

Tage und Nächte vergingen, die alle gleichermaßen grau und trist waren. Fiora erstickte vor Langeweile. Das Wetter war die ganze Zeit schlecht, und der Sommer ging zu Ende, ohne daß es aufhören wollte, zu regnen und zu stürmen.
Sie verbrachte viele Stunden vor dem Kaminfeuer im großen Saal und starrte verloren in die Flammen. Es gab nicht die geringste Möglichkeit, sich zu beschäftigen, denn sie fand weder ein Buch noch irgendeine Stickerei. Des Nachts schloß Salvestro sie in ihrem Zimmer ein und legte sich auch noch vor der Türe schlafen, wo sie ihn aus vollem Halse schnarchen hören konnte. Tagsüber hatten sie einander nichts zu sagen und tauschten nur wenige Worte aus. Einzig, wenn Salvestro zweimal in der Woche nach Toul ritt, um sich über den neuesten Stand der Dinge zu informieren, kam etwas Abwechslung in diese Monotonie.
Wie der alte Stallmeister es prophezeit hatte, war Herzog Karl erneut in den Krieg gezogen. Nachdem er dem jungen Herzog René am 15. September ein Manifest zugesandt hatte, das in Wirklichkeit nichts anderes war als eine Kriegserklärung, hatte er sich an die Spitze seiner Armee gesetzt und mit der Erstürmung von Lothringen begonnen. Ein erstes Truppenkorps, das von Campobasso und vom Marschall von Luxemburg befehligt wurde, war bereits dabei, Conflans-en-Jarnisy zu belagern.
Daraufhin war René II. nach Frankreich gereist, um zu versuchen, vom König Unterstützung zu erhalten. Allerdings war der junge Herzog vom Erfolg seiner Mission nicht sehr überzeugt gewesen, da Ludwig XI. soeben den Frieden von Soleuvre mit Burgund geschlossen hatte.
Eines Nachts wurde Fiora durch das Knarren der Zugbrücke geweckt. Laute Rufe und Pferdegetrappel waren zu hören. Sie sprang aus dem Bett und schlüpfte in ihr Hemd, um nachzusehen, was draußen los war. Bevor sie jedoch dazu kam, sich über dieses Geschehen zu wundern, stand Campobasso in der Tür. Er hielt seinen Helm unter dem

Arm und strahlte übers ganze Gesicht. Einen Moment lang standen sie sich stumm gegenüber. Dann ließ er den Helm fallen, riß sich die Lederhandschuhe herunter und stürzte auf sie zu.
»Ich mußte einfach kommen!« stieß er hervor. »Meine Männer werden zwanzig Stunden auf mich verzichten müssen.«
»Willst du damit sagen, daß du deinen Posten verlassen hast, um hierherzukommen?«
»Ja, selbst mit dem Risiko, entehrt zu werden. Ich konnte nicht anders! Ich brauche dich so ... mehr noch als die Luft zum Atmen! Rasch, hilf mir, die Rüstung auszuziehen. Ich habe ungefähr zwei Stunden Zeit.«
Doch statt seinen Worten Folge zu leisten, warf sie sich einen Umhang über, um ihre Blößen zu bedecken, kreuzte die Arme vor der Brust und baute sich vor dem Fenster auf.
»Nein!« entgegnete sie energisch. »Das ist doch wohl etwas zu einfach, hier so hereinzuschneien und zu erklären, daß du mich brauchst! Ich brauche dich nämlich überhaupt nicht, ich habe nicht die geringste Sehnsucht nach dir, und wenn du mich haben willst, mußt du mich schon mit Gewalt nehmen!«
Durch ihre Reaktion aus der Fassung gebracht, konnte er nur stammeln: »Aber Fiora! Wir lieben uns doch! Hast du denn Thionville schon vergessen ... unser Zimmer ... und wie wir uns dort geliebt haben?«
»Ich habe gar nichts vergessen. Du hingegen scheinst nicht mehr zu wissen, was man einer Frau wie mir schuldig ist. Welche Rolle spiele ich denn hier? Sieh doch nur, wie mein Fenster verbarrikadiert wurde!«
»Bitte sei deswegen nicht zornig! Ich selbst habe Salvestro diese Anweisungen gegeben. Es war nötig ... um deiner Sicherheit willen!«
»Was hat das mit meiner Sicherheit zu tun?«
»So versteh doch! Abgesehen davon, daß dieser Ort hier tatsächlich nicht ganz sicher ist, konnte ich dich nicht inmitten

all meiner Männer ganz allein hier lassen, ohne gewisse Maßnahmen zu ergreifen. Kein Mann ist gegen deine Schönheit gefeit! Wenn die Soldaten etwas getrunken haben, kommen sie womöglich auf die Idee, dein Fenster zu erstürmen ... Salvestro!« Der alte Stallmeister erschien auf der Stelle.
»Hilf mir, das Ding auszuziehen!« befahl Campobasso.
»Die Mühe könnt ihr euch sparen!« sagte Fiora höhnisch. »Du wirst genauso zurückkehren, wie du hergekommen bist. Ich werde niemals bereit sein, mich wie eine Marketenderin behandeln zu lassen.«
»Ich behandle dich wie meine Frau, das ist alles.«
»Ihr seid mit diesem Geschöpf viel zu nachsichtig, Herr!« meinte Salvestro, dem es inzwischen gelungen war, den Grafen von seiner Rüstung zu befreien. »Ich werde sie festhalten, und Ihr macht mit ihr, was Ihr wollt ...«
Campobasso versetzte ihm jedoch einen heftigen Stoß, so daß er gegen die Wand geschleudert wurde, und befahl: »Hol mir Wein! Anschließend wirst du die Tür von außen verriegeln und mich in zwei Stunden wieder wecken. Und man soll ein frisches Pferd für mich bereithalten!«
Unterdessen hatte Fiora rasch nachgedacht. Zwei Stunden ... das war keine lange Zeit. Was würde geschehen, wenn es ihr gelänge, ihn an der Rückkehr zu hindern? Zweifellos würde man ihn aller Ehren berauben, aber darüber machte sie sich keinerlei Sorgen. Als Salvestro den Wein gebracht und die Tür verriegelt hatte, sagte sie zu Campobasso: »Hör zu, ich will nicht wie eine gefangene Sklavin behandelt werden. Statt dessen möchte ich mir Gewißheit darüber verschaffen, daß ich tatsächlich deine Mätresse bin, in jedem Sinn des Wortes!«
»Dann stell mich auf die Probe! Befiehl mir ... und ich werde dir gehorchen! Aber ich flehe dich an, verweigere dich mir nicht!«
»Gut, ich bin bereit, die Probe zu machen. Ich befehle dir, zu bleiben, wo du bist, ohne dich zu rühren ...«

»Was hast du vor?«
»Ich will prüfen, ob du mir wirklich gehorchst. Also rühr dich nicht von der Stelle, andernfalls ...«
Ohne ihn aus den Augen zu lassen, begann sie ganz langsam, den Umhang von ihren Schultern zu nehmen, um dann mit ebenso aufreizender Langsamkeit aus ihrem Hemd zu schlüpfen, das neben ihr zu Boden glitt. Anschließend streckte sie sich wollüstig, wobei sie die dichte Masse ihres schwarzen Haares mit beiden Händen spielerisch emporhob.
Campobassos Gesicht hatte eine dunkelrote Färbung angenommen: »Fiora!« beschwor er sie.
»Nein, rühr dich nicht!«
Gemächlich und nackt wie sie war, trat sie zu der Truhe, auf der Salvestro den Wein abgestellt hatte. Sie schenkte sich einen Becher voll und trank ihn in kleinen Schlucken leer, wobei sie den Mann, den sie solchermaßen quälte, unverwandt anlächelte.
Der Graf fiel auf die Knie und rief: »Fiora, die Zeit eilt uns davon! Hör auf mit diesem grausamen Spiel!«
»Du hast recht. Du mußt furchtbar durstig sein. Warte, ich bringe dir etwas zu trinken ...«
Sie drehte sich um und füllte den Zinnbecher erneut mit Wein. Verstohlen griff sie währenddessen in ein kleines Kästchen, das sie auf der Truhe deponiert hatte, und holte eine winzige Phiole heraus. Diese enthielt ein Schlafmittel, von dem sie jetzt zwei Tropfen in den Becher gab. Dann nahm sie ihn zwischen ihre beiden Hände und kam damit auf Campobasso zu.
»Trink!« befahl sie sanft, »und danach gehen wir ins Bett ...«
Er leerte den Inhalt in einem Zug, warf den Becher hinter sich, hob Fiora hoch und trug sie zu der Liegestatt. Die Wirkung des Schlaftrunks setzte jedoch nicht sofort ein, so daß Fiora zunächst noch den leidenschaftlichen Ansturm ihres Liebhabers über sich ergehen lassen mußte ...

Nachdem er eingeschlafen war, glitt sie aus dem Bett, spülte den Becher mit etwas Wein aus, um anschließend die restliche, im Krug verbliebene Menge aus dem Fenster zu schütten. Dann legte sie sich wieder hin und stellte sich schlafend. Als Salvestro erschien, um seinen Gebieter an dessen Pflicht zu gemahnen, war es ihm natürlich unmöglich, den Grafen aufzuwecken.

»Er hat getrunken wie ein Loch!« erklärte Fiora seufzend. »Jetzt will er einfach nicht wieder zu sich kommen ...«

»Vor allem ist er todmüde, und daran seid Ihr nicht unschuldig! Wie auch immer, er muß sofort aufbrechen, sonst ist er verloren. Helft mir, ihn anzuziehen!«

Zu zweit gelang es ihnen schließlich, dem Grafen seine Kleidung wieder anzulegen. Danach rief Salvestro den Hauptmann herbei, der die kleine Garnison befehligte, damit dieser ihm half, Campobasso wieder in dessen Rüstung zu zwängen.

Fiora, die ihnen dabei zusah, konnte ihre Enttäuschung nur mit Mühe verbergen. Gegen die blinde Ergebenheit eines alten Dieners war jede weibliche List machtlos!

Der Kondottiere wurde auf das Pferd gesetzt und dort festgebunden. Salvestro ergriff die Zügel und erklärte: »Ich werde ihn so lange begleiten, bis er aufwacht. Und wenn ich bis nach Conflans reiten muß ...«

Salvestro kehrte im Laufe des Tages zurück. Campobasso, der im Morgengrauen das Bewußtsein wiedererlangt hatte, war in sein Lager zurückgeritten, ohne zu begreifen, was ihm widerfahren war ...

Dennoch sollte diese Eskapade für ihn sehr unangenehme Folgen haben. Im Laufe der Nacht war dem Statthalter von Conflans nämlich eine Truppe von Soldaten zu Hilfe gekommen, die der Statthalter der Grenzstadt Briey ihm gesandt hatte. Damit nicht genug, wurde Campobasso, kaum daß er sich im Lager wieder eingefunden hatte, von einem Angriff aus dem Hinterhalt überrascht: Zusammen mit zweitausendfünfhundert Männern, die er aus Frankreich mitgebracht hatte, erschien Herzog René höchstpersönlich, um die Truppen des Burgunders das Fürchten zu lehren ... Campobasso, der jetzt zu Recht um sein Leben fürchtete, beeilte sich, die Belagerung der Stadt aufzugeben, und rief damit den heftigsten Zorn von Karl dem Kühnen hervor. Der Kondottiere, den er als feige und unfähig beschimpfte, ließ das Gewitter über sich ergehen und schwor, daß ihm so etwas nicht noch einmal passieren würde.

Als man in Pierrefort davon erfuhr, spuckte Salvestro Gift und Galle.

»Er wird mich vielleicht dafür umbringen«, schleuderte er Fiora entgegen, »aber wenn er Euretwegen noch einmal eine solche Wahnsinnstat begeht, so erwürge ich Euch mit meinen eigenen Händen!«

Kalt erwiderte die junge Frau: »Ihr würdet mir damit nur einen Gefallen tun, oder glaubt Ihr, daß mir diese Art von Leben noch Freude macht?«

Schulterzuckend drehte sie sich auf dem Absatz um und begab sich in die kleine Burgkapelle, wo sie sich gern aufzuhalten pflegte. Nur in dieser Stille und Abgeschiedenheit fand sie ein wenig inneren Frieden.

Der einzige Lichtblick in ihrem so chaotischen Dasein war für sie die Liebe zu Philippe, doch auch die war sinnlos geworden, da er verheiratet oder zumindest wiederverheiratet war. Sie hatte nicht länger das Recht, an ihn zu denken, und dennoch lebte er in ihrem Herzen unverändert weiter.

Die Hoffnung, die sie beim Verlassen von Florenz noch in sich getragen hatte, war erloschen, doch zugleich war es ihr nicht gelungen, von dieser Liebe zu genesen ...

Nun wurde ihr Leben auch noch von der Erinnerung an Campobasso vergiftet. So stellte sie sich die Frage, was sie mit sich anfangen sollte, sobald Karl der Kühne seine gerechte Strafe erhalten hatte. Sollte sie ins Kloster gehen? Nein, entschied sie, niemals! Oder sollte sie sich wieder an die Seite von Demetrios begeben und ihm bei seiner Forschungsarbeit behilflich sein? Der Gedanke hatte für sie wenig Verlockendes, und außerdem brauchte der Grieche sie nicht.

Also wäre der Tod wohl die beste Lösung, entschied sie, doch nur, wenn sie unter dem Himmel von Florenz sterben konnte, damit ihre Asche eines Tages in derselben Erde ruhte wie der Körper jenes Mannes, der sie als einziger wahrhaft geliebt hatte: Francesco Beltrami. Was Campobasso betraf, so schwor sie sich, daß er sie niemals mehr berühren sollte, und sei es, daß sie sich töten mußte, um dem zu entgehen ...

Wie man kurz darauf erfuhr, war Herzog Karl inzwischen an der Spitze seiner Armee Richtung Süden gezogen, um Nancy einzukreisen und vorerst Epinal einzunehmen.

Campobasso, der mit der Erstürmung der Grenzstadt Briey beauftragt worden war, widmete sich dieser Aufgabe mit besonderem Einsatz, nachdem er zuvor derart gedemütigt worden war. Der Kondottiere, der sechstausend Soldaten mit sich führte, hatte in Briey leichtes Spiel, obwohl sich die Stadt tapfer verteidigte. Vor den Augen ihrer Anführer und in Gegenwart des Statthalters ließ Campobasso die Soldaten der Garnison an Bäumen aufhängen.

Dieser Oktobermonat versetzte ganz Lothringen in Angst und Schrecken, während Karl der Kühne den Süden des Herzogtums verwüstete. Er wollte diesen Teil des Landes unter seine Gewalt zwingen, bevor er Nancy angriff.

Von den hohen Mauern des Schlosses aus konnte Fiora die endlosen Schlangen von heimatlos gewordenen Bauern beobachten, die alle kein Dach mehr über dem Kopf hatten und die nun auf der Suche nach einem Zufluchtsort waren. Manche dieser Unglücklichen kamen zum Schloß und flehten um Hilfe, doch Salvestro war unerbittlich. Er ließ sie durch Steinwürfe davonjagen und schreckte auch nicht davor zurück, auf sie schießen zu lassen.

Fassungslos vor Wut und Entsetzen, schrie Fiora den Alten vor seinen Männern an: »Welche Mutter hat dich nur geboren, du altes Scheusal! Selbst Wölfe töten nur, wenn sie hungrig sind, aber du und dein unwürdiger Herr, ihr tötet, weil es euch Spaß macht und weil ihr wißt, daß ihr dafür nicht zur Rechenschaft gezogen werdet!«

»Mein unwürdiger Herr? Wenn er dich vögelt, findest du ihn anscheinend keineswegs so schrecklich, du dreckige florentinische Hure! Und jetzt verschwinde von hier, bevor ich die Geduld verliere!«

Fiora holte aus, ohrfeigte ihn mit aller Kraft und fuhr ihm anschließend mit den Fingernägeln ins Gesicht. Dann rannte sie davon, wobei ihr Salvestros wütende Stimme hinterherschallte:

»Warte nur, bis mein Herr wiederkommt! Bald wird er zurück sein, und ich weiß schon, was ich ihm dann erzählen werde!«

Doch Campobasso kehrte nicht zurück. Statt dessen fand sich an einem nebligen Novembermorgen vor dem Schloß eine Gruppe von Reitern ein, die das Banner des Herzogs von Burgund trugen und die von einem älteren Offizier mit beeindruckend stolzer Miene angeführt wurden.

»Im Namen unseres Gebieters, Herzog Karl von Burgund, verlange ich, Olivier de La Marche, Ritter vom Goldenen Vlies und Gardehauptmann des Herzogs, daß uns Zugang zu diesem Schloß gewährt wird!« rief der Offizier mit einer Stimme, die keinerlei Widerspruch duldete.

Salvestro beeilte sich, die Zugbrücke herunterzulassen, und gleich darauf ritt die Gruppe in den Burghof ein.

»Ich habe mit dem zu reden, der dieses Schloß befehligt.«

»Das bin ich, Monseigneur, Salvestro da Canale, Stallmeister des Herrn Grafen von Campobasso und zu Euren Diensten.«

»Das möchte ich Euch auch geraten haben ... Meinen Befeh-

len entsprechend habt Ihr mir eine Frau zu übergeben, die sich hier aufhalten soll, eine gewisse Fiora Beltrami.«
»Gewiß, aber ich habe Anweisung, sie hier zu bewachen und bei mir zu behalten, solange mein Herr dies wünscht.«
Der Offizier beugte sich herab, packte Salvestro am Kragen und erwiderte: »Für mich gelten ausschließlich die Anweisungen des Herzogs, und er hat befohlen, daß ich diese Frau mitnehme und zu ihm bringe. Hast du verstanden?«
»Er hat sehr wohl verstanden«, ertönte plötzlich die kalte Stimme von Fiora, die sich unbemerkt den Männern genähert hatte. »Ich bin Fiora Beltrami. Was wollt Ihr von mir?«
Überrascht betrachtete Olivier de La Marche die zierliche junge Frau, die jetzt in stolzer Haltung und ganz in Schwarz gekleidet vor ihm stand. Unwillkürlich senkte er die Stimme, als er erwiderte: »Ich habe Anweisung, Euch zu verhaften und zum Herzog zu führen.«
»Mich zu verhaften? Habe ich denn ein Verbrechen begangen?«
»Ich weiß es nicht. Seid Ihr bereit, mir freiwillig Folge zu leisten?«
»Sogar mit Vergnügen!« gab sie lächelnd zurück, wobei sie Salvestro einen triumphierenden Blick zuwarf. Sie sah, daß der alte Stallmeister seinen Zorn nur mit Mühe beherrschen konnte.
»Kann ich mitnehmen, was mir gehört?« fragte sie dann.
»Gewiß. Einer meiner Männer wird Euch begleiten. Unterdessen lasse ich für Euch ein Pferd satteln.«
Wenig später kehrte Fiora zurück, gefolgt von einem Soldaten, der ihr leichtes Gepäck trug. Sie steuerte auf das wartende Pferd zu, doch der Offizier, der inzwischen abgestiegen war, gebot ihr Einhalt. Er hielt ein Seil in der Hand und erklärte:
»Ich muß Euch die Hände binden. Wenn Ihr versprecht, daß Ihr nicht zu fliehen versucht, binde ich Euch die Hände vorn fest ...«

»Oh! So stehen die Dinge also?«
»Ja.«
»Gut. Trotzdem bin ich froh, dieses Gefängnis hier verlassen zu können«, meinte sie seufzend.
»Selbst wenn Euch dafür ein anderes erwartet?«
»Wie auch immer es sein mag – ich bin sicher, daß es mir dort besser gefallen wird.«
Nachdem ihre Hände gefesselt waren, half Olivier de La Marche ihr beim Aufsitzen und breitete sogar den Mantel um sie, damit sie vor dem Regen geschützt war. Dann stieg er in den Sattel und ergriff die Zügel von Fioras Pferd.
»Seid Ihr berechtigt, mir zu sagen, wohin Ihr mich führt?« erkundigte sie sich, während sie an seiner Seite über die Zugbrücke ritt.
»Das ist kein Geheimnis. Ich bringe Euch nach Nancy, ins Lager meines Gebieters. Wir werden am Abend dort ankommen.«
»Gut, das soll mir recht sein.«
In ihre Kapuze eingehüllt, gestattete sich Fiora ein verstohlenes Lächeln. Alles war besser, als länger die Gefangene Campobassos zu bleiben, selbst wenn dies das Scheitern ihrer Mission bedeutete.
Endlich würde sie mit jenem sagenumwobenen Herrscher zusammentreffen, über den seine Freunde nur das Beste zu sagen wußten und seine Feinde nur das Schlimmste, jenen Herzog Karl, den man »den Kühnen« nannte, dem Philippe de Selongey mit Leib und Seele verbunden war und den sie und Demetrios zu töten geschworen hatten ...
Nun war sie seine Gefangene, und sie würde womöglich ihrerseits durch ihn den Tod finden. Doch das war im Grunde bedeutungslos geworden. Sie betete nur noch darum, daß das Schicksal es ihr ersparen würde, Philippe erneut zu begegnen. Wenn sie dem Tod mit heiterer Stirn entgegentreten wollte, so durfte die geheime Wunde in ihrem Herzen nicht erneut zu bluten beginnen.

Kapitel 10

Vor Nancy

Nancy war keine sehr große Stadt. Nur fünf- bis sechstausend Einwohner lebten in dieser viereckig angelegten Konstruktion, und dennoch handelte es sich um die Kapitale des Herzogtums von Lothringen, zu deren Verteidigung ihre Herrscher hohe Mauern errichtet hatten, die zusätzlich durch große Holzpflöcke auf den Zinnen gesichert worden waren.

Indessen gab es nur wenige Türme: Außer den Doppeltürmen im Norden, welche die Pforte de la Craffe verteidigten, der Pforte Saint-Nicolas im Süden und den im hinteren Teil der Stadt gelegenen Ausfalltoren mit Namen Sarate und Saint-Jean, besaß Nancy nur noch vier weitere Türme. Hinzu kamen natürlich jene, die das herzögliche Palais an der Ostseite bewachten.

Fünfzig Jahre zuvor hatte Herzog Karl II. bereits erkannt, daß die alten Mauern seiner Stadt – besonders angesichts der sich weiterentwickelnden Artilleriegeschütze – keinen besonderen Schutz mehr boten.

Um den Feind bei einem Angriff möglichst lange von den Mauern fernzuhalten, hatte er die Errichtung sogenannter »Bellewarts« oder auch »Boulevards« angeordnet. Bei diesen handelte es sich um mächtige Erdaufschüttungen, die auf einer Konstruktion aus je fünf Eichenpfählen ruhten. Das Ganze diente dazu, die Wachposten zu verstärken.

Solchermaßen ausgerüstet, trotzte die lothringische Hauptstadt bisher stolz dem Angriff der burgundischen Armee. Verstärkt durch zusätzliche Truppenkontingente, etwa aus

Luxemburg und Savoyen, war diese wieder ebenso mächtig wie furchterregend geworden.
Außerdem konnte sie auf Hilfe aus dem Norden des Landes rechnen, denn der Bischof von Metz war mit Herzog Karl verbündet, und ebenso aus dem Süden, wo die Franche-Comté für Nachschub an Verpflegung und Munition sorgte.
Die belagerte Stadt besaß indessen keine solchen Möglichkeiten, und man fragte sich, wie lange sie unter diesen Bedingungen und in Anbetracht des kalten, regnerischen Herbstes noch standhalten würde.
Ungeachtet der Kanonenfeuer, mit denen die Stadt beschossen wurde, führte Olivier de La Marche seine Gefangene sicher zu der riesigen Zeltstadt, in der die burgundische Armee ihr Lager aufgeschlagen hatte.
Zu dieser Jahreszeit wurde es früh dunkel, und nach und nach wurde der Beschuß eingestellt. In der belagerten Stadt ertönte das Angelusläuten, und hier wie auch im Armeelager hielten die Menschen für einen Moment inne, um ein kurzes Gebet zu verrichten.
Auch Fioras Eskorte folgte dem Aufruf der Kirchenglokken ... Anschließend bahnten sich die Reiter ihren Weg weiter durch das Zeltlager, vorbei an den alten Befestigungsanlagen der Tempelritter, die sich etwa zwölfhundert Meter von den Stadtmauern entfernt befanden.
Endlich gelangten sie zu einer Gruppe besonders prächtiger Zelte, von denen das größte die Farben des Herzogs von Burgund trug. Stallmeister, Bedienstete und Pagen machten sich in der Nähe zu schaffen.
An den übrigen Zelten sah man das Banner des Herzogs von Kleve, des Fürsten von Tarent sowie das der Ritter vom Goldenen Vlies. In unmittelbarer Nähe des herzöglichen Logis stand ein Zelt, das etwas größer war als die anderen und an der Spitze ein goldenes Kreuz aufwies. Dort wohnte der Gesandte des Papstes, Alessandro Nanni, Bischof von Forli.
In all diesen provisorischen Unterkünften, von denen man-

che es an Eleganz und Solidität durchaus mit richtigen Häusern aufnehmen konnten, herrschte um die Zeit geschäftiges Treiben.
Als der Hauptmann der Garden mit dieser schönen jungen Frau auftauchte, der noch dazu die Hände gefesselt waren, rief das überall heftige Neugier hervor, doch Olivier de La Marche reagierte weder auf Fragen noch auf Zurufe und führte seine Gefangene unbeirrt durch die Menge.
Auch Fiora achtete nicht auf ihre Umgebung. Sie saß kerzengerade auf ihrem Pferd, in geradezu königlicher Haltung, und bemerkte die beiden Ritter nicht, die sich nur wenige Schritte von ihr entfernt mit ihren Rüstungen abmühten.
Plötzlich erstarrten die Gesichtszüge des einen in fassungslosem Erstaunen: »Das ist doch nicht möglich«, murmelte Philippe de Selongey, »oder habe ich bereits Visionen?«
Er deutete mit ausgestrecktem Arm auf die beiden Ritter, die sich dem herzöglichen Zelt näherten, während sein Freund, Mathieu de Prame, seinem Blick folgte.
»Das kann sie doch nicht sein, oder?« stammelte Philippe.
»Und wenn sie noch am Leben wäre, was hätte sie dann hier zu suchen, noch dazu als Gefangene?«
»Das weiß ich nicht. Aber hältst du eine derartige Ähnlichkeit für möglich? Ich empfand ihre Schönheit stets als etwas Einzigartiges ...«
»Ich muß mir Gewißheit verschaffen!«
Philippe stürzte ihnen nach, doch La Marche und Fiora waren bereits im Zelt verschwunden. Die Wachposten kreuzten ihre Lanzen vor Philippe und verwehrten ihm den Zugang.
»Ich muß hinein!« protestierte er. »Ich muß den Herzog auf der Stelle sprechen!«
»Unmöglich! Messire Olivier hat soeben Anweisung gegeben, daß wir niemand einlassen dürfen.«
»Aber wer ist denn die Frau in seiner Begleitung?«
»Ich habe keine Ahnung.«

Wütend riß Philippe sich den Panzerhandschuh herunter und warf ihn zu Boden. Prame, der ihm nachgeeilt war, versuchte ihn zu besänftigen.
»So beruhige dich doch! Es nützt nichts, wenn du dich aufregst. Wir müssen warten, bis sie wieder herauskommt. Der Herzog wird sie nicht ewig bei sich behalten.«
»Du hast recht. Warten wir also!«
Und alle beide ließen sich auf einem Baumstumpf in der Nähe nieder.
Fiora hatte unterdessen in einer Art Vorraum gewartet, der ganz mit purpurfarbenem Samt ausgeschlagen war. Kurz darauf wurde sie von Olivier de La Marche in ein prächtiges Gemach geführt, in dessen Mitte sich ein Thron mit einem Baldachin darüber befand.
Auf diesem Thron saß ein Mann, den Fiora sofort erkannte, denn seine Amme hatte ihn ihr einst genau beschrieben. Dieser Mann war Karl der Kühne ...
Er trug ein langes Gewand aus rotem Samt, das von einem goldenen Gürtel gehalten wurde. Über einem Hermelinkragen prangte die Kette des Ritterordens vom Goldenen Vlies. Auf seiner Samtkappe blitzte ein Schmuckstück, das ebenso seltsam wie faszinierend war. Es handelte sich um eine Diamantbrosche in Form eines kleinen Köchers, die mit Perlen und Rubinen besetzt war. Fiora fand, daß er große Ähnlichkeit mit einem jener Märchenkönige besaß, von denen ihr Vater einst erzählt hatte, als sie noch ein Kind war, doch trotz seiner imposanten Erscheinung verspürte sie keinerlei Furcht.
Sie mußte beinahe lachen bei dem Gedanken, daß sie seit Monaten davon geträumt hatte, einen Mann zu töten, der von einer ganzen Armee beschützt wurde. Ausgerechnet sie, eine schlichte junge Frau ohne Macht und Einfluß, und ihr Freund Demetrios, ein alternder griechischer Arzt, hatten geschworen, den Großherzog des Okzidents zu vernichten, und dabei hatten sie nicht einmal gewußt, ob sie jemals

Gelegenheit bekommen würden, sich ihrem Feind zu nähern ...
Jetzt stand sie tatsächlich vor ihm, jedoch als Gefangene mit gefesselten Händen, und wahrscheinlich würde sie den nächsten Tag nicht mehr erleben, denn dieses düstere Gesicht mit den funkelnden Augen, die sie schweigend musterten, verhieß nichts Gutes. Dennoch hatte sie nach wie vor keine Angst.
»Du bist also das Mädchen«, ertönte schließlich eine tiefe, wohlklingende Stimme, »um derentwegen einer meiner besten Offiziere seine Pflicht vergessen hat ... Und woher stammst du, daß du nicht weißt, wie man sich vor einem Fürsten verneigt?«
»Eine Frau verneigt sich nicht, Monseigneur, und mit gefesselten Händen kann ich Euch nicht die gebührende Reverenz erweisen. Im übrigen wüßte ich gerne, weshalb man mir Fesseln angelegt hat. Soviel mir bekannt ist, habe ich weder gestohlen noch getötet.«
»Du bist eine Spionin und stehst in Diensten meines sauberen Cousins, König Ludwig von Frankreich. Das ist in meinen Augen schlimmer.«
»Tatsächlich? Wurde nicht gerade in Soleuvre mit dem König ein neunjähriger Waffenstillstand unterzeichnet? Ich ging davon aus, daß man wieder nach Belieben reisen kann, seitdem die Waffen schweigen ...«
»Hier schweigen die Waffen nicht, wie du siehst. Du bist also einfach so auf die Idee gekommen, dich in die Stadt zu begeben, wo sich rein zufällig ein Großteil unserer Armee aufhielt?«
»Ich hatte das Bedürfnis, meinen Cousin zu besuchen, da er der einzige Verwandte ist, der mir blieb, Monseigneur.«
»Du willst sagen, daß Campobasso dein Cousin ist?«
»Ich verstehe nicht, inwiefern diese Verwandtschaftsbande den mächtigen Herzog von Burgund beleidigen sollten. Und da wir gerade von Beleidigung sprechen, Monseigneur,

so bitte ich darum, daß Ihr mich nicht länger duzt. Ich bin von gutem Geblüt, und der König von Frankreich, den ich in der Tat kennengelernt habe, hat es mir gegenüber nie an Respekt fehlen lassen.«

Angesichts der Kühnheit dieser jungen Frau, deren große, graue Augen ihn mit leicht ironischem Spott betrachteten, geriet der Herzog in heftigen Zorn. Sein Gesicht war plötzlich ebenso rot wie sein Gewand, während er aufstand und befahl: »La Marche! Zwingt diese Frau, sich hinzuknien, und macht ihr begreiflich, daß ihr Leben nur an einem Faden hängt! Sie tut gut daran, meinen Zorn nicht weiter zu reizen!«

Wortlos trat der Offizier hinter Fiora und zwang sie zu Boden, doch die junge Frau senkte trotzdem nicht den Kopf.

»Es wäre leichter gewesen, mir die Hände loszubinden«, sagte sie. »Auf die Weise hättet ihr Euch davon überzeugen können, Monseigneur, daß ich durchaus weiß, wie man sich vor einem Herrscher verhält. Eine erzwungene Geste war noch nie ein Zeichen wirklichen Respekts ... Aber wenn es Euch Genugtuung verschafft, so laßt mich hinrichten.«

Angesichts ihres gelassenen Mutes erlosch der Zorn des Herzogs, denn von allen Tugenden schätzte er diese am meisten.

»Ihr fürchtet den Tod nicht?«

»Weshalb sollte ich? Das Leben hat mir nichts geschenkt, was mich veranlassen könnte, daran festhalten zu wollen.«

Karl der Kühne näherte sich Fiora und beugte sich ein wenig herab, um seine Augen in diesen Blick zu versenken, der dem seinen auch jetzt nicht auswich. Dann zog er unvermittelt einen mit Juwelen besetzten Dolch aus dem Gewand und hielt die Spitze an den Hals der jungen Frau.

»Ihr habt noch Zeit, ein Gebet zu sprechen!«

»Das ist nicht nötig«, murmelte Fiora. »Es gibt nichts, worum ich Gott um Verzeihung bitten muß, denn ich glaube nicht, ihn jemals wirklich beleidigt zu haben. Er hingegen hat mir nur Leid geschickt. Wenn Gott mein Gebet erhören will, so möge er mich im Tode mit meinem ermordeten Vater wiedervereinen!«

Mit geschlossenen Augen erwartete Fiora den Todesstoß, doch nichts dergleichen geschah. Mit einer raschen Geste durchtrennte der Herzog ihre Fesseln und sagte mit düsterer Stimme:

»Ich glaube Euch ... Ihr habt tatsächlich keine Angst. Laß uns allein, La Marche. Und was Euch betrifft, so steht auf!«

Doch Fiora kam nicht dazu, diesem Befehl zu entsprechen, denn Campobasso stürzte in den Raum. Als er Fiora auf Knien sah und den Dolch in der Hand des Herzogs erblickte, rief er:

»Monseigneur, um Gottes willen! Verschont diese junge Frau! Ich liebe sie und will sie zu meiner Gemahlin machen!«

Er zog Fiora zu sich empor, legte ihr den Arm um die Schultern und fuhr fort: »Macht sie nicht für die Fehler verantwortlich, die ich begangen habe, Monseigneur! Ohne daß sie sich darüber klar war, hat sie in mir ein Feuer entfacht, das mich verzehrt, und jetzt kann ich nicht mehr ohne sie leben ...«

»Hinaus!« schrie der Herzog. »Wer hat dir erlaubt, hier hereinzuplatzen? Wo sind meine Garden? La Marche!«

»Nein, bitte haltet ein, Monseigneur!« beschwor Campobasso den Herzog. Er warf Fiora, die ihn zurückgestoßen hatte, einen schmerzerfüllten Blick zu und fuhr fort: »Ich wollte Euch in keiner Weise beleidigen, aber als ich hörte, daß Ihr Donna Fiora hierher bringen ließet und daß sie Eurem Zorn schutzlos ausgeliefert ist ...«

»Schutzlos? Ich habe den Eindruck, daß sie sich sehr gut selbst zu verteidigen weiß ... Durch wen hast du von ihrer Anwesenheit hier erfahren?«

»Durch meinen Stallmeister, Salvestro da Canale, den ich beauftragt hatte, sie in meinem Schloß Pierrefort zu bewachen. Er ist der Eskorte gefolgt, die sie zu Euch geführt hat. Nehmt sie mir nicht, Monseigneur, ich beschwöre Euch, denn sie hat Euren Unmut nicht verdient. Versteht doch! Wir gehören einander, wir lieben uns, und nun fehlt zu unserem Glück nur noch die Erlaubnis und der Segen unseres Herrschers ...«

»Und was ist mit meiner Erlaubnis?« ertönte eine wütende Stimme, bei deren Klang Fioras Herz heftig zu klopfen begann. Erfolglos hatten Olivier de La Marche und ein Page versucht, Philippe de Selongey zurückzuhalten, der jetzt ebenfalls ins Zelt des Herzogs gestürzt war.

Während das Gesicht von Karl dem Kühnen erneut eine dunkelrote Farbe annahm, rief er aufgebracht: »Jetzt auch noch Selongey? Ist es neuerdings üblich, daß jeder hier einfach so hereinplatzen darf? Was habt Ihr hier zu suchen? Verschwindet auf der Stelle!«

Statt zu gehorchen, beugte Philippe das Knie und sagte: »Ich bitte um Verzeihung, Monseigneur, wegen dieses Mangels an Etikette! Ihr kennt mich, und Ihr wißt, wie treu ich Euch ergeben bin, doch ich mußte zu Euch kommen, als ich sah, wie dieser Haudegen sich gewaltsam Zugang zu Eurem Gemach verschaffte ...«

»Offensichtlich hätte Euch niemand daran zu hindern vermocht! Und was wolltet Ihr hier? Glaubtet Ihr, daß mein Leben in Gefahr war? Das wäre zumindest eine gute Entschuldigung für Euer Verhalten.«

»Nein, Monseigneur. Ich bin gekommen, um das zu beanspruchen, was mein ist. Diese junge Dame hier ist meine Frau.«

Seine Worte hatten dieselbe Wirkung, als wenn plötzlich mitten im herzöglichen Zelt eine Kanonenkugel niedergegangen wäre. Mit umwölkter Stirn betrachtete Karl der Kühne einen Moment lang die drei Beteiligten dieser seltsamen Szene und kehrte dann wieder auf seinen Thron zurück.

Campobasso reagierte als erster. Er zog sein Schwert und war drauf und dran, sich auf Philippe zu stürzen, der sich auf eine Geste des Herzogs wieder erhoben hatte.
»Du lügst, Elender!« schrie der Kondottiere. »Aber du wirst sie mir nicht nehmen!«
»Genug!« schäumte der Herzog, doch schon war Olivier de La Marche mit einem Satz bei Campobasso und entriß ihm das Schwert.
»Daß Ihr es gewagt habt, vor mir die Waffe zu ziehen, würde eine Bestrafung verdienen, Graf von Campobasso! Verlaßt auf der Stelle mein Zelt!«
»Aber Monseigneur ...«
»Zwingt mich nicht, Euch hinauswerfen zu lassen! ... Und nun zu Euch, Selongey! Überlegt genau, was Ihr mir zu sagen habt, denn noch nie ist es jemandem gestattet gewesen, sich über mich lustig zu machen, erst recht nicht denen, die in meiner Gunst stehen!«
»Gott möge verhüten, daß ich Euch je Anlaß zu Mißfallen biete, mein Fürst. Seit meiner frühesten Jugend habe ich Euch Treue geschworen, und ich will lieber sterben, als Euch gegenüber eine Ironie an den Tag zu legen, die in meinen Augen ein Sakrileg wäre.«
»Ich glaube dir, Philippe. So antworte mir ohne Furcht: Ist diese Frau tatsächlich deine Gemahlin, wie du behauptest?«
»Ja, Monseigneur, und zwar seit dem letzten Februar, als Ihr mich zu den Medicis gesandt hattet. Ihr Vater, Francesco Beltrami, war zu der Zeit einer der reichsten und mächtigsten Männer der Stadt. Wir haben geheiratet, weil ...«
»Weil der Graf de Selongey Euch die hunderttausend Goldflorins, aus denen meine Mitgift bestand, für Eure Kriegskasse zur Verfügung stellen wollte!« unterbrach ihn Fiora, der es endlich gelungen war, ihrer Gemütsbewegung Herr zu werden. Während ihr Herz bei seinem Anblick zunächst vor Glück gebebt hatte, war diese Freude mittlerweile wieder erloschen, denn nichts konnte sie vergessen machen, daß

er sie getäuscht hatte und daß eine andere Frau jetzt seinen Namen trug.

»Gewiß«, gab Philippe zu, »und ich habe Eurem Vater niemals verborgen, welchen Gebrauch ich von der Summe zu machen gedachte, aber ich habe Euch aus einem anderen Grund geheiratet, Fiora. Erinnert Euch doch!«

»Wollt Ihr nach wie vor behaupten, daß Ihr mich geliebt habt, obwohl Ihr nur für eine einzige Nacht bei mir geblieben seid? Leugnet Ihr etwa, daß Ihr danach zu derjenigen zurückgekehrt seid, die Ihr in Wahrheit liebtet und die Ihr geheiratet habt, nachdem Ihr mich für tot hieltet? Sofern Ihr nicht schon vorher mit ihr verheiratet wart?«

»Eine andere Frau? Ich soll eine andere geheiratet haben? Ich, Philippe de Selongey, Ritter vom Goldenen Vlies, soll mich der Bigamie schuldig gemacht haben?«

»Ich wüßte kein anderes Wort dafür. Oder wer sonst ist diese Beatrice, die über Euer Schloß herrscht?«

»Beatrice?« rief Philippe überrascht. »Sie ist noch immer dort?«

»Und weshalb sollte sie nicht, wo sie doch dort zu Hause ist?«

Selongey brach in herzhaftes Gelächter aus und erwiderte dann: »Ich glaubte, daß sie schon vor langer Zeit zu ihren Eltern zurückgekehrt ist. Sie ist meine Schwägerin, nichts anderes.«

»Wann sagt Ihr die Wahrheit, und wann lügt Ihr? Wenn sie Eure Schwägerin ist, so müßt Ihr einen Bruder haben, und Ihr hattet zu meinem Vater gesagt, daß Ihr keinerlei Familie besitzt.«

»Das stimmt auch. Mein älterer Bruder, Amaury, wurde vor zehn Jahren in der Schlacht von Montlhéry getötet. Wie ich Euch keineswegs verbergen will, hatte seine Witwe gehofft, daß ich sie später heiraten würde, aber ich habe mich niemals entschließen können, eine Frau zu ehelichen, die ich nicht wirklich liebe. Euch, Fiora ... Euch habe ich geliebt.«

»Ihr sagt, Ihr habt mich geliebt, und dennoch seid Ihr fortgegangen, ohne mir die geringste Hoffnung zu lassen, daß ich Euch eines Tages wiedersehen würde.«
»O doch, ich bin zurückgekehrt, und dabei erfuhr ich von der Katastrophe, die Euch und Euren Vater ereilt hatte. Man hielt Euch allgemein für tot, und ich hatte keinen Grund, daran zu zweifeln.«
»Philippe! Mein Gott! Und ich habe Euch so sehr gehaßt!«
Überwältigt von unbändiger Freude, vergaß Fiora die Anwesenheit des Herzogs und wollte ihrer wiedergefundenen Liebe schon die Hände entgegenstrecken. Karl der Kühne, der die beiden schweigend beobachtet hatte, gebot ihr jedoch mit kalter Stimme Einhalt: »Das ist sicher eine schöne Geschichte, Madame, aber da Ihr die Ehre habt, die Gräfin de Selongey zu sein, solltet Ihr mir jetzt erklären, wie es möglich ist, daß Ihr zugleich die Geliebte des Grafen Campobasso seid ... zumal Euch dieser derart glühend zu lieben scheint, daß er Euch ebenfalls zu ehelichen wünscht!«
Als ob sie aus einem Traum erwachten, wandten sich beide wieder dem Herzog zu. Das strahlende Glück im Herzen der jungen Frau erlosch ebenso wie das Leuchten in den Augen von Philippe.
Fiora wurde klar, daß dieser allmächtige Herrscher nichts unversucht lassen würde, um ihr den Mann, den sie liebte, wieder zu entreißen. Sie bereitete sich daher innerlich auf einen Kampf vor.
»Wie ich Euch sagte, habe ich sonst niemanden mehr auf der Welt. Weshalb sollte ich nicht den einzigen Verwandten aufsuchen, der mir geblieben war, selbst wenn es sich um einen entfernten Cousin handelt?« entgegnete sie ruhig.
»Und woher wußtet Ihr, daß sich dieser in Thionville aufhielt?«
»Es genügte, zu wissen, wo sich die Armee aufhielt, und das war kein Geheimnis. Alles weitere erfuhr ich unterwegs ...«

»Mußtet Ihr nicht annehmen, daß Ihr dabei auch jenem begegnen würdet, dessen Gemahlin Ihr seid?«

»Ich glaubte zu dem Zeitpunkt schon nicht mehr an die Rechtmäßigkeit dieser Ehe. Außerdem ... nahm ich an, daß er nicht mehr unter den Lebenden weilte. Wie er meinem Vater damals versichert hatte, hoffte er, im Kampf ehrenvoll zu sterben ... um die Schande auszulöschen, die er seinem Namen durch die Verbindung mit der Tochter eines ... Kaufmanns zugefügt hatte.«

Der Herzog wandte sich zu Philippe, der, den Blick in die Ferne gerichtet, schweigend zugehört hatte.

»Ist das wahr?«

»Daß ich sterben wollte? Ja, Monseigneur, doch ich hatte meine Willenskraft überschätzt, und vor allem hatte ich nicht geahnt, daß ich derart würde lieben können. Bereits am Morgen nach unserer Hochzeit wußte ich, daß ich es nicht ertragen würde, sie nicht wiederzusehen, und daß ich irgendwann zu ihr zurückkehren mußte ...«

Er sprach wie in einer Art Trance. Fiora wollte zu ihm gehen, wurde aber durch eine gebieterische Geste von Herzog Karl daran gehindert.

»Ihr habt mich also wirklich geliebt, Philippe? Warum habt Ihr nichts gesagt? Warum seid Ihr einfach so fortgegangen, ohne ein Wort ...«

»Genug!« schrie der Herzog. »Ich habe Euch nicht erlaubt, mit dem Grafen de Selongey zu sprechen. Sagt mir lieber, woher Ihr gekommen seid, bevor Ihr Euch nach Thionville begeben habt?«

»Aus Frankreich natürlich. Nach dem Tod meines Vaters bin ich nach Paris gereist, zu Herrn Agnolo Nardi, der sein Milchbruder war und der in der Rue des Lombards das Bankhaus Beltrami vertritt.«

»Kaufleute! Händler!« schleuderte der Herzog ihr mit niederschmetternder Verachtung entgegen. »Da seht Ihr, was Ihr geheiratet habt, Philippe de Selongey, während Eure

Vorfahren an den Kreuzzügen teilgenommen haben! Zugegeben, das Mädchen ist sehr schön, aber das sind andere auch ...«

»Bringen andere etwa auch hunderttausend Goldflorins mit in die Ehe?« erwiderte Fiora voller Zorn angesichts dieser Demütigung.

»Sprecht nicht in solchem Ton, wenn ich bitten darf! Ihr seid hier nicht bei einem dieser Medicis, die in einem Kontor geboren wurden! Außerdem scheint Ihr zu vergessen, daß man Euch als Spionin entlarvt hat, die von König Ludwig beauftragt wurde, Campobasso zu verführen, eine Mission, die Ihr zur Gänze erfüllt habt. Wollt Ihr leugnen, daß Ihr noch am Abend Eurer Ankunft im Bett Eures ›Cousins‹ gelandet seid? Wollt Ihr leugnen, daß Ihr drei Tage und drei Nächte nicht aus seinem Zimmer herausgekommen seid? Und wollt Ihr ferner leugnen, daß er Euch anschließend auf sein Schloß Pierrefort gebracht hat und daß er später seinen Posten vor Conflans verließ, um mit Euch zu schlafen? Hat er mich nicht erst vorhin angefleht, Euch herauszugeben und einer Eheschließung mit Euch zuzustimmen? Oder soll ich ihn herbeirufen lassen, damit er uns die Einzelheiten dieser Tage und Nächte von Thionville erzählt?«

Unvermittelt erwachte Philippe aus seiner Erstarrung. Er kniete ein Bein zu Boden und sagte: »Wenn Ihr gestattet, Monseigneur, werde ich mich zurückziehen.«

Ohne die Erlaubnis abzuwarten, drehte er sich auf dem Absatz um und verließ das Zelt. Er sah aus wie ein Mann, dem man einen tödlichen Schlag versetzt hatte.

Verzweifelt sah Fiora ihm nach, doch ihre Augen blieben trocken. Um nichts auf der Welt wollte sie diesem grausamen Mann vor ihr die Genugtuung verschaffen, sie leiden zu sehen. Zweifellos war er auf Tränenausbrüche und heftige Klagen gefaßt gewesen und nicht auf das erstarrte Schweigen der jungen Frau, die plötzlich wie eine Statue wirkte.

Nachdem Philippe verschwunden war, drehte sie sich in

stolzer, aufrechter Haltung zum Herzog um: »Wie mir scheint, Monseigneur, tut man besser daran, einem Herrscher zu dienen, der in einem Kontor geboren wurde, als dem Großherzog des Okzidents. Euer Hoheit scheint für Messire de Selongey nur Verachtung übrig zu haben ...«
»Keineswegs. Ich schätze ihn außerordentlich und habe sehr freundschaftliche Gefühle für ihn.«
»Das habt Ihr gerade deutlich bewiesen ... Wie wäre es dann erst, wenn Ihr ihn haßtet?«
»Gebt Euch keinen Illusionen hin: Er zieht es zweifellos vor, im Moment zu leiden, als sich dieser Schande ausgesetzt zu sehen. Ehebruch wird bei uns mit dem Tode bestraft.«
»Es sei denn, er wird von einem Fürsten begangen, wenn man den Geschichten über Euren Vater glauben soll ... Nun gut, so laßt mich hinrichten. Damit ist das Problem aus der Welt geschafft.«
»Und es wäre ein abschreckendes Beispiel, denn ich hasse Ehebrecher, und vor Euch empfinde ich Abscheu, so schön Ihr auch sein mögt! Ich werde später darüber entscheiden. Zunächst werdet Ihr unter strenger Bewachung hier im Lager bleiben. Diejenigen, die ich mit dieser Aufgabe beauftragen werde, haften mit ihrem Kopf dafür, denn ich werde nicht dulden, daß Ihr Eurer gerechten Strafe entgeht. Zur Stunde gibt es jedoch Wichtigeres zu tun, denn ich werde diese Stadt hier einnehmen! Seid dennoch gewiß, daß ich Euch nicht vergessen werde!«
Olivier de La Marche erschien, um sie fortzubringen, doch Karl der Kühne hielt sie plötzlich zurück: »Einen Augenblick! Habt Ihr Florenz jemals verlassen, bevor Ihr Euch nach Frankreich begabt?«
»Nein, Monseigneur, niemals ...«
»Seltsam! Es kommt mir trotzdem vor, als hätte ich Euch schon einmal gesehen ... vor langer Zeit ...«
»Es heißt, daß wir hier auf Erden alle einen Doppelgänger haben. Vielleicht seid Ihr irgendwo einer Frau begegnet, die

mir ähnelte ... womöglich auf der Straße? Oder auf dem Markt? Oder gar in einem Kontor ...?«
Er zuckte die Schultern und entließ sie mit einer Geste. Ohne den Kopf zu senken, vollführte sie die eleganteste und perfekteste Reverenz und verließ danach das Zelt des Herzogs.
Kaum war sie draußen, als auch schon Campobasso auf sie zustürzen wollte, doch La Marche gebot ihm Einhalt: »Entfernt Euch! Die Order des Herzogs ist eindeutig: Es ist keinerlei Unterhaltung mit der Gefangenen erlaubt ...«
»Wohin bringt Ihr sie?«
»Sie wird im Lager bleiben, aber die Männer, die sie bewachen sollen, haften mit ihrem Leben dafür ... Und es ist Euch untersagt, ihr nahe zu kommen.«
Der Kondottiere wich zurück, als habe er einen Schlag erhalten, denn Fiora ging an ihm vorbei, ohne ihn auch nur eines Blickes zu würdigen.
Olivier de La Marche führte die junge Frau zu einem Zelt im Bereich der Offiziersunterkünfte, das durch den Tod seines bisherigen Bewohners frei geworden war.
Das Innere war recht geräumig und komfortabel ausgestattet.
Fiora fand ein Feldbett mit Kissen und Decken vor, zwei Truhen, von denen eine diverse Toilettengegenstände enthielt, einen großen Leuchter aus Eisen sowie einen kleinen Wärmeofen, der allerdings nicht in Betrieb war. Ein Teppich bedeckte den Rasen, auf dem man das Zelt errichtet hatte.
Während Fiora fröstelnd auf dem Bett Platz nahm, erklärte der Gardehauptmann: »Ich werde Euch etwas zum Abendessen bringen lassen, und ich kümmere mich auch um Euer Gepäck. Morgen schicke ich Euch eine Frau, die nach Euch sehen wird.«
»Vielen Dank, aber wozu all die Mühe? Bin ich nicht nach wie vor eine Gefangene?«
»Wir haben hier keine Verliese, und außerdem hat der Her-

zog angeordnet, daß es Euch an nichts fehlen soll. Ich soll persönlich für Euer Wohl sorgen.«

»Das ist wirklich zuviel der Güte ... aber wärt Ihr bereit, mir zu sagen, wo Messire de Selongey untergebracht ist? Ist es weit von hier entfernt?«

»Ich bin nicht berechtigt, Euch darüber Auskunft zu geben, Madame ...«

Fiora schüttelte den Kopf, als Zeichen, daß sie verstanden hatte. Nachdem der Offizier das Zelt verlassen hatte, trat sie zum Ofen, den einer der Soldaten mittlerweile wieder zum Brennen gebracht hatte, und wärmte sich die klammen Finger über dem Feuer.

Ihr Kopf fühlte sich dumpf und leer an, so daß sie den Versuch des Nachdenkens gar nicht erst unternahm. In diesem Moment konzentrierte sie sich ausschließlich auf ihren müden, schmerzenden Körper, der erst allmählich wieder warm wurde. Alle Glieder taten ihr weh, und zugleich verspürte sie eine ungeheure Erschöpfung. Dies lag weniger an dem anstrengenden Tagesritt, den sie hinter sich hatte. Schuld war vielmehr der brutale Wechsel von überschäumender Freude zu abgrundtiefer Traurigkeit, so daß Fiora jetzt nur noch den einen Wunsch hatte, zu schlafen. So würde sie zumindest ein paar Stunden Vergessen finden. Früher oder später würde sie zwar wieder aus ihrem Schlummer auftauchen müssen, doch dann waren ihre Kräfte und ihr Lebensmut vielleicht wiederhergestellt. Falls nicht, so blieb ihr nur noch, endgültig jenen Schlaf zu suchen, der so tief war, daß es kein Erwachen mehr gab ...

Sie wollte sich schon aufs Bett werfen, als ein junger Bursche mit einem Tablett in der Hand erschien. Er war ganz in violettfarbenen Samt gekleidet und wirkte überaus elegant.

»Gestattet mir die edle Dame, einzutreten?« fragt er und deutete eine anmutige Verneigung an.

Er hatte italienisch gesprochen, und Fiora lächelte ihn automatisch an. Dieser hier war das erste männliche Wesen, das sie mit Respekt behandelte.

»Selbstverständlich«, erwiderte sie. »Sind wir Landsleute?«

»Nicht ganz. Ich bin Römer und heiße Battista Colonna. Bisher war ich Page bei meinem Cousin, dem Grafen von Celano, doch seit kurzem stehe ich beim Herrn Herzog in Diensten. Doch wenn Ihr erlaubt, Madame, sprechen wir jetzt besser französisch miteinander, damit die Wachen draußen nicht beunruhigt werden.«

Mit diesen Worten stellte er das Tablett auf einer der Truhen ab.

»Ihr seid offenbar aus sehr nobler Familie, wenn ich recht verstanden habe«, gab Fiora zurück, »und man hat Euch beauftragt, mir das Abendessen zu bringen. Wer gab Euch die Anweisung?«

»Messire Olivier de La Marche. Da wir hier niemanden haben, der weiß, wie man eine edle florentinische Dame bedient, dachte Messire Olivier, daß es für Euch ... tröstlich sei, mit jemandem zu tun zu haben, der ebenfalls auf der italienischen Halbinsel geboren ist.«

»Wie aufmerksam von ihm! Ich hoffe nur, daß Herzog Karl deswegen nicht verärgert sein wird.«

»Messire Olivier tut niemals etwas ohne Erlaubnis des Herrn Herzog. Und nun, Donna Fiora, wünsche ich Euch einen guten Appetit und eine angenehme Nachtruhe!«

Der junge Mann schenkte ihr ein strahlendes Lächeln, verneigte sich erneut und verschwand.

Fiora, die sich durch den unerwarteten Besuch dieses reizenden Jungen tatsächlich ein wenig getröstet fühlte, dankte im Geiste dem so unerschütterlich wirkenden Gardehauptmann und nahm sich vor, diesem Dank persönlich Ausdruck zu verleihen, sobald sie Gelegenheit dazu hatte.

Dann stellte sie fest, daß sie hungrig war wie ein Löwe, und verschlang begierig die Pastete und die eingemachten

Früchte, die der Page ihr zusammen mit einem kleinen Krug Burgunderwein gebracht hatte.
Im Anschluß an ihr Mahl legte sie sich, angezogen wie sie war, aufs Bett, hüllte sich in die Decke und überließ sich nur noch ihrer Müdigkeit ...
Mehrere Tage lang blieb Fiora in ihrem Zelt eingeschlossen, ohne jemand anderen zu sehen als Battista Colonna, der ihr die Mahlzeiten brachte, und ein junges Mädchen, das ihr Zelt in Ordnung hielt und sie mit Holz und frischem Wasser versorgte. Die Kleine wirkte jedoch so verschüchtert, daß Fiora ihr kein einziges Wort entlocken konnte. Zum Glück war Battista etwas gesprächiger. Von ihm erfuhr Fiora zumindest, daß die Stadt Nancy sich weiterhin tapfer verteidigte. Der junge Römer verhehlte ihr nicht, daß sich bei den Belagerern eine gewisse Mutlosigkeit auszubreiten begann. Würde die Sache ähnlich ausgehen wie bei der endlosen Belagerung von Neuss?
Obwohl die Lebensmittelvorräte allmählich knapp wurden, schienen die Bewohner von Nancy wieder Hoffnung zu schöpfen, zumal der Dauerregen ihnen zu Hilfe kam, der das feindliche Lager nach und nach in eine riesige Kloake verwandelte.

Dennoch hatten sich die Bewohner von Nancy zu früh gefreut, denn die Burgunder erhielten Verstärkung: Der »Große Bastard« Antoine von Burgund, Halbbruder von Karl dem Kühnen und zugleich sein bester General, brachte aus dem Süden weitere lombardische Truppen mit, die er in Mailand rekrutiert hatte.
Mit seiner Hilfe würde es dem Herzog wahrscheinlich gelingen, die umzingelte Stadt zu besiegen, die zudem keinerlei Möglichkeit besaß, an neue Waffen und Munition zu gelangen.
»Bedeutet dies, daß die Belagerung bald zu Ende sein wird, oder werden wir noch monatelang hier ausharren müssen?« erkundigte sich Fiora bei Battista.

»Ich hoffe, daß die Lothringer nicht ewig Widerstand leisten werden ... schon, damit Ihr bald aus diesem Zelt herauskommt ...«
Der Knabe zögerte einen Moment, senkte dann die Stimme und murmelte auf italienisch: »Ich dürfte es Euch eigentlich nicht sagen, aber ich finde, Ihr habt ein Recht, es zu erfahren: Am Tag nach Eurer Ankunft hier hat Campobasso den Grafen de Selongey angegriffen, und die beiden Männer waren im Begriff, sich zu schlagen, als der Herr Herzog dazwischengefahren ist. Er hat ihnen befohlen, so lange mit dem Austragen ihres Streites zu warten, bis Nancy sich ergeben hat. Er wollte nicht riskieren, auf einen oder womöglich sogar auf zwei seiner besten Männer verzichten zu müssen. Obwohl er all seine Autorität geltend gemacht hat, war es gar nicht so leicht, die beiden zu überzeugen. Erst nachdem er gedroht hat ... Euch hinrichten zu lassen, haben sie nachgegeben. Um zu verhindern, daß sich ein solcher Vorfall trotzdem wiederholt, hat er sie dann in unterschiedliche Richtungen geschickt, den einen nach Osten, den anderen gen Westen ...«
»Danke, daß Ihr mich informiert habt«, antwortete Fiora. »Ihr seid mir ein wahrer Freund. Dürfte ich Euch noch um eines bitten?«
»Falls es in meiner Macht steht ... und mit meinen Pflichten zu vereinbaren ist ...«
»Ich bitte Euch, daß Ihr mir Bescheid gebt, falls ... dem Grafen von Selongey etwas zustößt.«
Der junge Colonna lächelte sie an, verneigte sich sehr tief vor ihr und entgegnete: »Das hätte ich ohnehin getan, Frau Gräfin! Das ist doch selbstverständlich!«
Das liebenswürdige Wesen des Jungen war der einzige Lichtblick im grauen Einerlei dieser Tage, deren Stunden nicht vergehen wollten. Selbst der streng geregelte Tagesablauf eines Klosters wäre einem solchen Dasein vorzuziehen gewesen.

Eines Abends, als sie Battistas Erscheinen wie immer sehnsüchtig erwartete und voller Freude Schritte kommen hörte, sah sie, daß er seine Kappe besonders tief ins Gesicht gezogen hatte.
»Ist das Wetter heute noch schlechter als sonst?« fragte sie fröhlich. »Ich höre es aber im Moment gar nicht regnen ...«
Ohne zu antworten, stellte er das Tablett auf die Truhe, riß sich die Kappe herunter und zog einen Dolch aus seinem Gürtel. Langsam kam er auf Fiora zu, die entsetzt ausrief: »Aber Ihr seid gar nicht Battista ... Wer seid Ihr dann?«
Noch bevor sie den Satz zu Ende gesprochen hatte, erkannte sie ihn. Es war Campobassos Page Virginio, der jetzt mit funkelnden Augen erwiderte: »Wer ich bin? Ich bringe dir den Tod, du liederliches Frauenzimmer!«
Er näherte sich Schritt für Schritt, und man sah ihm deutlich an, welche Genugtuung er empfand und wie sehr er seinen Auftritt genoß. Allerdings irritierte es ihn etwas, daß die junge Frau keinerlei Furcht zeigte.
»Steckt den Dolch ein und macht, daß Ihr hinauskommt!« rief sie statt dessen. »Ich brauche nur zu rufen ...«
»Das wird dir nichts nützen. Ich habe den Wachen ein Schlafmittel in den Wein gegeben.«
»Weshalb wollt Ihr mich töten? Was habe ich Euch getan?«
»Ich töte dich, um sicherzugehen, daß Campobasso nie mehr in dein Bett zurückkehrt! Bevor du kamst, hat er allein mir gehört, aber jetzt ist er innerlich abwesend, wenn wir uns lieben, und das kann ich nicht ertragen ...«
Im nächsten Moment schoß Virginio auf sie zu und hielt ihr den Dolch an die Kehle. Aus voller Kehle schrie Fiora: »Zu Hilfe! So helft mir doch!«
Sie kämpfte mit aller Kraft, um der tödlichen Klinge zu entgehen, doch der Page war für sein Alter ungewöhnlich groß und stark.
»Ich komme!« ertönte da plötzlich eine Stimme von draußen. Im nächsten Augenblick wurde Virginio von ihr wegge-

rissen, entwaffnet und zu Boden geworfen, wo er sich heftig unter dem Knie zu winden begann, das sich auf seine Brust gesetzt hatte.

»Noch so jung und läuft schon mit dem Dolch im Gewande herum!« sagte Esteban. »Und was sollen wir jetzt mit dir machen?«

»Überlaßt ihn mir, Messire!« rief Battista, der jetzt im Laufschritt herbeigeeilt kam. Er war im Hemd, voller Schlammspritzer, und auf seinem Kopf hatte sich eine gewaltige Beule gebildet. »Dieser Schweinehund hat mich niedergeschlagen, mich meiner Kleider beraubt, und wenn ich mich nicht irre, dann hat er auch noch die Wachen außer Gefecht gesetzt!«

»Ihr habt recht. Aber ich glaube, es ist besser, wenn Ihr erst einmal Hilfe holt. Ich passe solange auf den Burschen auf.«

Battista stürzte davon, während Fiora noch immer um Fassung rang. Während Esteban den Pagen weiterhin in Schach hielt, entdeckte Fiora voller Erstaunen, daß ihr alter Freund und Wegbegleiter Esteban die Uniform der burgundischen Armee trug ... Sie hütete jedoch ihre Zunge, denn der Spanier hatte ihr einen warnenden Blick zugeworfen. Auch wenn Virginio im Moment keine unmittelbare Gefahr mehr darstellte, mußte man sich vor ihm in acht nehmen. Sie beschränkten ihre Unterhaltung daher auf ein paar unverbindliche Floskeln, bis Battista zusammen mit Olivier de La Marche zurückkehrte. Der Offizier hatte auch mehrere Wachposten mitgenommen.

»Was hat das alles zu bedeuten?« schäumte er. »Und wer bist du überhaupt?« fragte er den am Boden liegenden Pagen.

»Virginio Fulgosi, Herr Hauptmann. Ich bin der Page des Herrn Grafen von Campobasso«, erwiderte der junge Bursche, dessen Dreistigkeit offensichtlich wieder die Oberhand zu gewinnen begann. »Ich bin auf seine Anweisung hin hierhergekommen ... Diese ... diese Frau hat meinem Herrn eine Nachricht übermitteln lassen ... Er sollte ihr helfen zu entfliehen ...«

»Eine seltsame Art, jemandem zur Flucht zu verhelfen, indem man ihn mit einem Dolch attackiert!« rief Fiora entrüstet und hielt La Marche ihre Hand entgegen, die beim Kampf mit Virginio eine leichte Verletzung davongetragen hatte. Dann deutete sie auf Esteban und fügte hinzu: »Ohne diesen tapferen Mann hier hätte der Elende mich umgebracht!«

»Sie lügt!« schrie Virginio, der sich unter dem Klammergriff der Wachposten wand und sich heftig wehrte. »Sie kennt den Mann von früher! Er ist einer ihrer ehemaligen Geliebten!«

Esteban verpaßte dem Jungen eine Ohrfeige, die es in sich hatte, und erklärte anschließend in vollkommen ruhigem Ton:

»Selbstverständlich kenne ich Donna Fiora seit langem! Als ich sie damals im Hause ihres noblen Herrn Vaters zum erstenmal sah, war sie nicht größer als ein Dreikäsehoch! Aber ich wüßte meinerseits nur zu gern, was sie hier inmitten dieser Armee zu suchen hat!«

»Gut, mein Freund«, erwiderte La Marche. »Wir werden sehen, was der Herr Herzog von all dem hält. Du wirst mich zu ihm begleiten und ihm erzählen, was sich hier zugetragen hat. Und Euch, Donna Fiora, bitte ich für all das um Verzeihung. Ich werde gleich den Arzt des Herrn Herzog zu Euch schicken, damit er Eure Wunde verbindet.«

»Das ist nicht nötig, Messire Olivier. Die Wunde ist nicht tief, und ich kann sie selbst versorgen. Ich danke Euch dennoch für Eure Aufmerksamkeit, und ich lege Euch diesen braven Kerl hier ans Herz, der für die Armee des Herzogs sicher ein großer Gewinn ist!«

Nachdem sie endlich wieder allein war, zermarterte sie sich das Hirn, wie der wackere Esteban es wohl geschafft haben mochte, sich von den Burgundern anwerben zu lassen. Und was hatte er während der ganzen letzten zwei Monate nur getrieben?

Da sie keine Antwort darauf fand, wickelte sie sich in ihre

Decke ein und legte sich hin. Zum erstenmal seit langer Zeit fand sie wieder richtigen Schlaf. Zu wissen, daß Esteban in ihrer Nähe war und über sie wachte, gab ihr Sicherheit und Trost.

Am anderen Morgen erschien Battista mit einigen schlechten Neuigkeiten. Zunächst berichtete er, daß der Graf von Selongey im Laufe einer kämpferischen Auseinandersetzung eine leichte Verletzung erlitten hatte.

Dann erfuhr Fiora, daß Campobasso, außer sich vor Zorn, angeordnet hatte, den Pagen Virginio hinrichten zu lassen. Herzog Karl hatte das jedoch in letzter Minute verhindert, da man seiner Ansicht nach nicht wissen könne, ob der Page nicht doch die Wahrheit gesagt hatte. Virginio war vorerst der Armeeobrigkeit unterstellt worden, bis die Angelegenheit aufgeklärt werden konnte.

Des weiteren hatte der fortgesetzte Regen einen Erdrutsch verursacht, unter dem eine ganze Kompanie begraben worden war. Dem Pagen zufolge breitete sich mittlerweile unter den Soldaten immer größerer Unmut aus ...

Die letzte Hiobsbotschaft wurde nicht von Battista übermittelt, sondern von La Marche, der ankündigte, daß Herzog Karl seine Gefangene zu sprechen wünsche. Daraufhin nahm Fiora wortlos ihren Umhang, zog sich die Kapuze über den Kopf und folgte dem Offizier.

Karl der Kühne empfing Fiora in Anwesenheit eines kleinen, rundlichen Mannes, dessen freundliches Gesicht von kurzen, grauen Haaren eingerahmt wurde. Eine violettfarbene, mit goldener Spitze verzierte Mitra krönte sein Haupt.

Da Fiora in diesem Mann den päpstlichen Gesandten zu erkennen glaubte, beugte sie vor ihm das Knie, wobei sie es insgeheim genoß, daß der Herzog einen Moment auf die ihm schuldige Reverenz warten mußte ...

Nachdem sie ihn ebenfalls gebührend begrüßt hatte, wartete sie gelassen auf das, was ihr bevorstand.

»Dies also ist die junge Frau, von der ich Eurer Eminenz erzählt habe und von der man weder genau weiß, woher sie kommt, noch wer sie wirklich ist«, begann der Herzog in knappen Worten. »Sie nennt sich Fiora Beltrami und hat offenbar in aller Heimlichkeit den Grafen de Selongey geehelicht, der einer meiner treuesten Untertanen ist. Zugleich steht sie jedoch in Verdacht, eine von König Ludwig gesandte Spionin zu sein, die in dunkler Absicht den Grafen von Campobasso verführt hat. Sie hat Campobasso schier um den Verstand gebracht, und dieser hat, wie Ihr wißt, den Grafen de Selongey zum Duell gefordert ...«

»Ich war bisher der Annahme, daß sie sich gegenseitig gefordert haben«, unterbrach der Bischof mit angedeutetem Lächeln. »Den Gerüchten zufolge haben sie sich in einer Weinschänke wie die Kesselflicker geprügelt, und es brauchte fünf Männer, um sie wieder zu trennen ...«

»Gewiß, gewiß! Nichtsdestotrotz gefährdet dieser Zustand weiterhin den Frieden der Armee. Ich hatte daraufhin angeordnet, daß das Duell erst nach dem Fall von Nancy ausgetragen wird, und die beiden waren auch damit einverstanden. Nun ist aber letzte Nacht ein Page von Campobasso in das Zelt dieser Frau eingedrungen. Es gab einen Kampf, und mittlerweile ist sehr viel Gerede entstanden ... zu viel. Die Gemüter sind in Aufruhr ...«

»Dem ist so, mein Sohn, aber der Aufruhr scheint mir eher durch die endlose Belagerung verursacht und durch dieses abscheuliche Wetter, mit dem Gott der Herr uns prüfen will.«

Fiora betrachtete Alessandro Nanni voller Erstaunen. Nach ihrer letzten Begegnung mit Ignazio Ortega hatte sie sich von einem Gesandten des Papstes Sixtus eine andere Vorstellung gemacht. Dieser hier jedoch war nicht nur von liebenswürdigem Wesen, sondern auch sehr humorvoll. Karl der Kühne quittierte die Bemerkung des Bischofs mit einem Stirnrunzeln, was Fiora nur in ihrem Eindruck bestätigte.

»Wie dem auch sei«, fuhr der Herzog fort, »diese skandalöse Situation muß jetzt ein Ende finden. Die Eheschließung zwischen Selongey und dieser Frau hat heimlich in Florenz stattgefunden. Damit ist sie für mich nicht gültig, denn der Graf hat ohne meine Einwilligung geheiratet, was nach dem Feudalgesetz unzulässig ist.«

»Zweifellos war das ein Fehler, doch ich fürchte, mein Sohn, daß unser Herrgott das anders sieht. Wer hat Euch getraut, mein Kind?«

»Der Prior des Klosters von Fiesole, Eminenz.«

»Und wart Ihr einverstanden mit der Trauung?«

»Einverstanden ... und sehr glücklich!«

»Und Messire de Selongey? War er ebenfalls glücklich, Euch zur Frau zu nehmen?«

»Seinen Worten zufolge ja ... aber vielleicht ist es besser, ihn selbst danach zu fragen. Er hatte geschworen, mich zu lieben, und nur mich. Dennoch hat er vielleicht gelogen ...«

»Habt Ihr ebenfalls geschworen, ihn, und nur ihn, zu lieben? Was ist dann mit den Geschichten, die man über Euch erzählt?«

»Es stimmt, daß ich mich dem Grafen von Campobasso hingegeben habe. Ich hielt meine Ehe inzwischen für ungültig und glaubte mich getäuscht.«

»Liebt Ihr diesen anderen Mann ebenfalls?«

»Nein«, murmelte Fiora, die spürte, wie ihre Wangen sich röteten, »aber ich wurde ein Opfer meiner Sinne, und ich gestehe, daß ich daran Gefallen fand ...«

»Ich verstehe ... und ich weiß Eure Aufrichtigkeit zu schätzen. Und nun, Monseigneur, wüßte ich gern, wie Ihr diese ›skandalöse Situation‹, von der Ihr sprecht, zu beenden gedenkt. Wenn ich die Dinge richtig sehe, so wissen außer den direkt Betroffenen bis jetzt nur wir beide davon, oder irre ich mich?«

»Die Situation ist in meinen Augen tatsächlich skandalös, und sie sollte es auch in den Augen Eurer Eminenz sein«, antwortete Karl der Kühne hoheitsvoll. »Gewiß, Selongey und Campobasso haben vor der Öffentlichkeit nicht den wahren Grund ihres bevorstehenden Duells genannt. Aber wir müssen eine Entscheidung treffen, was zu tun ist, je nachdem, wie das Duell ausgeht: Wenn Selongey siegt, bleibt er trotzdem weiterhin der Gatte einer Ehebrecherin, und diese verdient es, hingerichtet zu werden.«

»Ist das nicht eine etwas ... zu weit gehende Lösung? Donna Fiora scheint mir doch einige Entschuldigungsgründe vorgebracht zu haben ...«

»Ich selbst würde ebenfalls eine andere Lösung bevorzugen, eine, die möglichst diskret ist. Deshalb habe ich mich mit dem Problem an Eure Eminenz gewandt. Als Abgesandter Seiner Heiligkeit Papst Sixtus IV. seid Ihr berechtigt, diese Ehe offiziell zu annullieren. Dann wären wir dieses Geschöpf los, unabhängig davon, wie der Kampf endet, und falls Campobasso sie wieder zu sich nehmen will, wird niemand daran Anstoß nehmen.«

Monsignore Nanni raffte geräuschvoll seinen Bischofsrock und erhob sich jäh. Trotz seines kleinen Wuchses wirkte er plötzlich sehr majestätisch, was den Herzog anscheinend bewog, ebenfalls aufzustehen ...

»Mir scheint«, begann der Bischof in strengem Ton, »daß Ihr mit dem Leben einer Frau und den heiligen Sakramenten sehr leichtfertig umgeht, mein Sohn! Niemand hat das Recht, zu trennen, was Gott zusammengefügt hat. Wenn Euer Selongey so töricht war, zu glauben, daß ihn die Heirat mit der Tochter eines reichen Florentiners in seiner Würde herabgesetzt hat, so trägt ausschließlich er selbst die Verantwortung für die Folgen. Sein Pech, wenn ein anderer ihm das weggenommen hat, was er selbst verschmähte. Und wenn die beiden Männer sich deswegen jetzt gegenseitig die Köpfe einschlagen, so ist das deren Sache. Aber ich dulde nicht, daß dieses arme Kind hier, das schon genug Prüfungen erlitten hat, dafür auch noch als Sündenbock herhalten muß.

Warten wir also den Ausgang des Duells ab. Sofern einer der beiden Gatten anschließend die Annullierung der Ehe verlangt, so werde ich mich mit der Frage beschäftigen, aber auf keinen Fall früher!«

»Ich kann Euch jetzt schon prophezeien, daß Messire Philippe die Annullierung verlangen wird. Er wird mit einer solchen Frau bestimmt nicht verbunden bleiben wollen!«

»Vor allem dann nicht, wenn Ihr ihn zu einer solchen Lösung zwingt. Immerhin ist er bereit, sich ihretwegen zu duellieren ...«

»Nicht ihretwegen! Es geht um seine verletzte Ehre!«

»Und diese Ehre erscheint einem Mann um so wichtiger, wenn sie in Gestalt so schöner Augen daherkommt!«

»Eminenz!« protestierte der Herzog entrüstet. »Ich verstehe nicht, wie Ihr diesem Geschöpf gegenüber derart nachsichtig sein könnt! Liegt es daran, daß sie Italienerin ist wie Ihr selbst?«

»Wüßte ich nicht, wozu Eure Wutausbrüche Euch zu treiben vermögen, so könnte ich mich jetzt sehr beleidigt fühlen, Monseigneur. Auf jeden Fall würde es mich sehr überraschen, wenn dieser seltsame Ehemann es zuläßt, daß seine Frau aufs Schafott kommt!«

»Dann bleibt nur die Annullierung. Es wird mir nicht schwerfallen, ihn davon zu überzeugen, denn er hätte eine Prinzessin verdient, während diese Tochter eines Kaufmanns ...«

»Diese Tochter eines Kaufmanns könnte vielleicht auf die Idee kommen, die hunderttausend Florins ihrer Mitgift zurückzufordern!« schleuderte Fiora ihm entgegen. »Wie Ihr seht, Monseigneur, habt Ihr keine andere Wahl, als sie hinrichten zu lassen ...«

Sie beugte erneut das Knie vor dem Bischof, warf dem Herzog, der vor Zorn purpurrot anlief, einen eisigen Blick zu, drehte sich auf dem Absatz um und verließ das Zelt.

Normalerweise hätte sie vielleicht für ihre Kühnheit büßen

müssen, denn sie hatte den Herzog gewaltig verärgert, doch dann geschah etwas völlig Unerwartetes: Die belagerte Stadt gab zu erkennen, daß sie sich zu ergeben bereit sei, und Karl der Kühne empfand darüber natürlich größte Freude und Genugtuung. Wie später bekannt wurde, hatte Herzog René II. heimlich einen Brief in die Stadt schmuggeln lassen, in dem er den Verantwortlichen die Kapitulation empfahl. Er selbst, so schrieb er, sei zu seinem größten Unglück nicht imstande, ihnen die notwendige Hilfe zur Verfügung zu stellen, und bei länger andauerndem Widerstand könne dies nur zu schlimmen Verlusten führen, die derzeit noch zu verhindern seien ...

Obwohl der Statthalter von Nancy nicht nachgeben wollte, war der Rat der Stadt dafür, die Worte von Herzog René zu befolgen. Auf die Dauer würde man der burgundischen Armee nicht standhalten können, und so sei es besser, den Versuch einer ehrenvollen Kapitulation zu unternehmen.

Der Statthalter zerbrach sein Schwert und warf dessen Teile dem Magistrat vor die Füße. Man schrieb den 29. November 1475 ...

Kapitel 11

Das Duell

Am 30. November hielt Herzog Karl morgens um acht Uhr durch die Porte de la Craffe seinen Einzug in Nancy.
Zuvor war die Garnison der Stadt mit allen Kriegsehren entlassen worden: die zweitausend Deutschen, die jetzt ins Elsaß zurückritten, die sechshundert Gascogner, die sich wieder auf den Weg nach Frankreich machten, und die etwa zweitausend Lothringer, die sich im Lande verteilen würden.
Der Statthalter von Nancy, der »Bastard von Kalabrien«, ritt als letzter aus dem Tor. In stolzer, unbeugsamer Haltung steuerte er sein Pferd auf den Herzog zu und schleuderte ihm ins Gesicht: »Wenn es nach mir gegangen wäre, so hättest du dir an dieser Stadt die Zähne ausgebissen, Karl von Burgund! Das schwöre ich bei Gott! Leider ist den Bürgern hier das Leben wichtiger als die Ehre. Was hast du jetzt mit ihnen vor? Wirst du sie alle aufhängen lassen?«
»Keinesweges. Ich werde Nancy in seinen Privilegien belassen und dafür sorgen, daß alles bleibt, wie es ist. Ich mache daraus die Hauptstadt meines Königreiches. Warum willst du nicht Statthalter bleiben? Du bist von königlichem Blut und außerordentlich tapfer. Ich schätze Männer von Wert!«
»Ich ebenfalls, und deshalb reise ich fort. Es soll nie heißen, daß ein lothringischer Fürst, auch wenn er ein Bastard ist, vor dir das Knie gebeugt hat ...«
»Andere werden es vielleicht tun ... Weißt du, daß dein Großvater, der alte König René, vorhat, mir die Provence zu übereignen, damit das alte burgundische Königreich wiederersteht?«

»Er soll tun, was ihm beliebt. Wir haben mit der Provence nichts zu schaffen. Uns interessiert nur Lothringen, und wir sind noch lange nicht fertig mit dir!«

Er gab seinem Pferd die Sporen und ritt im Galopp in Richtung Frankreich los. Karl der Kühne runzelte die Stirn, doch er faßte sich rasch wieder und erklärte lauthals: »Nancy ist unser, meine Getreuen! Laßt uns nun mit Freuden unseren Einzug halten! Und gebt überall bekannt, daß jeder, der sich an seinen Bewohnern vergreift, mit dem Tode bestraft wird!«

Zu ihrer Überraschung erfuhr Fiora an diesem Abend, daß sie ab sofort unter den Schutz des päpstlichen Gesandten gestellt worden war. Bis zum Ausgang des Duells zwischen Selongey und Campobasso würde sie Monsignore Nanni überallhin begleiten, und erst danach sollte auch über ihr Geschick entschieden werden. Der junge Colonna stand ihr weiterhin zur Verfügung, und Fiora hoffte, durch die Vermittlung des liebenswürdigen Bischofs auch Esteban bald wieder an ihrer Seite zu haben.

In der Reisesänfte des Prälaten wurde sie in die Stadt gebracht, wo diese alsbald vor dem herzoglichen Palast zum Stehen kam. Battista empfing sie vor dem Portal: »Die Fouriere des Herrn Herzog haben die ganze Nacht gearbeitet, um die Wohnungen im Palast herzurichten, und Ihr werdet ebenfalls hier untergebracht.«

Während Monsignore Nanni in der benachbarten Stiftskirche die Ankunft des neuen Gebieters von Nancy erwartete, wollte sich Fiora jedoch lieber sofort in ihr neues Quartier zurückziehen.

»Warum habt Ihr es damit so eilig?« erkundigte sich der Page. »Ihr wißt doch, daß man auch hier Wachposten vor Eure Tür stellen wird ...«

»Ich mache mir über mein Schicksal keine Illusionen, Battista. Der Herzog verabscheut mich und wünscht sich nur eines, nämlich daß ich so schnell wie möglich aus seinem Blickfeld verschwinde, ganz gleich, auf welche Weise ...«

»Das kann schon sein, aber was wünscht Ihr Euch denn? Ihr seid doch nicht viel älter als ich und habt das Leben noch vor Euch!«

»Ich bin es müde geworden, gegen ein Schicksal anzukämpfen, das mich fortwährend straft. Ich habe alles verloren, was mir einst etwas bedeutet hat, und die Zukunft interessiert mich nicht mehr sehr. Wißt Ihr, Battista, am liebsten möchte ich in einen tiefen Schlaf sinken und nie mehr erwachen ...«

»Das ist alles andere als vernünftig. Immerhin wollen sich zwei Männer Euretwegen schlagen, um Eurer Liebe wegen ...«

»Es geht ihnen nicht um meine Liebe, sondern um ihre Eigenliebe. Das ist keineswegs dasselbe!«

Unterdessen war Herzog Karl in der Kirche angekommen, wo er an der Messe teilnehmen und jenen Schwur leisten wollte, den die Herzöge von Lothringen stets am Tag ihrer Krönung zu leisten pflegten. Er hätte auf dieses Ritual verzichten können, doch um die Bevölkerung zu beruhigen, legte er Wert darauf, sich an die Gebräuche des Landes zu halten. Wie er glaubte, würde man seine Haltung zu schätzen wissen.

Als er wenig später vor dem prächtig geschmückten Altar kniete, genoß er die Stunde seines Ruhms aus vollen Zügen. Zum erstenmal waren jene Gebiete wieder vereint, die bis dahin nur durch Lothringen getrennt worden waren. Schon bald würde der Kaiser, dessen Sohn er mit seiner Tochter zu verheiraten hoffte, ihm, Karl, die Königskrone auf das Haupt setzen ...

Zuvor war jedoch noch etwas zu tun ... Er wollte es den Schweizer Kantonen heimzahlen, die es gewagt hatten, ihm die Grafschaft Ferrette wegzunehmen, die seine Franche-Comté angegriffen hatten und nun auch noch bis nach Sa-

voyen vorgestoßen waren. Schließlich war Herzogin Jolande von Savoyen seine getreue Verbündete!
Diese Rechnung würde bald beglichen werden ... Im Anschluß daran und nach einer gewissen Zeit der Erholung würde der neue König die größte Armee der Welt auf die Beine stellen und endlich den verhaßten König Ludwig von seinem Thron jagen. Damit würde Frankreich wieder einen Herrscher haben, der seiner glorreichen Vergangenheit würdig war!
Nach der Messe fanden ein großes Bankett sowie ein öffentliches Fest statt. Die Sieger hofften, auf diese Weise die Besiegten ihre Niederlage leichter vergessen zu lassen ...
Fiora, die natürlich auf ihrem Zimmer geblieben war, empfing dort den Besuch von Monsignore Nanni. Sie dankte ihm für seine Fürsprache und für seinen Schutz.
»Ihr müßt mir nicht danken, mein Kind«, protestierte dieser. »Selbst wenn es dem Herzog nicht paßt, muß er Euch einen gewissen Respekt zollen. Schließlich seid Ihr die legitime Gräfin von Selongey!«
»Und dennoch trägt er sich nach wie vor mit dem Gedanken, mich hinrichten zu lassen. Das hätte für ihn den doppelten Vorteil, daß Philippe wieder frei ist und daß jene Geschichte, meine Mitgift betreffend, aus der Welt geschafft wird!«
»Nun, ich glaube, Eure größte Chance, diesem Schicksal zu entgehen, besteht eben in jener Summe, die der Herzog Euch schuldet, und hunderttausend Florins sind eine gewaltige Summe! Der Herzog ist vollkommen außerstande, sie zurückzuerstatten, und sein Sinn für Ritterlichkeit sowie sein Ehrgefühl lassen es nicht zu, daß er sich auf eine so wenig elegante Weise eines Gläubigers entledigt. Ich bin gekommen, um Euch das zu sagen, in der Hoffnung, Euch damit ein wenig zu beruhigen. Und ich wollte Euch mitteilen, daß das Duell zwischen Selongey und Campobasso morgen um Mitternacht im Schloßhof stattfinden wird. Es

wird keine anderen Zeugen geben außer dem Herzog selbst, Euch, mir und den beiden Sekundanten, nämlich Galeotto für den Neapolitaner und Mathieu de Prame für Euren Gatten. Der ›Große Bastard‹ Antoine wird die Rolle des Schiedsrichters übernehmen. Der Kampf wird ... bis zum Letzten geführt.«

»Was bedeutet das?«

»Es bedeutet, daß er erst durch den Tod des einen oder des anderen beendet ist.«

Ein eisiger Schauder lief Fiora den Rücken hinunter.

»Aber das ist ja schrecklich!« stieß sie hervor. »Das ist doch unmöglich! Wie kann der Herzog etwas Derartiges zulassen?«

Mit raschem Schritt steuerte sie auf die Tür zu, riß sie auf und stieß die beiden Wachen zurück, die sich ihr entgegenstellen wollten.

»Ich will zum Herzog«, erklärte sie in gebieterischem Ton, »und wenn Ihr mich daran hindern wollt, schreie ich so laut, daß das ganze Schloß zusammenläuft!«

»Mein Kind«, sagte der Bischof alarmiert, »Ihr habt doch nicht im Ernst vor ...«

»Und ob ich das vorhabe! Bringt mich zu ihm!«

Der kleine Bischof trottete neben ihr her und versuchte die ganze Zeit, sie noch von ihrem Entschluß zurückzuhalten, doch Fiora blieb stur. Schließlich gelangten sie zum Vorzimmer des Herzogs, das von sechs Gardesoldaten sowie von Olivier de La Marche bewacht wurde.

»Meldet mich beim Herrn Herzog!« befahl Fiora in einem Ton, als hätte sie es mit einem Kammerdiener zu tun.

»Das ist unmöglich«, erwiderte der Offizier. »Monseigneur konferiert mit dem Botschafter von Mailand, und Ihr habt hier nichts zu suchen.«

»Aber es ist dringend!« rief Fiora. »Es geht um das Leben eines Menschen!«

»Und ich sage Euch, daß ...«

»Was geht hier vor? Was bedeutet dieser Lärm?«

Die Tür hatte sich geöffnet, und der Herzog stand höchstpersönlich vor ihnen.

»Schon wieder Ihr!« entfuhr es ihm bei Fioras Anblick. »Wollt Ihr etwa gewaltsam bei mir eindringen? Habt Ihr diese Verrückte nicht zurückhalten können, Eminenz?«

»Gegen den Aufruhr des menschlichen Herzens bin auch ich machtlos, und Donna Fiora ist sehr, sehr in Aufruhr«, antwortete der Bischof seufzend.

»Nun gut. Tretet ein, alle beide!«

Sobald sich die Tür hinter ihnen geschlossen hatte, vollführte Fiora eine tiefe Reverenz und begann: »Monseigneur, ich habe soeben erfahren, daß das Duell morgen stattfinden soll, und ich flehe Euch an, es zu verhindern ...«

»Es geht schließlich um die Ehre zweier Männer ... aber wie wollt Ihr als Tochter eines Kaufmanns das verstehen?«

»Es geht auch um Gerechtigkeit, denn der Graf von Selongey ist verwundet, und folglich würde der Kampf mit ungleichen Mitteln ausgetragen.«

»Für jemanden, der streng unter Verschluß lebt wie Ihr, seid Ihr erstaunlich gut informiert«, fand der Herzog mit einem Anflug von Lächeln, was Fioras Herz mit neuer Hoffnung erfüllte.

»Ihr könnt beruhigt sein«, fügte er dann hinzu, »die Verletzung ist harmlos.«

»Aber der Kampf soll bis zum Letzten ausgetragen werden!«

»Ja und?«

Fioras Beine gaben nach, und sie sank auf die Knie, wobei sie das Gesicht in den Händen verbarg.

»Ich beschwöre Euch, Monseigneur, habt Mitleid! Macht mit mir, was Ihr wollt, werft mich ins Gefängnis oder liefert mich dem Henker aus, aber verhindert dieses Duell! Ich will ihn nicht sterben sehen!«

Tiefe Stille breitete sich im Raum aus. Einzig das Atmen der jungen Frau war zu vernehmen. Monsignore Nanni wollte sich vorbeugen, um Fiora zu trösten, doch der Herzog gebot ihm mit einer Handbewegung Einhalt. Dann ging er langsam auf Fiora zu:

»Liebt Ihr ihn denn so sehr? ... Warum dann also Campobasso?«

»Aus Rache ... und um Euch wenigstens diesen Mann fortzunehmen ... nachdem Philippe für den Dienst an Euch stets alles zu opfern bereit war! Alles, was er von mir wollte, war mein Vermögen ... für Eure Armee ... und ansonsten hat er sich mit einer einzigen Nacht zufriedengegeben!«

Karl der Kühne beugte sich herab, nahm Fioras Hände in die seinen und zwang sie sanft, sich wieder zu erheben.

»Ihr haßt mich, nicht wahr?«

Sie zögerte kaum merklich, erwiderte dann aber entschlossen, während ihre Blicke sich begegneten: »Ja. Ohne Euch könnte ich ein glücklicher Mensch sein.«

»Ohne mich würdet Ihr Philippe nicht einmal kennen. Wie wäre er sonst nach Florenz gekommen? Und jetzt kehrt in Eure Gemächer zurück und betet zu Gott. Ich weiß, daß Ihr entschlossen scheint, auf die Hilfe des Allmächtigen zu verzichten, aber vielleicht vermag Monsignore Nanni hier etwas zu bewirken. Was das Duell betrifft, so ist es auch mir nicht mehr möglich, es zu verhindern. Keiner der beiden Gegner wäre damit einverstanden ...«

Der Bischof nahm sie am Arm und führte sie zur Tür, wo sie sich noch einmal umwandte: »Könnte ich nicht zumindest noch einmal mit ihm sprechen?«

»Wenn er selbst einverstanden ist, so habe ich nichts dagegen ...«

Auge in Auge standen sie einander in dem kleinen Oratorium gegenüber, das den lothringischen Herzoginnen einst als Gebetszimmer gedient hatte.

Mit leiser Stimme, in der Fiora eine gewisse Müdigkeit zu erkennen glaubte, begann Philippe: »Ich hätte es vorgezogen, Euch nicht zu begegnen, aber der Herzog bestand darauf ... ohne mir allerdings den Grund dafür zu nennen.«

»Es ist wegen dieses schrecklichen Duells ... deshalb wollte ich Euch sprechen. Müßt Ihr Euch wirklich mit ihm schlagen?«

»Ihr meint Euren Geliebten? Ich hoffe, daß ich ihn töten werde! Immerhin bin ich fünfzehn Jahre jünger als er! Ihr habt wohl Angst um ihn?«

»Um ihn? Auf diesen Gedanken wäre ich niemals gekommen. Euretwegen zittre ich ... und ich habe den Herzog angefleht, er möge den Kampf verhindern.«

»Er hat Euch sicher ins Gesicht gelacht, nicht wahr? Glaubt Ihr im Ernst, ich könnte es ertragen, daß ein anderer hierherkommt und meine Frau für sich fordert?«

»Eure Frau?« gab Fiora voller Bitterkeit zurück. »Das war ich für Euch doch nur wenige Stunden, denn niemals, niemals habt Ihr daran gedacht, ein gemeinsames Leben mit mir zu führen! Glaubt Ihr etwa, ich wüßte nicht, auf welche Weise Ihr meinen Vater zu jenem unwürdigen Vertrag veranlaßt habt? So etwas nennt man für gewöhnlich Erpressung!«

»Ich wollte Euch um jeden Preis gewinnen, und dafür hätte ich alle Mittel eingesetzt, selbst die schlimmsten ...«

»Und habt Ihr das nicht auch getan?«

Er wandte den Kopf ab, um nicht länger in ihre Augen sehen zu müssen, die vor Zorn funkelten und in denen er nichts anderes zu lesen vermochte als seine Verurteilung ...

»Zu meiner Schande muß ich gestehen, daß ich Euretwegen den Verstand verloren hatte.«

»Ging es Euch um mich oder um mein Vermögen?«

»Ich glaubte bisher, Euch damals hinlänglich bewiesen zu haben, daß ich Euch liebte!«

»Ihr wollt mir Eure Liebe bewiesen haben? War die eine Nacht, in der Ihr mich zur Frau gemacht habt, wirklich ein Beweis? Und habt Ihr Euch anschließend etwa nicht wie ein

Dieb davongestohlen, ohne Euch auch nur einen Moment lang zu fragen, ob Ihr mir nicht womöglich eine unheilbare Wunde zugefügt hattet? Alles, was Ihr von mir mitgenommen habt, war ein Kreditbrief und eine Locke von meinem Haar, wie ich später erfuhr. Damit hattet Ihr gesiegt ...«
»Immerhin bin ich nach Florenz zurückgekehrt.«
»Das habt Ihr mir bereits gesagt, doch das beweist überhaupt nichts. Ihr habt gesehen, daß unser Palazzo brannte, und dann habt Ihr Euch auf irgendwelche Gerüchte verlassen, um gleich darauf wieder fortzureiten. Wahrscheinlich wart Ihr insgeheim sehr erleichtert, Witwer zu sein und eine neue Zukunft vor Euch zu haben ...«
»Das ist nicht wahr. Ich kehrte zurück, weil ich Euch liebte und weil ich Euch wiedersehen wollte!«
»Das habt Ihr Euch einzureden versucht, aber wenn Ihr mich wirklich geliebt hättet – so wie ich Euch liebte –, dann wärt Ihr nicht einfach wieder abgereist. Dann hättet Ihr alles getan, um Euch über mein Geschick Gewißheit zu verschaffen, und sei es, um meinen Leichnam zu finden! So aber seid Ihr in aller Gemütsruhe zurückgeritten, denn für Euch war die Geschichte erledigt. Niemand von der Familie Beltrami war mehr am Leben, und nichts erinnerte Euch länger daran, daß Ihr aus Liebe zu Eurem Gebieter die Tochter von Marie de Brévailles geheiratet hattet, jener Frau, die wegen Inzests und Ehebruchs hingerichtet worden war. Ihr brauchtet nicht mehr den Tod zu suchen, wie Ihr es meinem Vater so überzeugend versichert hattet ... Und im übrigen muß ich feststellen, daß Ihr noch durchaus lebendig seid!«
»Und das werft Ihr mir jetzt vor? Haßt Ihr mich so sehr?«
»Wie ich sehe, habt Ihr überhaupt nichts begriffen!«
Der goldbestickte Wandvorhang, mit dem man eine der Mauern des Oratoriums bedeckt hatte, hob sich, und Herzog Karl machte ein paar Schritte auf Fiora zu, die in fassungslosem Erstaunen erstarrte. Philippe, dessen Wangen sich mit tiefer Röte überzogen hatten, wollte auf seinen Ge-

bieter zugehen, doch dieser hieß ihn mit einer Geste innehalten.

»Geh, Philippe! Und such deinen Beichtvater auf, bevor du Campobasso entgegentrittst! Wir sprechen uns später ...«

»Monseigneur! Ich muß Euch erklären ...«

»Es gibt nichts zu erklären. Ich habe jetzt alles verstanden. Laß mich mit ihr allein!«

Philippe warf einen letzten Blick auf Fiora, senkte dann den Kopf und verließ die kleine Kapelle. Herzog Karl trat vor Fiora hin und löste sehr behutsam die Nadeln, die ihre Frisur zusammenhielten. Als ihre schwere Haarpracht herabfiel, wich der Herzog ein paar Schritte zurück: »Jean de Brévailles! Ich wußte, daß dieses Gesicht etwas mit meiner Vergangenheit zu tun hat, aber ich hätte nicht geglaubt, daß es so lange zurückliegt! Wie viele Jahre ist das alles her?«

»Daß Ihr Euch geweigert habt, ihn und seine Schwester zu begnadigen? Achtzehn Jahre ... Ich bin unmittelbar vor ihrem Tod geboren. Allerdings erstaunt es mich, daß Ihr Euch noch daran erinnert.«

»Gewiß erinnere ich mich. Bis zu dem Moment, wo dieser stolze, schöne Junge so viel Schande über seinen Namen brachte, mochte ich ihn sehr gern ...«

»Warum, Monseigneur, fügt Ihr nicht hinzu, daß sein Name auch mit Blut besudelt wurde ... das Blut, das Eure Henker auf dem alten Richtplatz von Dijon vergossen haben? Aber das war Euch noch immer nicht genug: Statt den beiden wenigstens ein ordentliches Begräbnis zukommen zu lassen, wurden sie in jene schreckliche Kloake geworfen ...«

»Die Anweisung dazu kam von meinem Vater, nicht von mir.«

»Aber Ihr habt nichts getan, um diese Entwicklung abzuwenden! Ich selbst wäre ebenfalls in dieser Kloake umgekommen, wenn nicht einer von jenen Kaufleuten, die Ihr so sehr verachtet, sich meiner erbarmt hätte. Dieser Mann hat mich zu sich genommen, mich aufgezogen und mir seine Liebe geschenkt. Im letzten Frühjahr ist er gestorben ... Doch zuvor hatte Messire de Selongey ihn noch gezwungen, unserer Eheschließung zuzustimmen, denn er kannte das Geheimnis meiner wahren Herkunft ...«

Dunkelrot im Gesicht und mit flammendem Blick rief der Herzog:

»Ihr wollt doch wohl nicht behaupten, daß Philippe, der die Loyalität und die Ehrenhaftigkeit in Person ist – noch dazu ein Ritter vom Goldenen Vlies –, daß dieser Mann es gewagt hat, zu einem derartigen Mittel zu greifen?«

»Um für Euch das Geld aufzutreiben, das Lorenzo de Medici ihm verweigert hatte, wäre er zu noch Schlimmerem imstande gewesen! Er hat sich Euch mit Leib und Seele verschrieben. Und jetzt wißt Ihr auch, weshalb er nur für eine einzige Nacht mein Gatte sein wollte: Damit niemand erfuhr, daß er seinen Namen beschmutzt hatte, indem er die Tochter von Jean und Marie de Brévailles geheiratet hatte ... und am allerwenigsten durftet Ihr es erfahren ...«

»Schweigt! Um Gottes willen, so schweigt doch endlich!«

Der Herzog hielt sich die Hände vor die Ohren und ließ sich in einen der beiden Armsessel fallen. Einen Moment lang blieb er reglos dort sitzen, wobei er nach Luft schnappte, als sei er am Ersticken. Mit geschlossenen Augen wartete er, bis sein Atem wieder regelmäßiger wurde. Dann blickte er Fiora an und erklärte: »Ich weiß jetzt, warum Ihr mich derart haßt. Und warum Ihr Campobasso verführt habt. Ihr hättet alles getan, um mir zu schaden.«

»So wie die Dinge jetzt stehen, Monseigneur, wäre es absurd, dies länger leugnen zu wollen. So verurteilt mich denn zum Tode! In Wahrheit habe ich keine große Lust, weiterzuleben ...«

»Ihr wollt sterben?«

»Das würde doch alle Probleme lösen ...«

»Darüber habe ich zu entscheiden. Geht jetzt und laßt mich

beten! Bei meiner Ehre, ich verspüre ein starkes Bedürfnis, mich dem Gebet hinzugeben ...«

Fiora verließ das Oratorium und schloß leise die Tür hinter sich. Als letztes sah sie, wie Karl der Kühne sich vor den Altar kniete, den Kopf zwischen den Händen verborgen. Seine Schultern zuckten, und man hätte meinen können, daß er weinte ...

Kurz vor Mitternacht am folgenden Tag wurde Fiora von Battista Colonna in den Schloßhof geführt. Dort warteten bereits einige Männer, die wie Fiora in lange, schwarze Mäntel gehüllt waren, was ihnen das Aussehen von Gespenstern verlieh.

Herzog Karl und der Gesandte des Papstes hatten auf zwei Schemeln Platz genommen, und Fiora wurde bedeutet, sich neben ihnen niederzulassen, nachdem sie beiden Männern schweigend ihre Reverenz erwiesen hatte. Ein dritter, den sie ebenfalls ehrerbietig begrüßte, stand in aufrechter, stolzer Haltung neben dem Herzog. Dieser war dessen Halbbruder, der »Große Bastard« Antoine, dem aufgrund seiner Heldentaten trotz seiner illegitimen Geburt ein geradezu legendärer Ruf vorauseilte.

Niemand sagte ein Wort ...

Im flackernden Lichtschein der Fackeln erschienen jetzt die beiden Gegner, gefolgt von ihren Sekundanten. Jeder von ihnen war mit einem Schwert und einem Dolch bewaffnet. Gleichzeitig beugten sie vor dem Herzog und dem Bischof die Knie. Reglos nahm Herzog Karl den Gruß entgegen. Als jedoch Alessandro Nanni zu einer segnenden Geste die Hand hob, riß sich Philippe den schützenden Helm herunter und warf ihn zu Boden.

»Wollt Ihr Euch wirklich töten lassen?« fragte Karl der Kühne mit tonloser Stimme, die dennoch seine Angst verriet. »Setzt den Helm wieder auf!«

»Wenn Ihr gestattet, Monseigneur, möchte ich darauf verzichten. Wir sind nicht hierhergekommen, um nur auf Stahl herumzuhauen. Einer von uns wird dabei sein Leben lassen, und auf diese Weise werden die Dinge erleichtert ...«

»Gut, wie Ihr meint, aber Ihr begebt Euch damit in eine sehr unterlegene Position ... sofern Euer Gegner es Euch nicht gleichtun will ...«

Alle Blicke richteten sich auf Campobasso, der wie erstarrt daneben stand. Er zögerte sichtlich, aber als er die eisige Verachtung in Fioras Augen las, gab er sich einen Ruck und entblößte ebenfalls seinen Kopf.

Gemäß den Anweisungen des »Großen Bastard« bezogen die Gegner dann ihre Positionen, und anschließend gab der Herzog das Zeichen zum Beginn des Kampfes.

Als handle es sich um genau geregelte tänzerische Figuren, hoben sich gleichzeitig die schweren Schwerter, und Fiora grub in panischer Angst die Nägel in die Handflächen.

Während der Schloßhof vom Geklirr ihrer Waffen widerhallte, kämpften die beiden Männer mit einer verbissenen Heftigkeit, die genau erkennen ließ, wie sehr sie einander haßten. Sie waren etwa gleich groß und vor allem gleichermaßen geschickt im Umgang mit dem Schwert, so daß das Duell womöglich sehr lange dauern würde.

Selongey war vielleicht ein wenig schneller und geschmeidiger, doch Campobasso besaß mehr Erfahrung. Niemand konnte daher prophezeien, wer am Ende den Sieg davontragen würde.

Fiora hätte am liebsten nicht hingesehen, doch sie schaffte es nicht, den Blick abzuwenden, sie mußte zuschauen ... Wie auch immer der Kampf ausgehen mochte – die junge Frau hatte längst allen Glauben an die Zukunft verloren, denn ihr Leben schien zerstört. Niemals würde sie sich bereit finden, Campobasso gleichsam als Siegestrophäe in die Arme zu sinken, falls dieser den Mann tötete, den sie liebte. Und falls Philippe siegte, so würde er sie für alle Zeiten weit von sich stoßen.

›Mein Gott, laß ihn am Leben!‹ flehte sie innerlich. In dieser Situation äußerster Bedrohung suchte sie plötzlich im Gebet wieder Zuflucht. ›Wenn er am Leben bleibt, werde ich ihn von mir befreien. Ich verlange die Annullierung dieser sinnlosen Ehe ...‹

Sie fror bis ins Innerste ihrer Seele. Die Kälte stieg von ihren Füßen bis zum Herzen hinauf und ließ sie erzittern. Der Atem der beiden Kämpfenden kam jetzt in kurzen, heftigen Zügen, doch das Duell dauerte unverändert an. Wie schwer mußten inzwischen die Schwerter in ihren Händen wiegen, wie müde mußten die Muskeln schon sein ...

Fiora begann neue Hoffnung zu schöpfen. Würde der Herzog dem Kampf zwischen den zu gleichen Gegnern ein Ende setzen?

Plötzlich machte Philippe einen Satz zurück, während er einen Stoß Campobassos zu parieren suchte, glitt auf dem rutschigen Boden aus und fiel auf den Rücken. Der Kondottiere war schon im Begriff, sich auf ihn zu stürzen, das Schwert hoch erhoben, als sich die junge Frau mit einem Schrei des Entsetzens zwischen die beiden Männer warf. Campobasso geriet aus dem Gleichgewicht, und seine Waffe traf Fiora an der Schulter.

Sie verspürte noch einen brennenden Schmerz und hörte wie von weit her die aufgeregten Schreie der Umstehenden, bevor sie das Bewußtsein verlor ...

Kaum daß sie wieder zu sich kam, war auch der Schmerz sofort wieder da. Behutsame Hände machten sich an ihrer Schulter zu schaffen, die sich anfühlte, als sei sie ausgerissen worden. Ihr Kopf tat weh, und die zu ihr dringenden Geräusche tönten seltsam dumpf.

Mühsam öffnete Fiora die Augen und sah, daß man sie in ihr Zimmer gebracht hatte. Dann erkannte sie die Gesichtszüge von Matteo de Clerici. Der Leibarzt des Herzogs hatte sich über sie gebeugt und versorgte ihre Wunde.

»Seid Ihr sicher, daß ihr Leben nicht in Gefahr ist?« hörte sie die Stimme des Herzogs.
»Sofern keine Komplikationen eintreten, besteht keine Gefahr«, versicherte der Arzt. »Die Knochen scheinen nicht gebrochen zu sein. Ich habe die Verletzung mit einem Balsam behandelt, der die Schmerzen lindert und die Wundheilung beschleunigt. Was den Schlag betrifft, den sie auf den Kopf erhalten hat, so ist dieser harmlos. Es handelt sich lediglich um eine dicke Beule ...«
»Philippe«, flüsterte Fiora. »Ist er ... ist Philippe am Leben?«
Die mächtige Gestalt des Herzogs löste sich aus dem Halbdunkel und näherte sich dem von Kerzen beleuchteten Kopfende des Bettes.
»Er ist bei bester Gesundheit ... ebenso wie sein Gegner übrigens. Aber wie konntet Ihr etwas derart Wahnsinniges tun! Habt Ihr denn wirklich geglaubt, ich würde es zulassen, daß Selongey von Campobasso ermordet wird?«
Auf Fioras Zügen war deutlich der Zweifel zu lesen, als sie murmelte: »Sollte der Kampf denn nicht bis zum Ende geführt werden?«
»Ich habe jederzeit das Recht, ein Duell zu beenden, wenn ich es für richtig halte. Ich wußte, daß es sich um gleich starke Gegner handelte, und hoffte daher, die Müdigkeit würde bei beiden den Sieg davontragen. Allerdings wäre es mir lieber gewesen, sie hätten ihre Helme aufbehalten.«
»Konntet Ihr denn nicht ... befehlen, daß sie die Helme wieder aufsetzen?«
»Nein, das nicht. Jeder hat das Recht, sich dem Kampf zu stellen, wie er möchte.«
»Monseigneur«, mahnte der Arzt mit sanftem Vorwurf, »meine Patientin hat viel Blut verloren und braucht vollkommene Ruhe. Ich werde ihr jetzt ein Schlafmittel verabreichen.«

»Einen Moment noch, bitte«, sagte Fiora. »Ich möchte Euch bitten, Monseigneur, daß Ihr mit Bischof Nanni über die Annullierung meiner Ehe sprecht.«

»Ihr wollt die Annullierung?«

»Ja, und je früher, desto besser. Sagt dem Grafen von Selongey, daß er von jeglicher Verpflichtung mir gegenüber entbunden ist. Und dasselbe bezieht sich auch auf Euch, Monseigneur. Mein Vater wußte damals, daß dieses Gold für Euch bestimmt war. Ich habe nicht vor, etwas zurückzufordern, das er freiwillig gegeben hat!«

Erschöpft von der Anstrengung, die das Sprechen sie gekostet hatte, schloß sie die Augen. So sah sie nicht, daß der Herzog sich über sie beugte. Sie spürte lediglich, wie er ihre Hand in die seine nahm.

»Überstürzt jetzt nichts, ich beschwöre Euch!« erwiderte er. »Ihr seid zur Zeit nicht Ihr selbst ...«

»Ihr meint, weil ich jeglichen Kampfgeist verloren habe?« gab die junge Frau mit schwachem Lächeln zurück.

»Mag sein. Wir sprechen darüber, wenn es Euch besser geht. Ich muß Euch außerdem sagen, daß Selongey draußen wartet. Wollt Ihr ihm gestatten einzutreten?«

»Nein, bitte nicht! Weder ihn noch den anderen will ich sehen! Habt Mitleid!«

»Ihr könnt sehr viel mehr für Euch beanspruchen als nur Mitleid, aber ich werde Eurem Wunsch selbstverständlich nachkommen. Und jetzt ruht Euch aus!«

»Das wird auch höchste Zeit«, meinte der Arzt verdrossen. »Außerdem wäre es angebracht, eine Pflegerin für Donna Fiora zu suchen«, fügte er hinzu.

»Ich bin ganz Eurer Ansicht«, erwiderte der Herzog. »Ich werde mich gleich morgen früh darum kümmern.«

Sobald sich die Tür hinter ihm geschlossen hatte, flößte Matteo de Clerici seiner Patientin ein Schlafmittel ein, das diese sofort in tiefen, erholsamen Schlummer sinken ließ.

Draußen fand der Herzog einen sehr aufgeregten Philippe

vor, der unruhig auf und ab ging. Es war nicht zu übersehen, daß er geweint hatte.
»Wie geht es ihr?« bestürmte er seinen Gebieter. »Kann ich sie sehen?«
»Sie befindet sich nicht in unmittelbarer Gefahr, aber du darfst trotzdem nicht zu ihr, Philippe.«
»Warum nicht?«
»Weil sie es nicht will.«
»Erwartet sie etwa den anderen?« rief der junge Mann wutentbrannt.
»Sie will keinen von euch sehen ... und sie hat ausdrücklich gewünscht, daß ich den Gesandten des Papstes mit der Annullierung eurer Ehe beauftrage. Sie läßt dich wissen, daß du ihr gegenüber von jeder Verpflichtung befreit bist. Dies sind ihre eigenen Worte gewesen, und ich glaube, sie hat recht.«
»Monseigneur!« protestierte Selongey. »Habe ich dabei denn überhaupt nichts zu sagen? Das betrifft mich doch genauso!«
»Befleißige dich eines anderen Tones, wenn ich bitten darf! Schließlich richtest du das Wort an den Herzog von Burgund! Und diesem gegenüber hast du dich zu verantworten. Du hast nicht nur ohne meine Einwilligung geheiratet, sondern auch noch das Mittel der Erpressung angewandt, um die Hand dieser Unglücklichen zu gewinnen, die in der Schande geboren wurde. Du verdientest, daß ich dich zwinge, das Goldene Vlies zurückzugeben! Für den Moment verbiete ich dir jeden Versuch, sie wiedersehen zu wollen. Du darfst dich ihr fortan nicht mehr nähern. Begnüge dich mit dem Wissen, daß sie dir das Leben gerettet hat, und geh deiner Wege! Vergiß sie!«
»Wenn das so leicht wäre!« rief Selongey voller Bitterkeit. »Seit Monaten habe ich das versucht, weil ich sie für tot hielt. Und jetzt, wo ich sie wiedersah, spürte ich ...«
»Eure Gefühle interessieren mich nicht im geringsten. Ich bin Euer Gebieter, und ich befehle Euch unter Androhung

öffentlicher Entehrung, Euch ein für allemal von einer Frau zurückzuziehen, die des Ehebruchs schuldig ist, die aus einer inzestuösen Verbindung stammt und die obendrein auch noch als Spionin für den König von Frankreich tätig war.«

»Was habt Ihr mit ihr vor? Ihr werdet ihr doch hoffentlich nichts antun? Sie ist noch so jung, und sie hat schon so viel gelitten!«

»Dies hängt von Eurem Gehorsam ab. Ich werde mich gleich anschließend mit dem Bischof über ihr Geschick unterhalten. Was Euch betrifft, so bereitet Euch darauf vor, nach Savoyen aufzubrechen. Herzogin Jolande wird von den Eidgenossen bedroht und braucht unsere Hilfe. Ihr werdet ihr mitteilen, daß wir demnächst bei ihr eintreffen, und dann bleibt Ihr bei ihr, bis ich Euch zurückrufe. Noch vor zwölf Uhr mittags müßt Ihr Nancy zusammen mit fünfzig Lanzen verlassen!«

»Habt Erbarmen, Monseigneur! Ihr wißt doch, daß sie unschuldig ist!«

»Das ist mir ebenso bekannt wie Euch. Dennoch muß diese Ehe aufgelöst werden. Und wisset, daß ich sie von jetzt an ständig unter meinen Augen halten werde, um sicher sein zu können, daß Ihr meine Anordnungen befolgt.«

»Hat sie Euch jemals etwas angetan? Laßt mich ihr zumindest Lebewohl sagen, ja? Schließlich verdanke ich ihr mein Leben!«

»Nein ... womöglich könnt Ihr Euch dann erst recht nicht mehr von ihr trennen, und ich habe Euch einen Befehl erteilt.«

Zu Tode betrübt, verneigte sich Philippe vor seinem Gebieter und zog sich dann zurück, nicht ohne einen letzten Blick auf jene Wand zu werfen, hinter der die einzige Frau jetzt ruhte, die er jemals geliebt hatte.

Er steuerte auf die Treppe zu, wandte sich aber am Absatz noch einmal um: »Ein Wort noch, Monseigneur. Ich wünsche, daß all mein Besitz verkauft wird. Fiora ist völlig mittellos, und das ertrage ich nicht. Tut wenigstens dies noch für mich!«

»Wollt Ihr das tatsächlich? Und wovon wollt Ihr leben, wenn Ihr künftig nichts mehr besitzt?«

»Sobald Euer Sieg endgültig errungen ist, mein Fürst, werde ich meine Dienste dem Dogen von Venedig zur Verfügung stellen. In Zeiten des Krieges ist es nicht allzu schwer, sich ein neues Vermögen zu schaffen ... sofern ich nicht schon früher mein Ende finde.«

Er vollführte eine letzte Verbeugung, doch an der Art, wie er sich knapp vor dem Herzog verneigte, war seine mühsam zurückgehaltene Wut deutlich erkennbar. Dann eilte der Graf von Selongey die Treppe hinunter.

Karl der Kühne sah ihm nach, und ein leises Lächeln umspielte seine Lippen.

»Das werden wir ja sehen«, sagte er zu sich selbst.

Das Haus des Richters Georges Marqueiz war eines der schönsten von ganz Nancy und hatte unter dem gegnerischen Beschuß kaum gelitten. Dorthin brachte man am anderen Morgen die noch halb bewußtlose Fiora, damit sie die Pflege erhielt, die man ihr im Palast des Herzogs – welcher eher einer Kaserne glich – nicht angedeihen lassen konnte.

Frau Nicole, die liebenswürdige Gemahlin des Magistrats, war nur zu gern bereit, dem neuen Gebieter der Stadt einen derartigen Gefallen zu erweisen. Sie war eine großgewachsene Frau, deren blondes Haar schon grau zu werden begann, und obwohl sie nicht wirklich schön zu nennen war, hatte sie doch sehr warmherzige braune Augen und ein reizendes Lächeln. Fiora gewann sofort ihre Zuneigung, was durchaus auf Gegenseitigkeit beruhte.

Unterdessen tat der Herzog alles, um seine neuen Untertanen ganz für sich zu erobern, und wenn er wollte, konnte Karl der Kühne sehr viel Charme und Wohlwollen verströmen ...

»Es ist schon etwas Besonderes, die Hauptstadt eines so großen Königreiches zu werden«, meinte Nicole Marqueiz zu ihrem Gast. »Wenn man bedenkt, welchen Wohlstand Städte wie Brügge, Lille und Dijon unter dem Herzog erreicht haben ...«
»Liebt Ihr denn Euren jungen Herzog René so wenig?«
»Er ist ein reizender Junge, aber eben ein Kind, wie Monseigneur Karl zu sagen pflegt. Mit einem Herrscher wie ihm kann er sich jedenfalls keineswegs vergleichen! Man muß mit der Zeit gehen und die Dinge nehmen, wie sie sind, was soll man sonst machen?«
Ein Teil des lothringischen Adels hatte sich inzwischen ganz offiziell dem neuen Herrscher angeschlossen, was Fiora doch ein wenig schockierte. Sie erholte sich allmählich und begann sich zu fragen, was wohl aus ihr werden sollte. Battista Colonna kam jeden Tag, um sich nach ihrem Befinden zu erkundigen und mit ihr zu plaudern.
Er hatte ihr von Philippes Abreise nach Savoyen berichtet und auch von der heftigen Szene, die sich ihretwegen zwischen Campobasso und Herzog Karl abgespielt hatte. Der Kondottiere wußte inzwischen nämlich von Fioras Wunsch, ihre Ehe annullieren zu lassen, und knüpfte große Hoffnungen daran. Er hatte verlangt, daß man ihm offiziell den Status eines Verlobten zuerkannte. Zugleich bestand er darauf, die Verletzte jeden Tag besuchen zu dürfen, denn er betrachtete sie nach wie vor als die künftige Gräfin von Campobasso.
»Monseigneur«, so erzählte Battista, »hat ihm daraufhin erklärt, daß von einer Ehe mit Euch keine Rede sein könne. Er werde dem auf keinen Fall zustimmen und außerdem habe er vor, Euch bei sich zu behalten, gewissermaßen als Geisel ...«
»Als Geisel? Aber warum? Was bezweckt er damit?«
»Ich kann Euch auch nicht mehr darüber sagen, Madonna. Ich weiß nur, daß Monseigneur diesen Ausdruck benutzt

hat. Jedenfalls hat Campobasso daraufhin die Tür hinter sich zugeknallt und geschworen, daß er nie mehr im Leben einem Herrscher dienen wolle, der die ihm geleisteten Dienste so wenig zu würdigen weiß ... Und Ihr werdet nicht glauben, was der Neapolitaner jetzt vorhat: Er will eine Pilgerreise nach Santiago de Compostela unternehmen!«
Fiora brach in Gelächter aus, denn die Vorstellung eines Campobasso im Büßerhemd erschien ihr mehr als komisch.
»Und was macht er mit seinen Söldnern?« erkundigte sie sich dann. »Nimmt er sie etwa mit?«
»Ich vermute, daß er sie auf seinem Schloß Pierrefort zurückläßt, was ihn der Verpflichtung enthebt, die Männer zu bezahlen. Es heißt, daß er seit geraumer Zeit das Geld, das er vom Herzog bekommen hat, für sich behält. Außerdem hat er angekündigt, womöglich dem Herzog der Bretagne einen Besuch abzustatten, mit dem er angeblich um einige Ecken verwandt ist.«
»Nun, er soll machen, was er will«, gab Fiora seufzend zurück, die innerlich über all das höchste Genugtuung empfand.
Einerseits, weil sie dadurch einen Mann loswurde, der ihr bis zuletzt mehr als lästig gewesen war, andererseits, weil ihre ursprüngliche Mission nun doch noch erfüllt worden war.
Sie glaubte ziemlich genau zu wissen, wohin es den Kondottiere jetzt in Wirklichkeit trieb, nämlich zum König von Frankreich ... Dort würde Campobasso sich gebührend über sein ungerechtes Geschick ausweinen, und genau das hatte sie die ganze Zeit im Sinn gehabt.
Leider gab es auch noch eine weniger erfreuliche Neuigkeit. Schon bald nach ihrer Ankunft in Nancy hatte Fiora den Bischof gebeten, nach Esteban suchen zu lassen, damit dieser wieder in ihre Dienste treten könne. Wie sie aber vom jungen Colonna erfuhr, war der Spanier unauffindbar. Am Morgen nach dem mißglückten Mordanschlag hatte sich

Esteban gleichsam in Luft aufgelöst. Weder der Anführer seiner Kompanie noch die übrigen Soldaten wußten, was aus ihm geworden war.

Sein Verschwinden bewirkte, daß sie sich heimatloser fühlte denn je. Sie konnte nicht verstehen, weshalb der Herzog so großen Wert darauf legte, sie bei sich zu behalten. Dabei wünschte sie sich nichts sehnlicher, als endlich nach Paris zurückkehren zu können, um wieder bei ihrer geliebten Leonarde zu sein, deren Abwesenheit sie immer schmerzlicher empfand.

Weihnachten rückte näher, doch für sie würde es ein sehr einsames Fest sein, das erste Weihnachten ohne ihren Vater und ohne ihre Leonarde. Selbst Philippe war weit fort, auf ewig für sie verloren ...

Mit achtzehn Jahren hat man die süßen Freuden der Kindheit noch nicht vergessen, ebensowenig wie die Geborgenheit des väterlichen Heims, und Fiora, die sonst zu stolz war, ihren Tränen nachzugeben, weinte die ganze Nacht über ihr verlorenes Glück.

»Auch ich bin von den Meinen getrennt«, sagte Battista am anderen Morgen, als er ihre geröteten Augen sah. »Sofern Ihr das Weihnachtsfest nicht mit Euren Gastgebern verbringen wollt, komme ich zu Euch, und dann singen wir gemeinsam Lieder aus unserer Heimat ...«

Diese Worte hatten jedoch zur Folge, daß Fiora erneut in Tränen ausbrach. In Wirklichkeit war sie von höchster Empfindsamkeit. Sie küßte den Jungen auf beide Wangen und dankte ihm für seinen liebenswürdigen Vorschlag.

Nun geschah es aber, daß am Weihnachtsvorabend drei Reiter – die keineswegs wie die Heiligen Drei Könige aussahen – die Porte de la Craffe passierten. Es handelte sich um einen Mann, eine Frau und einen jungen Burschen, und diese drei waren niemand anderes als Douglas Mortimer, Leonarde und der junge Florent, jener Banklehrling, der im Hause von Agnolo Nardi tätig war.

Dieses pittoreske Trio erschien nun also vor Olivier de La Marche, der bei dem Anblick ein wenig aus der Fassung geriet.
»Ich habe für den Herrn Herzog einen Brief des Königs von Frankreich und soll auf Antwort warten«, erklärte Douglas Mortimer in seinem gewohnt barschen Ton.
»Ihr werdet gleich zu ihm geführt ... aber wer sind diese Herrschaften hier? Reist Ihr mit Eurer Familie?«
Bevor der Schotte etwas erwidern konnte, schaltete sich Leonarde ein: »Mit diesem ungehobelten Burschen bin ich keineswegs verwandt, Herr Offizier! Er hat uns lediglich von Paris bis hierher begleitet, um uns zu beschützen. Und nun wünsche ich zu Eurem Gebieter geführt zu werden! Ich bin die Gouvernante von Donna Fiora Beltrami, die er hier gefangenhält, und ich bin gekommen, um sie zu holen, denn es schickt sich nicht für eine junge Dame ihres Ranges, ganz allein unter lauter Wüstlingen zu leben!«
»Ich verstehe«, erwiderte La Marche. »Und was ist mit dem da?« fragte er und deutete auf Florent.
»Das ist mein Diener oder auch mein Page, ganz, wie es Euch beliebt. Ich bin Frau Leonarde Mercet«, fügte sie dann in einem Ton hinzu, als hätte sie gesagt: »Ich bin die Königin von Spanien«.
»Was Ihr nicht sagt!« gab der Offizier süß-säuerlich zurück. Und zu dem hünenhaften Schotten gewandt: »Wie ist Euer Name, Messire?«
»Douglas Mortimer, von den Mortimers aus Glen Livet, Offizier der Schottischen Garde des Sehr Christlichen Königs Ludwig, dem elften dieses Namens!« schleuderte er dem anderen ins Gesicht, wohl wissend, wen er darstellte ...
La Marche verneigte sich daraufhin: »Wenn Ihr mir folgen wollt!«
Kurz darauf überreichte Mortimer – mit dem vom Protokoll verlangten Zeremoniell – dem Herzog von Burgund einen Brief von König Ludwig XI. Dieser beglückwünschte zu-

nächst seinen Vetter zum Sieg über Nancy und verlangte dann, man solle seinem Gesandten »die sehr noble und liebenswürdige Dame Fiora Beltrami« in dessen Obhut geben. Der König berief sich in seinem Schreiben auf die Freundschaft mit deren verstorbenem Vater und gab seiner Besorgnis über ihr Verbleiben Ausdruck, nachdem sie sich nach Lothringen aufgemacht habe, um dort einen Verwandten zu besuchen ...

Man möge sie nun seinem Botschafter anvertrauen sowie der Dame in dessen Begleitung. Diese Herrschaften würden sie bis zur Grenze nach Neufchâteau bringen. Von da an, so schloß der König seinen Brief ab, werde der Graf von Roussillon sich um sie kümmern und sie sicher zu ihm geleiten ...

Stirnrunzelnd überflog Karl der Kühne die Zeilen, die sein Vetter ihm gesandt hatte. Neufchâteau, das sich dem Herzog inzwischen ergeben hatte, befand sich nur fünfzehn Meilen von Nancy entfernt, und da der Graf von Roussillon einer der besten Offiziere des Königs war, befehligte er nicht nur eine Handvoll Männer ...

Der Herzog überreichte den Brief seinem Sekretär, betrachtete einen Moment lang die drei Menschen vor sich und erwiderte schließlich: »Es freut Uns zu hören, daß die französische Grenze von einem so hervorragenden Offizier überwacht wird. Was Donna Fiora betrifft, so können Wir gut verstehen, daß sie dem Herzen Unseres Cousins nahesteht. Leider befindet sie sich derzeit nicht in Unserer Obhut ...«

Er hielt kurz inne und tat, als bemerke er nicht, wie blaß Leonarde plötzlich geworden war. Weder die Angst in deren Augen schien er zu sehen noch das Stirnrunzeln von Douglas Mortimer.

»Und obendrein«, so fuhr er fort, »ist sie Uns unter diesem Namen nicht bekannt. Wir haben hier nur die Gräfin von Selongey, die mit einem Unserer besten Offiziere verheiratet ist, und es wundert Uns, daß der König davon nichts weiß. Aber es steht außer Frage, daß Wir dem König von Frankreich nicht einfach eine so hochgestellte Dame aus Burgund anvertrauen werden. Wir werden Unserem geschätzten Cousin in diesem Sinne schreiben. Unterdessen, seid Ihr, Sire Mortimer, selbstverständlich Unser Gast. Es entspricht nicht dem christlichen Brauch, jemanden während des Weihnachtsfestes wieder in die Kälte hinauszuschicken. Und was Euch betrifft, Madame, so werdet Ihr jetzt gleich zu Eurem Schützling geleitet ...«

Wenig später konnte Leonarde eine völlig fassungslose Fiora in die Arme schließen.

»Mein Lämmchen! Endlich habe ich Euch wieder!«

Die vier Monate, in denen sie getrennt waren, erschienen ihnen jetzt wie Jahrhunderte. Jede hatte so viel zu fragen und zu erzählen, daß sie nicht wußten, wo sie anfangen sollten.

»Woher wußtet Ihr überhaupt, daß ich hier bin?« erkundigte sich Fiora.

»Von Esteban!«

Und Leonarde erklärte, was geschehen war, nachdem der Spanier und der Schotte von Campobasso fortgeschickt worden waren: Während Mortimer zum König zurückritt, um ihm Bericht zu erstatten, hielt sich Esteban weiterhin in der Umgebung von Thionville auf. Als Fiora dann später nach Pierrefort gebracht wurde, hatte Esteban dies aus der Ferne mitverfolgt. Daraufhin war er heimlich hinterhergeritten und hatte sich gegen entsprechende Bezahlung bei einem Bauern in der Nähe des Schlosses einquartiert. Der Auftritt von Olivier de La Marche war ihm ebenfalls nicht entgangen, und diesmal folgte Esteban dem Reitertrupp bis ins burgundische Armeelager, wo er sich als Söldner anwerben ließ.

Von da an konnte er besser über Fiora wachen, doch nachdem er sie vor dem tückischen Virginio gerettet hatte und nachdem Nancy eingenommen war, blieb ihm nicht mehr viel zu tun, zumal er ohne fremde Hilfe nichts ausrichten konnte.

So war er noch in derselben Nacht nach Paris zurückgeritten, und Agnolo Nardi hatte ihn später zum König ins Schloß von Plessis-les-Tours gebracht ... zusammen mit Leonarde, die energisch darauf bestanden hatte, ihn zu begleiten.

»Da wir jetzt mit Burgund in Frieden leben«, fügte Leonarde hinzu, »hat unser Sire gemeint, daß dem nichts mehr entgegenstehen würde, Euch zurückzufordern. Der König schätzt Euch offenbar sehr und war ebenso betrübt über Euer Schicksal wie wir anderen.«

»Ihr hattet auch allen Grund dazu ... Aber warum erzählt Ihr mir nichts von Demetrios? Ist er noch immer bei König Ludwig?«

»Nein. Er befindet sich derzeit im Schloß von Joinville, nicht weit von hier entfernt, bei Herzog René II. von Lothringen. Der König hat ihn dem jungen Herzog gewissermaßen ›ausgeliehen‹, damit er die alte Prinzessin Vaudémont pflegt – seine Großmutter, die schwer krank ist. Außerdem hat Demetrios das Horoskop des jungen Herrschers erstellt, und was er darin gelesen hat, war anscheinend derart eindrucksvoll, daß er jetzt nicht mehr von seiner Seite weichen will. Der König war damit einverstanden. Was Esteban betrifft, so ist er wieder bei seinem Herrn, und wir sind zusammen bis Saint-Dizier geritten ...«

»Also hat mich Demetrios doch verlassen?« meinte Fiora ein wenig traurig. »Und dabei ging ich davon aus, daß wir einen gemeinsamen Pakt geschlossen hatten. Aber anscheinend interessiert ihn mein Schicksal weniger als das des ›Kindes‹!«

»Von was für einem Kind sprecht Ihr?«

»So nennt Herzog Karl denjenigen, den er soeben seines Landes und seiner Krone beraubt hat.«

»Er hat ganz gewiß nichts von einem Kind an sich. Er ist ein sehr beeindruckender Mann. Aber findet Ihr es jetzt nicht an der Zeit, mir zu erzählen, was Ihr so lange ohne Eure alte Leonarde gemacht habt?«

Fioras Bericht war lang und ausführlich. Sie erzählte alles offen und ehrlich, ohne etwas wegzulassen, und es kam vor, daß Leonarde an einigen Stellen errötete. Als Fiora jedoch geendet hatte, begnügte sich das alte Mädchen damit, sich heftig zu schneuzen, was bei ihr stets das Zeichen großer Gemütsbewegung war. Dann nahm sie Fiora in die Arme und küßte sie auf die Stirn.

»Mir wäre es am liebsten, wenn Ihr all das so schnell wie möglich vergessen könntet, mein Lämmchen, aber angesichts dieses Herzogs, der Euch unbedingt bei sich behalten will, erscheint mir das recht schwierig.«

»Er hat zu Campobasso gesagt, ich sei eine Art Geisel.«

»Das habe ich wohl vernommen. Aber warum erklärt er dann diesem unerträglichen Mortimer, der Platz der Gräfin de Selongey sei hier bei ihm? Um so mehr, als Ihr soeben auf diese Ehre verzichtet habt und Eure Ehe annullieren lassen wollt?«

»Das ist in der Tat seltsam, aber verlangt von mir nicht, daß ich Euch die Motive von Karl dem Kühnen erkläre. Niemand vermag sein Denken und Handeln zu ergründen, vielleicht nicht einmal er selbst.«

Nachdem das Weihnachtsfest vorüber war, erschien Mortimer bei den beiden Frauen, um sich zu verabschieden. Ein Problem stellte sich plötzlich in der Gestalt des jungen Florent, der nicht bereit war, mit Mortimer nach Frankreich zurückzukehren, obwohl der Herzog dies ausdrücklich angeordnet hatte.

Der Junge weinte und flehte, doch nichts half, bis es Mortimer zu dumm wurde.

»Man hat Euch sehr viel Ehre angetan, indem man Euch wie einen Mann behandelt hat«, sagte er mit seiner ruhigen Stimme. »Aber vielleicht sollte ich dem Herzog klarmachen, daß Ihr gar kein Mann seid, sondern ein weinerlicher Knabe, der sich am liebsten in den Röcken der Damen versteckt?«

Das wirkte Wunder. Florent wurde sehr blaß und ging hinaus, um seine Sachen zusammenzupacken. Dann kehrte er noch einmal zurück, um Fiora und Leonarde Lebewohl zu sagen, nicht ohne seiner Angebeteten einen letzten, verzweifelten Blick zuzuwerfen. Nachdem er fort war, meinte das alte Fräulein: »Dieser Mortimer ist zwar ein unangenehmer Zeitgenosse, aber zumindest ist er nicht in Euch verliebt wie all die anderen, und das finde ich inzwischen sehr erholsam!«

Kapitel 12

Die Fanfaren des Todes

Mühsam quälte sich die burgundische Armee die Paßhöhe hinauf, welche die beiden Flüsse Rhône und Rhein trennte. Der nicht enden wollende Strom von Menschen und Wagen gemahnte eher an einen Exodus, denn abgesehen von den zwanzigtausend Soldaten, die von verschiedenen Offizieren befehligt wurden, führte die Armee eine schier unglaubliche Vielzahl von Gegenständen und Gerätschaften mit sich: Da waren die Wagen, auf denen die Zelte und die Standarten transportiert wurden, die Teppiche, die Prunkgewänder, die Silberwaren und alle möglichen kostbaren Objekte wie etwa die goldenen Statuen der zwölf Apostel aus der herzoglichen Kapelle; dann natürlich Möbel aller Art sowie der gesamte Apparat, den der Kanzler Hugonet für das Führen der Staatsgeschäfte benötigte, ganz zu schweigen von den Geistlichen und den Sängern, die des Herzogs Armee begleiteten. All dies war dazu bestimmt, nicht nur den Schweizern, sondern ganz Europa zu demonstrieren, daß die burgundische Streitmacht in jeder Hinsicht konkurrenzlos war. Außerdem beabsichtigte der Herzog, den bevorstehenden Krieg ohne Vorwarnung zu beginnen und dann zu einem möglichst raschen Ende zu bringen: Für ihn handelte es sich um nichts anderes als eine Strafexpedition, die seine Machtstellung endgültig besiegeln sollte. Karl der Kühne stand hoch oben auf der Paßhöhe, die Füße im Schnee versunken, und blickte auf das endlose Defilee herab. Sein Stolz und sein Hochmut fanden an dem Bild, das sich ihm da bot, höchsten Gefallen ... Er war jetzt nicht mehr der Herzog von Burgund, sondern er war Hannibal, der mitten im Winter die Alpen überquerte! Was machte es ihm da schon aus, daß es sich in Wirklichkeit um den Schweizer Jura handelte ... Er bedauerte lediglich, nicht einen einzigen Elefanten dabeizuhaben ... An seiner Seite stand sein Halbbruder Antoine, und ein wenig dahinter befanden sich jene beiden, die ihm seit dem Aufbruch aus Nancy Gesellschaft zu leisten pflegten: der mailändische Botschafter Jean-Pierre Panigarola sowie eine völlig vermummte, zierliche Gestalt in Männerkleidern, bei der es sich um niemand anderen als Fiora handelte. Olivier de La Marche hatte man in Salins zurücklassen müssen, da dieser an Dysenterie erkrankt war.

Am Abend, bevor sie Nancy verließen, hatte der Herzog die junge Frau zu sich gerufen, die inzwischen von ihrer Verletzung vollkommen genesen war.

»Donna Fiora«, hatte er zu ihr gesagt, »Ihr wißt sicher, daß wir morgen zum Feldzug gegen die Schweizer aufbrechen wollen. Ich habe beschlossen, daß Ihr mich zusammen mit dem Botschafter von Mailand, Messire Panigarola, begleiten werdet ...

»Monseigneur«, erwiderte Fiora, »verzeiht, wenn ich Euch unterbreche, aber warum legt Ihr derartigen Wert darauf, mich mitzunehmen? Und in welcher Eigenschaft? Betrachtet Ihr mich tatsächlich als Geisel, und falls ja, zu welchem Zweck? Ihr habt Douglas Mortimer erklärt, ich sei die Gräfin von Selongey, und dabei wißt Ihr genau, daß ich diese Ehe auflösen lassen möchte. Zudem wünscht Ihr die Annullierung doch ebensosehr wie ich ...

Belustigt gab der Herzog zurück: »Ich dachte bis jetzt, Ihr hättet trotz allem eine gute Erziehung genossen, Donna Fiora! Demnach müßtet Ihr wissen, daß man einen Herrscher nicht derart mit Fragen löchern darf ... und Ihr stellt gleich eine ganze Reihe von Fragen! Doch dieses eine Mal bin ich bereit, Euch zu antworten, unter der Bedingung, daß Ihr mir einen Gefallen erweist ...«

»Ich soll Euch, dem mächtigen Herzog von Burgund, einen Gefallen erweisen?«

»O ja. Ich werde Euch gleich sagen, worum es dabei geht. Für den Moment wollen wir uns mit dem beschäftigen, was Euch beunruhigt. Ihr habt gefragt, ob Ihr eine Geisel seid. Nun, in gewissem Sinne ja. Solange Ihr Euch in meiner Hand befindet, kann ich mich des Gehorsams zweier Männer vergewissern ...«

»Weshalb sprecht Ihr von zweien? Campobasso hat Euch doch verlassen!«

»Er wird zurückkommen. Hauptsache, er und Selongey verbringen ihre Zeit nicht damit, einander umbringen zu wollen und Euch überall zu suchen. Aber sprechen wir jetzt von dieser Annullierung! Der Gesandte des Papstes hat sich mittlerweile zu Kaiser Friedrich begeben, um diesen davon zu überzeugen, daß er sich während des Krieges, den ich zu führen beabsichtige, am besten neutral verhält. Folglich wird er sich mit Eurem Problem erst nach seiner Rückkehr befassen können. Ihr habt also bis dahin das Recht auf den Titel einer Gräfin de Selongey.«

»Aber ich lege keinerlei Wert darauf.«

»Wie Ihr wünscht. Dann werde ich Euch morgen unter Eurem florentinischen Namen dem Botschafter vorstellen. Eure Gouvernante wird in seinem Wagen mitreisen, der sehr komfortabel ist. Was Euch betrifft, und jetzt komme ich zu dem, worum ich Euch bitten wollte, so sollt Ihr mir zu Pferde folgen, falls Ihr reiten könnt.«

»Wie Ihr anfangs bemerkt habt, Monseigneur, durfte ich eine gute Erziehung genießen ...«

»Ausgezeichnet! Noch besser wäre es jedoch, wenn Ihr Euch außerdem bereit finden könntet, unterwegs jene Kleidung zu tragen, die jetzt in Eurem Zimmer auf Euch wartet. Es handelt sich um ... Männerkleidung.«

Fiora brach in Lachen aus.
»Wenn das alles ist, was Ihr von mir wollt, Monseigneur, so kann ich Euren Wunsch leicht erfüllen!«

Als Fiora ins Haus der Marqueiz' zurückkehrte, fand sie tatsächlich eine Anzahl von Kleidungsstücken auf ihrem Bett ausgebreitet vor: Es handelte sich um Kniehosen aus schwarzer Seide, feine Spitzenhemden und eine rote Samttunika, an deren Ärmel ein Wappen eingestickt war. Ganz oben befand sich eine Borte mit drei silbernen Litzen ...
Während Fiora das Wams noch immer verblüfft betrachtete, trat Leonarde ins Zimmer.
»Ihr stammt doch aus Burgund«, meinte Fiora zu ihrer Gouvernante. »Könnt Ihr mir erklären, was dieses Wappen und diese Silberlitzen bedeuten?«
Leonarde nahm die Tunika in die Hand und strich nachdenklich mit dem Zeigefinger über das komplizierte Muster der Stickerei.
»Nun?« fragte die junge Frau ungeduldig.
Leonarde schien auf einmal blaß geworden zu sein. Zögernd antwortete sie: »Dieses Wappen ist heutzutage nicht mehr gebräuchlich. Herzog Karl hat es einst getragen, als er noch nichts anderes war als ein einfacher Graf von Charolais. Die silbernen Litzen waren das Erkennungszeichen des ältesten Sohnes einer Adelsfamilie ... Ich vermute, daß Jean de Brévailles in seiner Eigenschaft als Stallmeister des Grafen etwas Ähnliches getragen hat ...«
Das war es also! Als der Herzog am anderen Tag unterwegs anhielt, um die Hufeisen seines Pferdes überprüfen zu lassen, ritt Fiora auf ihn zu und sagte: »Wie Ihr seht, habe ich Euch gehorcht, Monseigneur, doch ich verstehe noch nicht ganz, weshalb ich diese Kleidung anlegen sollte. Erinnere ich Euch darin vielleicht an jemanden?«
»Ja«, erwiderte der Herzog auf italienisch. »Es ist mir ein tröstliches Gefühl, in diesem Krieg jemanden an meiner

Seite zu haben, der mich an einen früheren Gefährten erinnert ... einen Gefährten, den ich sehr liebte ...«

»Den Ihr liebtet?« protestierte Fiora entrüstet. »Das wagt Ihr zu sagen, obwohl Ihr nichts getan habt, um ihn zu retten?«

»Ich konnte nichts tun. Sein Verbrechen war vor Gott ebenso unverzeihlich wie vor den Menschen. Es war hundertmal besser, daß er auf dem Schafott endete, als womöglich in einem finsteren Verlies. Jean war mein Freund. Wir haben zusammen Plutarch gelesen, zusammen gescherzt und getrunken. Aufgrund unserer Freundschaft konnte er auf eine glänzende Zukunft hoffen, und dennoch ...«

»Dennoch«, fuhr er in einer jähen Zornesaufwallung fort, »hat er mich ohne ein Wort verlassen, hat alles aufgegeben, nur um den Körper einer Frau zu besitzen, die seine Schwester war! Ich hatte ihn für rein und unschuldig gehalten, aber in Wahrheit war er wie alle anderen, wie mein Vater, der jedesmal beim Anblick eines Weiberrocks seine Pflichten vergaß ... und Jean war sogar noch schlimmer als die anderen!«

»Nein«, erwiderte Fiora sanft, »er war lediglich das Opfer einer verbotenen Liebe, die nicht sein durfte ... und trotzdem handelte es sich um Liebe!«

Er sah sie an, und Fiora las in seinen Augen eine gewisse Verwirrung.

»Meint Ihr wirklich?«

»Ich bin dessen sicher. Und ihr seid es im Grunde ebenfalls, Monseigneur ... Weshalb würdet Ihr sonst so großen Wert darauf legen, mich in diesen Kleidern zu sehen?«

»Das stimmt. Er hat ... mir sehr gefehlt.«

Der Herzog schwang sich wieder in den Sattel und ritt zu seinem Bruder hin, der ihn gerufen hatte. Fiora sah ihm nach und fragte sich, woher nur dieses seltsame Gefühl kommen mochte, das sie plötzlich für ihn empfand. Fast war es so etwas wie Mitleid ...

Von da an legte der Herzog Fiora gegenüber ein sehr liebens-

würdiges Gebaren an den Tag, aber erstaunlicherweise hatte sich seine Haltung schon früher vollkommen verändert, nämlich seitdem er die Wahrheit über ihre Geburt kannte. Während er sie anfangs mit Verachtung gestraft hatte und völlig unnahbar gewesen war, konnte man sein jetziges Verhalten beinahe schon freundschaftlich nennen.
An manchen Abenden lud er sie ein, gemeinsam mit ihm den Sängern zu lauschen, und nachdem er entdeckt hatte, daß sie Laute zu spielen verstand und eine hübsche Stimme besaß, ließ er sie oft im Duo mit Battista Colonna ein Lied vortragen. Die einzigen Zuhörer dieser intimen Konzertveranstaltungen waren der Bruder des Herzogs sowie der mailändische Botschafter.
Fiora schloß mit diesem rasch Freundschaft. Jean-Pierre Panigarola war ein Mann um die Vierzig mit dem strengen und meditativ wirkenden Gesicht, wie man es an manchen Heiligenstatuen sieht, doch das betraf nur seine äußere Erscheinung. Feinfühlig, kultiviert und humorvoll, war er obendrein ein aufmerksamer Beobachter der menschlichen Natur und zudem ein ausgezeichneter Diplomat.
Er schrieb fast täglich lange Berichte an seinen Gebieter, den Herzog von Mailand, und Fiora entdeckte bald, daß er Karl den Kühnen beinahe besser kannte als seine eigenen Leute. Ebensogut fand er sich aber auch in der verschlungenen Politik eines Ludwig XI. zurecht, bei dem er zuvor gleichermaßen die Funktion eines Botschafters innegehabt hatte.
Der angebliche »junge Mann«, den Fiora nach außen darstellte, entzückte ihn durch seine profunde Kenntnis der griechischen Philosophen, um so mehr, als Panigarola genau wußte, was für eine bezaubernde junge Frau sich dahinter verbarg. Er war nämlich auch ein großer Verehrer weiblicher Schönheit ...
»Ihr könntet ebenso Florentiner sein«, meinte Fiora eines Abends lächelnd. »Mir scheint, Ihr besitzt viele Qualitäten

meiner Landsleute, und vielleicht auch deren Fehler und Schwächen ...«

»Nun, ich fühle mich als Mailänder recht wohl, obwohl unsere Stadt sich mit der Euren nicht vergleichen kann. Dennoch muß ich gestehen, daß ich Euch um den Herrn Lorenzo sehr beneide. Was für eine Intelligenz! Was für eine Weitsicht! Ich glaube, nur der König von Frankreich kann es darin mit ihm aufnehmen!«

»Empfindet Ihr für Herzog Karl denn keine Bewunderung?«

Panigarola schüttelte den Kopf und betrachtete dann sinnend sein Weinglas: »Er fasziniert und erschreckt mich zugleich. Er ist für mich der letzte Vertreter einer aussterbenden Rasse, der letzte wahre Feudalherr. Das tägliche Leben mit seinen Sorgen und Nöten ist ihm hingegen vollkommen fremd. Er ist zu früh zu reich und zu mächtig geworden. Für sein Volk hat er sich niemals interessiert, denn ihm ging es stets nur darum, Geld und Soldaten für seine Kriegsmaschinerie aus ihm herauszupressen. Welch trauriger Gedanke, daß von dem riesigen Vermögen, das sein Vater, Herzog Philippe, ihm hinterlassen hat, nichts weiter geblieben ist als ein paar Wertgegenstände ...«

»Nichts weiter? Ich weiß, daß er versucht, sich im Ausland Geld zu leihen, aber ich hatte keine Ahnung, daß ...«

»Daß die Dinge so schlimm stehen? Leider ja. Und zu seinem Pech hat er es mit einem König zu tun, der womöglich der intelligenteste Mann seiner Zeit ist und zugleich der skrupelloseste.«

»Hat der König nicht unlängst mit dem Herzog einen Waffenstillstand geschlossen?«

»Gewiß, doch Ihr glaubt wohl nicht im Ernst, daß ihn das daran hindert, weiter seine Fäden zu spinnen? Der König hat sich zwar geweigert, dem Herzog von Lothringen zu helfen, weil dies natürlich den gerade erst zustande gekommenen Frieden mit Burgund erneut gefährdet hätte, aber Ludwig XI. setzt den Krieg auf andere Weise fort.«

»Und wie das?«
»Als Tochter von Francesco Beltrami – den ich übrigens gekannt habe – müßtet Ihr das leicht begreifen können, denn König Ludwig führt einen Wirtschaftskrieg. Er hat zwar eine mächtige Armee, doch als eigentliches Kampfmittel setzt er das Gold ein, das er besitzt, und ich möchte wetten, daß die Schweizer, die wir demnächst angreifen werden, einen großen Batzen davon erhalten haben ...«

Am 11. Februar 1476 errang Karl der Kühne seinen ersten Sieg, und dies, ohne daß ihm viel Widerstand entgegengesetzt wurde. Seine Truppen hatten zunächst den Jougne-Paß im Juragebirge überquert und sich alsdann im Städtchen Orbe installiert, das dreieinhalb Meilen vom Paß entfernt war. In gleicher Entfernung lag Grandson, das erste Angriffsziel der burgundischen Armee. Zur selben Zeit hatten sich seine italienischen Söldner zum Genfer See aufgemacht und dort den Ort Romont zurückerobert. Wichtiger war dem Herzog jedoch die Stadt Grandson mit ihrem befestigten Schloß am südlichen Ende des Neuenburger Sees. Tatsächlich wollte Karl der Kühne nur das wiederhaben, was ihm noch ein Jahr zuvor gehört hatte.
Im Jahre 1475 hatten die Kantone Bern, Basel und Luzern, die das zu Savoyen gehörende Waadtland erobern wollten, sich das burgundische Grandson angeeignet. Dessen Statthalter, Hughes de Chalon-Orange, war zu der Zeit mit dem Rest der burgundischen Armee vor Neuss gelegen. Grandson hatte der schweren Artillerie der Schweizer nicht lange standhalten können. Im Herbst war dann das gesamte Waadtland in deren Hände gefallen.
Am 19. stand Herzog Karl mit seinen Leuten nun endlich vor Grandson, wo mittlerweile ein geradezu abscheuliches Wetter herrschte: Es regnete und schneite abwechselnd, und es war erbärmlich kalt.

Der Herzog hatte beschlossen, sein Armeelager in der Nähe von Giez aufzuschlagen.
»Grandson zurückzuerobern wird nicht das geringste Problem sein«, meinte er am Abend zu Panigarola und zu Fiora, während sie gemeinsam den Einbruch der Dunkelheit erlebten. »Schon vor drei Wochen haben die Bürger der Stadt den Kommandeur der Berner Garnison gefangengenommen und ihn an uns ausgeliefert!«
»Wie kommt es dann, daß die Tore nicht weit offenstehen und keine Delegation auf Euch wartet, Monseigneur?« erwiderte der Botschafter. »Was mich betrifft, so glaube ich, daß die Schweizer die Stadt hart verteidigen werden. Sie sind sehr gute Soldaten ...«
»Was, diese ungehobelten Bauerntölpel?« meinte der Herzog verächtlich. »Es wird uns ein leichtes sein, sie wieder davonzujagen!«
Die Belagerung von Grandson dauerte neun Tage, und in dieser Zeit stand die kleine Stadt selbst bei Nacht unter einem mörderischen Beschuß. Das Ende war rasch abzusehen, denn fünfhundert Männer vermochten gegen fünfzehntausend nichts auszurichten. Zudem waren die Schweizer Soldaten durch die Abwesenheit ihres Anführers demoralisiert.
Als sie sich schließlich ergaben, begann das Entsetzen ...
Wie versteinert vor Schreck waren Fiora, Panigarola und Battista Colonna Zeugen des Massakers. Einer nach dem anderen wurden die Schweizer an den Bäumen zu Füßen der Stadtmauern aufgeknüpft oder mit einem Stein um den Hals im See ertränkt. Der mailändische Botschafter konnte seine Empörung nicht länger zurückhalten und sagte: »Geht man so mit Soldaten um, Monseigneur? Sie haben gegen uns gekämpft, weil es ihre Pflicht war! Verzeiht meine Worte, aber dies hier ist eines so großen Kriegsherrn, wie Ihr es seid, unwürdig!«
»Diese Leute verdienen keine andere Behandlung. Denkt

daran, daß sie mehrere Städte im Waadtland vollkommen verwüstet haben! Deshalb wird alle Schweizer, die mir in die Hände fallen, dasselbe Schicksal ereilen!«

»Ich wiederhole, Monseigneur, daß es sich um Soldaten handelt! Schließlich haben sie sich ergeben!«

»Seit wann seid Ihr so empfindsam, Panigarola? Das wird diesen Kuhtreibern eine Lehre sein, das könnt Ihr mir glauben!«

»Und ich sage Euch, daß das eine Infamie ist!« rief Fiora, die sich nicht länger beherrschen konnte. »Unbewaffnete Männer umzubringen ist der Gipfel der Niedertracht, und ich weigere mich, das länger mitanzusehen!«

Sie drehte sich auf dem Absatz um und eilte zum Lager zurück. Sobald sie ihr Zelt erreicht hatte, wo Leonarde seit Stunden gewartet hatte, rief sie: »Rasch, Leonarde! Wir brechen auf. Ich hole sofort die Pferde. Packt schnell das Nötigste zusammen, und dann nichts wie weg von hier!«

»Was ist geschehen?«

»Herzog Karl ist dabei, die Unglücklichen ermorden zu lassen, die sich heute morgen ergeben haben. Komme, was da wolle, aber hier bleibe ich keine Minute länger!«

»Endlich!« seufzte das alte Fräulein erleichtert. »Darauf warte ich seit Tagen, daß Ihr das sagt!«

Und geschwind stopfte sie ein paar Habseligkeiten in einen großen Lederbeutel.

Kurz darauf galoppierten die beiden Frauen die Straße von Montagny entlang. Ihnen blieb keine andere Wahl, als wieder dieselbe Strecke zu nehmen und erneut den Jougne-Paß zu überqueren, denn einen anderen Weg kannten sie nicht. Plötzlich sahen sie sich jedoch einer Gruppe von etwa fünfzig bis an die Zähne bewaffneten Reitern gegenüber. Fioras Herz blieb einen Moment lang stehen, als sie den Anführer an der Spitze erkannte, dessen hochgezogenes Visier über die Identität seines Besitzers nicht den geringsten Zweifel ließ ...

Die junge Frau zögerte kurz, doch nachdem sie erkannte, daß es kein Entkommen gab, beschloß sie, sich den Dingen zu stellen ..

Auch Philippe hatte Fiora trotz deren Verkleidung sofort erkannt.

»Ihr? ... Und in einem solchen Aufzug? Wohin wollt Ihr?«

Und bevor Fiora antworten konnte, fügte er rasch hinzu: »Ich freue mich, Euch wiederzusehen, Frau Leonarde, aber ich hielt zumindest Euch für vernünftiger!«

Er steuerte sein Pferd auf die Höhe von Fiora und konnte sich ein Lächeln nicht verkneifen: »Was für einen reizenden jungen Mann Ihr abgebt! Aber nun sagt mir um Gottes willen, was Ihr hier macht!«

»Das ist doch wohl offensichtlich! Ich bin auf der Flucht und versuche mich in Sicherheit zu bringen! Nicht für alles Gold der Welt würde ich weiterhin bei diesem Ungeheuer von Herzog bleiben!«

»Der Herzog ein Ungeheuer? Was hat er Euch denn getan?«

»Mir hat er nichts getan, obwohl man auch darüber anderer Ansicht sein kann, aber darum geht es jetzt nicht. Ich habe soeben mitansehen müssen, wie er die Soldaten von Grandson behandelt hat, deren einziges Vergehen darin bestand, daß sie es gewagt hatten, ihm Widerstand zu leisten! Obwohl sie sich ergeben hatten, ließ er sie der Reihe nach massakrieren!«

Philippe war bleich geworden. »Ich weiß, daß er schrecklich ist in seinem Zorn ...«, murmelte er.

»Und dennoch ist er Euer Abgott ... ich hingegen ziehe es vor, einem gütigeren Gott zu dienen. So laßt uns jetzt passieren, damit wir unseren Weg fortsetzen können!«

»Warum habt Ihr es so eilig?« fragte Philippe. »Ich gebe zu, daß ich gehofft hatte, Euch im Lager des Herzogs anzutreffen ...«

»Wir haben einander nicht mehr viel zu sagen, Philippe. Wie Ihr wißt, habe ich die Annullierung unserer Ehe beantragt.

Auf diese Weise werdet Ihr frei sein, und der Herzog erhält seinen Willen. Er hat sicher schon eine gute Partie für Euch in Aussicht ...«

»Was soll ich denn machen?« rief Philippe, auf äußerste gereizt durch Fioras Ton. »Ich will diese Annullierung nicht! Ich habe niemals eine andere Frau geliebt als Euch, und ich werde niemals eine andere lieben, ganz gleich, was Ihr auch getan haben mögt ...«

»Was wollt Ihr damit sagen? Seid Ihr etwa der Ansicht, daß Ihr mir etwas vorzuwerfen habt?«

»Allerdings! Oder habt Ihr ... Thionville schon vergessen?«

»Es ist wirklich nicht nötig, daß wir mit unseren Streitigkeiten Eure Gefährten unterhalten! Statt dessen solltet Ihr uns lieber passieren lassen!«

»Ich lasse Euch nicht gehen!« rief Philippe ungestüm und ergriff die Zügel von Fioras Pferd.

In diesem Moment galoppierte ein anderer Reiter herbei und brachte sein Pferd erst im letzten Moment vor der kleinen Gruppe zum Stehen.

»Donna Fiora!« rief Battista Colonna. »Gott sei Dank, daß ich Euch gefunden habe!«

»Habt Ihr mich gesucht?«

»Monseigneur sucht Euch. Er hat mir befohlen, Euch unverzüglich zum Lager zurückzubringen.«

»Nun, so sagt ihm, daß ich mich weigere. Er hatte verlangt, daß ich ihn auf diesem Feldzug begleite, aber was ich dabei mitansehen muß, kann ich nicht ertragen. Richtet ihm das aus!«

»Oh!«

Der junge Mann wurde sehr rot im Gesicht und wandte den Kopf zur Seite.

»Ist das Euer letztes Wort?« murmelte er dann.

»Ja! Verzeiht mir, Battista! Ich weiß, daß ich Euch mit einer undankbaren Mission zurückschicke, aber ...«

»Ich fürchte, die Situation ist schlimmer, als Ihr Euch vorstellt«, mischte sich jetzt Philippe ein. »Ich möchte wetten, daß Ihr den Kopf dafür hinhalten müßt, wenn Ihr Donna Fiora nicht mitbringt, oder irre ich, Colonna?«

»Das ist doch nicht möglich! Er kann diesen Jungen doch nicht für mein Verhalten bestrafen!« protestierte Fiora.

»O doch, das ist sogar sehr gut möglich. Wenn Herzog Karl in Wut gerät, verliert er jegliche Kontrolle über sich!«

»Sagt mir die Wahrheit, Battista!« bat Fiora. »Hat Messire de Selongey recht?«

Statt einer Antwort senkte der Junge den Kopf.

»Das ist niederträchtig!« rief Fiora voller Abscheu. »Wie kann ein Mensch seine Macht nur derart mißbrauchen? Und Ihr, Philippe, wie könnt Ihr einem solchen Herrn dienen?«

»Ich kenne seine Fehler, aber ich kenne auch seine Vorzüge. Und außerdem bin ich als Träger des Goldenen Vlieses verpflichtet, ihm zu dienen.«

»Auch mir gegenüber habt Ihr einst einen Schwur geleistet«, erwiderte Fiora sanft.

»Der eine entbindet mich nicht vom andren. Und ich habe ihm eine Nachricht von der Herzogin Jolande zu überbringen, die sich inzwischen von Turin aus nach Genf begeben hat. Ich muß also schnellstmöglich zu ihm ... Aber wenn Ihr nicht länger Zeugin dieses Krieges sein wollt, so kehrt nach Burgund zurück und wartet auf mich in Selongey! Ich reite gemeinsam mit Battista zum Herzog, und Ihr könnt versichert sein, daß ihm nichts zustoßen wird! Ich übernehme selbst die Verantwortung!«

Einen Moment lang sahen sie einander in die Augen, und plötzlich wurde in Fioras Herz ein Licht entzündet. War es möglich, daß die Zeit des Leidens ein Ende hatte und ihnen ein neues Glück beschieden war?

In Philippes Blick lag dieselbe glühende Liebe wie damals in ihrer Hochzeitsnacht, und Fiora wußte jetzt, daß sie allein dieses Blickes wegen bereit sein würde, weitere Prüfungen auf sich zu nehmen.

Sie lächelte ihn mit unendlicher Zärtlichkeit an und erwiderte:

»Das Risiko, daß der Herzog Euch beide bestraft, ist viel zu groß. Reiten wir zurück, Battista! Und Ihr, Philippe, setzt Euren Weg fort, aber ... bitte gebt gut auf Euch acht!«
Sie legte ihre Hand auf den Panzerhandschuh, und eine unbändige Freude war in den Augen des jungen Mannes zu lesen: »Denkt nicht länger an diese unsinnige Annullierung, meine Geliebte! Ihr seid und bleibt meine Gemahlin, ob es dem Herzog paßt oder nicht!«
Eine Viertelstunde später fanden sich Fiora und Leonarde wieder im Lager der burgundischen Armee ein. Bevor Battista Colonna dem Herzog Bericht erstatten ging, beugte er das Knie vor der jungen Frau und erklärte: »Ich werde nie vergessen, was Ihr für mich getan habt, Madonna. Ich würde für Euch mein Leben lassen, falls es eines Tages nötig sein sollte ...«
»Ein solcher Tag wird niemals kommen, aber ich danke Euch trotzdem, Battista!«
Nachdem der Junge gegangen war, packte Leonarde mit der ihr eigenen philosophischen Gelassenheit alles wieder aus, was sie mitgenommen hatten, und verstaute es in den Truhen. Dann zog sie aus einem Samtetui eine Pergamentrolle hervor und hielt sie einen Moment lang zwischen den Händen.
Schließlich erklärte sie: »Ich wollte Euch dies hier eigentlich erst überreichen, wenn wir uns wieder in Freiheit befinden, aber im Grunde kann ich es Euch auch jetzt gleich geben: König Ludwig hat Euch ein kleines Schloß an der Loire geschenkt, nicht weit von seinem Besitz in Plessis-les-Tours. Hier ist die Schenkungsurkunde ... und eine Nachricht vom König ...«
Sie hielt ihr die Pergamentrolle entgegen, doch Fiora wollte sie nicht annehmen.
»Ich glaube nicht, daß ich jemals dort wohnen werde. Mein Leben wird wohl doch in Burgund stattfinden. Oh, Leonarde, Ihr könnt Euch nicht vorstellen, wie glücklich ich jetzt bin!

Ich hätte niemals geglaubt, daß dies noch möglich sein könnte. Es kommt mir vor, als ob ich nach einer langen, langen Krankheit ins Leben zurückgekehrt wäre ... Wir werden dies dem König mit einem herzlichen Dankeschön zurücksenden«, fügte sie hinzu, indem sie auf das Pergament deutete.

»Gewiß, gewiß ... aber wir sollten nichts überstürzen«, meinte Leonarde, während sie das Papier wieder zusammenrollte und sorgsam verstaute. »Etwas sagt mir, daß wir mit Monseigneur Karl noch lange nicht fertig sind ...«

Zu Fioras Überraschung machte Karl der Kühne nicht die geringste Anspielung auf ihren Fluchtversuch. Und wie groß war ihre Freude, als Philippe im Lager eintraf! Zusammen mit dem »Großen Bastard« erschien er im Zelt des Herzogs, um die Nachricht von Herzogin Jolande zu überbringen und weitere Befehle entgegenzunehmen.

Einen kurzen Moment lang konnten sie einen Blick und ein Lächeln tauschen. Dann mußten sie jedoch auf die Erde zurückkehren: Philippe sollte mit dem Bruder des Herzogs und einem Teil der Armee das Schloß von Vaumarcus einnehmen, das an der Längsseite des Neuenburger Sees eine strategische Schlüsselposition innehatte. Von dort aus wollte der Herzog gen Neuchâtel ziehen. Karl der Kühne erklärte, was er vorhatte: »Unsere geschätzte Cousine, die Herzogin von Savoyen, hat uns über die Gerüchte informiert, die im Waadtland kursieren. Mehrere tausend Männer aus den Kantonen sollen sich in Neuchâtel versammelt haben, um von dort aus gegen uns zu marschieren. Angesichts unserer Kampfeskraft sind sie keine wirklich zu fürchtenden Gegner, doch wir werden ihnen nichtsdestotrotz zuvorkommen ...«

»Warum erwarten wir sie nicht hier?« wandte der »Große Bastard« ein. »Aufgrund der geographischen Gegebenheiten können wir unser Lager gut verteidigen, und außerdem haben diese Bergbewohner kaum Kavallerie. Unsere hingegen könnte sich im gesamten Umland verteilen ...«

»Mag sein, aber ich glaube dennoch, daß unser größter Vorteil in raschem Handeln besteht. Begebt Euch also nach Vaumarcus und bereitet dort alles vor. Anschließend setze ich die Armee in Bewegung. Der Überraschungseffekt sichert uns von vornherein den Sieg. Wir werden in Neuchâtel einfallen, bevor die Schweizer ihre Truppen richtig formiert haben!«

»Ihr wollt das Lager hier also aufheben?«

»Nein. Das eilt nicht. Wie ich Euch schon sagte, ist rasches Handeln unsere beste Waffe, und wir können uns in dieser Situation nicht mit all dem belasten, was wir mit uns führen. Es wird nichts anderes sein als ein militärischer Ausflug.«

»Was mich betrifft«, ertönte die Stimme von Panigarola, »so würde ich Monseigneur gern begleiten, sofern er es mir gestattet.«

»Ich schätze Euch nicht nur als Botschafter, sondern auch als Freund«, erwiderte der Herzog in liebenswürdigem Ton, »und deshalb werdet Ihr an meiner Seite sein.«

Die Augen auf Fiora gerichtet, wagte Philippe, den Botschafter zu fragen: »Darf ich annehmen, daß Ihr auf die Begleitung gewisser ... Pagen verzichten werdet? So mancher von ihnen erscheint mir doch ein wenig zu zart für das Tragen solch schwerer Rüstung ...«

Panigarola hatte Philippes Blick wohl bemerkt und meinte lächelnd: »Monseigneur läßt auch seinen Silber- und Goldschatz im Lager. Mit seiner Erlaubnis werde ich ebenso mit dem Schatz verfahren, den er mir anvertraut hat.«

Am nächsten Tag fiel das Schloß von Vaumarcus widerstandslos in die Hände der Burgunder, die dort Garnison bezogen. Im Morgengrauen des darauffolgenden Tages machte sich die Armee zu dem auf, was Herzog Karl einen »militärischen Ausflug« genannt hatte ...

Was Karl der Kühne jedoch niemals vermutet hätte, war die Tatsache, daß sich in Neuchâtel eine Armee versammelt hatte, die aus lauter Elitesoldaten bestand. Insgesamt han-

delte es sich um fünfzehn- bis zwanzigtausend Männer, die sich ihrerseits und zur selben Stunde wie die Burgunder in Marsch gesetzt hatten, um ihre hingemeuchelten Brüder zu rächen.
Zu jenem Zeitpunkt wußte Herzog Karl noch nicht, daß er sich der am meisten gefürchteten Infanterie Europas gegenübersehen würde ...
Gegen Mittag hielten Fiora und Battista, die beim Schachspiel zusammensaßen, plötzlich inne und lauschten auf das seltsame Geräusch, das aus nördlicher Richtung zu ihnen drang. Es klang wie ein langgezogenes Heulen und jagte der jungen Frau einen Schauder des Entsetzens den Rücken hinunter.
»Was ist das?« fragte sie.
»Ich weiß es nicht«, erwiderte Leonarde, die mit einer Stikkerei in der Hand daneben saß, doch sie bekreuzigte sich unwillkürlich.
»Ich habe gehört«, sagte der Junge mit veränderter Stimme, »daß diese Bergbewohner riesige Blashörner besitzen, deren Klang man weithin hören kann. Wenn es sich um diese handelt, so bedeutet das ...«
»Daß der Herzog wider Erwarten auf die Schweizer getroffen ist«, vollendete Fiora den Satz. »Mein Gott, dieses schreckliche Geräusch läßt einem das Blut in den Adern gefrieren!«
Fiora und Battista traten hinaus. Das Geräusch war verklungen, und alles um sie herum lag vollkommen still da. Auch die postierten Wachen lauschten reglos ... bis sich unvermittelt ein gewaltiges Getöse erhob.
»Wir sind zu weit weg, um etwas sehen zu können«, meinte Battista, »aber dort unten tobt jetzt der Kampf!«
Von nun an sprach keiner von ihnen mehr ein Wort. Mit bangem Herzen dachte Fiora an Philippe. Sein Wagemut war bekannt. Bestimmt hatte er sich ins Schlachtgetümmel gestürzt, bereit, jederzeit für seinen Gebieter sein Leben zu lassen.

Am Nachmittag nahm die Katastrophe dann ihren Lauf. Plötzlich sah man die burgundische Armee wie eine gewaltige Welle über die Ebene gleichsam zurückfließen, Männer, Pferde und Wagen in chaotischem Durcheinander, während erneut die mächtigen Blashörner aus Uri und Luzern ertönten. Überall hieß es nur noch: »Rette sich, wer kann.«

»Die Armee hat die Flucht ergriffen!« entfuhr es dem entsetzten Battista.

Was dann folgte, erschien Fiora wie ein böser Traum. Panigarola erschien als erster, überall mit Staub und Blut bedeckt: »Schnell! Zu den Pferden! Wir müssen zum Herzog!«

Einen Augenblick später ritten Fiora, Leonarde, Battista und der Botschafter in schnellem Galopp in Richtung Orbe, gefolgt vom Sekretär, den Dienern und den Pferden des Mailänders. Sie waren nicht allein unterwegs, denn sämtliche Wachposten des Lagers hatten ebenfalls die Flucht ergriffen, zu Fuß, zu Pferde oder im Wagen. Blindlings hatten sie sich in Bewegung gesetzt, ohne recht zu wissen wohin, nur fort wollten sie, fort von diesem schrecklichen Geräusch ...

»Was ist geschehen?« fragte Fiora atemlos.

»Etwas schier Unglaubliches: Plötzlich sind die Schweizer von allen Seiten auf uns zumarschiert. Als sie unsere Flanke angriffen, brach bei unseren Männern die Panik aus. Zwei Drittel der burgundischen Armee sind kampflos geflüchtet! So etwas ist noch nie dagewesen! Aber ich muß gestehen, daß es ein furchterregender Anblick war, wie unvermittelt eine Phalanx von mehreren tausend Soldaten vor uns auftauchte! Sie marschieren Schulter an Schulter, tragen Spieße vor sich her, die zweimal so lang sind wie unsere Lanzen. Dabei formieren sie sich zu kleinen Kampfeinheiten, die sich durch die Haltung ihrer schützenden Wappenschilder wie Igel vorwärtsbewegen. Sie kämpfen mit nackten Armen und sind mit Lederwesten bekleidet, über denen sie Kettenhemden tragen. Die Köpfe sind mit schweren Eisenhelmen bedeckt. Ihre Gesichter sind rasiert, und in den Ohren haben sie goldene Ringe. Sie sehen aus, als ob sie einer phantastischen Geschichte entsprungen wären ... und sie haben überall nichts als Angst und Schrecken verbreitet.«

Fiora drehte sich im Sattel um und blickte auf das verlassene Lager mit seinen wunderschönen Zelten, dem riesigen Materialbestand und den Kanonen.

»Läßt Herzog Karl das hier wirklich alles zurück?« fragte sie fassungslos.

Panigarola erwiderte schulterzuckend: »Das erscheint einem wie der helle Wahnsinn, nicht wahr? Aber wir hatten schon alle Mühe, ihn daran zu hindern, sich mitten zwischen die Feinde zu stürzen. Wir mußten ihn mit Gewalt fortziehen ... Was dieses Armeelager betrifft, so werden die Schweizer wohl den gewaltigsten Kriegsschatz der Geschichte erbeuten ...«

(In der Tat erbeuteten die Schweizer – abgesehen vom restlichen Bestand des Lagers – nicht nur sämtliche Wertgegenstände aus der herzoglichen Kapelle, sondern auch Schmuckstücke, die auf der Welt einzigartig sind, darunter den Großen Diamanten von Burgund, der seitdem niemals wiedergefunden wurde. Insgesamt handelte es sich um Kostbarkeiten wie aus den Geschichten von »Tausendundeine Nacht«. Was sich dabei an Reichtümern über die Schweiz ergoß, bildete mit Sicherheit zu einem guten Teil die Grundlage für den künftigen Wohlstand der Kantone. Außerdem konnten später die Fugger zu Spottpreisen zahlreiche Objekte von Leuten erwerben, die von deren wirklichem Wert keine Ahnung hatten. Die Schweizer Museen besitzen eine Vielzahl von Gegenständen, die aus der Schlacht von Grandson stammen. Weitere Stücke sind in der Schatzkammer von Wien zu finden, während wieder andere Teile die Kronen von Frankreich, England und Österreich schmücken.)

»Ich denke, wir können jetzt langsamer reiten«, meinte Panigarola und bremste sein Pferd. »Niemand verfolgt uns.

Die Schweizer haben bekanntlich wenig Kavallerie. Außerdem werden sie mit dem Plündern des Lagers lange Zeit beschäftigt sein ...«
»Wo ist Monseigneur?« erkundigte sich Battista.
»Wir werden in Nozeroy, in der Franche-Comté, zu ihm stoßen. Zuvor sollten wir aber im Hospiz von Jougne Station machen und uns ein wenig ausruhen.«
Mitten in der Nacht erreichte eine Handvoll Männer die kleine Stadt von Nozeroy und bezog im dortigen Schloß Quartier. Sie bildeten das einzige Gefolge eines Herzogs, der von Kummer und ohnmächtiger Wut gleichermaßen gepeinigt wurde. Die große Armee von Karl dem Kühnen war nichts weiter als eine Erinnerung. Es gab zwar kaum Tote zu beklagen, aber dafür hatten sich die geflüchteten Truppen in alle Richtungen verteilt.
Zum erstenmal sah sich der große Herzog des Okzidents mit einer wirklichen Niederlage konfrontiert, und in der Tat wirkte er wie jemand, dem man einen tödlichen Schlag versetzt hatte. Als jedoch Panigarola und seine Gefährten etwas später bei ihm eintrafen, fanden sie bereits wieder einen Mann vor, der vor Aktivität geradezu überkochte. So schickte er überallhin Kundschafter aus, welche die Flüchtigen zurückholen sollten, und zugleich beauftragte er andere Boten, für ihn in Burgund und Besançon neues Kriegsmaterial, Vorräte und Geld aufzutreiben.
Dabei war er, der sonst eher Schweigsame, von einer ungewohnten Gesprächigkeit. Wortreich erklärte er, diese Schlacht von Grandson sei nichts weiter gewesen als eine Art Mißgeschick, das er der Feigheit gewisser Truppen verdanke. Sobald er neue Truppen zusammengestellt habe – und diesmal nur mit wirklich tapferen Soldaten –, werde er zurückkehren, um die Schweizer endgültig zu schlagen.
»In höchstens acht Tagen werden wir in Salins ein neues Lager errichten«, erzählte er dem verblüfften Panigarola. »Das ist nur zwei Meilen von hier entfernt. Ich habe Olivier

de La Marche entsprechend geschrieben. Er dürfte inzwischen wieder gesund sein und kann alles Notwendige veranlassen ...«

Dann wandte er sich zu Fiora, die ihn ungläubig betrachtete, und sagte: »Euer erstes Kriegserlebnis war wenig beeindrukkend, aber ich verspreche Euch, daß ich Euch sehr bald schon etwas Besseres bieten werde ...«

»Monseigneur«, murmelte sie, »verzeiht, daß ich Euch jetzt danach zu fragen wage, aber weiß man etwas über das Geschick des Grafen von Selongey?«

Ein Schatten fiel auf die Züge des Herzogs.

»Nein, ebensowenig wie über meinen Bruder Antoine, der zusammen mit ihm in den Kampf zog. Ich hoffe sehr, daß ihnen nichts zugestoßen ist ... Aber vielleicht gibt es bald eine Nachricht über ihr Verbleiben ...«

Am Abend des folgenden Tages hielt der »Große Bastard« Antoine zusammen mit Mathieu de Prame seinen Einzug in der kleinen Stadt. Gramgebeugt und mit von Tränen geröteten Augen trat Prame vor den Herzog hin. Was er zu berichten hatte, war mit wenigen Worten gesagt: Er hatte Philippe de Selongey im Kampf fallen sehen, in unmittelbarer Nähe eines kleinen Gewässers. Da er selbst jedoch von der panischen Horde der Flüchtenden überrollt wurde, war es ihm unmöglich gewesen, ihm zu Hilfe zu eilen oder gar nach ihm zu suchen.

Hinter sich hörte Herzog Karl einen schwachen Schrei. Er drehte sich um, und sein Blick fiel auf Fiora, die vor Schmerz wie gelähmt war.

Sie weinte nicht und stand reglos wie eine Statue. Nur am leichten Zittern ihrer Lippen sah man, daß sie noch lebendig war.

Der Herzog legte ihr den Arm um die Schultern.

»Komm, mein Kind«, sagte er sehr sanft, »komm! Laß uns zusammen um ihn weinen ...«

Und gemeinsam gingen sie hinaus.

Kapitel 13

In einem verlassenen Zelt ...

Von da an entwickelte sich eine seltsame Freundschaft zwischen diesem Herrscher, der so sehr von Stolz und Hochmut getrieben wurde und doch zum erstenmal den Zweifel kennenlernte, und der jungen Frau, die ihren einzigen Lebenssinn verloren hatte. Niemand würde je erfahren, was sie einander in den langen Stunden zu sagen hatten, die sie anschließend in der kleinen Schloßkapelle zusammen verbrachten.

Am Morgen danach erschien eine entschlossen wirkende Fiora bei Leonarde, drückte ihr eine Schere in die Hand und befahl, sie möge ihr die Haare bis zur Höhe des Halses abschneiden.

»Monseigneur Karl«, so erklärte sie ihrer Gouvernante, »hat geschworen, sich nicht mehr zu rasieren, bis seine Ehre wiederhergestellt ist und er sich an den Schweizern gerächt hat. Was mich betrifft, so werde ich diese Pagenkleidung von nun an nicht mehr ablegen, denn ich habe beschlossen, Monseigneur überallhin zu folgen, bis ...«

»Bis Ihr ebenso den Tod findet wie Messire Philippe?« fragte die fassungslose Leonarde. »Oh, mein Lämmchen, gibt es für Euch denn keinen anderen Ausweg? Ihr seid noch so jung ...«

»Welchen Ausweg seht Ihr für mich? Soll ich etwa ins Kloster gehen wie so viele andere, die an gebrochenem Herzen leiden? Nein, dazu hatte ich niemals Neigung, und heute weniger denn je.«

»Woher wollt Ihr wissen, ob Ihr Euren Schmerz nicht eines

Tages überwindet? Und hattet Ihr nicht einst geschworen, an Herzog Karl Rache zu üben?«

»Das habe ich keineswegs vergessen, aber ... wie soll ich Euch das erklären? Ich habe das Gefühl, daß er dabei ist, sich selbst zu zerstören, und dabei empfinde ich dasselbe wie damals angesichts von Pierre de Brévailles, der an seinen Lehnstuhl gefesselt war wie ein lebender Toter. Der alte Mann wollte nichts als sterben. Ihn am Leben zu lassen war eine viel grausamere Bestrafung. Demetrios, der die Zukunft lesen kann, würde vielleicht ebenso denken wie ich jetzt ...«

»Das ist möglich, aber durchaus nicht sicher. Demetrios ist aus härterem Holz, als Ihr glaubt. Ihr müßt allerdings nicht meinen, ich wollte Euch ermutigen, Eure Rachepläne wieder aufzunehmen. Wie Ihr wißt, hatte ich stets Angst davor. Wenn Ihr begriffen habt, daß es besser ist, sich den Fügungen des allmächtigen Gottes anzuvertrauen ...«

»Ihr sprecht von Gott? Er hat mir soeben den Mann genommen, den ich liebte, und das in einem Moment, wo wir uns endlich wiedergefunden hatten. Ich bin endgültig davon überzeugt, daß dieser Gott mir alles andere als gewogen ist. Nein, sagt jetzt nichts und laßt mich vor allem tun, was ich mir vorgenommen habe! Und um damit gleich zu beginnen: Seid Ihr bereit, mir die Haare abzuschneiden, oder soll ich es selbst machen?«

»Auf keinen Fall lasse ich zu, daß Ihr es selbst macht! Zumindest kann ich so das Schlimmste verhindern!«

Entschlossen nahm sie Schere und Kamm und schnitt mit wilder Miene Strähne für Strähne ab, wobei sie sich mit dem Gedanken tröstete, daß Haare wieder wachsen würden ...

Am anderen Tag erschien Fiora vor dem Herzog. Sie war mit der schwarzen Tunika bekleidet, die er ihr geschickt hatte, und als sie vor ihm das Knie beugte, wie die Männer es zu tun pflegen, meinte er lächelnd: »Eigentlich schade, daß ich Euch nicht zum Ritter schlagen kann. Aber nehmt zumindest dies hier ...«

Und er übergab ihr einen reichverzierten Dolch, dessen Griff ganz mit Amethysten bedeckt war. Er hieß sie aufstehen und befestigte die Waffe höchstpersönlich an ihrem Gürtel.
»Eure Gegenwart wird mir guttun«, fügte er hinzu, und aus seiner Stimme klang eine gewisse Rührung heraus. »Ich weiß, daß aus mir jetzt ein unerträglicher Egoismus spricht, aber ich glaube, ich werde Eure Freundschaft sehr brauchen ...«

Es folgten in der Tat einige sehr düstere Tage. Die ersten Auswirkungen der Niederlage zeigten sich in einer Abkühlung der diplomatischen Beziehungen.
Panigarola hatte im Auftrag von Karl dem Kühnen mehrere Briefe an den Herzog von Mailand geschickt und weitere Söldner angefordert, doch dieser antwortete nur mit vagen Entschuldigungen und kam der Bitte nicht nach.
Der alte König René, der ursprünglich Herzog Karl die Provence hatte übereignen wollen, machte eine Kehrtwendung und begann sich auf Drängen von Ludwig XI. plötzlich für seinen Enkelsohn, den jungen Herzog René II., zu interessieren. Schließlich hatte man diesem gerade sein Land geraubt ...
Unterdessen wurde deutlich, daß Herzog Karls Kampfmoral einen schweren Schlag erlitten hatte, hervorgerufen durch das, was er seine »Schande« nannte. Nach einer kurzen Zeit hektischer Aktivität verfiel er in einen Zustand schwärzester Melancholie.
Er schloß sich in seinem Zimmer ein und duldete niemanden in seiner Nähe. Er verweigerte jede Nahrung, trank jedoch sehr viel Wein, ganz im Gegensatz zu seiner sonstigen Gewohnheit. Er wusch sich nicht mehr, und in seinem eingefallenen Gesicht mit dem immer dichter werdenden dunklen Bart wirkten die Augen wie zwei lodernde Flammen.
»Er hatte schon öfter solche Anfälle von Schwermut«, ver-

traute Panigarola der jungen Frau an. »Das liegt an seinem portugiesischen Blut. Dort unten nennen sie das die ›Saudade‹. Allerdings war es noch nie so schlimm wie jetzt. Wir müssen etwas unternehmen, aber was?«
»Er liebt doch die Musik so sehr! Besorgt mir eine Laute!«
Noch am selben Abend fand sie sich mit einer Laute in der Hand gemeinsam mit Battista Colonna vor der Zimmertür des Herzogs ein. Nach kurzer Beratung beschlossen sie, ein Lied vorzutragen, das damals in ganz Europa sehr populär war und in dem es um König Ludwig XI. ging ...
Sie hatten die erste Strophe noch nicht ganz beendet, als Karl der Kühne wütend die Tür aufriß. Mit blutunterlaufenen Augen schrie er: »Wer wagt es, hier von König Ludwig zu singen?«
»Wir, Monseigneur ...«, antwortete Fiora in ruhigem Ton.
»Ihr glaubt wohl, Ihr könnt Euch alles erlauben? Ich war viel zu nachsichtig mit Euch ...«
»Ihr seid zu nachsichtig mit Euch selbst, Monseigneur. Ich wollte Euch nur daran erinnern, daß der König von Frankreich in seinen Aktivitäten keineswegs nachgelassen hat, während Ihr Euch einer unangebrachten Melancholie hingebt.«
Die bereits zum Schlag erhobene Hand fiel kraftlos herab. Allmählich wich die blinde Wut aus dem Blick des Herzogs, den die junge Frau die ganze Zeit energisch fixiert hatte.
»Man schicke meine Dienerschaft her und bereite mir ein Bad!« befahl er schließlich. »Und was Euch beide betrifft, so könnt Ihr weitersingen ... aber sucht ein anderes Lied aus!« Dann verschwand er in seinem Zimmer.
»Das habt Ihr gut gemacht!« lobte Panigarola die beiden. »Ich wette, daß die Krise vorüber ist und daß Monseigneur morgen wieder ganz der alte sein wird.«
Tatsächlich beschloß der Herzog am anderen Morgen, auf der Stelle nach Lausanne aufzubrechen. Dort wollte er seine neue Armee versammeln, mit deren Hilfe er Bern zu bela-

gern beabsichtigte. Von Bern aus hatte sein Desaster seinen Lauf genommen ...
»Solange ich diese Stadt nicht zerstört habe, wird das Wappen Burgunds nicht in seinem früheren Glanz erstrahlen«, verkündete er und machte sich dann an die minutiöse Vorbereitung dieses neuen Feldzuges, von dem er sich die Wiederherstellung seines verblaßten Ruhms erhoffte.
Der Bruder des Herzogs und der Fürst von Tarent, denen es gelungen war, einen Teil der Geflüchteten zurückzubringen, beschlossen, das Armeelager auf einem großen Plateau oberhalb des Genfer Sees zu errichten, zwischen Romanet und Le Mont.
Dort bauten sie das große Holzhaus wieder auf, in dem Herzog Karl einst vor Neuss logiert hatte. Es war zweifellos weniger prunkvoll als die zurückgelassenen Zelte, doch es bot ebensoviel Komfort.
Um dieses Gebäude herum kampierten die neuen Truppen. Dreitausend Männer waren aus England gekommen, sechstausend aus Bologna, sechstausend aus Lüttich und aus Luxemburg und weitere sechstausend aus Savoyen. Letztere wurden von Herzogin Jolande höchstpersönlich zu ihrem Verbündeten geführt.
Fiora war überrascht beim Anblick dieser schönen, blonden Frau, die etwa dasselbe Alter hatte wie Karl der Kühne. Sie erinnerte in nichts an ihren Bruder, König Ludwig XI. Zweifellos besaß sie sehr viel Charme, und ihre sonstigen weiblichen Reize waren unübersehbar.
Als sie lächelnd und mit ausgebreiteten Händen auf Herzog Karl zuging, begriff Fiora plötzlich, weshalb diese französische Prinzessin sich mit dem schlimmsten Feind ihres Bruders verbündet hatte.
»Sie liebt ihn, nicht wahr?« meinte sie zu Panigarola.
»Dies stand für mich niemals außer Frage, aber ich finde ihr Verhalten dennoch sehr unvorsichtig. König Ludwig hält sich derzeit in Lyon auf und versammelt dort eine Armee aus

seinen getreuen Dauphinois aus Grenoble. Was meinen Gebieter betrifft, den Herzog von Mailand, so weiß ich, daß dieser bereits Boten zum König gesandt hat. Er möchte ihm ein Abkommen vorschlagen ... und er möchte sich Savoyen aneignen.«
»Sollte man Herzog Karl nicht warnen?«
»Ich habe diesbezüglich keinen offiziellen Auftrag erhalten. Und wenn es um Savoyen geht, so wird der König uns bestimmt zuvorkommen. Jedenfalls kann ich nur wiederholen, daß die schöne Herzogin Jolande schlecht beraten ist ...«
Wenig später traf in Lausanne der Gesandte des Papstes, Alessandro Nanni, ein sowie der Prälat Hessler. Beide waren vom Kaiser beauftragt worden, die Eheschließung zwischen dessen Sohn Maximilian und der Tochter des Herzogs, der jungen Marie von Burgund, zu regeln. Durch die Anwesenheit der beiden hohen geistlichen Herren erhielt auch die Ostermesse, die am 14. April in der Kathedrale von Lausanne gefeiert wurde, einen besonderen Glanz.
Fiora nahm ebenfalls daran teil, diesmal in Frauenkleidern, wobei sie ihre kurzen Haare unter einem schwarzen Witwenschleier verborgen hatte.
Am Vorabend hatte Herzog Karl in Gegenwart des Gesandten einige Worte der Erklärung zu ihrer Person abgegeben, schon um die Gerüchte zum Schweigen zu bringen, die Fioras Gefolgschaft unweigerlich hervorgebracht hatte ...
Zunächst hatte er sie feierlich und ganz offiziell in ihrer Eigenschaft als Gräfin von Selongey anerkannt, die Witwe des Messire Philippe de Selongey, der bei der Schlacht von Grandson zum Ruhme der Armee einen tapferen Heldentod gestorben sei. Dann hatte er hinzugefügt: »Da Madame de Selongey jetzt auf der Welt allein steht, hat sie den Wunsch geäußert, uns auf unserem Feldzug zu begleiten, um so, im Namen ihres verstorbenen Gatten, an der Rache

teilzuhaben, die wir mit Gottes Hilfe an unseren Feinden üben werden ...«

Während der gesamten Ostermesse war sich Fiora der auf sie gerichteten Blicke bewußt, in denen zweifellos mehr Neugier lag als Sympathie, doch das kümmerte sie wenig. Was vermochte ihr noch etwas anzuhaben, seitdem Philippe diese Welt verlassen hatte und seine Augen sie nicht mehr ansehen würden, seine Hände sie nicht mehr berühren konnten?

Wie man sie und ihr Verhalten beurteilte, war ihr gleichgültig. Abgesehen vom jungen Battista und dem mailändischen Botschafter gab es in der Umgebung des Herzogs niemanden, der ihr etwas bedeutete. Was ihre Beziehung zum Herzog selbst betraf, so wollte es ihr nicht gelingen, das Gefühl zu analysieren, das sie mit ihm verband.

Womöglich war es eine Mischung aus Faszination und Mitleid, eine Anziehung, wie sie einige wenige Menschen auf andere ausüben, deren außergewöhnliches Geschick mit großen Katastrophen einhergeht.

Der Traum, den er verfolgte, war so etwas wie eine Schimäre geworden und hatte in einem sich verändernden Europa keinen Platz mehr. Eine innere Stimme sagte der jungen Frau, daß der Engel des Todes sich an die Schritte von Karl dem Kühnen geheftet hatte und daß dieser ihm unbewußt zu entfliehen versuchte, wenn er mit aller Gewalt in einen neuen Kampf zog.

Seit seinem Aufenthalt in Nozeroy schwankte seine Gesundheit ständig. Er litt unter andauerndem Fieber und unter heftigen Magenbeschwerden. Dennoch waren es nicht diese Symptome, die das Leben des Herrschers bedrohten. Das Übel saß vielmehr in seiner Seele, die den Glauben an seinen Stern verloren hatte ... Nachdem Fiora gemeinsam mit Leonarde die Kathedrale verlassen hatte, begaben sich die beiden Frauen zum Wirtshaus »Goldener Löwe«, in dem Panigarola ihnen ein Zimmer reserviert hatte. Der Herzog

wollte nicht, daß sie weiterhin im Lager wohnten, weil er dort um ihre Sicherheit fürchtete. Die Soldaten ließen es oft an Disziplin vermissen, und Herzog Karl wollte Fiora keinem Risiko aussetzen.
Plötzlich hatte Fiora das Gefühl, daß ihr jemand folgte. Als sie sich unvermittelt umdrehte, stand ein Mann in Uniform vor ihr, in dem sie sofort Christophe de Brévailles erkannte. Mit Tränen in den Augen sah er sie an.
»Warum habt Ihr mir Eure Ehe verheimlicht?« fragte er sie mit einer Mischung aus Zorn und Schmerz. »Warum habt Ihr mich damals belogen? Zu welchem Zweck?«
»War das denn so wichtig? Erinnert Euch doch: Ihr wart gerade aus dem Kloster entflohen und wolltet Soldat werden. Was hattet Ihr mit meinem früheren Leben zu tun?«
»Natürlich nichts ... aber ich glaube, daß erst durch die Begegnung mit Euch der Wunsch nach einem anderen Leben in mir erwachte. Ich wollte Ruhm und Reichtum erlangen, um anschließend mit Euch ...«
»Sprecht nicht weiter! Ihr wußtet sehr gut, daß zwischen uns so etwas niemals möglich gewesen wäre! Ihr seid mein Onkel, ob Euch das nun gefällt oder nicht, und jetzt, da alles vollbracht ist, möchte ich nicht länger daran erinnert werden, daß auf dieser Welt eine Familie de Brévailles existiert.«
»Was wollt Ihr damit sagen, daß alles vollbracht ist?«
»Ich will damit sagen, daß Regnault du Hamel tot ist. Er ist vor Angst gestorben, als er mich eines Nachts an seinem Bett erscheinen sah. Was Eure Mutter betrifft ...«
Mit wenigen Worten erzählte Fiora, wie sie Marguerite auf das Schloß ihrer Vorfahren zurückgebracht hatte.
»Eure Mutter hat jetzt wohl ihren Frieden gefunden«, fügte sie zuletzt hinzu, »und vielleicht ist sie sogar glücklich ...«
»Und was ist mit Euch?« erkundigte sich Leonarde, die den jungen Mann aufmerksam betrachtet hatte. »Gefällt Euch das Militär besser als das Klosterleben?«
»Nun, im Kloster habe ich sehr gelitten, aber in meinem jet-

zigen Dasein bin ich auch nicht besonders glücklich. Ich mußte mich als jemand ausgeben, der ich nicht bin, denn ich habe ja kein Recht mehr auf meinen wahren Namen. Außerdem entsetzt mich das Kriegsgeschehen. Ich habe zu viele Grausamkeiten mitansehen müssen ...«

»Dann kehrt doch nach Hause zurück!« drängte Fiora. »Eure Mutter wird sich sehr freuen, Euch wieder bei sich zu haben, und von Eurem Vater habt Ihr nichts mehr zu befürchten.«

Mit einer hoffnungslosen Geste erwiderte Christophe: »Ihr vergeßt, daß ich meine Gelübde gebrochen habe! Wenn ich nach Burgund zurückkehre, wird man mich wieder ins Kloster bringen, und dort muß ich dann bis ans Ende meiner Tage bleiben. Ich ziehe es vor, auf dem Schlachtfeld zu sterben.«

»Vielleicht kann ich Euch helfen. Der Gesandte des Papstes befindet sich derzeit hier, und ich kenne ihn recht gut. Würdet Ihr nach Brévailles zurückkehren, wenn ich erreiche, daß Ihr von Eurem Gelübde entbunden werdet?«

Christophe wandte den Blick ab, um Fiora nicht in die Augen sehen zu müssen. Dann antwortete er: »Vielleicht ... aber jetzt noch nicht! Der Herzog wird die Schweizer erneut angreifen, und es heißt, daß Ihr Euch ständig in seiner Nähe aufhaltet. Ich möchte ebenfalls in Eurer Nähe sein ...«

»Christophe!« sagte Fiora seufzend. »Ihr dürft nicht länger an mich denken! Ich will das nicht, denn es belastet mich nur. Ihr wißt doch auch, daß ich Witwe bin ...«

»Ihr könnt sagen, was Ihr wollt. Seinem Herzen kann man nicht befehlen ...«

»Das weiß ich besser als Ihr ... Solange ich lebe, werde ich den Mann lieben, den der Tod mir geraubt hat. Ich wünsche mir nichts anderes, als ihm zu folgen. Und jetzt laßt uns Abschied voneinander nehmen.«

»Einen Moment!« mahnte Leonarde. »Vergeßt nicht, daß Ihr versprochen habt, mit Monsignore Nanni zu sprechen!«

»Das ist wahr. Unter welchem Namen habt Ihr Euch anwerben lassen?«
»Christophe Lainé. Ein bedeutender Name, wie Ihr seht«, erwiderte der junge Mann voller Bitterkeit.
»Alle großen Namen sind einst aus einem anderen hervorgegangen«, entgegnete Fiora streng, »selbst die der Könige. Aber da Ihr so viel Wert darauf legt, Euren richtigen Namen wieder tragen zu können, werde ich versuchen, ihn Euch zurückzugeben, damit Ihr Euch unbesorgt in Brévailles wieder einfinden könnt.«
»Ihr verachtet mich, nicht wahr?« murmelte Christophe, dessen Gesicht sich mit tiefer Röte überzogen hatte. »Madame de Selongey hat für mich nichts als Geringschätzung übrig ...«
»Nein, aber ich gebe zu, daß Ihr mich enttäuscht! Es ist Zeit, daß Ihr ein Mann werdet!«
»Spart Euch Eure Bemühungen und kümmert Euch nicht mehr um mich!« rief er plötzlich voller Wut, und ehe Fiora etwas erwidern konnte, rannte er davon.
Fiora machte eine Bewegung, als ob sie ihm folgen wollte, doch Leonarde hielt sie zurück: »Laßt ihn! Dieser Junge weiß noch immer nicht so recht, was er will ... abgesehen von der Tatsache, daß er in Euch verliebt ist und ständig bei Euch sein möchte.«
»Und das möchte ich auf keinen Fall. Am besten spreche ich bald mit Monsignore Nanni.«
»Unternehmt im Moment erst einmal nichts! Wenn der junge Brévailles tatsächlich beschließen sollte, nach Hause zurückzukehren, so muß er Euch das selbst sagen!«
Diese Begegnung hatte Fiora dennoch sehr betrübt. Der Gedanke, daß sich trotz ihrer guten Absichten die Dinge ins Gegenteil verkehrt hatten, war ihr unerträglich. Mehr denn je wünschte sie sich Demetrios herbei, der stets wußte, was zu tun war, doch dieser schien sie endgültig verlassen zu haben. Statt dessen hatte er sich diesem jungen Herzog an-

geschlossen, der von einer Katastrophe in die nächste rannte. Fiora war sich nicht sicher, ob sie ihrem alten Freund dieses Verhalten nicht doch übelnahm.
In den folgenden Tagen wurde Herzog Karl ernstlich krank, und Fiora dachte nicht länger an Christophe. Karl der Kühne litt unter einer schweren Gastritis und unter einer Wassersucht, die seine Beine schmerzhaft anschwellen ließ. Herzogin Jolande ließ ihn auf ihr Schloß in Lausanne bringen, wo man ihn besser pflegen konnte. Drei Tage und drei Nächte lang fürchtete man um sein Leben, und die Ärzte wichen in dieser Zeit nicht von seinem Bett.
»Wenn man ihm wenigstens irgendeine gute Nachricht überbringen könnte«, meinte Panigarola seufzend. »Das würde ihm vielleicht neuen Mut geben, aber derzeit handelt es sich ausschließlich um Hiobsbotschaften. In Lothringen haben die Truppen des Herzogs René mehrere Städte zurückerobert. Natürlich wagt niemand, Monsigneur dies zu sagen. Damit würde man womöglich seine letzten Stunden noch vergiften.«
»Steht es so schlimm um ihn?«
»Nach allem, was man hört, ja. Aber Herzogin Jolande läßt niemanden zu ihm. Nur sein Bruder Antoine durfte ihn gestern abend besuchen, und ich habe gesehen, daß er das Krankenlager mit Tränen in den Augen verließ ...«
Doch entgegen aller Vermutung genas Karl der Kühne von seiner Krankheit und kehrte zu seinen Staatsgeschäften zurück. Am 6. Mai empfing er in seinem Zimmer die beiden geistlichen Herren, welche den Ehevertrag zwischen seiner Tochter und dem Sohn des Kaisers ausgehandelt hatten, und setzte seine Unterschrift darunter. Die Hochzeit sollte im November entweder in Köln oder in Aix-la-Chapelle stattfinden.
Dies war die einzige gute Neuigkeit. Ansonsten gab es in der Tat wenig Erfreuliches zu berichten. Die Schweizer kämpften weiterhin gegen Savoyen. Die Bewohner des Wallis hielten das Rhônetal besetzt, und die venezianischen und lom-

bardischen Truppen, die Herzog Karl hatte rekrutieren lassen, saßen im Aostatal fest, weil sie den Großen Sankt-Bernhard-Paß nicht überqueren konnten.
Der Schwager von Herzogin Jolande, der tapfere Graf von Romont, der gegen die Walliser marschieren sollte, wurde von diesen zum Rückzug gezwungen. Daraufhin hatten die Schweizer das südliche und das östliche Ende des Genfer Sees verwüstet. Von Lausanne aus konnte man die brennenden Dörfer sehen. Damit nicht genug, mußte man dem Herzog schließlich auch noch mitteilen, was sich in Lothringen abspielte.
Karl war noch zu geschwächt, um einen seiner gefürchteten Wutanfälle zu bekommen, doch er drängte jetzt, den Angriff vorzubereiten. Drei Tage nach Abschluß des Ehevertrags stieg er wieder aufs Pferd und inspizierte vier Stunden lang seine Truppen.
Diese waren jetzt mit Spießen ausgerüstet, die ebenso lang waren wie die der Schweizer. Insgesamt verfügte der Herzog über zwanzigtausend Männer, von denen ein Drittel aus Söldnern bestand und ein Viertel aus Savoyern, die ihrerseits wild entschlossen waren, aus dieser Schlacht um jeden Preis siegreich hervorzugehen. Am 27. Mai wollte man sich in Richtung Bern in Marsch setzen. Die Armee sollte dann in Morrens, das etwa eine Meile von Lausanne entfernt war, Stellung beziehen. Am Abend vor dem allgemeinen Aufbruch nahm Fiora Abschied von Leonarde, die zusammen mit Battista im Wirtshaus »Zum Goldenen Löwen« zurückblieb. Selbstverständlich kam es nicht in Frage, das alte Fräulein auf diesen Feldzug mitzunehmen.
»Seid unbesorgt, Donna Leonarda«, versuchte Panigarola sie zu beruhigen, »ich werde auf Euren Schützling gut achtgeben, und es kommt selten vor, daß man einen Botschafter umbringt ...«
»Aber es heißt, daß die Schweizer geschworen haben, keine Gefangenen zu machen!«

Das entsprach den Tatsachen. In sämtlichen Kantonen hatte man alle verfügbaren Männer mobilisiert, so daß eine riesige Armee zusammengekommen war, und alle hatten einen feierlichen Schwur abgelegt, ihre Gefangenen noch auf dem Schlachtfeld zu töten ... Der Botschafter war indessen innerlich recht beunruhigt. Dieser Feldzug stellte in seinen Augen ein noch viel wahnsinnigeres Unterfangen dar als der von Grandson. Doch wie sollte man einen Mann zur Vernunft bringen, der von dem einzigen Gedanken beherrscht war, seinem verletzten Stolz Genugtuung zu verschaffen? Er wolle lieber sterben, als weiter mit dieser Schande zu leben, wiederholte der Herzog immer wieder. Es gelang Panigarola lediglich, ihm das Versprechen abzuringen, daß er nicht gleich zum Angriff übergehen, sondern seine Männer mit der gebotenen Vorsicht in Marsch setzen würde. Zugleich war es jedoch unmöglich, ihn daran zu hindern, statt direkt auf Bern zuzusteuern, die kleine Stadt Murten zu belagern, welche sich am See gleichen Namens befand.

Doch der Herzog war keinen Argumenten mehr zugänglich. Er wollte alles vernichten, was auf seinem Weg lag und was schweizerisch war. Am 11. Juni begann er mit der Belagerung von Murten. Zuvor hatte er am Ufer des kleinen Sees sein Heerlager aufschlagen lassen, und diesen See trennte nur ein schmaler Bergrücken vom Neuenburger See ...

Am Morgen des 22. Juni unternahmen Fiora und Panigarola einen kleinen Ausritt in das Hinterland des Lagers, wo bis zu diesem Zeitpunkt alles ruhig und friedlich gewesen war. Die beiden hatten jedoch die drückende Hitze in ihrem Zelt nicht mehr ausgehalten und genossen nun die frische Luft und die liebliche Landschaft. Wenn sie dem Lager den Rükken kehrten, konnten sie zumindest für kurze Zeit vergessen, daß sie sich im Krieg befanden.

Fiora und ihr Begleiter hatten mittlerweile die Verteidigungslinie passiert und erreichten eine kleine Anhöhe. Der trübe Himmel über ihnen schien sich plötzlich etwas aufzu-

klaren, und Fiora wollte gerade zu ihrem Begleiter etwas sagen, als dieser unvermittelt rief: »Seht nur! Um Gottes willen .. Wir werden angegriffen!«
Aus den umliegenden Wäldern kamen die Schweizer zu Hunderten und Tausenden hervorgestürmt und steuerten auf das Lager los, das von diesem Angriff vollkommen überrascht wurde.
Wie vom Blitz getroffen galoppierten Fiora und Panigarola zum Lager zurück und schrien aus vollen Lungen: »Alarm! Die Schweizer greifen an!«
Noch bevor sie das Zelt des Herzogs erreicht hatten, begann das Kanonenfeuer und übertönte den düsteren Klang der von den Bergen kommenden Hörner.
Der Herzog verlangte sofort nach seinen Waffen und ließ sich in seine Rüstung zwängen. Dann verließen alle das Zelt und sprangen auf ihre Pferde, bereit, sich dem Gegner zu stellen.
Überall tobte der Kampf, und die burgundischen Linien waren längst durchbrochen. Unvermittelt fand sich Fiora in einem wütenden Schlachtgetümmel wieder, doch schon ging das verstörte Pferd mit ihr durch und preschte auf den See zu. Vom Herzog war weit und breit nichts zu sehen, und auch Panigarola schien in der Menge der Kämpfenden untergegangen zu sein.
Da wurde Fioras Pferd vom Pfeil einer Armbrust getroffen und stürzte zu Boden. Mühsam befreite sie sich aus dem Sattel, als sie einen Schweizer mit einer langen Lanze auf sich zukommen sah. In Todesangst schloß sie die Augen, bis sie unvermittelt umgeworfen wurde. Ein anderer Körper war auf den ihren gefallen. Mit einem Aufschrei des Entsetzens stieß sie ihn von sich. Da gewahrte sie, daß der Schweizer mit seiner blutverschmierten Waffe bereits auf ein anderes Opfer losging. Im nächsten Moment erkannte sie denjenigen, der an ihrer Stelle von der Lanze durchbohrt worden war.

»Christophe! Mein Gott, das ist ja Christophe!«
Der junge Mann öffnete die Augen, und es gelang ihm sogar zu lächeln.
»Ihr seht, daß Ihr gut daran getan habt, mich gewähren zu lassen«, stieß er mühsam hervor. »Bringt Euch in Sicherheit, Fiora! Die Armee hat schon die Flucht ergriffen, aber das Zelt des Herzogs ist ganz in der Nähe. Versteckt Euch dort, und wenn man Euch findet, so sagt, daß Ihr eine Frau seid. Rettet Euch!«
»Ihr dürft nicht mehr sprechen! Ich werde versuchen, Euch bis zum Zelt zu bringen, und Hilfe holen. Es scheint, daß die Schweizer sich entfernen ...«
»Sie ... verfolgen jetzt den Herzog, und ich ... ich brauche keine Hilfe mehr. Ich ... ich liebe Euch ...«
Christophes Kopf fiel zur Seite. Sanft drückte Fiora ihm die Augen zu, jene grauen Augen, die den ihren so ähnlich waren. Dann hauchte sie einen Kuß auf die halbgeöffneten Lippen. Als sie wieder aufblickte, hatte sie einen Schleier vor den Augen. Erst jetzt merkte sie, daß sie weinte. Nachdem sie sich mit dem Handrücken die Tränen abgewischt hatte, sah sie im Gras ein Schwert liegen und bemächtigte sich vorsichtshalber der Waffe.
Das große rote Zelt des Herzogs war tatsächlich nicht weit und der Weg dorthin so gut wie frei. Sie stand auf und wollte darauf zulaufen, als sich ein Mann vor ihr aufbaute, der bereits die Waffe auf sie gerichtet hatte. Es gelang ihr, dem Schlag auszuweichen, und in einer instinktiven Bewegung griff ihre Hand zu dem Schwert, das sie an sich genommen hatte. Mit ungeahnter Kraft, die sowohl durch ihre Todesangst als auch durch ihre Wut verdoppelt wurde, traf sie den Schweizer mitten in die Brust.
Der Mann stieß einen Schmerzensschrei aus und stürzte zu Boden. Fiora ließ das Schwert fallen und rannte direkt auf das Zelt zu. Dort angekommen, ließ sie sich, von Schluchzern geschüttelt, auf das Bett fallen.

Wie lange mochte sie dort so gelegen haben? War es eine Stunde gewesen oder nur ein paar Minuten? Womöglich hätte diese Nervenkrise noch länger angedauert, wenn sie nicht plötzlich eine Hand auf ihrer Schulter verspürt hätte, die sie heftig schüttelte.

»Genug geweint!« ertönte eine barsche Stimme. »Steht auf und sagt mir, wer Ihr seid!«

Beim Klang dieser Stimme sprang sie hoch, und im nächsten Moment befand sie sich Demetrios gegenüber, der sie in fassungslosem Staunen anstarrte.

»Das ist doch nicht möglich!« stieß sie hervor. Sie glaubte ihren Augen nicht zu trauen, als sie den Griechen in Helm und Kettenhemd vor sich stehen sah. »Bist du es wirklich?«

»Weshalb sollte ich es nicht sein?« gab er in hartem Ton zurück. »Und was soll ich davon halten, dich ausgerechnet in diesem Zelt wiederzufinden? Demnach sind die Gerüchte über dich also wahr!«

»Wovon sprichst du eigentlich?« rief sie, während ihre Wiedersehensfreude durch die Strenge seines Tons und vor allem durch seinen mitleidlosen Blick mehr als gedämpft wurde.

»Ich spreche davon, daß du die Geliebte des Herzogs bist!«

»Ich – die Geliebte des Herzogs? Wer behauptet so etwas?«

»Jeder. In diesem Teil von Europa spricht man sehr viel über eine junge Frau, die als Page verkleidet dem Herzog überallhin folgt und die Tag und Nacht bei ihm ist ...«

»Das reicht, Demetrios! Kennst du mich so schlecht, daß du derart übles Gewäsch über mich glaubst? Wer auch immer solche Gerüchte verbreitet, beweist damit nur, wie wenig er über den Herzog in Wirklichkeit weiß. Dieser rührt nie auch nur eine einzige Frau an, abgesehen von der Herzogin natürlich, und noch nie hat er eine Geliebte gehabt. Die Ausschweifungen seines Vaters haben ihm für alle Zeiten Abscheu davor eingeflößt.«

»Was machst du dann bei ihm, wenn es sich so verhält?«

»Findest du nicht, daß du mir sehr viele Fragen stellst? Wäre es nicht an der Zeit, dich zu fragen, was du deinerseits hier machst? Nach dem, was ich zuletzt von Leonarde hörte, bist du inzwischen ein enger Freund von Herzog René geworden und weichst ihm nicht mehr von der Seite, nicht wahr? Und was hat dich inzwischen zu den Schweizern getrieben?«

»Dafür gibt es eine einfache Erklärung: Herzog René befindet sich derzeit hier. Er hat soeben die Burgunder an der Spitze eines elsässischen Kavalleriekorps in die Flucht geschlagen, und wie gewöhnlich war ich bei ihm. Er wird gleich hier eintreffen.«

»Erwartest du, daß ich deswegen in Ehrfurcht versinke? O ja, ich weiß, er hat eine glänzende Zukunft vor sich, wie du sagst, aber auf mich macht er keineswegs diesen Eindruck. Sobald er mit einer Niederlage konfrontiert ist, rettet er sich unter dem Vorwand, Verstärkung herbeizuholen, in irgendein Versteck und wird nicht mehr gesehen. Unterdessen mußte das lothringische Volk die Last dieses Krieges ganz allein tragen. Herzog Karl nennt ihn nur ›das Kind‹, und das stimmt. Wenn ich recht verstehe, bist du jetzt seine Amme geworden?«

Demetrios brach in höhnisches Gelächter aus.

»Du denkst wohl, Angriff sei die beste Verteidigung, wie?« gab er dann zurück. »Oder hast du unseren Blutschwur vergessen?«

»Nein, ich habe ihn nicht vergessen, und ich habe auch den Auftrag ausgeführt, mit dem König Ludwig mich betraut hatte. Ich habe Campobasso dazu gebracht, die Seite der Burgunder zu verlassen, und Gott weiß, was mich das gekostet hat. Esteban weiß es übrigens ebenfalls ... ich nehme doch an, daß er inzwischen wieder zu dir gestoßen ist?«

»Ja. Er hat mir in der Tat berichtet, was du alles hast erdulden müssen.«

»Ohne ihn wäre ich nicht mehr am Leben, doch die Gefahren, denen ich ausgesetzt war, haben dich sicher nicht um deinen Schlaf gebracht. Zunächst wäre ich beinahe vom Herzog hingerichtet worden, dann hat mich Campobassos Schwert nur um Haaresbreite verfehlt, und schließlich habe ich ... Philippe verloren, nachdem wir einander endlich wiedergefunden hatten. Wenn du wissen willst, weshalb ich hier bin: Ich habe versucht, ihm in den Tod zu folgen, und ich wollte dafür sorgen, daß der Glanz seines Namens weiterhin in der Flagge von Burgund erstrahlt ...«

»Bravo! Wie ich sehe, bist du nicht nur eine gute Burgunderin geworden, sondern hast dich darüber hinaus sogar mit jenem angefreundet, den du einst zu töten geschworen hattest!«

»Ich habe mich keineswegs mit ihm angefreundet, aber er war sehr gütig zu mir. Er hat versucht, meinen Kummer zu lindern, und er hat mir auch gestanden, weshalb er Jean de Brévailles damals nicht gerettet hat, obwohl er ihn liebte ...«

»Und du hast ihm natürlich geglaubt! Es ist so leicht, jemandem zu glauben, wenn man es mit aller Macht will!«

»Und es ist ebenso leicht, vor der Wahrheit die Augen zu verschließen, wenn man unbedingt blind bleiben will! Aber ich warte noch immer darauf, von dir zu erfahren, was du deinerseits getan hast, um deinen Schwur zu halten!«

»Ich habe mehr dafür getan, als du glaubst. Ich weiß, daß das Schicksal Herzog René dazu ausersehen hat, Karl den Kühnen zu besiegen, und genau das ist heute geschehen ... Dein Herzog ist auf der Flucht, und dich hat er im Stich gelassen.«

»Wenn Herzog René den Sieg davongetragen hat, so ist das nicht ohne fremde Hilfe geschehen. Das eigentliche Verdienst daran gebührt den Schweizern. Aber warum versuchst du eigentlich nicht, dich Herzog Karl zu nähern, da dir so viel daran liegt, ihn zu vernichten, Demetrios? Als Arzt dürfte es dir nicht schwerfallen, Zugang zu ihm zu finden, zumal er leidend ist. Geh zu ihm und töte ihn! Nein?

Natürlich würdest du selbst ebenfalls nicht mit dem Leben davonkommen, und irgendwie habe ich das Gefühl, daß du sehr an deinem Leben hängst ...«

»Nicht mehr als zuvor, aber ich habe noch einiges zu erledigen. Im übrigen wäre es für dich tatsächlich ein leichtes, die Welt von einem Mann zu befreien, der diese durch seinen Hochmut und seinen Wahnsinn in immer neues Elend stürzt. Du könntest zum Beispiel das hier gebrauchen ...«

Demetrios zog eine kleine Glasphiole aus dem Ledersack, der an seinem Gürtel befestigt war, und erklärte: »Drei Tropfen hiervon, und Karl der Kühne wird künftig keine Gelegenheit mehr haben, unschuldige Menschen zu massakrieren. Hörst du die Schreie der Soldaten? Die Schweizer halten Wort und töten alles, was ihnen in die Hände fällt. Herzog Karl hätte es genauso gemacht, wenn er der Sieger gewesen wäre ...«

Fiora hörte ihm schon nicht mehr zu. Voller Abscheu blickte sie auf die Phiole in Demetrios' Hand.

»Nein«, erwiderte sie schließlich, »niemals wirst du aus mir eine Giftmörderin machen. Ich habe dir schon damals in Florenz gesagt, daß Gift eine unwürdige Waffe ist.«

»Nun gut!« meinte Demetrios seufzend und stellte die Phiole auf einen Tisch. »Du kannst jedes Mittel verwenden, das dir recht ist, aber eines sollst du wissen: Erst wenn Karl der Kühne nicht mehr unter den Lebenden weilt, werde ich dir deinen Gatten zurückgeben!«

»Meinen Gatten? Philippe? Lebt er etwa noch?«

»Ja. Ich war seinerzeit ebenfalls in Grandson – ohne Herzog René allerdings. Ich fand Selongey auf dem Schlachtfeld ... ich brachte ihn in Sicherheit und pflegte ihn gesund, an einem Ort, wo du ihn ohne meine Hilfe nicht aufspüren wirst.«

»Philippe lebt! Mein Gott! So wurde mein Gebet doch erhört!«

»Laß Gott aus dem Spiel. Die Zeit drängt. Herzog Karl muß

vernichtet werden, verstehst du? Denk über mich, was du willst, aber du bist die einzige, die freien Zugang zu ihm hat. Also handle! Er muß sterben ...«

Unvermittelt kehrte Fioras Kaltblütigkeit zurück. Stolz richtete sie sich auf und sah jenem, den sie so lange für ihren Freund gehalten hatte, fest in die Augen: »Was bist du für ein Mensch, Demetrios Lascaris, daß du zu einem derartigen Mittel greifst? Dein blinder Haß hat dir all dein Urteilsvermögen geraubt, und bei dem Gedanken, daß ich mein Blut mit dem deinen vermischt habe, schaudert es mich jetzt!«

In diesem Moment drangen zwei Männer in das Zelt ein. Der eine war Panigarola, der andere ein zierlicher junger Mann mit blondem Haar und blauen Augen. Als Fiora sah, daß Demetrios das Knie vor ihm beugte, begriff sie, daß es sich um Herzog René handelte.

»Hier ist sie!« rief der Mailänder, der auf Fiora zueilte und sie bei der Hand nahm. »Dies ist die junge Frau, von der ich Euch erzählt habe, Monseigneur, und Gott sei Dank ist sie noch am Leben!«

»Ihr seht mich entzückt, Messire Panigarola. Ich hätte es in der Tat mehr als bedauert, wenn einer so hübschen Dame etwas zugestoßen wäre, und ich kann jetzt gut verstehen, daß Ihr ihretwegen all diese Gefahren auf Euch genommen habt!«

»Die Gefahr war nicht mehr so groß, nachdem ich Euer Banner entdeckt hatte, Monseigneur. Ich wußte, daß ich von da an unter Eurem Schutz stehen würde.«

»Wohin würden wir auch kommen, wenn wir uns künftig an den Diplomaten vergriffen, nicht wahr? Ihr könnt nun unbesorgt den Rückweg antreten. Ich sorge für entsprechenden Geleitschutz. Ich grüße Euch, Madame, und ich hoffe, daß ich Euch eines Tages unter weniger tragischen Umständen wiedersehen werde.«

Wortlos beugte Fiora das Knie vor Herzog René und verließ

mit Panigarola das Zelt, ohne Demetrios noch eines Blickes zu würdigen.
Sobald sie das Schlachtfeld hinter sich gelassen hatten, hielten sie die Pferde an. Fiora zwang sich zu einem Lächeln und sagte: »Wie soll ich Euch nur danken, daß Ihr meinetwegen in diese Hölle zurückgekehrt seid?«
»Ich war der einzige, der es tun konnte. Der Herzog hat zusammen mit einem Teil seiner Männer fliehen können. Noch nie habe ich ihn so verzweifelt gesehen. Ich glaube, er hätte sich an Ort und Stelle töten lassen, wenn es seinen Soldaten nicht gelungen wäre, ihn wegzuziehen. Aber denken wir jetzt an uns! Wir sollten auf schnellstem Wege nach Lausanne zurückkehren, Donna Fiora! Nach allem, was ich gehört habe, werden sich die Schweizer jetzt auch dieser Stadt bemächtigen ... Wir müssen Donna Leonarda und den jungen Battista herausholen!«
Fiora warf ihm einen entsetzten Blick zu und gab dann ihrem Pferd die Sporen. Es fehlte nur noch, daß ihrer geliebten Leonarde etwas zustieß!

Kapitel 14

Der vereiste Teich

Drei Tage später erreichten Fiora, Leonarde, Panigarola und Battista den Ort Saint-Claude, ein malerisch gelegenes Bergnest, das sich oberhalb der dort zusammenfließenden Ströme Bienne und Tacon an steile Felsen schmiegte.
Der heilige Claudius, nach dem der Ort benannt war, hatte im zwölften Jahrhundert dem großen Benediktinerkloster vorgestanden, in dem der mailändische Botschafter und seine Gefährten jetzt Zuflucht fanden.
Sie trafen dort auf den »Großen Bastard« Antoine, der bei ihrem Eintreffen gerade vom Pferd stieg. Panigarola begrüßte ihn und fragte: »Wie kommt es, daß Ihr allein hier seid? Hatte der Herzog Euch nicht begleiten wollen?«
»Das hatte er ursprünglich auch vor, aber er hat seine Pläne geändert. Als er erfuhr, daß die Herzogin von Savoyen sich mit ihren Kindern in das Schloß von Gex geflüchtet hat, wollte er sich gemeinsam mit Messire Olivier de La Marche und dem Sire de Givry dorthin begeben. Er legt großen Wert darauf, daß Madame Jolande ihm nach Burgund folgt.«
»Nach Burgund? Und weshalb?«
»Vermutlich möchte er sichergehen, daß sie ihm weiterhin die Treue hält.«
»Ich verstehe. Und ... in welcher Verfassung ist er?«
»Außer sich vor Wut. Es ist unmöglich, ihn zu besänftigen. Und er schwört, daß er innerhalb kurzer Zeit wieder eine Armee von hundertfünfzigtausend Männern beisammen haben wird, mit der er die Schweiz dem Erdboden gleichma-

chen will. Man muß wirklich um seinen Verstand fürchten«, meinte Antoine von Burgund betrübt.
»Nein, Monseigneur, das glaube ich nicht, aber er hört nicht auf zu träumen! Gott gebe, daß das Erwachen nicht allzu grausam ist! Weiß man, wie viele Männer er verloren hat?«
»Ihr meint, wie viele massakriert worden sind? Mehrere tausend sind es, darunter Jean von Luxemburg, Somerset und der größte Teil der englischen Bogenschützen. Galeotto, der das Zelt des Herzogs so lange wie möglich verteidigt hatte, konnte schließlich mit zwei Gefährten entfliehen. Davon abgesehen haben die Schweizer erneut das Lager geplündert wie schon in Grandson, einschließlich unserer neuen Artillerie. Es ist ein wahres Desaster, schlimmer noch als das erste ...«
»Darf ich fragen, wie derzeit Eure Order lautet, Monseigneur? Werdet Ihr den Herzog hier erwarten?«
»Nein. Ich breche morgen nach Salins auf, um die Überlebenden von Murten zu sammeln. Sofern es welche gibt! Der Herzog wird dort zu mir stoßen. Wollt Ihr mich begleiten?«
»Mit Vergnügen, falls meine Gefährten nicht zu erschöpft sind.«

Im Gästetrakt des Klosters war Leonarde unterdessen damit beschäftigt, ihr wundes Hinterteil, das an derartige Galoppritte nicht gewöhnt war, mit geschmolzenem Kerzenwachs zu pflegen. Dies hinderte sie jedoch nicht, unaufhörlich heftige Flüche auszustoßen und Demetrios zur Hölle zu wünschen. Seitdem Fiora ihr von der Begegnung mit dem Griechen erzählt hatte, war der Zorn des alten Fräuleins nicht mehr verraucht.
»Dieser Verrückte muß wirklich den Verstand verloren haben!« schäumte sie. »Ich habe Euch gegenüber niemals ein Hehl daraus gemacht, wie ich über solche Rache denke, und dennoch habe ich Euch gewähren lassen«, sagte sie zu Fiora. »Zum Glück habt Ihr Eure Hände niemals mit Blut beschmutzen müssen ...«

»Aber ich habe neulich einen Mann getötet, Leonarde.«
»Das ist etwas anderes, denn sonst hätte er Euch getötet. Aber ich bin sicher, daß Ihr nicht kaltblütig einen Mord begehen könntet.«
»Ich hätte Regnault du Hamel ohne zu zögern erstochen, und was den Herzog betrifft, so hätte ich ihn ebenfalls töten können, als er mich in Nancy mit derartiger Geringschätzung behandelt hat. Ich habe es nur deshalb nicht getan, weil ich den Mut dazu nicht mehr aufbrachte, nachdem ich Philippe wiedergefunden hatte. Wenn ich den Herzog ermordet hätte, so wäre dies mein eigener Tod gewesen. Meine Liebe war stärker als mein Haß, und später gelangte ich zu einem anderen Verständnis der Dinge, was so weit ging, daß ich dem Herzog sogar verzeihen konnte, meine Eltern nicht begnadigt zu haben. Und inzwischen flößt mir die Vorstellung, diesen kranken, gebrochenen Mann zu töten, nur noch Entsetzen ein. Dennoch ...«
»Dennoch was?«
»Ich werde Philippe erst dann wiedersehen, wenn ich ...«
Mit gedankenverlorener Miene ergriff Fiora den Dolch, den Herzog Karl ihr einst geschenkt hatte, und strich sacht über die glänzende Klinge.
Leonarde erbleichte: »Ich werde Euch auf der Stelle verlassen, Fiora, wenn Ihr mir nicht schwört, diesen wahnsinnigen Gedanken aufzugeben! Wenn Ihr den Herzog tötet, werdet Ihr sofort gehängt. Glaubt Ihr etwa, daß ich das mitansehen will? Und was Demetrios betrifft, so gibt es für Euch keinerlei Grund, ihm zu Willen zu sein. Durch das schändliche Ansinnen, das er an Euch gestellt hat, seid Ihr von jeder Verpflichtung ihm gegenüber befreit.«
»Aber was ist mit Philippe?«
»Solange Demetrios darauf hofft, daß seine Erpressung funktioniert, wird Philippe nichts geschehen. Wir müssen jetzt herausfinden, wo sich Herzog René aufhält. Demetrios wird nicht weit sein, und ich weiß, was dann zu tun ist.«

»Ihr habt sicher recht, doch wie sollen wir den Aufenthaltsort von René erfahren? Panigarola zufolge reist er ständig umher.«
»Also halten wir uns an den Botschafter, der stets über alles informiert ist.«
»Warum reisen wir nicht zum König nach Lyon und bitten ihn, Demetrios zurückzurufen? Schließlich ist er sein Arzt und ...«
»Und nichts garantiert uns, daß er der Order des Königs nachkommt. Außerdem haftet der junge Colonna mit seinem Kopf für Eure Anwesenheit.«
»Glaubt Ihr wirklich, daß Herzog Karl nach all diesen Katastrophen noch daran denkt?«
»Bei einem Mann wie ihm ist es besser, kein Risiko einzugehen. Und unglücklicherweise legt er auf Eure Gesellschaft großen Wert.«
Panigarola teilte die Ansicht des alten Mädchens. Nach dem, was der Halbbruder des Herzogs erzählt hatte, war Karl über den Verbleib von »Madame de Selongey« äußerst besorgt gewesen.
Fiora gab sich geschlagen und hielt es für ratsam, auf ihre Gouvernante zu hören.
Am anderen Morgen brachen sie gemeinsam mit Antoine von Burgund nach Salins auf. Trotz der Drohungen von Demetrios war Fiora glücklich wie schon lange nicht mehr. Das Wichtigste war, daß Philippe lebte. Endlich konnte sie wieder hoffen, endlich sah sie für ihre Zukunft wieder einen Lichtstrahl. Und sie hatte ein immenses Vertrauen in Leonardes Klugheit und Weitsicht. Mit ihrer Hilfe, so begann sie zu glauben, war es vielleicht möglich, Demetrios zu bezwingen und ihn sogar mit seinen eigenen Waffen zu schlagen, nämlich mit Geduld und List ...
Als Karl der Kühne am 2. Juli seinen Einzug in Salins hielt, erkannte Fiora ihn kaum wieder. Wie sehr hatte er sich in den paar Tagen verändert! Dieses aufgedunsene Gesicht,

dieser bittere Mund, dieser versteinerte Blick! War das noch derselbe Mann?
Dennoch begrüßte er Fiora und Panigarola auf das Herzlichste und schien aufrichtig froh, sie wiederzusehen. Während des Abendessens, das sie gemeinsam mit ihm und seinem Halbbruder einnahmen, verbreitete er einen heiteren Charme, der seine Gäste verwirrte. Erneut entwarf er gewaltige Zukunftspläne, und für die Niederlage von Murten machte er die angebliche Feigheit seiner Truppen verantwortlich, die abermals vor dem Feind die Flucht ergriffen hatten. Dann sprach er voller Enthusiasmus von der neuen Armee, mit der er die Schweizer endgültig besiegen werde ...
»Ich fürchte, daß diese große Armee, von der er dauernd erzählt hat, nur in seiner Einbildung existiert«, meinte Fiora später zu Panigarola. »Ich mache mir wirklich Sorgen um seinen Geisteszustand ...«
»Ich ebenfalls. Eines wundert mich übrigens: Wo ist der Hauptmann seiner Garde, der ihn sonst nie zu verlassen pflegt? Hat er ihn mit einer Sondermission beauftragt? Da er gemeinsam mit ihm in Gex war, frage ich mich, was das zu bedeuten hat ...«

Drei Tage später sollte er es erfahren. Nachdem Olivier de La Marche mit einem Teil seiner Garde im Schloß von Salins eingetroffen war, hallte das Gemäuer stundenlang vom wütenden Gebrüll des Herzogs wieder.
Als Fiora den völlig aufgelösten Panigarola auf sich zukommen sah, wußte sie sofort, daß etwas Schlimmes passiert war.
»Allmählich glaube ich wirklich, daß er verrückt ist«, schimpfte der Botschafter. »Stellt Euch vor: Beim Abschied von der Herzogin hat er dieser seine ewige Freundschaft geschworen, und zugleich hat er Olivier de La Marche beauftragt, die Herzogin und deren Kinder sofort in Sicherheits-

gewahrsam zu nehmen, sobald diese sich zu ihrem Schwager, dem Bischof, nach Genf begeben wollen!«

»Er hat die Herzogin festnehmen lassen? Aber warum?«

»Weil sie sich geweigert hat, ihm nach Burgund zu folgen, und er hatte gehofft, dadurch Savoyen fest in den Griff zu bekommen. Zu seinem Pech hatte ein Diener der Herzogin den Erbprinzen Philibert und dessen jüngeren Bruder in einem Weizenfeld versteckt. Die beiden sind jetzt in Genf, und ich kann mir lebhaft ausmalen, welches Geschrei der Bischof angestimmt hat! Dem Herzog wird natürlich Verrat vorgeworfen, und König Ludwig, der seinerseits alles andere als verrückt ist, hat die Gelegenheit genutzt, sich als Beschützer seiner Schwester und seiner Neffen hinzustellen. Auf diese Weise hat sich Herzog Karl Savoyen zum Todfeind gemacht. Als ob er nicht schon genug Feinde hätte!«

»Wo ist die Herzogin jetzt?«

»Im Schloß von Rochefort, in der Nähe von Dôle. Und Olivier de La Marche hat den ganzen Zorn des Herzogs zu spüren bekommen, weil seine Mission nur zur Hälfte ausgeführt werden konnte!«

Dennoch hatte Karl der Kühne derzeit zu viele andere Sorgen, um sich noch lange mit dieser Episode zu befassen. Die Schweizer setzten ihre Beutezüge fort, und nachdem sie Lausanne besetzt hatten, waren sie mittlerweile auf dem Weg nach Genf.

In dem Moment schaltete sich König Ludwig ein, der nicht tatenlos zusehen wollte, wie sich die Schweizer Stück für Stück das Erbe seines Neffen aneigneten.

Erneut setzte er seine bevorzugte Waffe ein: Er schickte einen Sack Gold sowie eine Abordnung seiner Armee nach Chambéry, um daran zu erinnern, daß er durchaus in der Lage war, einen Krieg vom Zaun zu brechen, falls dies notwendig sein sollte ...

Kurz darauf unterzeichneten die Kantone einen Friedensvertrag mit Savoyen.

Karl der Kühne versammelte unterdessen seine Generalstände in Salins und hielt vor ihnen eine flammende Rede, mit der er sie dazu bewegen wollte, seinen Krieg gegen die Schweizer zu finanzieren. Die Adelsvertreter waren von seinen Worten fast zu Tränen gerührt und erklärten sich unter zwei Bedingungen dazu bereit: Der Herzog dürfe sich nicht persönlich an diesem Krieg beteiligen, und er müsse Frieden schließen, sobald sich die Gelegenheit dazu ergäbe. Karl versprach alles, was man von ihm verlangte, und machte sich mit Elan an die Arbeit.
»Donna Fiora«, meinte er eines Abends zu der jungen Frau, »sobald ich die Schweizer besiegt habe und das Land, das sie mir geraubt haben, wieder in meinen Besitz gelangt ist, mache ich eine Fürstin aus Euch! Ihr könnt Euch unter meinen Besitztümern das aussuchen, das Euch am besten gefällt. Und Eure Mitgift erhaltet Ihr ebenfalls zurück!«
»Aber das will ich gar nicht, Monseigneur. Ich wünsche mir nichts anderes, als in Frieden zu leben und meines verstorbenen Gemahls zu gedenken ...«
Sie hatte es für klüger gehalten, dem Herzog vorerst nicht zu berichten, was sie inzwischen über Philippes Verbleiben wußte.
»Außerdem«, so fügte sie hinzu, »liebe ich den Krieg nicht, und wer über ein Land gebietet, muß sich stets auf die Möglichkeit eines Krieges einstellen.«
»Dieser Krieg wird der letzte sein. Anschließend werde ich aus Euch das schönste Schmuckstück meines Hofes machen.«
Fiora antwortete nicht, doch dieser Satz rief ein unbehagliches Gefühl in ihr hervor. Das Verhalten des Herzogs ihr gegenüber hatte sich erneut verändert. Er bat sie, wieder Frauenkleider zu tragen, da auf diese Weise »ihre Schönheit besser zur Geltung komme«, wie er erklärte. Außerdem zeigte er sich im Umgang mit ihr von äußerster Galanterie, über-

schüttete sie mit Geschenken, fragte sie nach ihrer Kindheit aus und nach dem Leben, das sie in Florenz geführt hatte.
»Gott möge mir verzeihen«, meinte Panigarola schließlich, »aber ich fürchte, er hat sich in Euch verliebt!«
»Bildet Ihr Euch das nicht nur ein?«
»Nein, keineswegs. Man kann es ihm nicht einmal vorwerfen, aber ich bin nicht sicher, ob Euch das sehr glücklich machen würde. Zudem kann eine große Leidenschaft bei einem Mann, der bis dahin stets keusch gelebt hat, gefährliche Folgen haben!«
»Was soll ich also tun?«
»Fliehen! So schnell wie möglich und so weit wie möglich. Ich werde Euch dabei helfen, zumindest solange ich noch hier bin.«
»Wollt Ihr uns etwa verlassen?«
»Ich fürchte, daß ich bald zurückgerufen werde. Die Konsequenzen aus dem Desaster von Murten betreffen auch mein Land, wo sich politisch einiges zu verändern beginnt. Mailand ist dabei, sich Frankreich anzunähern, und wenn mein Gebieter die Beziehungen zu Burgund abbricht ...«
Fiora schwieg einen Moment. Der Gedanke, diesen guten Freund nicht mehr um sich zu haben, war schmerzlich für sie. Schließlich erwiderte sie: »Wenn Ihr abreist, werdet Ihr Battista mitnehmen müssen, denn ich bleibe ebenfalls nicht hier. Zwei Kriege genügen mir, nach all dem, was ich in Grandson und Murten gesehen habe.«
Ein paar Tage später beschloß der Herzog, Salins zu verlassen und in das Schloß von La Rivière überzusiedeln, ein gewaltiges, befestigtes Kastell in der Nähe von Pontparlier. Es lag auf einem Hochplateau im Juragebirge in ziemlich trister Umgebung, doch bot die großräumige Landschaft dort eher die Möglichkeit, eine Armee zu versammeln.
Das Gefolge des Herzogs zog ebenfalls mit ihm nach La Rivière, wo Fiora derart prächtige Gemächer für sich vorfand, wie sie es nie zuvor erlebt hatte ...

Dann wurde der Herzog von Neuigkeiten überrascht, die ihn völlig aus der Fassung brachten. Im Gegensatz zu den Vertretern von Burgund waren die Generalstände von Flandern nicht bereit, ihm bei seinen Kriegsplänen zu helfen. Damit nicht genug, braute sich in Lothringen etwas Unerwartetes zusammen: Die Großmutter von Herzog René, die Prinzessin von Vaudémont, war soeben gestorben und hatte ihrem Enkel ein beträchtliches Vermögen hinterlassen. Dadurch sah er sich in der Lage, Schweizer und elsässische Söldner anzuwerben. Nachdem ihm die Stadt Straßburg auch noch ihre Artillerie zur Verfügung gestellt hatte, war es ihm gelungen, Lunéville zu befreien. Es hieß, daß er jetzt auf dem Weg nach Nancy sei, um die Burgunder wieder zu vertreiben ...
Als Fiora dies erfuhr, begann ihr Herz heftig zu klopfen. Jetzt wußte sie, wo Demetrios sich aufhielt! Es kam nur noch darauf an, schnellstmöglich zu ihm zu gelangen.
»Das wird nicht leicht sein«, meinte Leonarde gedankenvoll.
»Seitdem der Herzog derart in Euch verliebt ist, bewacht er Euch, als wärt Ihr seine Verlobte ...«
Doch die Befürchtungen der beiden Frauen wurden rasch zerstreut, denn sobald der Zorn des Herzogs sich gelegt hatte, beschloß dieser, seine Pläne von Grund auf zu ändern. Künftig ging es nicht mehr darum, auf die Schweizer loszustürmen, mit denen es außerdem erste, zögernde Verhandlungen gab. Künftig hieß es nur noch, gen Norden zu marschieren und die Männer von Herzog René ein für allemal aus Lothringen zu vertreiben ...
»Das erleichtert die Dinge sehr«, kommentierte Leonarde diese Entwicklung. »Auf diese Weise kommen wir direkt an unser Ziel, nämlich nach Nancy!«
Während sich in der Umgebung des Schlosses nach und nach die neue Armee sammelte und der Herzog sich mit seinen Offizieren zurückzog, kam eines Morgens die Abschiedsstunde für Fiora und ihren Freund Panigarola.

»Der Herzog hat mich soeben von meiner Mission entbunden«, erklärte er ihr. »Er hat mich sogar wie einen Freund verabschiedet, was unter solchen Umständen keineswegs selbstverständlich ist ...«
»Sind Mailand und Burgund nicht länger Verbündete?« erkundigte sie sich.
»Nein. Womöglich befinden wir uns derzeit sogar schon im Kriegszustand miteinander. Dennoch hat Monseigneur mir zu verstehen gegeben, daß er meine Abreise bedauert.«
»Er ist nicht der einzige, der dies bedauert. Ob wir einander je wiedersehen werden?«
»Warum nicht? Mailand ist nicht weit, und ich möchte Euch hiermit sagen, daß mein Haus Euch immer offenstehen wird. Außerdem habe ich noch eine Neuigkeit für Euch: Campobasso kommt zurück!«
»Hierher?«
»Das ist nicht sicher. Aber er hat dem Herzog geschrieben, daß er bereit sei, ihm mit seiner Kondotta erneut zur Verfügung zu stehen. Diese ist immerhin zweitausend Männer stark, und der Herzog scheint geneigt, auf das Angebot einzugehen.«
Fiora trat zu Leonarde, die am Fenster saß und stickte.
»Habt Ihr gehört? Wir müssen auf der Stelle aufbrechen. Wartet auf uns, mein Freund, wir werden Euch begleiten!«
Panigarola hielt sie jedoch zurück: »Haltet ein, ich bitte Euch! Ich hatte Eure Reaktion vorausgesehen und darum gebeten, Euch mitnehmen zu dürfen. Monseigneur hat jedoch entschieden abgelehnt, Euch gehen zu lassen.«
Fiora zögerte einen Moment und steuerte dann auf die Tür zu: »Wenn ich ihn selbst darum bitte, wird er es nicht ablehnen. Ich habe keine Lust, hier darauf zu warten, daß Campobasso sich mir erneut zu nähern versucht.«
»Tut das nicht, Fiora! Es hat keinen Sinn. Das einzige, was dabei herauskommen kann, ist, daß Ihr plötzlich wieder wie eine Gefangene leben müßt.«

»Aber Ihr hattet mir doch angeboten, mir bei der Flucht zu helfen!«
»Ja, aber zu dem Zeitpunkt wußte ich noch nicht, was ich heute weiß: Als wir uns letzten Winter in Besançon aufhielten, hat ein in der Kabbala bewanderter Rabbiner dem Herzog prophezeit, daß der Tod ihn nicht ereilen werde, solange Ihr bei ihm seid, Donna Fiora. Deshalb hat er Euch in aller Form als Gräfin de Selongey anerkannt und auf diese Weise zu einer Burgunderin gemacht, deshalb möchte er Euch an seinem Hof behalten, wenn der Krieg vorbei ist, deshalb schließlich auch muß Battista sterben, wenn Euch die Flucht gelingt. Ihr seid der Schutzengel des Herzogs geworden.«
Fiora, die zunächst wie versteinert zugehört hatte, brach in Gelächter aus.
»Ich sein Schutzengel? Ich, wo ich seit Florenz von nichts anderem geträumt habe, als ihn zu töten? Unter diesen Umständen fällt mir in der Tat mein ursprünglicher Plan wieder ein ...«
»Ihr braucht es erst gar nicht zu versuchen, denn es wird Euch nicht gelingen, was immer Ihr auch tut. Die Klinge Eures Dolches wird abbrechen, das Gift, das Ihr ihm einflößt, wird ohne Wirkung bleiben ...«
»Ihr glaubt demnach auch an diesen Unsinn, und dabei hielt ich Euch stets für einen Mann, der logisch denkt. Wer hat Euch das alles erzählt? Der Herzog selbst?«
»Nein, sein Halbbruder, der ›Große Bastard‹, den ich gebeten hatte, sich für Euch zu verwenden, und der seit langem gefordert hatte, daß man Euch die Freiheit wiedergibt.«
»Wenn das so ist, muß Battista nach Hause zurückkehren. Schließlich ist er römischer Abstammung und gehört nicht wirklich zum burgundischen Hof.«
»Beruhigt Euch, Donna Fiora! Noch ist nichts verloren. Ich werde unterwegs in Saint-Claude Station machen und dort auf Monsignore Nanni warten. Der päpstliche Gesandte macht sich für einen Friedensschluß zwischen Burgund und

den Kantonen stark. Sowohl der Papst als auch der Kaiser sind daran sehr interessiert, und Monsignore Nanni hat mich zu treffen gewünscht. Wir werden gemeinsam überlegen, was wir in dieser anderen Angelegenheit tun können. Es wäre doch möglich, daß der junge Colonna durch einen ... Todesfall in der Familie zurückgerufen wird, nicht wahr?«
»Glaubt Ihr wirklich, daß der päpstliche Gesandte sich zu einer derart faustdicken Lüge hergeben wird?«
Trotz des Ernstes der Situation begann Panigarola zu lachen.
»Mein liebes Kind, in der Politik wie auch in der Diplomatie sind Wahrheit und Lüge vollkommen abstrakte Begriffe. Das einzige, was zählt, ist das Resultat, und Monsignore Nanni ist einer der besten Diplomaten, die ich kenne. Also habt Geduld! Und nun laßt Euch von einem alten Freund umarmen, dem Ihr ans Herz gewachsen seid.« Und zu Fioras Gouvernante gewandt: »Gehabt Euch wohl, Donna Leonarda!«
»Worauf Ihr Euch verlassen könnt, Messire«, erwiderte diese mit einer angedeuteten Reverenz, »und dasselbe wünsche ich Eurer Exzellenz!«

Zu Fioras Überraschung ließ sich Herzog Karl noch am selben Abend persönlich bei ihr melden. Sie sah auf den ersten Blick, daß er bekümmert wirkte.
»Ich bin gekommen, um mit Euch zu soupieren, Donna Fiora«, sagte er und half ihr aufstehen, nachdem sie die übliche Reverenz vollführt hatte. »Wenn es Euch recht ist, so werden wir diesmal in Euren Räumen speisen.«
»Muß ich Monseigneur daran erinnern, daß er hier zu Hause ist?«
»Seid doch nicht so förmlich! Ich bin traurig, daß wir einen Freund verloren haben ...«
»Ihr habt den Botschafter verloren, Monseigneur, nicht den

Freund, denn dieser wird Euch weiterhin verbunden bleiben.«
»Ihr mögt recht haben, aber ich sehe an diesen Veränderungen, wie sehr der Glanz von Burgund verblaßt ist. Nur ein großer Sieg vermag ihn wiederherzustellen. Zum Glück bleibt Ihr mir erhalten!«
Trotz Panigarolas Warnung wollte Fiora diese Gelegenheit nutzen.
»Wollt Ihr mich wirklich in diesen Krieg mitnehmen, Monseigneur? Ich bin dessen so müde! Das alles flößt mir Entsetzen ein ...«
»Wollt Ihr mich etwa auch verlassen? Was ist aus meinem einst so tapferen jungen Pagen geworden?«
»Ich habe zuviel Blutvergießen mitansehen müssen. Warum erlaubt Ihr mir nicht, mich nach Selongey zurückzuziehen?«
»Damit Ihr in der Einsamkeit eines Landschlosses verkümmert? Nein, Donna Fiora, ich glaube nicht, daß Euch das wirklich reizt. Es steckt etwas anderes dahinter, nicht wahr? Demnach ist die Freundschaft zwischen uns, die mir so wertvoll geworden ist, nichts als eine Farce! Wie all die anderen wollt Ihr Euch von mir abwenden, weil Ihr glaubt, ich sei am Ende ...«
Als Fiora merkte, daß der Herzog sich immer mehr in Rage redete, rief sie rasch: »Ihr habt recht, es gibt einen anderen Grund: Campobasso wird zu Euch zurückkehren, aber ich will diesen Mann unter keinen Umständen wiedersehen. Deshalb bat ich Euch, mich freizugeben.«
»Warum habt Ihr das nicht gleich gesagt? Ihr könnt beruhigt sein: Ich verspreche Euch, daß Ihr ihn nicht zu Gesicht bekommen werdet. Aber er ist ein guter Soldat, und leider brauche ich seine Männer. Er wird jedoch nicht hierher kommen. Ich habe ihm befohlen, vorerst zwischen Metz und Thionville Stellung zu beziehen. Was uns betrifft, so werden wir La Rivière in ein paar Tagen verlassen müssen.

Das ›Kind‹ hat mit der Belagerung von Nancy begonnen, und ich möchte ihn im Rücken fassen. Ihr werdet in meiner Nähe sein wie zuvor, und Olivier de La Marche bekommt den Befehl, über Euch zu wachen und Campobasso von Euch fernzuhalten, aber ich will nicht, daß Ihr mich verlaßt! Ihr müßt, hört Ihr, Ihr müßt unbedingt an meiner Seite bleiben! Fragt mich nicht, weshalb!«

Und damit verließ Karl der Kühne geradezu fluchtartig Fioras Gemächer, wobei er ganz vergessen zu haben schien, daß er sie zum Abendessen eingeladen hatte.

»Nun gut«, meinte Leonarde seufzend, nachdem sich die Tür mit lautem Knall hinter ihm geschlossen hatte, »dann essen wir eben allein!«

»Das ist mir sehr viel lieber, aber Ihr müßt zugeben, daß sein Verhalten wirklich erschreckend ist! Es wird mir niemals gelingen, ihm zu entkommen!«

»Denkt jetzt nicht mehr daran! Ihr solltet Euch jetzt nur noch von dem Gedanken leiten lassen, daß wir schon bald nach Nancy abreisen werden. Und ist das nicht das Wichtigste?«

Am 25. September verließ die mühsam neu zusammengestellte Armee das Schloß von La Rivière. Nicht mehr als zehntausend Soldaten zog Karl der Kühne jetzt hinter sich her, und im Vergleich zu der prächtigen Kriegsmaschinerie, die er einst besessen hatte, war es ein recht kümmerlicher Haufen.

Fiora ritt zusammen mit Battista direkt hinter dem Pferd des Herzogs einher, und sie war so düsterer Stimmung, daß der Page nicht einmal ein Lied anzustimmen wagte. Panigarola fehlte ihr sehr, und die Nachrichten, die vor dem Aufbruch zu ihr gedrungen waren, verbesserten ihren Gemütszustand keineswegs: Wie sie gehört hatte, war der päpstliche Gesandte zwar in Saint-Claude eingetroffen, litt aber seitdem unter einer schweren Bronchitis, die ihn aufs Krankenlager gezwungen hatte.

Herzog Karl hingegen vermochte nur mit Mühe seine Ungeduld zu zügeln. Zu wissen, daß René II. vor Nancy lag, machte ihn nahezu verrückt, doch seine Soldaten, die sich mit dem Gewicht ihrer Rüstungen plagten, vermochten beim besten Willen am Tag nicht mehr als vier bis fünf Meilen zurückzulegen.
Schließlich erreichten sie die lothringische Grenze, von wo aus sie sich in westlicher Richtung fortbewegten, um jenen Städten auszuweichen, die Herzog René bereits zurückerobert hatte. Herzog Karl wollte seine militärische Schlagkraft nicht unnötig vergeuden, denn ihm ging es in erster Linie um Nancy. Daher mußte er zunächst zu den Truppen von Campobasso stoßen, die in Toul auf ihn warten sollten.
Am 7. Oktober hielt er in Neufchâteau Einzug ... und im selben Moment bemächtigte sich René II. erneut seiner Hauptstadt, wo er als erstes den burgundischen Statthalter verjagte, Jean de Rubempré. Außer sich vor Wut, hätte Herzog Karl beinahe den Boten getötet, der ihm diese Nachricht überbrachte ...
Nichtsdestotrotz wuchs seine Armee zu einer stattlichen Größe an. Nachdem in Toul Campobassos Männer hinzugekommen waren und der Herzog die in Nancy evakuierten Truppen von Jean de Rubempré bei sich versammelt hatte, belief sich die Zahl seiner Soldaten auf insgesamt etwa achtzehntausend.
Dies war mehr, als Herzog René auf die Beine gestellt hatte, und gab Anlaß zu neuer Hoffnung, um so mehr, als die Burgunder einen Teil von dessen Leuten in Pont-à-Mousson geschlagen hatten. Der Weg nach Nancy war damit frei ...
Karl war endgültig davon überzeugt, daß sein Stern wieder zu leuchten begann, als er eine weitere bedeutsame Neuigkeit erfuhr: Herzog René hatte Nancy inzwischen wieder verlassen, um sich Truppenverstärkung zu beschaffen.
Er hatte die Stadt einigen seiner besten Männer anvertraut, die jetzt mit zweitausend Soldaten die Stellung hielten.

»Wir können nicht länger als zwei Monate ausharren«, hatten sie den Herzog gewarnt. »Also beeilt Euch! Sonst wird der Hunger die Reihen unserer Leute immer mehr dezimieren.«
Jean de Rubempré hatte mit seiner Garnison ebenfalls fast zwei Monate lang der Belagerung durch Herzog René getrotzt. Nachdem dieser die Stadt erobert hatte, war kaum Zeit gewesen, neue Vorräte herbeizuschaffen und die beschädigten Befestigungsanlagen wieder instand zu setzen. Karl der Kühne sah den Sieg daher zum Greifen nah, als er am 22. Oktober mit der Belagerung begann.
»Weihnachten können wir wieder im herzoglichen Palast feiern«, verkündete er Fiora gegenüber, doch diese hatte andere Sorgen. Das Verhalten des jungen René verwirrte sie über alle Maßen. Kaum, daß er auftauchte, war er auch schon wieder verschwunden. Wo mochte er zur Stunde nur sein? Und wo steckte Demetrios? War er an seiner Seite wie gewöhnlich? Am meisten beschäftigte sie jedoch, was aus Philippe geworden war. Da sie auf keine ihrer Fragen eine Antwort fand, begann ihr Mut immer mehr zu sinken.
»Wenn der Herzog von Lothringen sich aufgemacht hat, Verstärkung zu holen, wird er in absehbarer Zeit zurückkehren«, meinte die stets praktische Leonarde. »Also hört auf, Euch zu quälen. Damit ändert Ihr im Moment nichts!«
»Vielleicht hält sich Demetrios sogar hier in Nancy auf«, gab Fiora zu bedenken. »Eine Stadt im Belagerungszustand braucht einen tüchtigen Arzt, während der junge Herzog gut darauf verzichten kann ...«
»Das kann schon sein, aber wie wollt Ihr in die Stadt hineingelangen?«
Fiora und Leonarde waren mit im Holzhaus des Herzogs untergebracht worden, das man in der Nähe der ehemaligen Kommandatur Saint-Jean aufgebaut hatte. Abend für Abend blickte Fiora sehnsüchtig aus dem Fenster, wohl wis-

send, daß es ihr unmöglich sein würde, die Stadt zu betreten.

Nancy verteidigte sich auf das heftigste. Das Lager der Burgunder war unaufhörlichen Angriffen ausgesetzt, und Herzog Karl verlor viele seiner Soldaten. Dem Bastard von Vaudémont war es in der Nacht vor Allerheiligen sogar gelungen, sich dem Hauptquartier der Belagerer zu nähern, und das Logis von Herzog Karl war nur knapp den Flammen entkommen.

Damit nicht genug, hielt der Winter fast einen ganzen Monat zu früh in der Gegend Einzug und bedeckte die Landschaft rasch mit Schnee und Eis. Innerhalb einer einzigen Nacht war alles weiß geworden, und der Teich von Saint-Jean sowie dessen Ausläufer zugefroren. Hunger und Elend brachen über Nancy herein, und im Lager der Burgunder wurden die Männer von Kälte und Krankheiten heimgesucht. Vor allem aber breitete sich überall Angst aus. Die Folge von all dem war, daß immer mehr Soldaten desertierten ...

Antoine von Burgund versuchte seinen Bruder zur Vernunft zu bringen: »Warum müssen wir unbedingt den Winter über unser Lager hier aufschlagen? Wir verlieren täglich mehr Männer. Laßt uns das Lager aufheben und nach Luxemburg ziehen. Im Frühling kehren wir dann zurück ...«

»Damit Herzog René Gelegenheit bekommt, eine neue Armee zu bilden, und Nancy sich wieder mit Vorräten eindecken kann? Nein, mein Bruder, ich habe beschlossen, Weihnachten in dieser verdammten Stadt zu verbringen, aus der ich die Kapitale meines Königreiches machen will. Nancy wird nicht mehr lange standhalten. Der Hunger wütet dort schon so sehr, daß die Leute sogar Ratten essen ...«

Das war leider nur zu wahr. Nancy erlebte ein echtes Martyrium, während die Burgunder zumindest keine Versorgungsschwierigkeiten hatten, denn sie kontrollierten die

Straßen nach Metz und Luxemburg, von wo sie Nachschub erhielten. Der Kriegsschatz befand sich in der Tat in Luxemburg, und der Weg dorthin wurde von Campobasso sowie von zwei weiteren Offizieren bewacht. Fiora war froh, daß der Neapolitaner ihr auf diese Weise fernblieb. Zumindest konnte sie sich dadurch im Lager frei bewegen, ohne fürchten zu müssen, dem Kondottiere zu begegnen. Jeden Tag unternahm sie in Begleitung von Battista einen kleinen Spaziergang rund um den Weiher. Als sie wieder einmal mit ihm unterwegs war, sah sie in einiger Entfernung einen Holzfäller, der dabei war, einen mächtigen Baumstamm zu spalten. Da sie plötzlich Lust hatte, ein paar Worte mit dem Mann zu wechseln, ging sie auf ihn zu.

»Seid Ihr von hier, guter Mann?« fragte sie ihn. »Es gibt in dieser Gegend kaum bewohnte Häuser.«

»Ich wohne weiter weg, doch bei diesem scheußlichen Wetter muß man für genügend Brennholz sorgen.«

Der Mann hatte sich aufgerichtet und wandte sich jetzt zu ihr um. Amüsiert betrachtete er die junge Frau, die im nächsten Moment zu ihrem größten Erstaunen niemand anderen als Douglas Mortimer in ihm erkannte ...

Fiora blickte sich rasch um und vergewisserte sich, daß Battista außer Hörweite war. Der junge Römer versuchte gerade, mit Pfeil und Bogen ein paar Raben zu erlegen.

»Was tut Ihr hier?« flüsterte Fiora.

»Wie Ihr seht, bin ich sehr beschäftigt. Aber es ist wirklich nicht leicht, zu Euch zu gelangen. Der König macht sich Sorgen um Euch und fragt sich, ob Ihr inzwischen ins Lager der Burgunder übergewechselt seid. Man hat ihm erzählt, daß sich seit einiger Zeit ständig eine junge Frau in der Nähe des Herzogs aufhält. Seid Ihr etwa seine Geliebte?«

»Redet keinen Unsinn. Der Herzog hat keine Geliebte. Aber er legt Wert auf meine Gegenwart, weil er in mir eine Art Talisman sieht.«

Grinsend erwiderte der Schotte: »Wenn Ihr in Grandson

und Murten bei ihm wart, so seid Ihr in der Tat ein sehr wirkungsvoller Talisman ...

»Man hat ihm vorausgesagt, daß der Tod ihn so lange nicht ereilt, wie ich bei ihm bleibe.«

»Ich verstehe. Aber Ihr habt schließlich ein paar Beine und so etwas wie einen Verstand. Warum habt Ihr nicht versucht zu fliehen?«

»Seht Ihr den jungen Burschen, der da hinten auf Raben schießt? Wenn ich fliehe, wird er hingerichtet.«

»Ah! Das ist allerdings ein Problem, das wir irgendwie lösen müssen. Aber zum Glück sind wir uns hier endlich begegnet. Der König hat mich beauftragt, Euch zu sagen, daß ich Euch dort herausholen soll, denn die Lage wird immer gefährlicher, und er hat Angst um Euer Leben.«

»Richtet ihm meinen Dank aus, aber im Moment habe ich wohl nichts zu befürchten. Ich wüßte jedoch zu gern, wo sich derzeit Herzog René aufhält. Wißt Ihr es?«

»Er ist momentan noch weit, aber ich glaube, bis zum Jahresende wird er wieder hier sein, und dann wird die Lage wirklich gefährlich.«

»Ich fürchte die Gefahr nicht. Wißt Ihr auch, ob Demetrios Lascaris beim Herzog ist?«

»Den griechischen Arzt meint Ihr? Er ist stets bei ihm. Aber findet Ihr nicht, daß wir nun genug geplaudert haben?«

»Eine Frage habe ich noch: Weshalb ist Campobasso zurückgekehrt?«

»Des Geldes wegen ... und Euretwegen. Seid auf der Hut! Er ist ein Gauner, der es sich zuletzt sogar mit dem König verdorben hat. Deshalb hat dieser ihn wieder fortgeschickt. Er wird zweifellos desertieren, wenn die Stunde gekommen ist. Der König ist Euch dankbar für das, was Ihr getan habt, doch er fürchtet nun, daß Ihr diesen Machenschaften selbst zum Opfer fallen könntet. Campobasso will Euch um jeden Preis haben! Deshalb solltet Ihr Euer Domizil von jetzt an

nicht mehr verlassen. Ich werde versuchen, so gut es geht über Euch zu wachen.«
Fiora sah Battista mit zwei Raben über der Schulter zurückkommen und beeilte sich, ihr Gespräch mit Mortimer zu beenden. An den darauffolgenden Tagen verließ Fiora ihr Zimmer nicht mehr und leistete Leonarde Gesellschaft, die sich erkältet hatte. Kurz danach versammelte sich das gesamte Gefolge des Herzogs zu Ehren des Pronotarius Hessler, der vom Kaiser gesandt worden war, um einen Brief und wertvolle Geschenke von Prinz Maximilian für dessen zukünftige Braut Marie von Burgund zu überbringen.
Der Herzog und seine Offiziere taten alles, um dem geistlichen Herrn einen gebührenden Empfang zu bereiten, doch Fiora hütete sich, ihrerseits zu erscheinen, da sie Campobasso unter den Männern entdeckt hatte. Zu ihrem Kummer war Hessler ohne Monsignore Nanni gekommen, der ihn sonst zu begleiten pflegte. Ob der schon recht betagte Monsignore überhaupt noch lebte?
Und dann stand Weihnachten vor der Tür. Noch nie hatte Fiora dieses Fest unter derart tragischen Umständen erlebt. Nach der Messe ließ der Herzog die junge Frau zu sich kommen.
»Ich bedauere zutiefst, daß ich Euch gezwungen habe, mir zu folgen, Madame de Selongey«, sagte er zu ihr, und es war das erste Mal, daß er sie so nannte. »Ich bitte Euch aufrichtig um Verzeihung dafür. Ich weiß, daß ich vom Schicksal nicht mehr viel Gutes zu erwarten habe, und womöglich ist die Geduld jetzt erschöpft, die mein Schöpfer bis jetzt mir gegenüber gezeigt hat. Dennoch bringe ich nicht den Mut auf, mich von Euch zu trennen.«
»Ist es wegen der Prophezeiung des Rabbi?« fragte Fiora sanft.
»Ach, das wißt Ihr also? Aber Ihr irrt Euch. Ich wünsche mir nichts anderes mehr, als im Kampf zu fallen. Das Burgund, von dem ich träumte, wird immer ein Traum bleiben. Wenn

Herzog René zurückkehrt, werden mir vielleicht nur noch fünftausend Männer geblieben sein. Nein, wenn ich Euch bitte, mich weiterhin zu begleiten, so nur deshalb, weil ich so lange wie möglich ein Bild reiner Schönheit vor Augen haben möchte. Versteht Ihr das?«

»Verliert nicht Euren Mut, Monseigneur! Das sieht Euch überhaupt nicht ähnlich. Ihr seid der Großherzog des Okzidents, Ihr seid der ...«

»Der Fürst, den Ihr einst so gehaßt habt! Erinnert Ihr Euch nicht?«

»Ich habe meine Einstellung zu Euch schon vor langer Zeit geändert. Und mein Gemahl hat Euch so sehr geliebt!«

»Ich danke Euch für Eure Worte, aber nun wollen wir aufhören, uns das Herz schwer zu machen. Heute ist Weihnachten, und ich wollte Euch ein Geschenk überreichen, das Eurer würdig ist!«

Er nahm die schmale Goldkette ab, die um seinen Hals hing, und legte sie Fiora um. An der Kette war ein Anhänger befestigt, ein pyramidenförmiger Diamant von seltenem blauweißem Feuer.

»Nehmt dies als Erinnerung an mich, denn«, so fügte er mit einem kleinen Lächeln hinzu, »Ihr werdet Eure Mitgift wohl doch nicht zurückerhalten.«

»Monseigneur! Ich kann das nicht annehmen ...«

»O doch, Ihr könnt, denn ich will es so. Nun zieht Euch zurück und schickt mir Olivier de La Marche her ...«

Langsamen Schrittes begab sich Fiora, die tief bewegt war, zu ihrem Zimmer zurück. Während sie den noch warmen Stein in der Hand hielt, wurde ihr klar, daß der Herzog endlich aus seinem Traum erwacht war. Er wußte, daß er seinem Schicksal nicht mehr entkommen würde. Ihm blieb nichts anderes mehr zu tun, als sich heldenhaft zu verteidigen, und zwar bis zum bitteren Ende, denn jemand wie er würde sich niemals lebend von seinen Feinden ergreifen lassen ...

In der Silvesternacht desertierte Campobasso tatsächlich. Er

nahm seine beiden Söhne mit sowie dreihundert berittene Männer. Sie machten sich auf den Weg zum Herzog von Lothringen, der inzwischen nur noch zwei Tagesritte entfernt war. Campobasso hatte vor, vom Herzog als Preis für seinen Verrat die Stadt Commercy zu fordern.
Der Kondottiere hatte mit einem herzlichen Empfang gerechnet, doch er fand nur eisige Mienen vor. Die Schweizer Offiziere, die Herzog René um sich geschart hatte, erklärten ihm rundheraus, sie seien nicht bereit, an der Seite eines Verräters zu kämpfen. Statt dessen schickten sie ihn zurück, die Brücke von Bouxières zu bewachen, die sich kurz vor Nancy befand.
»Ihr würdet mir sicher einen anderen Empfang bereiten, wenn ich Euch den Kopf von Karl dem Kühnen brächte?« schleuderte er ihnen beim Abschied wütend entgegen.
»Es wäre schade, wenn ein so nobles Haupt in derart schmutzige Hände fiele!« entgegnete Oswald von Thierstein.

Am 4. Januar 1477 formierte sich die lothringische Armee in Saint-Nicolas-de-Port, einem Vorort von Nancy, nachdem Herzog Renés Männer die Garnison der Burgunder massakriert hatten. Die Entscheidungsschlacht stand unmittelbar bevor. Am anderen Tag würde es soweit sein ...
An jenem Sonntagmorgen sah Fiora dem Schneetreiben zu. Es war weniger kalt, doch die ganze Landschaft war schneebedeckt, und es wehte ein kräftiger Wind.
Weder sie noch Leonarde hatten in der Nacht ein Auge zugetan. Beiden war, als komme eine unabwendbare Katastrophe auf sie zu ...
Eine nach der anderen verließen die burgundischen Kompanien das Lager, um Stellung zu beziehen, und wenn man sah, wie sie mühsam gegen den Schneesturm ankämpften, hätte man sie für eine Armee von Gespenstern halten können.
Nachdem Fiora und Leonarde gemeinsam mit dem Herzog

eine kurze Messe gehalten hatten, verabschiedete er sich von ihnen und ließ sich von seinen Leuten in die schwere Rüstung zwängen. Als man ihm den Helm reichte, fiel der daran befestigte goldene Löwe zu Boden. Mit gleichmütiger Miene betrachtete Karl der Kühne einen Moment lang dieses Symbol, das die Größe von Burgund verkörpern sollte, und meinte dann zu seinem Bruder: »Dies ist ein Zeichen Gottes!«
Sein Kammerdiener beeilte sich, das schmückende Teil erneut am Helm zu befestigen. Der Herzog setzte ihn auf und wandte sich zum Gehen, doch in dem Moment erschien der junge Battista, beugte das Knie vor seinem Gebieter und erklärte: »Gebt mir eine Waffe, Monseigneur! Ich möchte in dieser Schlacht an Eurer Seite sein!«
»Habe ich dir nicht eine Mission anvertraut?«
»Donna Fiora bedarf meiner nicht länger, und ich möchte an Eurer Seite kämpfen. Ich bin ein Colonna! Mein Name gibt mir das Recht, mich der Gefahr zu stellen!«
»Es soll geschehen, wie du es wünschst, mein Junge«, erwiderte der Herzog mit schmalem Lächeln. »Man gebe ihm eine Waffe! Und nun lebt wohl, lebt wohl Ihr alle!«
Er trat hinaus, wo sein prächtiger schwarzer Hengst »Moro« aufgezäumt für ihn bereitstand. Ein paar von seinen Männern hatten sich um das Tier geschart.
Der Herzog stieg in den Sattel, winkte den beiden Frauen ein letztes Mal zu und setzte sich gemeinsam mit seinen Gefährten in Bewegung. Fiora sah dem goldenen Löwen und dem schwarz-violett-farbenen Banner nach, bis sie im Schneesturm verschwunden waren.
»Geht besser wieder hinein«, mahnte Leonarde. »Es ist kalt ...«
»Nur noch einen kurzen Moment ...«
Fiora wollte nicht, daß ihre alte Freundin sah, wie ihr die Tränen die Wangen hinabliefen. Und da geschah es ebenso plötzlich wie unerwartet: Drei Reiter stürmten auf sie zu,

von denen der eine sie packte und zu sich auf den Sattel zerrte, ohne sich um ihr Protestgeschrei zu kümmern. Dann riß er sein Pferd herum und flüchtete so rasch er konnte.

»Ich habe lange genug gewartet«, rief er, »jetzt gehörst du mir, und zwar für immer!«

Doch auch ohne seine Stimme gehört zu haben, wußte sie längst, daß es sich um Campobasso handelte. Ihre Schreie waren weithin zu vernehmen, während sie sich wütend zu wehren versuchte, was den Reiter zu einer langsameren Gangart zwang.

In dem Moment tauchten unvermittelt drei andere Reiter aus dem Schneegestöber auf, das wie eine undurchdringliche weiße Wand wirkte.

»Jetzt hat deine Stunde geschlagen, Campobasso!« schrie Philippe de Selongey. »Daß du ein Verräter bist, weiß ich, aber jetzt werden wir sehen, ob du auch ein Feigling bist! Es ist meine Frau, die du entführt hast, und dafür wirst du mit dem Leben bezahlen!«

»Hol sie dir doch, wenn du sie haben willst!« höhnte der andere, doch als Fiora die Stimme von Philippe hörte, fuhr sie Campobasso mit allen zehn Fingernägeln über das Gesicht. Der Kondottiere stieß einen Schrei aus und lockerte seinen Griff. Sofort nutzte sie die Gelegenheit und ließ sich zu Boden gleiten, in den Schnee ...

»Gut gemacht«, ertönte anerkennend die Stimme von Douglas Mortimer, »aber bringt Euch rasch in Sicherheit, denn wir sind mit den Burschen noch nicht fertig!«

Der dritte Reiter, bei dem es sich um Esteban handelte, war jedoch bereits vom Pferd gesprungen. Er hob sie hoch und trug sie zu einem Baumstamm.

»Ist alles in Ordnung?« fragte er besorgt.

»Ja ... aber woher seid Ihr so plötzlich gekommen?«

»Das werden wir Euch später erzählen. Jetzt werde ich hier gebraucht ...«

Er sprang wieder in den Sattel und eilte seinen Gefährten zu

Hilfe. Während Philippe gegen seinen Todfeind Campobasso kämpfte, mußte sich Mortimer gleich zweier Angriffe erwehren, denn bei den beiden Reitern in Campobassos Begleitung handelte es sich um dessen Söhne Angelo und Giovanni.
Bangen Herzens verfolgte Fiora, an den Baum gelehnt, den Fortgang des erbitterten Kampfes, bis plötzlich ein angsterfüllter Schrei ertönte. Im nächsten Moment heulte der Kondottiere auf: »Giovanni!«
Doch dessen lebloser Körper war bereits in den Schnee hinabgesunken, der sich an der Stelle rot zu färben begann. Da ergriff Angelo die Zügel von Campobassos Pferd: »Schnell fort, mein Vater, wir schaffen es nicht mehr!«
Der vor Schmerz wie versteinerte Neapolitaner ließ sich beinahe willenlos von seinem Sohn mitziehen, und gleich darauf waren die beiden Reiter in Richtung Norden verschwunden.
Philippe riß sich den Helm herunter, lief zu Fiora hin und nahm sie zärtlich in die Arme.
»Meine Geliebte! Ist dir auch nichts passiert? Hat er dir nichts getan?«
»Nein ... Oh, Philippe, ich kann es kaum fassen, daß du hier bist! Ich war so verzweifelt, weil ich fürchtete, dich niemals wiederzusehen! Ich glaubte ... ich glaubte ...«
Doch schon verschloß er ihr den Mund mit einem leidenschaftlichen Kuß und drückte sie so heftig an seine gepanzerte Brust, daß sie schmerzerfüllt aufstöhnte.
»Ihr werdet sie erdrücken, wenn Ihr so weitermacht«, meinte Mortimer grinsend, »und das wäre schade. Laßt sie noch ein wenig leben.«
Philippe ließ Fiora los und erwiderte lachend: »Du hast recht, Kamerad, aber wenn man so glücklich ist wie ich, verliert man leicht den Verstand. Ich vertraue sie Euch jetzt an: Gebt gut auf sie acht ...«
»Philippe!« rief Fiora, als sie sah, daß er sich wieder in den Sattel schwang. »Willst du mich etwa erneut verlassen?«

»Ich muß, Fiora! Dort unten tobt der Kampf, und mein Gebieter ist in großer Gefahr! Ich muß zu ihm! Ich danke Euch, Freunde, und sagt auch Monseigneur René meinen Dank, der mir als wahrer Ehrenmann ermöglicht hat, zu den Meinen zurückzukehren, sobald meine Frau in Sicherheit ist ...«

»Philippe«, schrie Fiora von Panik erfüllt, »bleib! Du wirst getötet werden!«

»Ich hoffe nicht, denn ich liebe dich!«

Er gab seinem Pferd die Sporen, und Fiora wollte ihm hinterherstürzen, doch Mortimer hielt sie zurück: »Haltet ein!« gebot er ihr barsch. »Es geht um seine Ehre, und er würde Euch nicht verzeihen, wenn Ihr das nicht versteht!«

Im selben Moment ertönte das durchdringende Geräusch der Alphörner. Es war kurz nach zwölf Uhr mittags, und die Schlacht hatte begonnen.

Trotz des verzweifelten Widerstandes der kleinen burgundischen Armee dauerte der Kampf nicht lange. Wie ein gewaltiger Keil war die mit Spießen bewaffnete Phalanx der Schweizer aus dem Wald von Saurupt hervorgestoßen, um die feindlichen Truppen zu überrennen, die ihrerseits dem Angriff der Lothringer frontal ausgesetzt waren.

Während die Armee sich schon auflöste und der verletzte Galeotto sich mit seinen restlichen Männern in Richtung Meurthe zurückzog, gewahrte man im Schlachtgetümmel noch zwei- oder dreimal die Gestalt von Karl dem Kühnen, der sich heftig verteidigte, bis er im Gemenge verschwand ...

Wenig später ritt Demetrios langsam am Fluß Saint-Jean entlang und steuerte auf den Weiher gleichen Namens zu. Überall war der Boden mit Leichen bedeckt, und der Schnee hatte sich in blutgetränkten Schlamm verwandelt. Bereits jetzt waren Plünderer am Werk, während sämtliche Glokken der befreiten Stadt zu läuten begannen.

Als Demetrios den Weiher erreicht hatte, vermeinte er einen schwachen Klagelaut zu hören. Er stieg ab und nahm den

Beutel mit sich, in dem er seine Arzneien aufbewahrte. Der Weiher war gefroren, doch an einigen Stellen war das Eis unter dem Gewicht der leblosen Körper eingebrochen. Vorsichtig setzte Demetrios Fuß für Fuß auf die vereiste Fläche. Das Stöhnen, das er zuvor vernommen hatte, wurde lauter, und dann sah er ihn plötzlich: Inmitten der reifbedeckten Schilfpflanzen, die Füße im Wasser, die goldene Rüstung blutverschmiert, lag jener Mann, den Demetrios seit so langer Zeit haßte.

Ein langer Spieß steckte in der Brust von Karl dem Kühnen, ein weiterer hatte seinen Oberschenkel durchbohrt. Der Verletzte spürte die Gegenwart des Griechen und öffnete die Augen:

»Rettet ... Burgund!« stieß er mühsam hervor, während Demetrios sich zu ihm herabbeugte. Sein Todfeind lag zu seinen Füßen, ihm auf Gedeih und Verderb preisgegeben ...

Er mußte nur noch eine letzte Geste vollführen, um seinen Rachedurst endlich zu stillen, und seine Hand suchte bereits den Dolch, den er am Gürtel befestigt hatte, als er die Worte vernahm: »Im Namen von Gott dem Allmächtigen ... helft mir!«

Jäh kam dem Griechen wieder zu Bewußtsein, daß er Arzt war und daß ein Arzt unter keinen Umständen das Recht hatte zu töten. Seine Hände waren nicht da, um zu zerstören, sondern um zu helfen, zu pflegen und zu heilen, und plötzlich wich das bittere Gefühl der Rachsucht aus seinem Herzen.

Langsam zog er die Waffe aus dem verletzten Körper, der vor ihm auf dem Boden lag. Dann öffnete er die Rüstung und entfernte sie mit unendlicher Vorsicht.

»Bewegt Euch nicht«, sagte er, »ich bin Arzt. Ich werde Euch jetzt versorgen, und dann hole ich Hilfe.«

Er drehte sich zur Seite, um seinen Beutel zu suchen, den er hinter sich auf den Boden gelegt hatte. In dem Augenblick geschah es: Ein von sicherer Hand geschleudertes Beil traf

Herzog Karl mitten in den Kopf und spaltete seinen Schädel.
Der Herzog war auf der Stelle tot. Fassungslos blickte Demetrios dem flüchtenden Mörder nach. Der Grieche konnte für Karl den Kühnen nichts mehr tun.
»Ihr habt ihn ebenfalls nicht töten können, nicht wahr?« ertönte eine kalte Stimme hinter ihm.
Demetrios hob die Augen und sah Leonarde vor sich stehen.
»Nein«, erwiderte er mit ungewohnter Demut, »nein, ich habe es nicht gekonnt. Ich bin in erster Linie Arzt ...«
»Und da wolltet Ihr tatsächlich, daß dieses unschuldige Kind die schmutzige Arbeit für Euch tut, ausgerechnet sie, die selbst schon so viel gelitten hat, was niemand besser weiß als Ihr! Es ist leicht, so etwas vom anderen zu verlangen, wenn man sich selbst in Sicherheit gebracht hat! Sie riskierte das Schafott, aber das war Euch gleichgültig. Und damit nicht genug, Ihr habt sie auch noch in niederträchtigster Weise zu erpressen versucht!«
»Verurteilt mich nicht ganz, Frau Leonarde! Der Gedanke, daß sie mit ihm Freundschaft geschlossen hatte, war mir unerträglich. Sie hatte geschworen, mir bei seiner Vernichtung zu helfen!«
»Und deshalb hattet Ihr Eure Hoffnung auf dieses arme Kind gesetzt! Glaubtet Ihr wirklich, ich hätte das zugelassen? Ich habe nie besondere Zuneigung für Euch empfunden, Demetrios, aber jetzt hasse ich Euch!«
»Ich kann es Euch nicht verdenken. Auch Esteban hat sich gegen mich gewandt. Er hat Philippe de Selongey die Flucht ermöglicht und beim Herzog René erreicht, daß dieser ihn unter seinen Schutz stellte. Doch nun ist ohnehin alles zu Ende. Bittet Fiora, sie möge mir verzeihen, und sagt ihr auch, daß ich sie dennoch sehr ins Herz geschlossen hatte.«
»Wohin geht Ihr jetzt?«
»Ich weiß es noch nicht. Irgend jemand wird meine Dienste vielleicht benötigen, König Ludwig möglicherweise ...«

»Es kann sein, daß Fiora Euch verzeiht. Ich hingegen kann es nicht.«
»Das verstehe ich.«
Mit großer Anstrengung hievte er sich auf sein Pferd. Seine Schultern wirkten eingefallen, und er sah um zehn Jahre gealtert aus. Als er im Sattel saß, drehte er sich noch einmal zu der Frau um, die, so wie sie da am Rand des Weihers stand und ihn stumm betrachtete, an eine unbarmherzige Statue der Gerechtigkeit erinnerte.
»Adieu, Frau Leonarde!«
»Adieu, Messire Demetrios. Ich kann Euch nichts Besseres wünschen, als daß Ihr Euren Seelenfrieden wiederfindet, doch zuvor müßt Ihr einen anderen Weg einschlagen ...«
Noch am selbem Abend hielt Herzog René seinen Einzug in Nancy und hielt in der Stiftskirche Saint-Georges einen Dankgottesdienst ab.
Mehr als die Hälfte der Stadt war zerstört, und der herzogliche Palast hatte kein Dach mehr, da dieses den Flammen zum Opfer gefallen war.
Die Sieger hatten zahlreiche Gefangene gemacht, darunter Olivier de La Marche und Philippe de Selongey. Gegen ein Lösegeld würde man ihnen später die Freiheit wiedergeben, doch durch die Gnade von Herzog René fand Fiora noch in derselben Nacht im Hause von Georges und Nicole Marqueiz ihren Gemahl wieder ...
Der Leichnam von Karl dem Kühnen war inzwischen geborgen worden, zusammen mit den sterblichen Überresten von Jean de Rubempré, dem ehemaligen Statthalter Lothringens. Der tote Herzog wurde schließlich im Haus von Georges Marqueiz aufgebahrt, wo ihm jeder die letzte Ehre erweisen konnte. Als Herzog René erschien, betrachtete er einen Moment lang die sterbliche Hülle seines früheren Gegners, nahm dann dessen rechte Hand und sagte seufzend: »Es war nicht mein Wille, bester Cousin, daß Ihr auf diese Weise den Tod finden solltet ...«

Anschließend verneigte er sich tief und nahm endgültig Abschied von dem Besiegten, um sich an den Wiederaufbau seines gepeinigten Landes zu machen.
Am folgenden Tag wurde Karl der Kühne in der Kirche Saint-Georges bestattet. Sämtliche Bewohner Nancys waren zugegen und trugen eine brennende Kerze in der Hand. Damit war alles zu Ende.

Fiora und Philippe lagen Schulter an Schulter und Hand in Hand ausgestreckt auf dem Bett und genossen die wohlige Mattigkeit, die zwei Liebende überkommt, wenn die erste Welle der Lust verebbt ist ...
Beiden war jedoch nicht nach Schlafen zumute, denn sie hatten das Gefühl, als ob sie niemals all die verlorene Zeit nachholen könnten.
Schließlich stützte sich Philippe mit dem Ellbogen auf, strich zärtlich mit dem Finger über das schöne Gesicht, hauchte einen Kuß auf die rosigen Brustspitzen und legte sacht die Hand auf die straffe Haut des flachen Bauches.
»Ich hoffe, daß du mir bald einen Sohn schenken wirst«, murmelte er an ihrem Ohr. »Meinst du nicht auch, daß es Zeit ist, eine Familie zu gründen?«
Sie streckte sich gähnend und wandte dann den Kopf zu ihrem Gemahl. Ihre Lippen suchten die seinen, und sie flüsterte: »Warum hast du es so eilig damit? Ist es nicht viel wichtiger, daß wir einander lieben und all das Versäumte nachholen? Wir haben doch noch das ganze Leben vor uns.«
»Natürlich, aber wenn ich dich nach Selongey zurückbringe, möchte ich zu gern die Gewißheit haben, daß in diesem liebreizenden Körper ein neues Leben heranwächst. Dieser Gedanke wird mir großen Trost geben, wenn ich wieder fern von dir bin ...«
Seine letzten Worte endeten in einem glühenden Kuß, und zugleich spreizte er mit der Hand sanft ihre Beine auseinan-

der. Doch etwas in Fiora war jäh alarmiert, so daß sie sich aus seinen Armen löste und sich im Bett halb aufsetzte.

»Wenn du wieder fern von mir bist? Was soll das heißen? Hast du etwa die Absicht, mich erneut zu verlassen, jetzt, wo wir uns endlich wiedergefunden haben?«

»Es wird mir nichts anderes übrigbleiben, mein Herz«, erwiderte er seufzend. »Der Herzog ist tot, aber Burgund existiert weiterhin, und Prinzessin Marie wird zusammen mit Herzogin Marguerite in der Stadt Gand gefangengehalten. Es ist die Pflicht all derer, die bei ihrem Vater in Diensten gestanden haben, der Prinzessin zu Hilfe zu kommen.«

»Prinzessin Marie? Aber sie braucht eure Hilfe nicht! Schließlich ist sie mit dem Sohn von Kaiser Friedrich verlobt. Er wird ja wohl in der Lage sein, die Belange seiner künftigen Gemahlin zu verteidigen!«

»Nach all dem, was jetzt geschehen ist, bin ich keineswegs sicher, ob Kaiser Friedrich an dieser Allianz nach wie vor interessiert ist. Burgund ist ausgeblutet ... und die Töchter von König Ludwig besitzen ein beträchtliches Vermögen! Sei nicht ärgerlich deswegen und komm wieder in meine Arme! Ich habe eine Pflicht zu erfüllen, und du als meine Frau mußt das begreifen!« Er wollte sie erneut an sich ziehen, doch mit einem Satz war sie aus dem Bett gesprungen.

»Nein, Philippe. Zähl nicht auf mein Verständnis. Ich habe während der langen Zeit, die wir nicht zusammen waren, zu viel gelitten, als daß ich eine weitere Trennung verkraften könnte. Schon zu Beginn unserer Ehe hast du dich mit einer einzigen Liebesnacht zufriedengegeben, und jetzt denkst du nach so kurzer Zeit bereits wieder ans Aufbrechen. Ich habe mit deiner Prinzessin nicht das geringste zu tun! Sie besitzt immerhin noch ein gewaltiges Erbe, und zudem hat sie einen Verlobten von kaiserlichem Geblüt. Ich hingegen soll mich in einem abgelegenen Landschloß lebendig begraben lassen, noch dazu in Gesellschaft einer Schwägerin, die mir mit Sicherheit das Leben schwer machen wird, während du in Flandern den Helden spielen willst! Aber du hast die Rechnung ohne mich gemacht!«

»Fiora!« rief Philippe, »du begreifst mich nicht! Meine Liebe zu dir ist glühend und tief, aber das hat damit nichts zu tun. Du weißt doch selbst, daß nur du mir wichtig bist!«

»Ja ... nach der Prinzessin Marie!«

»Nein, selbstverständlich kommst du an erster Stelle, und dennoch müssen wir alles tun, um sie vor den drohenden Gefahren zu schützen, das sind wir dem Gedenken an ihren Vater einfach schuldig. Ich werde auch nicht gleich morgen aufbrechen, aber in ein paar Tagen reisen wir nach Selongey, und dort werde ich dafür sorgen, daß du als Herrin des Schlosses uneingeschränkt anerkannt wirst. Vielleicht bleibe ich auch nicht lange fort. Ich kehre zurück, wenn ...«

»Wenn dein erstes Kind geboren wird? Nein, damit bin ich nicht einverstanden. Zumindest will ich, daß du mich mitnimmst!«

»Das ist unmöglich. Hast du denn vom Krieg noch immer nicht genug?«

»Mehr als genug, zumal der Krieg mehr Witwen hervorbringt als Helden. Also: Entweder du bleibst bei mir, oder ich gehe!«

Er sprang ebenfalls auf und wollte sie in die Arme nehmen.

»Du wärst verrückt genug, es zu tun«, sagte er zärtlich, »aber wohin würdest du gehen?«

»Ich würde mich auf meinen eigenen Besitz zurückziehen. König Ludwig hat mir ein kleines Schloß in der Nähe von Plessis-les-Tours geschenkt. Dorthin werde ich gehen, Philippe, und dort kannst du mich finden, sobald du bereit bist, mir wirklich Gemahl und Geliebter zu sein!«

»Fiora! Deine Bedingungen sind unannehmbar. Ich bin Burgunder und habe in Frankreich nichts verloren. Niemals werde ich dorthin kommen!«

»Nicht einmal, um mich zurückzugewinnen?«

»Nicht einmal, um dich zurückzugewinnen!«

»Wenn das so ist, lebe wohl ... denn es ist der einzige Liebesbeweis, den ich von dir erwarte!«
Er war bleich geworden. Seine Augen funkelten vor Zorn: »Du hast kein Recht dazu. Du bist meine Frau und mußt mir gehorchen.«
Sie betrachtete ihn einen Moment lang, während sie versucht war, diesem häßlichen Streit ein Ende zu machen und sich in seine Arme zu flüchten, doch unglückseligerweise hatte er ein Wort ausgesprochen, das er auf gar keinen Fall in den Mund nehmen durfte ...
»Selbst mein Vater, der alle Rechte über mich besaß, hat niemals Gehorsam von mir verlangt. Wenn die Tatsache, daß ich deine Frau bin, nichts anderes für dich bedeutet, ist es besser, wir trennen uns. Ich weiß nur zu gut, daß eine Ehe annulliert werden kann, und genau das werde ich veranlassen, auch wenn ich dafür bis nach Rom gehen muß! Es sei denn, du besinnst dich und kommst zu mir!«
Sie riß eine Decke vom Bett, hüllte ihren nackten Körper darin ein und stürzte aus dem Zimmer, wobei sie mit aller Gewalt die aufsteigenden Schluchzer unterdrückte.